Knaur.

Über die Autorin:
Anke Cibach wurde 1949 in Hamburg geboren. Sie studierte Psychologie und Anthropologie und ist freiberuflich in Stade als Dipl.-Psychologin und Autorin tätig. Sie ist Mitglied im SYNDIKAT und bei den SISTERS IN CRIME. Motto: »Bücher sind Schokolade für die Seele.«
»Flaschenpost« ist nach »Das Haus hinter dem Deich« ihr zweiter Familienroman, der im norddeutschen Raum spielt.

Anke Cibach

Flaschenpost

Roman

Knaur Taschenbuch Verlag

Besuchen Sie uns im Internet:
www.knaur.de

Originalausgabe April 2007
Copyright © 2007 by Knaur Taschenbuch.
Ein Unternehmen der Droemerschen Verlagsanstalt
Th. Knaur Nachf. GmbH & Co. KG, München
Alle Rechte vorbehalten. Das Werk darf – auch teilweise –
nur mit Genehmigung des Verlags wiedergegeben werden.
Redaktion: Dr. Gisela Menza
Umschlaggestaltung: ZERO Werbeagentur, München
Umschlagabbildung: Schapowalow/Huber
Satz: Adobe InDesign im Verlag
Druck und Bindung: Clausen & Bosse, Leck
Printed in Germany
ISBN 978-3-426-63330-4

2 4 5 3 1

*Für Lilli, meine Halligschwester,
die von einer Nebelwand
verschluckt wurde*

»Noch einmal schauert leise
Und schweiget dann der Wind,
Vernehmlich werden die Stimmen,
Die über der Tiefe sind.«

*Theodor Storm,
4. Strophe von »Meeresstrand«*

Prolog

Das Kind in der roten Kapuzenjacke und den dazu passenden knallroten Gummistiefeln hüpfte über einen schmalen Priel, bückte sich hin und wieder nach Muscheln und entdeckte schließlich im Watt einen Krebs, der sich halb in den Sand eingegraben hatte. Sie packte ihn geschickt hinter den Scheren und hielt ihn triumphierend in die Höhe. »Enno, komm her und schau ihn dir an«, befahl sie. »Du sollst ihn für mich tragen.«

»Nele, wir müssen zurück. Der Wind kommt von See, das Wasser wird schneller auflaufen als sonst.« Der schlaksige, hoch aufgeschossene Junge, etwa zwölf Jahre und damit doppelt so alt wie das Mädchen, schaute besorgt zum Himmel, an dem Wolkenfetzen im Abendrot wie feurige Rösser zogen. Die Hallig hinter ihnen glich einer Luftspiegelung, verschwommen und schemenhaft.

»Gleich«, sagte Nele. »Hörst du sie, die Möwe? Sie ruft uns.« Schnell drückte sie dem Freund ihre Beute in die Hand und lief in die glitzernde Weite des Watts. Flink war sie, die Kleine. Noch vor ihrem Freund erreichte sie die Sandbank, der sich bereits von der Seeseite züngelnde kleine Wellen näherten. Der Wind hatte aufgefrischt und fuhr ihr unter die Jacke. Nele breitete die Arme aus und drehte sich verzückt im Kreis. »Ich bin eine Sturmwolke«, schrie sie. »Oder nein, lieber eine Möwe. Die Königin der Möwen. Schau, Enno, ich kann fliegen.«

Bei diesen Worten lief sie auf ihn zu und warf sich ihm mit der ganzen Kraft ihres kleinen Körpers entgegen. Enno fing sie auf und packte sie dann ärgerlich am Arm. »Lass den Unsinn. Wir müssen uns beeilen.«

Was würden Neles Eltern sagen, wenn ihrer einzigen Tochter etwas zustieße? Und was sein eigener Vater, der ihn immer wieder gewarnt hatte, Verantwortung für dieses wilde Mädchen zu übernehmen?

Schon verwandelten sich auf dem Rückweg die seichten Priele in tiefe Gräben. »Ich nehm dich huckepack«, sagte er und ließ sich seine Sorge nicht anmerken.

»Hü, mein Seepferd«, rief sie gegen das Brausen des Windes und umklammerte seinen Hals.

Kniehoch watete er durch das Wasser, während Nele ihm begeistert die Hacken in die Seiten stieß. »Hörst du die Glocken, Enno? Die Kirchenglocken von Rungholt, sagt Wilhelmine. Ob wohl jemand sterben muss?«

Diese spökenkiekerische Alte, dass sie es nicht lassen konnte, der Kleinen die alten Gruselgeschichten zu erzählen. Nun ja, sie hatte Nele auf die Welt geholt, genauso wie damals ihn und die meisten der anderen fünfzehn Halligbewohner. Das verschaffte ihr auf Greunfall eine Sonderstellung.

Und Wilhelmine Johann war es auch, die mit ihrer altmodischen Laterne jetzt am Wattsaum stand und ihm das nasse Mädchen abnahm. »Na, hat man euch keinen Respekt vor den Gezeiten beigebracht?«, schimpfte sie, aber

Enno hörte die Erleichterung in ihrer Stimme mitschwingen. »Von dir hätte ich mehr Vernunft erwartet, Enno Broders. Gnade dir, wenn dein Vater davon erfährt.«

Aber sein Vater war noch auf Fischfang, und seine Mutter ... die hatte die See geholt, als er noch ganz klein gewesen war. Das Meer war gierig, verschlang alles, was sich ihm leichtfertig darbot.

»Komm mit zu uns, sollst erst mal trocknen«, befahl die Alte, mittlerweile etwas freundlicher.

»Ich hab die Glocken gehört«, erzählte Nele und zitterte nun doch vor Kälte. Der erste Herbststurm zog über die Hallig, und da das Abenteuer im Watt vorbei war, verwandelte sich die Königin der Möwen wieder in ein frierendes kleines Mädchen, das sich nach dem Kaminfeuer in der Stube sehnte.

»Nele, was ist passiert?« Die dichten weißen Haare von Undine Lorentz bildeten einen merkwürdigen Kontrast zu dem fast faltenfreien Gesicht, das nicht unfreundlich, aber leicht abwesend wirkte.

Es ging etwas Archaisches von ihr aus, etwas, das man öfter bei Menschen fand, die sich viel in der Natur aufhielten und eine selbst gewählte Einsamkeit vorzogen. Sie verfügten über eine Art natürlicher Würde, gepaart mit Stolz und manchmal auch Eigensinn.

»Wilhelmine wird sich um dich kümmern, nicht wahr?« Neles Mutter war im Begriff, das Haus zu verlassen. »Es stürmt«, murmelte sie. »Ich muss noch einmal nach draußen. Dein Vater treibt die Schafe auf die Warft. Wir sehen uns später.« Flüchtig fiel ihr Blick auf Enno. »Danke. Ich weiß, dass sie bei dir gut aufgehoben ist.«

»Da geht sie wieder«, schimpfte Wilhelmine, während sie Nele aus den nassen Sachen schälte und vor dem Feuer abrubbelte. »Steht am Wasser und erblickt etwas, das nur sie alleine sehen kann.«

Enno ließ sich überreden, in Hose und Pullover von Harm Lorentz, Neles Vater, zu schlüpfen.

»Du siehst komisch aus«, sagte Nele kichernd und wies mit dem Finger auf ihn. Ihre langen blonden Flechten kräuselten sich durch die Feuchtigkeit, und ihr Gesicht glühte.

»Jetzt auch noch frech werden, mein Fräulein, das lass man bleiben«, schalt Wilhelmine. »Ich wette, du hast das alles wieder ausgeheckt.«

»Es war Nelly«, behauptete Nele. »Sie hat gesagt, wir sollen ins Watt gehen und nach Bernstein suchen.«

»Schon wieder diese Nelly.« Wilhelmine schüttelte den Kopf.

Neles unsichtbare Spielgefährtin, die sie sinnigerweise auch noch Nelly getauft hatte, gab so manches Mal Anlass zu Ärger. Stets war es Nelly, die tollkühne Abenteuer suchte, den Eltern nicht gehorchte oder Schabernack auf der Hallig trieb und Enno, diesen gutmütigen Jungen, mit in Dinge hineinzog, für die er als der Ältere dann bestraft wurde. Aber auf Greunfall waren die beiden die einzigen Kinder und einander wie die Großen auf Gedeih und Verderb ausgeliefert.

»Ich will malen«, erklärte Nele nun und setzte sich an den schweren Eichentisch. »Enno, gib mir meinen Krebs.«

»Den hab ich nicht mehr«, entgegnete er ruhig, was bei

Nele zu einem Zornesausbruch führte, der erst durch das Erscheinen ihres Vaters beendet wurde.

»Was muss ich da von euch hören?« Harm Lorentz sprach strenger als sonst, denn die Vorstellung, dass Nele, seinem Sonnenschein, etwas zustoßen könnte, war nicht zu ertragen.

Aber schon flog sie ihm in die Arme und rieb ihre Wange an seiner. »Ich hab dir etwas mitgebracht«, sagte er, schon milder gestimmt. Dann ging er noch einmal nach draußen und brachte einen Karton herein. »Eine junge verletzte Möwe. Willst du sie pflegen?«

Mit einem mitleidigen Aufschrei beugte sich Nele über den Vogel, der sich zitternd in eine Ecke drängte und den einen Flügel auffällig hängen ließ. Sachte pustete sie das Tier an. »Ich mach dich wieder gesund«, flüsterte sie. »Versprochen. Und wenn du wieder fliegen kannst, komm ich mit. Dann zeigst du mir den Rest der Welt.«

Wilhelmine wandte sich leise an Neles Vater. »Undine ist wieder unterwegs. Sie war schon den ganzen Tag so unruhig. Vielleicht wäre es besser …«

Wortlos knöpfte er seine Wetterjacke wieder zu.

»Enno, kannst auch gehen, hab keine Zeit mehr für dich«, sagte Nele, ohne sich umzudrehen. »Ich muss mich um meine Möwe kümmern.«

»Soll ich bei den Schafen helfen?«, bot Enno an, der noch immer linkisch herumstand.

»Du bleibst hier und trinkst erst mal einen heißen Tee«, bestimmte Wilhelmine energisch. »Nele muss sich noch bei dir bedanken. Wer weiß, was ohne dich sonst draußen passiert wäre. Wo sie doch die Totenglocken gehört hat.«

Der Mann und der Junge warfen sich einen Blick zu. Aberglaube. Weibergeraune. Aber beide schwiegen, denn es gab Themen, bei denen man besser nicht mitredete.

Der Sturmgott fegte über die Hallig, trieb die Gischt des Meeres bis auf die Warften und heulte zornig, als er kein Opfer fand. Das Vieh war längst in den Ställen, und die tief nach unten gezogenen Reetdächer der Häuser trotzten jeder Gewalt.

Doch halt, da stand eine einsame Gestalt am Sommerdeich, stemmte sich gegen den Wind und reckte die Arme in einem lautlosen Schrei gen Himmel.

»Undine, komm mit nach Hause.« Harm Lorentz führte seine Frau beschützend wie ein Kind. Tränen liefen ihr über das regenfeuchte Gesicht, aber sie sagte kein einziges Wort.

»Meine Mutter spricht nicht mehr«, berichtete Nele am nächsten Tag, als Enno und sie vor der Schulstunde auf einem Weidengatter saßen. »Vater sagt, sie ist krank, aber Wilhelmine sagt, wir brauchen keinen Doktor. Es ist nur der Wind.«

Enno fühlte sich unbehaglich. Jeder auf Greunfall wusste, dass Undine Lorentz Zeiten hatte, in denen in ihrem Kopf etwas in Unordnung war, aber man sprach nicht darüber. Wozu auch, nach einigen Wochen war sie wieder wie früher.

»Möchtest du noch mehr hören? Meine Möwe ist tot.«
»Das tut mir leid«, sagte Enno hilflos.
»Muss es nicht. Ich kann sie wieder lebendig machen.«

Eifrig zog Nele ihren Zeichenblock aus dem Ranzen. Da war sie, die Möwe. Nicht mehr mit gebrochener Schwinge, nein, sondern in freiem Flug am Himmel, unter ihr das Meer und am Horizont eine Stadt mit Türmen und hohen Häusern.

»Husum?«, fragte er zweifelnd.

Sie schaute ihn verächtlich an. »Hamburg. Da kommst du nie hin. Aber ich, wenn ich erst groß bin.«

»Wenn du willst, besuche ich dich dort«, versprach er ernst, aber sie schüttelte energisch den Kopf.

»Du bleibst hier. Ich nehme nur Nelly mit.«

1

Der Leuchtturm blinkte beharrlich, und die Schiffssirene heulte in immer kürzeren Abständen.

»Komm schon, gib Ruhe!« Nele Lorentz warf ein Buch nach dem Wecker, der in weiser Absicht so weit von ihr entfernt auf einem Tischchen platziert war, dass sie zum Abstellen normalerweise aus dem Bett musste.

Heute, an einem Montagmorgen, traf sie ihn sogar zu ihrer Überraschung. Weniger überrascht war sie allerdings über die Tatsache, dass der kitschige Wecker gleich noch die Blumenvase mit vom Tisch riss, die ihren Inhalt über einen Stapel Zeichnungen ergoss, den sie gestern eigentlich noch hatte wegräumen wollen.

»Typisch für mich.« Nele sprang aus dem Bett und öffnete erst einmal die Balkontür. Aufräumen wollte sie später. Mit der frischen Luft strömte auch der Straßenlärm herein, aber wenn man sich weit genug über die Balkonbrüstung im vierten Stock lehnte, konnte man gerade noch einen kleinen Zipfel der Hamburger Binnenalster erhaschen. Wasser, sie brauchte diesen Anblick mitten in der Stadt.

Seit zwei Jahren lebte sie jetzt in Hamburg, hatte nach dem Schulabschluss, den sie in einem Internat auf dem Festland gemacht hatte, zunächst eine Fachschule für

Kommunikationsdesign, Schwerpunkt Gebrauchsgrafik, besucht und dann nach einigen Jahren in Husum endlich ihre Traumstelle bei der Werbeagentur Löffler & Co. in Hamburg ergattert.

Traumstelle, na ja ... ihre Begeisterung hatte sich inzwischen gelegt, aber immerhin reichte der Verdienst, um sich ihre »Wohnhöhle« in einem guten Stadtviertel leisten zu können. So nannte Nele schon mal die Wohnung, weil es noch zwanzig ähnlich geschnittene – eineinhalb Zimmer, Miniküche, fensterloses Bad und Balkon mit Geranienpflicht – im Haus gab.

Ein Blick auf die Uhr ließ sie endgültig wach werden. In einer knappen Stunde würde die Sitzung anfangen. Heute war der Tag, an dem Nele ihren Entwurf für die neue Verpackung von »Schumanns Schuhcreme« vorstellen sollte. Wo hatte sie bloß die Entwürfe hingelegt? Aber jetzt erst mal unter die Dusche, der Rest würde sich danach schon finden.

»Moin, Romeo, moin, Julia«, begrüßte sie nach dem Duschen ihre Haustiere, zwei Seesterne in einem Salzwasseraquarium, die ihr zu Studienzwecken dienten.

Sie hoffte, mit ihrem Team den Auftrag für Kinderbettwäsche an Land ziehen zu können, und gab es etwas Schöneres, als abends mit lächelnden Seesternen einzuschlafen und am nächsten Morgen gut gelaunt in ihrer Gesellschaft wieder aufzuwachen?

Nele stürzte ein Glas kalte Milch hinunter, raffte ihre Unterlagen zusammen und überlegte dabei fieberhaft, wo sie gestern Moby Dick geparkt hatte. Moby, ihr hellblauer, liebevoll bemalter Käfer, den ihr die Eltern damals zur

Volljährigkeit geschenkt hatten. Lange hatte das Auto in einer Garage auf dem Festland auf seinen Einsatz warten müssen, denn auf der Hallig waren nur Pferdefuhrwerke und landwirtschaftliche Maschinen für den Gemeinschaftsgebrauch erlaubt.

Zu ihrer Erleichterung entdeckte Nele den Wagen zwei Seitenstraßen weiter. Mist, sie fuhr bereits seit vorgestern auf Reserve, was Moby Dick ihr irgendwie übel zu nehmen schien, denn beim Starten gab er nur einen röchelnden Laut von sich.

»Durchhalten«, bat sie und klopfte dabei aufmunternd auf die Ablage. Mit der Folge, dass die Blumenvase mit dem Strauß getrockneten Halligflieder abfiel. Erst beim dritten Versuch bequemte sich Moby, spuckend und bockend in Gang zu kommen.

Löffler & Co. lag in der neuen Hafencity und verfügte über einen eigenen Firmenparkplatz, dessen Schranke man mittels einer Chipkarte öffnen konnte. Vorausgesetzt, man hatte diese Karte auch bei sich ...

»Flo, dich schickt der Himmel!« Florian, Freund und Kollege aus einer anderen Abteilung, bog gerade mit seinem Rennrad um die Ecke, als Nele ihm in den Weg trat und hastig den Schlüssel für ihren Wagen in die Hand drückte. »Sei ein Schatz, bring Moby irgendwo unter.« Sie hielt ihm flüchtig die Wange zu einem der nur angedeuteten Freundschaftsküsse hin, die gerade modern waren. »Falls er bockt, braucht er Benzin. Super ist nicht nötig. Kannst du das Geld bitte auslegen? Ich hab es brandeilig, bin schon auf dem letzten Drücker.«

War das schon jemals anders, dachte Florian ergeben,

als er Nele mit fliegenden blonden Haaren, die mehr schlecht als recht von einer Micky-Maus-Haarspange zusammengehalten wurden, zum Fahrstuhl eilen sah. Unterwegs bückte sie sich nach einigen Blättern, die aus ihrer Mappe herausgerutscht waren. Das Hupen eines Wagens riss ihn aus seinen Gedanken.

»Können Sie Ihre Hippiekarre endlich mal aus dem Weg räumen?«

»Ich bin davon ausgegangen, dass es sich bei Leder um ein Naturprodukt handelt.« Nele schaute Beifall heischend in die Runde und erntete ein neutrales Kopfnicken des Kunden.

»Bitte fahren Sie doch fort, Frau Lorentz.« Herr Löffler, Juniorchef in mittleren Jahren, blickte bereits ungeduldig auf die Uhr.

»Ich schlage vor, wir bauen in unserer Kampagne auf die Assoziationen des Endverbrauchers. Schuhcreme, Lederschuh, Naturbelassenheit. Bereits die Verpackung sollte das ausstrahlen.« Sie legte ihre erste Faltschachtel auf den Tisch und betätigte den Beamer, der verschiedene Strukturzeichnungen an die Wand warf. »Modell Flaumfedern für beigefarbene und weiße Schuhe.« Als keiner reagierte, ging sie zum nächsten Bild über. »Struktur von Haifischhaut mit Perleffekt für schwarze Schuhe.«

»Ich finde das recht originell.« Jenny aus Neles Team bot Schützenhilfe an, denn noch hatte sich der Kunde nicht geäußert.

»Dürfen wir jetzt bitte das Modell für braune Schuhcreme in Augenschein nehmen?« Herr Löffler klang sarkastisch, aber Nele blieb optimistisch, denn für braune Schuhe hatte sie gleich zwei Ideen.

Nur – wo waren die Schachteln? Konnte es sein, dass sie noch zu Hause unter dem Leuchtturmwecker lagen? Egal, dann mussten eben die Strukturzeichnungen reichen.

»Kann es sein, dass das Bild auf dem Kopf steht?« Die erste Reaktion des Kunden, sicher ein gutes Zeichen, denn der Satz sprach für Interesse und Aufmerksamkeit.

»Getrockneter Seetang«, erklärte Nele stolz. »Und hier ist mein persönliches Lieblingsmodell.« Sie strahlte den Kunden an und schenkte auch Herrn Löffler ein Lächeln. »Vielleicht möchten Sie gerne einmal selber assoziieren?«

»Raten. Frau Lorentz möchte, dass wir raten«, übersetzte der Juniorchef. Überflüssigerweise, fand Nele.

»Körniger Sand«, rief Jenny.

»Holzmaserungen. Naturbelassene Kiefer. Merinoschaf.« In einer Werbeagentur herrschte kein Mangel an Fantasie, aber entscheidend war die Interpretation des Kunden.

»Also mich erinnert der Entwurf an etwas wie ...« Er zögerte und wandte sich dann direkt an Herrn Löffler. Die Spannung im Raum stieg. »Ausscheidungen. Nicht besonders appetitlich für eine Schuhcreme von exzellenter Qualität, wie wir sie auf den Markt bringen wollen. Wäre es möglich, noch andere Entwürfe zu bekommen?«

»Aber ... es ist die Struktur eines Seeigels«, verteidigte Nele ihr Modell. »Rein und sauber aus der Tiefe des Meeres, getrocknet von Sonne und Wind. Natur pur.«

Umsonst, der Kunde hatte sich bereits erhoben und

wurde von Herrn Löffler hinauskomplimentiert. »Selbstverständlich bekommen Sie andere Entwürfe. Ich hatte in diesem Fall keine Ahnung. Ja, natürlich, wir haben auf Verpackungen spezialisierte Mitarbeiter. Mit mehr Erfahrung, wie Sie wünschen.«

»Ich zeichne Seetiere, seit ich einen Stift halten kann«, empörte sich Nele, als das Team alleine zurückblieb.

»Du hast die Präsentation versaut«, sagte Gerhard genüsslich. Gerhard, den man hinter seinem Rücken auch den Geier nannte, weil er sich auf jeden lukrativen Auftrag stürzte und dabei versuchte, die Kollegen auszubooten, indem er geschickt seine Arbeit in den Vordergrund stellte.

Horst, der zweite Mann im Team, steckte sich gelangweilt eine Zigarette an. »Was dagegen, wenn ich hier rauche?«

»Ja«, kam es von Jenny. »Geh gefälligst ins Raucherzimmer. Soll ich dir mal deine Lunge von innen aufzeichnen?«

Nele musste lachen, aber dann fiel ihr wieder die verpatzte Vorstellung ein. »Leute, es tut mir leid. Ich hab's vermurkst, aber vielleicht gibt Löffelchen uns trotzdem eine Chance für die Kinderbettwäsche.«

»Komm ihm besser in den nächsten Tagen nicht unter die Augen«, riet Horst und schlug den Weg zum Raucherzimmer ein. »Eine mitrauchen, Gerhard?«

»Nein, danke. Ich werde lieber versuchen, beim Chef gutes Wetter zu machen. Quasi eine Entschuldigung finden.«

»Ein Schleimbeutel und ein Lahmarsch, und dabei halten sie sich für die Krone der Schöpfung«, monierte Jenny und sprach damit Neles Gedanken laut aus. »Was nun, es ist Mittagspause. Gehen wir ins Piranha auf einen Prosecco?«

Nele war nicht abgeneigt, zumal sie im gläsernen Fahrstuhl auf Florian trafen, der ihr mürrisch den Autoschlüssel zurückgab.

»Er ist drei Meter hinter der Schranke stehen geblieben. Ich musste mir einen Benzinkanister leihen und jemanden bitten ...«

»Fein, Moby läuft also wieder. Das ist gut«, tat Nele die Sache ab. Flo war immer so umständlich. Für sie selbst galt fertig und aus, wenn ein Problem praktisch gelöst war.

Das Piranha verfügte über eine Terrasse zur Hafenseite und war gut besucht, aber Manuelo, der Wirt, hatte ihnen in weiser Voraussicht einen Tisch in der vordersten Reihe mit Blick auf den Yachthafen freigehalten, denn die Leute von Löffler & Co. waren treue Gäste.

»Wie war die Präsentation?«, wollte Flo wissen.

»Alles Kunstbanausen«, berichtete Nele. »Sollen die doch ein simples Kackbraun für ihre Verpackung nehmen, dann spare ich mir meine Seetiere eben für die Kinderbettwäsche auf.«

»Noch haben wir den Auftrag nicht«, meinte Jenny skeptisch.

»Das wird schon. Ich hab das im Gefühl.«

»Deine berühmten Vorahnungen. Die seherischen Fähigkeiten einer Insulanerin«, spottete Flo.

»Wie oft soll ich euch das noch sagen, eine Hallig ist keine Insel«, entgegnete Nele mit gespieltem Seufzen, denn sie hatte es den Freunden schon so häufig erklärt.

»Wir werden das ja demnächst persönlich in Augenschein nehmen können«, meinte Jenny. »Bleibt es dabei, in vierzehn Tagen ein langes Wochenende?«

»Wie abgesprochen«, bestätigte Nele und nahm sich vor, noch am selben Abend endlich ihre Eltern anzurufen und den Besuch anzukündigen. »Falls keine Sturmflut angesagt ist, denn dann fährt das Boot nicht rüber.«

»Was machen deine Eltern jetzt, Mitte September, wenn die Tagesgäste allmählich ausbleiben?«

»Nichts Besonderes.«

Tja, was machten sie eigentlich? Nele pflegte darüber nicht groß nachzudenken. Auf der Warft gab es immer zu tun, und ihr Vater schrieb abends vermutlich weiter an seinem »Jahrhundertwerk« über die Geschichte der Halligen. Wie er es schon getan hatte, als sie noch ein Kind war, während Undine stundenlang aufs Wasser schaute und in ihrer eigenen Welt lebte. Wie gut, dass Wilhelmine noch so rüstig war und die Arbeit brauchte wie ihr täglich Brot.

»Ihr bekommt dort nichts Aufregendes geboten«, warnte Nele die Freunde. »Gute Luft, Halligkäse und abends einen zünftigen Teepunsch. Ein altes Haus, um das der Wind pfeift. Der Kamin rußt so, dass einem die Augen tränen.«

»Kein Mann im heiratsfähigen Alter?« Jenny hatte erst kürzlich ihrem Freund den Laufpass gegeben, weil er sich, in ihren Worten, als unkreativer Langweiler erwiesen hatte.

»Wo denkst du hin! Höchstens einen Witwer. Und Enno, aber der ist ein Einzelgänger.«

Enno, der für sie wie ein großer Bruder gewesen war, den sie rumkommandieren konnte, auch heute noch bei ihren selten gewordenen Besuchen zu Hause. Ich sollte auf seine Briefe antworten, dachte Nele schuldbewusst. Denn es war Enno, der ihr getreulich einmal im Monat über alles auf Greunfall Bericht erstattete, auf sorgfältig mit Tinte beschriebenen Blättern, denen er schon mal eine gepresste Pflanze beilegte. Aber im Zeitalter von Handy und Internet Briefe schreiben? Dazu konnte sich Nele nicht aufraffen, also blieb es von ihrer Seite aus bei bunten Postkartengrüßen, die sie mit kleinen Zeichnungen verzierte.

»Der Wikinger ist wieder da.« Jenny wies auf ein Holzschiff, das vorne am Bug einen prächtigen Drachenkopf als Galionsfigur trug.

»Und seinen Harem hat er auch dabei«, sagte Flo missbilligend. In der Tat war der Skipper an Bord gleich von mehreren Schönheiten umgeben, köpfte gerade eine Flasche Sekt und spritzte den Inhalt auf die fröhlich kreischenden Mädels. Überraschend grüßte er dann zu ihrem Tisch herüber.

»Na, Flo, ist er eher was für uns oder für dich?«, neckte Nele den Freund, der kein Geheimnis aus seiner Bisexualität machte.

»Das ist doch ein Angeber«, sagte Flo, der in seinem üblichen schwarzen Outfit im Schatten saß, obwohl die Sonne jetzt, gegen Ende des Sommers, noch angenehme Wärme verbreitete.

»Aber ein Frauentyp«, meinte Jenny sachkundig, und Nele musste ihr recht geben. Der sogenannte Wikinger war zwar nicht blond, sondern hatte schulterlange braune Locken, wirkte aber sportlich und durchtrainiert, wie er da in seinem fast bis zum Bauchnabel offenen Hemd und den am Knie abgeschnittenen Jeans an der Reling lehnte.

»Das sind so Typen, die im Alter schnell Fett ansetzen«, giftete der magere Flo.

Die beiden Frauen sahen sich an und prusteten los. Florians vergebliche Bemühungen, mithilfe eines Fitnessstudios protzige Muskeln aufzubauen, waren in der Agentur hinter seinem Rücken oft Gesprächsthema.

»Was macht dein neuer Lebensabschnittsgefährte, oder ist es diesmal eine Gefährtin?«, erkundigte sich Nele heiter.

»Die Beziehung muss erst noch wachsen«, wehrte Flo brummig ab.

Keiner von ihnen bekam jemals Flos Partner zu Gesicht, was ihn mit einer geheimnisvollen Aura umgab, auf die er großen Wert legte.

Aus einer spontanen Eingebung heraus nahm sich Nele eine Papierserviette und entwarf mit wenigen Strichen das Bild eines übertrieben breitschultrigen Mannes an Deck eines Schiffes, dessen Oberkörper wie aufgepumpt aussah und der einen Hahnenkopf mit schwellendem Kamm trug. Ihm zu Füßen lagen Hühner in Bikinis, die anbetend zu ihrem Meister aufschauten. »Gockel maritim« schrieb sie darunter und gab Manuelo die Zeichnung.

»Das kannst du dem Mann geben. Aber warte bitte, bis wir gegangen sind.«

Manuelo grinste. »Ich weiß nicht, ob er Humor hat.«

»Der doch nicht«, behauptete Flo sofort.

»Was soll's, der Typ ist sicher bald wieder weg. Wollte er nicht einmal um die Welt segeln?« Nele erinnerte sich vage an einen Zeitungsbericht, in dem der Wikinger in einer Heldenpose abgebildet war.

»Vorsicht, er kommt«, zischte Jenny und fuhr sich eitel durch die kurzen schwarzen Haare.

Der Mann holte sich an der Theke Zigaretten und plauderte mit Manuelo, der ihm schließlich Neles Zeichnung überreichte und mit einer kurzen Kopfbewegung zu ihrem Tisch wies.

»Der haut uns doch glatt in die Pfanne«, schimpfte Nele und hatte dabei ein mulmiges und gleichzeitig prickelndes Gefühl.

Nachdem der Wikinger die Zeichnung eine Weile betrachtet hatte, schlenderte er betont langsam zu ihnen herüber. »Wem habe ich diesen Kunstgenuss zu verdanken?« Unbekümmert setzte er sich auf den letzten freien Platz.

Aus der Nähe sah er reichlich zerknittert aus, vielleicht Ende dreißig, fand Nele. Aquamarinblaue Augen, ungewöhnlich für einen braunhaarigen Menschen. Ein Mann, der sich auf provozierendes Flirten verstand und sehr wohl um seine Attraktivität wusste.

»Es war ein Gemeinschaftswerk«, sagte Nele rasch und warf ihren Freunden einen warnenden Blick zu.

»Aber die Unterschrift stammt von ihr.« Jenny, die Verräterin, tippte Nele an.

»Das habe ich mir bereits gedacht, so wie speziell diese Dame hier immer zu mir herübergeschaut hat.«

»Von wegen. Hab ich nicht.« Was für ein eingebildeter Kerl! Nele konnte es nicht verhindern, dass ihr eine leichte Röte ins Gesicht schoss.

»Lust auf einen kleinen Törn?«, fragte der Wikinger lässig und schaute dabei von Nele zu Jenny und wieder zurück.

»Fehlt Ihnen etwa noch zusätzliches weibliches Personal?«, platzte Flo unfreundlich heraus.

»Die Damen haben gerade abgemustert. Ich könnte eine neue Crew gebrauchen.«

»Wir gehören zur arbeitenden Bevölkerung«, sagte Jenny bedauernd. »Unsere Pause ist gleich zu Ende.«

»Und Sie?« Er schaute Nele direkt in die Augen. War es Spott oder Interesse? Sie wich dem Blick nicht aus.

»Ich möchte nicht so gerne Teil eines Hühnerhofs sein«, erklärte sie, lächelte aber dabei.

»Schade. Vor allem für Sie.« Er erhob sich, klopfte kurz auf den Tisch und machte sich mit wiegendem Gang auf den Weg zurück zu seinem Boot.

»Schau dir diesen herrlichen Knackarsch an«, seufzte Jenny. »Meinst du, er lädt uns mal wieder zu einem Törn ein?«

»Die Chance ist verpasst«, antwortete Nele lachend. »Schau, er hat schon Ersatz für uns gefunden.«

Einige Schulmädchen bewunderten das Schiff, und es dauerte nicht lange, bis der Wikinger sie an Bord holte.

»Frei sein und dann die Welt umsegeln«, träumte Jenny. »Bis an den Horizont heran.«

»Davon habe ich früher auch geträumt. Ich wollte immer mit den Möwen mitfliegen«, erzählte Nele. »Aber hinter dem Horizont kommt stets ein neuer Horizont. Stell ich mir jedenfalls so vor.«

»So, ihr Philosophen, ich mach mich auf den Weg. Kommt ihr?« Flo winkte Manuelo zu.

»Wie heißt denn unser Gockel?«, erkundigte sich Nele.

»Leif Larsson«, antwortete Manuelo. »Von dem erzählt man sich tolle Geschichten …«

»Kann ich mir gut vorstellen. Danke, kein Bedarf«, wehrte Nele lachend ab.

2

»Frau Lorentz, das hier wurde unten beim Pförtner für Sie abgegeben. Ich nehme jedenfalls an, dass die Post für Sie bestimmt ist.« Herr Löffler saß hinter seinem Schreibtisch und hatte die Daumen in eine Weste mit Blumenmuster eingehakt. Betont lässig, aber auf Nele wirkte der Chef wie seine eigene Karikatur. Vor ihm lag ein Umschlag im DIN-A4-Format, auf dem statt einer Adresse eine Zeichnung war. »Bitte, sehen Sie selber.«

Nele nahm den Umschlag in die Hand und konnte sich ein Schmunzeln nicht verkneifen. Nicht schlecht. Auch nicht richtig gut, aber es war deutlich zu erkennen, was der Künstler abbilden wollte – eine Szene, wie sie sich vor zwei Wochen auf der Terrasse des Piranha abgespielt hatte. Florian und Jenny, einigermaßen wirklichkeitsnah getroffen, und neben ihnen eine Frau in geringeltem Pullover mit aufgestecktem weißblondem Haar, aus dem sich viele kleine Strähnen lösten. Selbst die Micky-Maus-Haarspange fehlte nicht. Ein Pfeil führte zu dieser Person, eingerahmt von dicken Frage- und Ausrufezeichen.

»Ja, das könnte ich sein«, sagte sie zu Herrn Löffler mit unbeteiligter Stimme.

»Wollen Sie den Brief nicht öffnen?«

»Später. Ich stecke mitten in der Arbeit. Haben Sie schon eine Entscheidung getroffen, wer die Muster für die Stoffkollektion …?«

»Nein, habe ich nicht.« Herr Löffler runzelte die Stirn. »Schuhcreme. Braune Ringelwürmer. Unsere Kunden mögen das nicht.«

»Keine Wattwürmer, Seeigel«, verteidigte sich Nele. »Und für Kinder würde ich selbstverständlich ganz anders vorgehen.«

Eine Erwiderung kam erst, als sie schon fast an der Tür war. »Sprechen Sie das mit Ihrem Team ab. Ich wünsche zunächst einen Entwurf. Arbeiten Sie bitte in diesem Fall etwas konventioneller. Vielleicht mit Schäfchen oder Kätzchen.«

Oder Seesternen, dachte Nele aufgeregt, und diesmal wollte sie ihre Chance auf jeden Fall richtig nutzen, komme, was wolle.

Bevor sie den anderen die frohe Botschaft verkündete, riss sie noch schnell den Umschlag auf. Er enthielt eine weitere Zeichnung. Ein Schiff, das ihr verdächtig bekannt vorkam, obwohl es anstelle des Drachenkopfes eine andere Galionsfigur trug. Eine Frau – sie selbst – mit Ziegenkopf. »Modell Seezicke« hatte der Künstler sein Werk genannt.

»Du bist dran mit dem Eimer. So nimm ihn schon.« Jenny drängte Florian, der vergeblich bemüht war, in Moby Dick seine langen Beine auszustrecken, das Seesternpärchen Romeo und Julia auf, das in die Freiheit entlassen werden sollte.

»Wir sind schon da«, verkündete Nele und würgte beim Einparken den Wagen ab.

»Darf man hier denn parken?«, wollte der korrekte Florian wissen. »Da steht was von Überflutungsgefahr.«

»Ist doch noch der Deich davor«, meinte Nele unbekümmert. »Außerdem soll sich das Wetter halten. Es ist fast windstill.«

»Also ich finde es eher stürmisch.« Jenny fror in ihrem dünnen Seidenanorak.

»Beeilung, Herr Pedersen will ablegen.« Nele schnappte sich ihre Reisetasche und winkte dem Versorgungsschiff zu, das zweimal pro Woche die kleine Hallig ansteuerte.

»Es schaukelt«, klagte Jenny, und Florian wickelte sich in seinen edlen schwarzen Cashmereschal, den er extra für dieses Wochenende angeschafft hatte.

»Schnapsidee, das Wochenende wie Robinson zu verbringen«, murrte er und betrachtete argwöhnisch eine Möwe, die sich auf der Reling häuslich niederließ. »Komm mir bloß nicht zu nahe, du alter Geier.«

»Nette Brise, was? Ich merk immer erst unterwegs, wie frei man hier durchatmen kann. Ist doch anders als in der Stadt.« Nele hatte ihre Seesterne wieder dem Meer übereignet und schaute sinnend über das Wasser, in dem sich schon der Abendschein spiegelte.

> »›Graues Geflügel huschet
> neben dem Wasser her,
> wie Träume liegen die Inseln
> im Nebel auf dem Meer.‹

Theodor Storm, wir haben es bei jeder Schulfeier aufgesagt. Ich kann es bis heute. Wie das Vaterunser auf Friesisch. Wilhelmine hat es mich früh gelehrt.«

Jenny und Flo schauten sich entgeistert an. Das war eine andere Nele als die flippige Chaos-Queen, die sie kannten.

Vor ihnen tauchte jetzt eine lang gestreckte Sandbank auf.

»Da liegt was drauf. Steine oder so.« Jenny lieh sich das Fernglas aus. »Es sind Seehunde«, rief sie dann aufgeregt. »Echte Seehunde.«

»Was dachtest du denn, ausgestopfte?«, erwiderte Nele lachend. »Schaut mal nach oben, ein Vogelzug.«

»Wildgänse?«, riet Florian, denn etwas anderes fiel ihm nicht ein.

»Von wegen, es sind Seeschwalben, die im Herbst in den Süden ziehen. Aber die Möwen bleiben.«

»Sind die alle so groß wie diese hier?« Florian behielt den trippelnden Vogel neben sich skeptisch im Auge.

»Ganz unterschiedlich. Die neben dir ist eine Mantelmöwe, aber es gibt auch Lachmöwen, Sturmmöwen und ... Wartet bis morgen, dann erkläre ich euch den Unterschied. Wir legen jetzt gleich an.«

»Ich sehe ein Licht, das sich bewegt«, sagte Jenny, die es in der einsetzenden Dunkelheit zu erkennen glaubte.

»Das ist Wilhelmine mit ihrer altmodischen Laterne, die uns begrüßen möchte.« Wo blieben ihre Eltern? Undine war in letzter Zeit heiter und gelöst gewesen, wie ihr Vater ihr am Telefon berichtet hatte. Kein Grund zur Sorge, obwohl allmählich die Jahreszeit nahte, in der es häufig bei den Stimmungen ihrer Mutter zu einem Umschwung kam. Dann trat Undines Nervenschwäche stärker zu Tage, aber man schirmte sie in dieser Zeit liebevoll ab. Ob es auf dem Festland mit intensiverer ärztlicher Betreuung besser gehen würde, konnte keiner sagen, denn Undine verweigerte jede Form der Behandlung.

»Herzlich willkommen.« Wilhelmine sah aus wie immer – gehüllt in einen schwarzen Kapuzenmantel, der bis zu den Knöcheln reichte, um Kopf und Schultern ein graues Wolltuch, an den Füßen gefütterte Gummistiefel. Die vielen Fältchen im Gesicht sprachen für ein bewegtes Leben und hatten sich um einige vermehrt, aber die Augen blickten immer noch hell und wachsam. Nele wurde von ihr fest in den Arm genommen. »Bist ja nur noch Haut und Knochen, mein Mädchen.«

»Im Gegenteil, ich muss dringend eine Diät machen.«

»Was für 'n neumodischer Kram.«

»Frischer Wind hier. Nette kleine Insel«, sagte Jenny tapfer auf dem Weg zur Warft hoch. »Aber ich hab das Gefühl, der Boden schwankt noch unter mir von der Überfahrt.«

»Halligen sind wie Schiffe, die immer vor Anker liegen«, erklärte Wilhelmine. »Deine Eltern warten im Pesel auf uns«, wandte sie sich an Nele.

»Das Wohnzimmer, die gute Stube von früher«, übersetzte Nele für die anderen. »Wir haben noch Deckenbalken mit Malereien aus dem 17. Jahrhundert und eine Menge altes Zeug.«

Die Eltern standen zum Empfang bereit. Undine hatte zwar tiefe Schatten unter den Augen, freute sich aber aufrichtig über das Wiedersehen.

»Lasst uns einen Tee trinken«, schlug sie nach dem Essen – es hatte einen Fischeintopf und selbstgebackenes dunkles Brot gegeben – vor.

»Rum mutt, Zucker kann, Water brukt nich«, meinte Harm Lorentz freundlich. »Übersetzt für die Küste heißt das: Rum muss sein, Zucker kann, und Wasser ist eher überflüssig.«

»Sie schreiben an einem Buch?«, erkundigte sich Florian höflich, als man später vor dem wärmenden Kamin saß und auf das Knistern der Scheite hörte.

»Ich wünschte, ich hätte dafür mehr Zeit«, seufzte Harm. »Der Küstenschutz, Sommergäste und die Versorgung des Pensionsviehs, da bleiben mir nur die Winterabende.«

Nele setzte sich auf die Armlehne des Sessels ihres Vaters und legte ihm den Arm um die Schulter. »Eines Tages wirst du das Buch beendet haben. Und ich mache dafür die Illustrationen, so wie früher.«

»Damals hast du mir in meine Wasserstandstabellen einen Heringsschwarm und tanzende Quallen gezeichnet, weißt du noch?«

»Das war bestimmt Nelly«, sagte Nele lachend.

»Die freche Nelly, natürlich!«

»Hast du eine Schwester?«, fragte Jenny neugierig.

»Leider nicht. Ich hatte nur den ollen Enno zum Spielen. Deshalb erfand ich mir eine Gefährtin, die ich Nelly nannte. Nelly war für jeden Streich verantwortlich, und sie gab mir immer recht. Nachts erzählten wir uns im Bett Geschichten oder heckten neue Dummheiten aus.«

»Seid mir nicht böse, aber ich möchte mich zurückziehen.« Undine erhob sich und schlug die Arme um sich, als ob sie frösteln würde.

Nele begleitete ihre Mutter ins Schlafzimmer. »Wie geht es dir wirklich?«, fragte sie weich.

»Gut«, antwortete Undine. »Allen Ernstes.« Aber dabei ging ihr Blick verloren in Richtung des einen Spalt geöffneten Fensters, vor dem die Gardine wehte. Die kühle Nachtluft hatte sich bereits ihren Weg in den Raum gebahnt. Der klagende Ruf eines Seevogels hallte aus dem Watt.

»Ich mach das Fenster für dich zu.«

»Nein. Sie ... sie sind so alleine da draußen.« Undine griff nach Pullover und Jacke. »Ich brauche noch ein bisschen Bewegung. Morgen haben wir Zeit für alles.«

Nele wusste, dass es zwecklos war, ihre Mutter aufhalten zu wollen. Worin auch immer ihre Unruhe bestand, das konnte sie nicht sagen. Und auch nicht, wen oder was sie »draußen« vermutete. Wenn man Undine zu sehr mit Fragen zusetzte, verstummte sie und zog sich in ihre innere Welt zurück. Was war wohl diesmal der Auslöser gewesen? Ihr Besuch?

Zurück in der Stube, verständigte sich Nele kurz mit ihrem Vater, und als sie das Klappen der Tür vernahmen, machte auch Harm sich auf den Weg nach draußen. »Die Tiere«, meinte er entschuldigend.

Jenny gähnte unverhohlen, wollte aber noch nicht zu

Bett. »Was ist mit den alten Spukgeschichten, die du mal erwähnt hast? Ich würde gerne eine hören.«

»Spukgeschichten«, grollte Wilhelmine. »Hier auf der Hallig geht es anders zu als in der Stadt. Wir wissen noch, woran wir glauben.«

»Ist ja gut«, sagte Nele beruhigend. »Die einen glauben an das, was sie sehen, und die anderen ...«

»Hast du nicht selber die Totenglocken von Rungholt läuten gehört?«

»Ich war ein Kind mit viel Fantasie«, meinte Nele leichthin. »Es kam wohl eher von deinen Geschichten. Nicht, dass ich sie nicht geliebt hätte«, fügte sie schnell hinzu, als Wilhelmine zu einem Protest ansetzte. »Weißt du noch, als Enno und ich eines Nachts Gonger gespielt haben?«

»Was dem armen Jungen eine tüchtige Tracht Prügel eingebracht hat, und du bist mal wieder so davongekommen«, sagte Wilhelmine mit gespielter Strenge.

»Wer oder was sind Gonger?«, wollte Florian wissen, der sich in eine Decke eingewickelt und seine Füße gefährlich nah am Feuer platziert hatte.

»Erzähl du es ihnen«, schmeichelte Nele.

Wilhelmine ließ sich nicht lange bitten. Sie lehnte sich auf ihrem geschnitzten Armstuhl zurück, schloss die Augen und wartete einen Moment, bis die Spannung im Raum spürbar gestiegen war. »Wenn nachts der Sturm an den Fenstern rüttelt und der Regen von Westen dagegenpeitscht«, begann sie und legte gleich wieder eine kurze dramatische Pause ein, »dann kommen sie, die Wiedergänger. Sie klopfen an die Türen, gehen hindurch und stehen schon mal vor deinem Bett. Wasser läuft an ihnen hinab. Sie sagen kein einziges Wort, heben aber die Hand zum stummen Gruß.«

»Wer sind sie?«, flüsterte Jenny.

»Ruhelose tote Seelen«, raunte Wilhelmine. »Sie kündigen den Seemannstod eines Verwandten oder nahen Freundes an, den das Meer unlängst verschlungen hat. Wenn sie gegangen sind, bleibt nichts als eine Wasserlache zurück.«

In diesem Moment klopfte es laut an der Haustür. Sie schrien alle gleichzeitig auf, Nele und ihre Freunde, nur Wilhelmine nicht.

»Wer uns etwas zu sagen hat, soll hereinkommen«, rief sie mit fester Stimme.

»Es brannte noch Licht, da wollte ich mal kurz vorbeischauen.«

»Enno!« Nele war wütend und erleichtert zugleich. »Uns so zu erschrecken. Wir haben dich für einen Wiedergänger gehalten.«

»Eine Wasserlache hinterlässt er ja«, platzte Jenny heraus. Enno streifte seine nassen Sachen ab und setzte sich zu ihnen ans Feuer. Er machte keine Anstalten, Nele zur Begrüßung in den Arm zu nehmen, schüttelte aber allen formell die Hand, selbst Wilhelmine.

»Harm ist unterwegs«, sagte diese erklärend.

»Ich weiß. Ich hab die beiden an der Kirchwarft gesehen. Sag Harm, ich habe einen Käufer für den Kutter gefunden.«

»Du willst den Betrieb deines Vaters verkaufen?« Nele war überrascht. »Ich dachte, du bleibst beim Fischfang, jetzt, wo dein Vater es gesundheitlich nicht mehr schafft.«

»Und dann ein Leben lang im Sommer die Touristen zum Krabbenfischen rausfahren? Vielleicht noch Shantys vom Band laufen lassen?«

»Warum nicht? Hier leben wir nun mal vom Tourismus.«

»Du nicht.« Das klang ein wenig scharf. »Du bist geflüchtet, kommst nur noch auf Besuch. Dabei ist hier genug Arbeit in der Saison. Wilhelmine wird auch nicht jünger.«

Nele musste schallend lachen. »O Enno, du hörst dich an wie fünfzig. Nein, wie sechzig. Sei doch nicht so grantig. Wie wär's mit einem Teepunsch, damit du lockerer wirst?«

Er zögerte für einen Moment. »Ich denke, ich schau lieber mal nach deinem Vater.« Sie vermieden es, Undine zu erwähnen. So, wie es seit Jahren üblich war. Man musste nicht alles aussprechen. »Wie lange bleibst du?« Nun klang er freundlicher und sprach sie direkt an. Guter alter Enno, dachte Nele, hat immer eine lange Anlaufzeit.

»Ich bring dich ein Stück«, entschied sie. »Wie ist es mit euch, kommt ihr mit?«

»Du willst uns vom Kamin weglocken? Niemals!« Jenny sprach auch im Namen von Florian, der seinen jenseitigen Blick hatte und in der Glut stocherte.

»Die Kampagne für Erkältungssalbe«, führte er ein Selbstgespräch. »Heiß wie ... Sorry, aber ich mach mir lieber ein paar Notizen.«

Der Wind hatte zugenommen, und Nele drängte sich Schutz suchend dichter an Enno. Ganz automatisch, wie sie es früher als Kinder getan hatten. Er wich ihr nicht aus, im Gegenteil, für einen kurzen Moment legte er schützend den Arm um sie. »Vorsicht, wir haben noch immer keine richtige Straßenbeleuchtung.«

»Wozu auch, wir kennen hier doch jeden Stein.« Nele stieß ihn mit dem Ellbogen in die Seite. »Weißt du noch, unser Auftritt als Gonger? Und als ich die Strandkrabben im Schulzimmer ausgesetzt habe?«

»Ich hätte dich davon abhalten sollen«, seufzte Enno.

»Gegen Nelly bist du nie angekommen.«

Sie schlugen den Weg zur Kirchwarft ein. Es gab dort zwar nur noch die Überreste einer Backsteinkirche aus dem 12. Jahrhundert, aber die Kapelle und der angrenzende Friedhof wurden bis heute genutzt. Alle vierzehn Tage kam der Pastor von der größeren Nachbarhallig, um einen Gottesdienst abzuhalten.

»Deine Mutter war das ganze Jahr über in Ordnung.« Sie sahen Neles Eltern gemeinsam zur Halligkante gehen. »Sie ist sogar mit deinem Vater auf dem Festland beim Spezialisten gewesen, aber der hat einen stationären Aufenthalt zur Beobachtung empfohlen.«

»Und sie wollte natürlich nicht bleiben. Das kann ich mir denken.« Nele leitete zu einem anderen Gesprächsthema über, das ihr ebenfalls wichtig war. »Enno, es ist sehr nett von dir, dass du mir Neuigkeiten von meiner Familie und von Greunfall berichtest. Ich hatte mir auch fest vorgenommen, auf deinen letzten Brief zu antworten, aber dann ist es doch wieder nur bei einem Kärtchen geblieben.«

»Mit der Fischgräte im Nachthemd. Hat mir gut gefallen. Du hast eine besondere Begabung für humorvolle Darstellungen.«

»Nur so eine Spielerei, nichts im Vergleich zu deinem Aufwand, mir regelmäßig zu schreiben. Weißt du, dass du der einzige mir bekannte Mensch bist, der es vorzieht, mit der Hand zu schreiben, statt E-Mails zu schicken?«

»Wenn du Mails vorziehst, musst du es sagen. Ich habe längst einen Computer.«

»Du? Was willst du denn damit?« Schon war ihr der Satz rausgerutscht.

»Ich bilde mich ständig weiter.«

Nele blieb überrascht stehen. »Wozu denn?«

»Vielleicht will ich ja doch noch von der Hallig.«

Sie hatten die Diekwarft erreicht, auf der Enno sein Zuhause hatte.

»Du doch nicht. Oder doch. Dann kannst du dir eine passende Frau suchen und wieder zurückkehren.« Nele gefiel die Vorstellung nicht, dass sich auf Greunfall etwas ändern sollte, und schon gar nicht bei dem Vertrauten ihrer Kindertage. Aber sie wollte sich nicht egoistisch zeigen. »Gute Idee, Enno. Schau ruhig mal, was hinter dem Horizont liegt.« Sie gab ihm einen herzhaften Kuss auf die Backe. »Wie findest du Jenny? Sie ist zur Zeit frei.«

»Eine Städterin.« Es hörte sich abfällig an.

»Das bin ich jetzt auch«, verteidigte Nele die Freundin.

»Du bist und bleibst Nele. Oder Nelly, je nachdem.«

»Welche hast du lieber?« Mal sehen, ob sie den alten Enno noch aus der Reserve locken konnte.

»Nach Komplimenten fischen bewirkt bei mir nur das

Gegenteil. Sieh zu, dass du jetzt umkehrst, dann bleibst du halbwegs trocken.«

Die Stimme der Vernunft, dachte Nele mit einem Anflug von Ärger, befolgte aber seinen Rat.

Undine erschien nicht zum Frühstück, aber Wilhelmine hatte alles gut vorbereitet. »Sahne und Käse sind von hier«, erzählte sie stolz.

»Ich habe geratzt wie ein Bär«, sagte Florian und nahm sich von der selbstgemachten Hagebuttenmarmelade.

»Wie wollen wir es machen? Erst Arbeitssitzung oder erst Führung?«, fragte Jenny und strich dabei bewundernd über die im Tisch eingelassenen Delfter Kacheln. »Was hast du für ein schönes Elternhaus. Diese eindrucksvollen Alkoven mit den Vorhängen, und das alte Geschirr auf den Borden in der Küche, ich bin ganz begeistert.«

»Mir imponieren die Ölbilder mit den maritimen Motiven«, ergänzte Flo. »Wie in einem Museum.«

»Ja, das denken die Leute öfter«, sagte Nele zerstreut, denn sie lauschte auf Geräusche von oben. »Dabei ist es nur eine typische Friesenstube aus dem 18. Jahrhundert. Meine Urgroßeltern haben hier schon gelebt, daher auch das ganze alte Zeug.«

Wilhelmine grummelte vor sich hin. »Kein Respekt vor den Vorfahren. Wir haben noch alte Petroleumlampen in Gebrauch gehabt und mit Treibholz und getrocknetem Kuhdung geheizt.«

»Wie konnten Sie dabei als Hebamme tätig sein?«, erkundigte sich Jenny neugierig.

»Wenn die Kinder auf die Welt kamen, wurde als Erstes

der Kessel über dem offenen Feuer aufgesetzt. Genauer gesagt zwei Kessel. Einen für meine Arbeit, den anderen für einen kräftigen Teepunsch.«

»Dann ist auch Nele hier auf der Hallig geboren?«

»Richtig. Im blauen Schlafzimmer im ersten Stock. Es heißt so, weil die Deckengemälde in Blautönen gehalten sind. Das Blau, das damals die holländischen Kauffahrer für die Maler mitgebracht haben.«

»War es nicht ein großes Risiko, ohne Arzt zu entbinden?«

»Wenn gegen Ende der Schwangerschaft etwas nicht in Ordnung war, mussten die Frauen rechtzeitig aufs Festland gehen, so wie heute.« Wilhelmine klapperte mit dem Geschirr. »Das ist besser so. Meine Kleine hier«, sie wies mit dem Kopf auf Nele, »die ist in einer stürmischen Nacht zur Welt gekommen. Wir rechneten mit Land unter, aber es ging noch einmal glimpflich ab. Wir wollten deine Mutter schon nach oben in den Schutzraum bringen.«

»Solch einen Raum haben hier alle«, erklärte Nele. »Er ruht auf Betonpfeilern, die ins Haus integriert sind und bis in den Warftboden reichen. Hält jeder Sturmflut stand.«

Wilhelmine warf ihr einen strafenden Blick zu. Sie war mit ihrer Erzählung noch nicht fertig gewesen. »In jener Nacht schien der Mond nur fahl durch die sturmzerzausten Wolken. Dein Vater war auf dem Festland, kein Boot konnte mehr übersetzen.«

»Aber dann haben wir doch gemeinsam alles gut hinbekommen, nicht wahr?«

Wilhelmine verharrte bei dem, was sie tat, und steckte

eine lose Haarsträhne mit einer Metallklammer neu fest. »Du bist unter einer Glückshaube geboren«, sagte sie dann weich. »Das ist sehr selten. Solche Kinder folgen ein Leben lang ihrem Glücksstern. Außerdem haben sie besondere Fähigkeiten.«

»Ha, das sollte mal Löffelchen, mein Chef, hören«, sagte Nele lachend.

»Und mit das Erste, was du auf dieser Welt zu sehen bekommen hast, war eine Möwe. Der Sturm hatte ein Fenster aufgerissen, und da hat sie sich ins Zimmer verirrt, ist einmal durch den Raum geflattert und dann auf deiner Wiege gelandet. Noch ehe wir schreien konnten, war sie wieder zum Fenster raus.«

»Vielleicht zeichnest du deshalb so gerne Seevögel«, vermutete Florian. »Um das kindliche Trauma von damals zu bewältigen. Schon mal daran gedacht?«

»Sicher, vom alten Freud hat man sogar auf der Hallig gehört. Aber ich denke, mein Faible für diese Tiere hängt damit zusammen, dass ich ihnen als kleines Mädchen immer hinterhergelaufen bin. Natürlich habe ich nie eine erwischt, aber alleine die Vorstellung, sie könnten mich mit in ferne Länder nehmen, hat mich verzaubert.«

»Ein weiblicher Nils Holgersson«, stellte Jenny fest.

»Komm, zeig uns dein Reich. Die Sonne scheint, vielleicht können wir draußen Skizzen machen.«

Nele machte mit den Freunden einen Rundgang. »Das Wattenmeer beginnt direkt vor unserem Haus. Die Halligen sind eine Art Wellenbrecher fürs Festland, und deshalb werden hier Küstenschutz und Uferbefestigungsmaßnahmen großgeschrieben. Die meisten Männer arbeiten da ...«

»Was ist das für ein ulkiger Vogel?«, unterbrach Jenny. »Er kommt mir bekannt vor.«

»Ein Sandregenpfeifer. Ich hab ihn mal für das Emblem eines Spielmannszugs gezeichnet, erinnerst du dich?«

»Ach ja, aber da trug er Trommel und Pfeife.«

»Eben. Und genau deshalb hat Löffelchen ihn abgelehnt.«

»Diesmal wird er nichts zu beanstanden haben. Sagtest du nicht, er wünscht Hündchen und Kätzchen?«

»Auch Schäfchen. Er scheint ein Faible für niedlichen Kitsch zu haben.«

»Weil er als Kind kein Haustier halten durfte«, mutmaßte Flo. »Sagt mal, wie findet ihr das. ›Heiß wie die Glut, tut den Gelenken gut. Kalt wie die See ... tut nichts mehr weh.‹ Denkt ihr dabei zufällig an Erkältungssalbe?«

»Entbehrt jeder Logik. Ihr Texter müsst mal vom Reimen runterkommen. Gib uns lieber einen Tipp für die kindgerechten Stoffmuster«, antwortete Jenny.

»Ich war nie ein Kind. Behauptet sogar meine Mutter. Passt auf, ich mach euch jetzt einen Vorschlag. Ihr geht links herum, ich rechts. Dann kann sich die Muse besser entscheiden, wen sie küsst. Austausch der Arbeitsergebnisse wäre dann wann?«

»Flo, hör auf zu planen! Lass einfach die Seele baumeln«, schlug Nele vor.

»Baumeln, taumeln ...« Er stapfte mit wehendem Schal davon.

»Es muss schön sein, hier aufzuwachsen«, meinte Jenny nachdenklich, als sie sich vor dem Haus einen Tisch in die Sonne gerückt hatten. »Hast du jemals daran gedacht, für immer zurückzukehren?«

»Aber was soll ich hier tun? Wir haben nur Tagesgäste, und das auch nur während der Saison. Wilhelmine wird mit allem alleine fertig. Sie hält mich immer noch für ein tollpatschiges Kind.«

»Und was macht deine Mutter den ganzen Tag?«

»Was soll sie schon tun? Das, was gerade ansteht.« Nele legte ihren Skizzenblock auf den Tisch. »Womit fangen wir an, Lämmer?«

»Ich finde, deine Mutter hat eine ganz besondere Ausstrahlung.« Jenny ließ das Thema nicht los. »Vielleicht liegt es an ihren Haaren.«

»Ich kenne sie nur so weiß. Angeblich ist sie gleich nach meiner Geburt über Nacht weiß geworden. Aber Wilhelmine geht schon mal die Fantasie durch, das hast du ja selber erlebt.«

»Wenn ich an die Wiedergänger denke – lach nicht, aber ich hab gestern Nacht einen Stuhl vor die Tür gestellt, für alle Fälle.«

»Das nützt dir nichts. Sie können durch Wände gehen«, meinte Nele gleichmütig und bemerkte erst dann Jennys erschrockenen Gesichtsausdruck. »Hast du jemanden, der zur See fährt? Nein? Dann kommen sie auch nicht bei dir vorbei.«

»Du glaubst anscheinend an diese Schauermärchen«, sagte Jenny wenig später, während sie ihr Blatt mit Lämmchen füllte, die ordentlich aufgereiht vor einem Zaun standen. Ein schwarzes setzte gerade zu einem Sprung an.

»Nicht wirklich, aber das ist nun mal unser Kulturgut. Mein Urgroßvater war noch auf Waljagd, und als sein Schiff unterging, soll seine Frau eine Erscheinung gehabt haben. Das steht sogar auf den Vorsatzblättern unserer Familienbibel. Die Pfütze vor ihrem Bett war aus Blut, denn ihr Mann war von Piraten massakriert worden, wie sich später herausstellte. Den rostigen Fleck kann man bis heute erkennen. Hast du ihn nicht bemerkt?«

»Du meinst, das war in meinem Zimmer?«

»Ja. Wilhelmine hat dir den schönsten Raum gegeben.«

»Ich würde heute Nacht lieber woanders schlafen.« Jennys Stimme zitterte.

»Kannst mit zu mir kommen. Dann erzählen wir uns Geschichten. So wie früher Nelly und ich.«

»Danke. Ich verzichte. Zeig mal deinen Entwurf.«

Nele breitete ihre Bogen aus. »Ich dachte an eine Unterwasserwelt. Die Kinderstube des Meeres – Seesterne, die Ringelreihen tanzen, ein Fisch bläst auf einer Kammmuschel, und verliebte Herzmuscheln wohnen in einem Häuschen aus Tang. Hier oben«, sie nahm ein neues Blatt, »kreisen gleichzeitig neugierige Möwen. Die Mantelmöwe trägt selbstredend einen Mantel, vielleicht im Fischgrätenmuster, und die Silbermöwe ist natürlich mit Silberschmuck behangen.«

»Natürlich. Gold wäre nicht passend.« Jenny zog das Blatt dichter zu sich heran. »Es gefällt mir sehr gut, ehrlich, aber wo sind die Hündchen und Kätzchen?«

»Ein Seehundbaby, das in einer Wiege aus Korallen lebt.« Ein paar Striche, schon war es zu erkennen.

»Aber das wird ganz sicher kein Kätzchen«, protestierte Jenny, die das Bild jetzt auf dem Kopf sah.

»Wart's ab. So, fertig. Ein Katzenhai. Zufrieden?«

»Ich schon«, kam es gedehnt.

»Löffler. Du denkst, er besteht auf den Nullachtfünfzehn-Tieren?«

»Kann sein, kann nicht sein. Fragen wir einen Unparteiischen. Da kommt dein Halligbruder.«

Enno brachte für Wilhelmine einen Stapel Netze zum Flicken. »Sie kann ja nicht untätig sein«, meinte er entschuldigend.

»Alles klar bei euch?«

Die Frage galt Nele. »Nichts Neues.« Sie wusste, dass er verstand. Ihr Vater hatte heute zur Nachbarhallig gemusst, und Undine würde tagsüber in ihrem Zimmer bleiben und erst nachts das Haus verlassen, um ihre Lieblingsplätze aufzusuchen. Passieren konnte ihr nichts auf Greunfall, aber ihr ungewöhnliches Verhalten blieb eine belastende Sorge für alle, bis die Phase endgültig vorbei war.

»Dürfen wir Sie um Rat fragen, Enno?«, bat Jenny und legte die Bilder von Lämmchen und Wassertieren vor. »Nur mal angenommen, Sie hätten Kinder …«

»Ha, Enno und Kinder!« Nele grinste ihn an. »Weißt du noch, als der Lehrer uns aufklären wollte und ich besser Bescheid wusste als du?«

»Weil du eine Mutter hattest. Ich nicht. Aber bei den praktischen Erfahrungen auf dem Festland habe ich dich dann überholt.«

»Leider wolltest du mir nie davon erzählen«, schmollte

Nele. »Noch nicht einmal in der Nacht auf der Vogelinsel. Denkst du noch daran?«

»Es gibt Erlebnisse, die vergisst man nicht«, sagte er abweisend und nahm sich dabei die Zeichnungen vor. »Mir gefällt der Katzenhai. Bekommt er noch eine Sprechblase?«

»Gute Idee. Er sagt: ›Hi, ich bin ein Hai.‹ Oder gibt so etwas wie ein Unterwasser-Miauen von sich. Weil er ja ein Katzenhai ist.«

»Vollkommen logisch«, stimmte Jenny zu.

»Wer ist hier logisch?« Flo hatte die Hallig bereits umrundet. »Ich habe mich von den Wolken inspirieren lassen. Kann es sein, dass sie hier anders aussehen als in der Stadt?«

»Wie frisch aufgeschüttelt«, meinte Nele. »Und bei Sturm sehen sie aus wie graue Wollfetzen mit Armen, die dich von der Erde aufklauben wollen.«

»Bitte keine neuen Gruselgeschichten. Ich graul mich auch bei Tage«, gestand Jenny.

»Rungholt, die versunkene Stadt auf dem Meeresgrund. Das musst du dir aber noch anhören. Am besten von Wilhelmine.«

»Glocken, ich höre tatsächlich Kirchenglocken. Drehe ich jetzt durch?« Jennys Sorge war nicht gespielt.

»Die klingen von Hooge rüber. Sie haben dort nicht nur eine Kirche, sondern auch einen eigenen Pastor.«

»Der Gipfel des Luxus«, meinte Flo zynisch.

»Wir wollen und brauchen hier keinen Luxus«, sagte Enno ruhig und bestimmt. »Auch keine Hektik oder überkandidelte Menschen.«

»Lass man gut sein, Enno«, beschwichtigte ihn Nele. »Sei nicht beleidigt, aber deine Anschauungen sind ein wenig antiquiert. Komm mich endlich mal besuchen, dann zeige ich dir die angenehmen Seiten des Großstadtlebens.«

Wie üblich antwortete er nicht auf ihre Einladung, und sie verspürte Ärger. Sollte er doch hier versauern.

Der Rest des verlängerten Wochenendes verging wie im Fluge. Undine schützte einen Migräneanfall vor, und Jenny und Florian fragten nicht weiter nach. Harm Lorentz erzählte von der Geschichte des Hauses und forderte den Besuch auf, beim nächsten Mal mehr Zeit mitzubringen.

Vor der Abfahrt am Montagmorgen ging Nele noch einmal ganz alleine an den Strand, wie sie es jedes Mal bei ihren Stippvisiten zu tun pflegte.

»Gedanken und Strandgut sammeln« nannte man das auf der Hallig, und seit Kindertagen hortete Nele allerlei »Gedanken« in Form von Steinen oder Schneckenhäusern.

Heute entdeckte sie nur ineinander verwobene Tangbüschel und mit weißen Seepocken übersätes Treibholz. Eine Möwe ließ sich gerade auf dem Bruchstück einer alten Planke nieder und pickte versuchsweise gegen eine grüne Flasche.

Vorsichtig ging Nele näher, aber das scheue Tier flog sofort auf, und die Flasche rollte in den Sand. Automatisch untersuchte Nele das Fundstück, denn einmal eine echte Flaschenpost zu finden, davon hatte sie schon immer geträumt.

Darauf habe ich nun siebenundzwanzig Jahre gewartet, dachte sie aufgeregt, als sie den Zettel mit der zerlaufenen Tintenschrift aus der Flasche zog. Der Bügelverschluss hatte nicht ganz dicht gehalten, und so konnte sie den Text auf dem nassen Papier nur mit Mühe entziffern: »›Hier sind die starken Wurzeln deiner Kraft.‹ (Schiller)« Das war alles. Unterschrieben mit NHG und einer E-Mail-Adresse, wenn das Zeichen ein @ und kein Herzchen sein sollte. Keine Piratenbotschaft aus fernen Ländern, wahrscheinlich nur das Produkt eines Deutschkurses auf Klassenfahrt.

Nele steckte den Zettel ein und entsorgte die Flasche am Anleger.

3

*D*auerregen. Kaum Wolkenlücken. Keine frische Brise. Selbst die Enten und Schwäne auf der Alster schüttelten missmutig ihr Gefieder und interessierten sich nicht mehr für die Brotbrocken, die ihnen einige wetterfeste Spaziergänger lockend zuwarfen. Hamburger Herbst, die dunkle Jahreszeit hatte endgültig begonnen.

»Fast schon Winter«, sagte Jenny gähnend in der letzten Arbeitssitzung vor dem Wochenende. »Ich habe bereits meine dritte Erkältung seit September. Warum immer nur ich?«

Gerhard und Horst kamen hustend aus dem Raucherzimmer.

»Von wegen. Nur unser Naturkind bleibt mal wieder verschont«, stellte Horst säuerlich fest. »Ob es an ihrer Schafswollweste liegt, die uns bei Feuchtigkeit die gute Luft hier im Raum verpestet?«

»Nur kein Neid.« Nele blieb gelassen. »Ich bin nun mal abgehärtet, kein geborener Stadtmensch. Die Weste hat mir Wilhelmine gestrickt, die Wolle stammt von unseren eigenen Tieren.« Sie schnupperte an dem Kleidungsstück. »Riecht ein bisschen streng, das gebe ich zu, aber besser als die Jacke, in der ich im Sommer beim Krabbenpulwettbewerb mitgemacht habe.«

»Nicht schon wieder Wassertiere als Thema, bitte! Bleiben wir lieber bei den Schafen«, forderte Gerhard. »Ich bin dafür, wir präsentieren nächste Woche Jennys Schafmotiv und die spielenden Kätzchen von Horst und mir. Der Chef wird schon den richtigen Riecher haben.«

»Und was wird aus meiner Unterwasserwelt mit den tanzenden Seesternen als Umrandung?«, fragte Nele empört.

»Läuft außer Konkurrenz. Vielleicht erbarmt sich ein Fischhändler, der ein Motiv für Papierservietten sucht«, meinte Horst zynisch.

»Vorlegen werden wir alles.« Gute Jenny. Wenigstens sie mochte den Entwurf, auch wenn sie ihn Nele gegenüber als »gewagt« bezeichnet hatte, da er nicht dem aktuellen Trend entsprach.

Aber Nele wollte nicht mehr rein handwerklich nach Auftrag vorgehen, bloß weil der verknöcherte Chef auf Nummer sicher ging. Beherzt riss sie das Fenster auf. »Hier fehlt frische Luft und frischer Wind in jeder Beziehung.«

Die anderen protestierten. »Willst du uns umbringen? Fenster zu!«

»Ich lauf mal schnell rüber ins Piranha, um meinen Schirm zu holen. Kommt ihr ohne mich klar?«

»Bestens«, behauptete Gerhard und drehte die Heizung voll auf, die Nele gerade erst runtergedreht hatte. »Tank für uns Frischluft mit und lass deine Weste auslüften.«

Inzwischen schüttete es wie aus Kübeln. Nele zog sich ihre sportliche Jacke über den Kopf und legte einen Sprint bis zum Piranha ein. Schon der zweite Schirm, den sie diese Woche verbummelt hatte, aber vielleicht war es noch nicht zu spät.

Manuelo, der Wirt, eilte ihr mit einem schwarzen Stockschirm entgegen und schnalzte mit der Zunge. »Ich gehe zurück in den Süden. Wirklich, das sollte ich tun. Was ist das für ein Leben bei solch einem Wetter?«

»Mit Schirm gar nicht so schlecht«, beteuerte Nele. »Manuelo, ich habe meinen gestern bei euch vergessen. Er war handbemalt, falls du dich erinnerst.«

»Natürlich. Mit Möwen in Gummistiefeln und Hundemützen.«

»Pudelmützen«, berichtigte Nele lachend. »Hast du ihn für mich weggepackt?«

Manuelo tat sich schwer mit der Antwort. »Wenn ich das gewusst hätte … Es tut mir leid. Ich habe den Schirm verliehen.«

»Warum ausgerechnet meinen?«, fragte sie verärgert. »Bei euch stehen doch genügend andere rum.«

»Es war auf speziellen Wunsch eines besonderen Gastes. Er wollte nur diesen Schirm.«

»Na, und wie geht es jetzt weiter? Wann bringt er ihn zurück?«

»Bis gestern Abend.« Manuelo blickte betreten zu Boden, was ihn einer weiteren Antwort enthob.

Das konnte doch nicht wahr sein! »Dann gib mir wenigstens diesen blöden Trauerschirm als Ersatz.« Sie wartete nicht ab, sondern entriss Manuelo das konventionelle Stück, sodass gleich zwei Speichen brachen. »Hoppla. Aber das kommt davon. Ist deine Schuld.«

Manuelo nickte ergeben. Gäste hatten immer recht,

und Nele wollte er auf keinen Fall verlieren, hatte sie ihm doch erst kürzlich auf die Tür der Damentoilette einen freundlichen Tintenfisch gemalt. Zum Preis eines Cappuccinos.

»Was war das denn für ein besonderer Gast? Wenigstens ein Kunstkenner?«

»Das nehme ich an.« Manuelo hatte es plötzlich sehr eilig, wieder in sein Lokal zu kommen.

Der Rest des Arbeitstages verging mit einer Generalprobe für ihre Präsentation. »Halt dich mit den Wassertieren am Anfang ein bisschen zurück«, riet Jenny. »Warte, bis Löffelchen seine Vierbeiner hat, und dann legst du los.«

»In aller Bescheidenheit«, forderte Gerhard. »Tritt als Bittsteller auf. Sag, es handelt sich um eine Zusatzkollektion, und du wolltest damit nur einen Versuch starten, wenn er seine schützende Hand über das Projekt halten würde. Ein Mann mit seinen Erfahrungen.«

»Genau. Bitte ihn um Protektion und gib dich betont weiblich. Zieh einen scharfen Rock an und klimpere mit den Wimpern«, riet Horst fast schon väterlich.

»Sagt mal, wo bin ich denn hier? Auf dem Rossmarkt?«

»Lass einfach die Schaffellweste weg«, schlug Jenny taktvoll vor. »Und vielleicht auch die Micky-Maus-Haarspange.«

»Ich hab eine neue mit Fröschen. Wenn ihr meint, das könnte den Chef umhauen, werde ich also am Montag das Beste aus meinem Typ machen«, beendete Nele das leidliche Thema.

»Ich habe morgen und übermorgen ein Blind Date. Was machst du am Wochenende?«, fragte Jenny, als sie gegen Abend zusammen im Fahrstuhl abwärts fuhren.

»Meinen Haushalt in Schwung bringen. Muss mal wieder den Kühlschrank ausmisten. Da krabbelt schon was.«

»Igitt«, sagte Jenny angeekelt.

»Warum? Ich betrachte das als Studienobjekt. Eine lustige Wurmkampagne. Apfelwurm trifft Fleischmade oder so.«

»Erwähn das bloß nicht am Montag bei Löffelchen.«

»Versprochen. Ich bleibe thematisch unter Wasser. Soll ich dich mit Moby Dick ein Stück mitnehmen?«

Sie gingen in Richtung Parkplatz.

Jenny schaute zweifelnd an ihrem edlen Kostüm hinab. »Wenn er inzwischen aufgeräumt ist. Beim letzten Mal klebte mir eine Fischgräte am Hintern.«

»Ach, die hatte ich schon gesucht. Ich wollte sie zeichnen. Aber du hast völlig recht, ich werde mir Moby gleich nach dem Kühlschrank vornehmen.«

Nele blieb so abrupt stehen, dass Jenny gegen sie prallte.

»Was ist denn jetzt schon wieder?«

»Entschuldige, Jenny, warte bitte, aber da vorne geht jemand mit meinem Schirm spazieren. Den werde ich mir schnappen!«

Möwen mit Pudelmützen, am Rand ein obligatorischer Seestern, kein Zweifel, diesen Schirm gab es nur einmal in ganz Hamburg. Der Besitzer – vielmehr der Dieb – legte ein beachtliches Tempo vor, und so konnte Nele ihn erst auf der Höhe einer Kellerkneipe einholen, die der Mann offenbar aufsuchen wollte.

»Erlauben Sie mal, das ist mein Schirm«, sprach sie den Mann an und fasste ihn von hinten leicht am Arm.

»Wie kommen Sie darauf? Er befindet sich seit Urzeiten in meinem Besitz. Sozusagen ein Erbstück.«

»Das ist nicht wahr«, sagte Nele wütend. Der Typ konnte sich wenigstens mal umdrehen. Aber stattdessen zog er sie mit einem plötzlichen Griff die Eingangsstufen zur Kneipe hinunter.

»Wissen Sie was, wir diskutieren drinnen weiter, da ist es wenigstens trocken. Sie dürfen mir ein Bier ausgeben. Ich bin nämlich pleite.«

»Und deshalb stehlen Sie Regenschirme«, kombinierte Nele, noch ganz verblüfft über die Dreistigkeit des Mannes, der nun endlich seine Kapuze abnahm.

»Aber ... das ist doch ... Sie sind es, der Wikinger!«

»Leibhaftig vor Ihnen. Nun kommen Sie endlich ins Warme.«

Na gut, ich werde mich darauf einlassen. Das ist keine Kapitulation. Ich will nur meinen Schirm ohne Kampf wiederhaben, dachte Nele.

»Theke oder Tisch?«, fragte sie der Wikinger, nachdem er zwei Frauen am Tresen unter lautem Hallo geküsst hatte. Allem Anschein nach war er hier ein gern gesehener Gast.

»Mir egal«, sagte Nele verdrossen.

»Gehen wir an einen Tisch, das ist intimer.« Er fasste sie schon wieder an, aber sie entzog sich unwillig der Berührung. »Sie mögen mich nicht«, stellte er fest, um dann grinsend hinzuzusetzen: »Noch nicht. Aber das bekommen wir schon hin.«

Eingebildeter Affe! »Sie schulden mir eine Erklärung wegen meines Schirms«, sagte Nele, als zwei große Bier vor ihnen standen.

»Welche Version ist Ihnen lieber? Ich nahm den erstbesten Schirm, und das war zufällig Ihrer. Oder soll ich von einer künstlerisch wertvollen Arbeit sprechen, der ich einfach nicht widerstehen konnte. Der Wunsch, Ihnen damit indirekt nahe sein zu können ...«

»Nehmen wir die letzte Variante.« Sie konnte sich das Lachen nicht verkneifen. »Aber behalten können Sie ihn nicht. Ich häng zu sehr daran. Er symbolisiert Dinge, die ich liebe«, schloss sie lahm.

»Das habe ich sofort gespürt, und nur aus diesem Grund fiel es mir so schwer, ihn zurück ins Piranha zu bringen. Prost, Nele.«

»Sie kennen meinen Namen?«

»Den hat mir eine Ihrer Silbermöwen geflüstert. Oder war es jemand aus dem Piranha?« Er griff nach ihrer Hand und fing an mit den Fingern zu spielen. »Noch böse?«

Der sollte bloß nicht denken, dass sie auf seinen Dackelblick reinfiel. »Nein, irgendwie sind wir jetzt quitt.«

»Ach ja, der ›maritime Gockel‹. Ich habe ihn nicht vergessen. Und Sie, Nele, haben Sie meine ›Seezicke‹ erhalten?«

»Ja«, gab sie schmunzelnd zu.

»Der Kopf ging ja einfach, aber bei den Rundungen fehlte mir das lebende Modell.«

So ein Frechdachs! »Ich vermute, Sie haben sich um einen Ersatz bemüht.«

»Das schon. Aber ob ich die Formen auch perfekt getroffen habe?«

»Wir brauchen das nicht weiter zu vertiefen. Doch eins würde mich schon interessieren. Die Zeichnung war gut. Kommen wir aus derselben Branche?«

»Wenn Sie das Zeichnen meinen, ja. Ich hab früher mal bei einem Verlag gearbeitet, später dann in einer Agentur. Aber man wollte mir nicht regelmäßig bei schönem Wetter freigeben, da habe ich gekündigt.«

»Weil Sie die Welt umsegeln wollten?«

»Zumindest in Etappen. Ist leider eine Geldfrage.« Er seufzte. »Im Augenblick bin ich mal wieder auf Sponsorensuche. Wie wäre es mit Ihnen? Ich könnte Ihren Namen unsterblich machen. Sie dürften zum Beispiel das Toppsegel bemalen und mit Ihrem Schriftzug oder auch Ihrer Telefonnummer versehen. Zum Vorzugspreis von … sagen wir mal fünftausend Euro?«

»Das kann ich mir nicht leisten. Aber falls Sie Bedarf für Papierservietten mit maritimen Motiven haben …«

Nun war es an ihm, irritiert zu wirken. Ehe Nele darüber nachgedacht hatte, erzählte sie dem Fremden von ihren Entwürfen und der Sorge, damit in der nächsten Woche durchzufallen. »Wie gefällt Ihnen zum Beispiel dieses Muster? Was verbinden Sie damit?«

Sie zog einen abgenagten Bleistiftstummel aus der Hosentasche und schmückte den Bierdeckel mit ihren »verliebten Herzmuscheln«.

»Aber das ist doch ganz ausgezeichnet.« Er rückte dichter an sie heran, sodass sich ihre Körper gleich an mehreren Punkten berührten. »›Verliebte Herzmuscheln‹.

Ich will nicht aufdringlich sein, aber haben Sie dabei vielleicht an unsere erste Begegnung gedacht?«

»Warum sollte ich?«, entgegnete Nele alarmiert. »Wie Sie wissen, hatte ich eher die Assoziation eines Gockels.«

»Sie müssen mich einfach besser kennenlernen. Leider kann ich Sie zur Zeit nicht auf mein Schiff einladen. Reiche Menschen haben es gechartert, um damit in sonnigen Gefilden zu kreuzen. Aber Anfang des Jahres erhalte ich die Wahita zurück.«

»Was für ein eigenartiger Name für ein Wikingerschiff.«

»Er stammt aus Tahiti und ist weiblich. Schiffe sind vom Charakter her immer weiblich. Eigenwillig und nicht berechenbar, aber am Ende bekommt man sie doch in den Griff. Wie auch bei der menschlichen Gattung.«

Er flirtete auf Teufel komm raus, stellte Nele amüsiert fest. Strotzte er tatsächlich vor Selbstvertrauen, oder gab er sich nur so, um ihr zu imponieren?

»Was machen Sie, wenn Sie gerade nicht segeln oder Gelder auftreiben?«

»Ich halte Vorträge.«

»Für einen guten Zweck?«

Er lachte. »Nein, um überleben zu können. Schließlich bin ich selbstständig. Aber das ist es wert, wenn ich mir damit die Freiheit erkaufen kann, unabhängig zu bleiben.«

»Ich hatte auch schon daran gedacht, mich selbstständig zu machen«, sagte Nele nachdenklich. »Aber das wirtschaftliche Risiko heute, ich weiß nicht so recht.«

»Es ist eine Frage des Mutes. Nichts für Angsthasen oder Zauderer und Menschen, die sich bei jeder kleinen Brise gleich im Haus verkriechen.«

»Zu denen gehöre ich nicht«, erklärte Nele stolz und dachte unwillkürlich an die Hallig, auf der sie bei Wind und Wetter unterwegs war, den Regen auf den Lippen spürte, der sich mit der salzigen Gischt der See vermengte.

»Im neuen Jahr müssen Sie mal mit mir rausfahren. Haben Sie Lust?« Wie durch Zauberhand standen zwei neue Biere vor ihnen. »Prost, Nele. Auf die Freiheit, zu Wasser und zu Lande.«

Auch sie hob das Glas und trank. Kaum hatte sie es abgesetzt, beugte sich der Wikinger zu ihr herüber und küsste sie flüchtig auf die Lippen.

»Wenn schon Brüderschaft trinken, dann richtig. Leif Larsson. Freunde?«

»Einverstanden.« Nele fühlte sich durch den Kuss überrumpelt, wollte sich aber nicht zimperlich geben. Dieser Leif hielt sich nun mal für einen unwiderstehlichen Frauenflüsterer. Sollte er ruhig weiter über die Weltmeere schippern und Frauenherzen betören, sie würde gewiss nicht seinem Charme erliegen. Aber ein bisschen mitflirten, das tat nicht weh.

»Was bietest du mir für meinen Schirm?«, kokettierte sie.

»Ich kann ihn nur in Naturalien zahlen. Nimmst du mein Angebot an?«

»Noch nicht mal in Raten. Aber als großzügiger Mensch überlasse ich dir das gute Stück noch übers Wochenende. Du kannst ihn im Piranha abgeben.«

Er traf keine Anstalten, sie nach ihrer Telefonnummer zu fragen, und so erzählte Nele ihm noch ein bisschen über ihre Entwürfe und schaute dann auf die Uhr. »Tja, ich werd mal wieder. Mein Bier zahle ich vorne.«

»Du warst mein Gast«, erklärte Leif.

»Aber ich dachte, du bist pleite?«

»Stimmt, ich bin total blank. Aber sie geben mir hier Kredit. Weil ich ein so netter Mensch bin.«

»Dann gebe ich einen aus, wenn du das annehmen kannst«, schlug Nele vor.

»Wo ist das Problem?« Er hob grüßend die Hand, als eine neue Gruppe Leute die Kneipe betrat.

»Leif, du bist wieder im Lande? Endlich! Hast du mir wie versprochen was aus der Südsee mitgebracht?« Eine hochgewachsene brünette Frau fiel Leif um den Hals, der die Umarmung nur zu gerne erwiderte. »Rosilein, das müssen wir begießen.«

Nele fühlte sich überflüssig und wollte sich heimlich in Richtung Tür verdrücken, aber Leif erreichte sie noch rechtzeitig am Ausgang.

»War nett mit dir. Wir sehen uns bestimmt mal wieder.«

Er wartete ihre Antwort nicht ab, sondern gab ihr den zweiten Kuss des heutigen Abends. Eher kameradschaftlich, als ob sie einander jeden Tag begegnen würden.

Ich habe seine Zeche gezahlt, und meinen Schirm sehe ich auch nicht wieder. Wie konnte ich mich nur so einwickeln lassen, ging es Nele durch den Kopf.

Von Jenny war nichts mehr zu sehen, natürlich, aber

Moby Dick tat ihr den Gefallen und sprang schon beim zweiten Versuch an. Also insgesamt doch ein Glückstag, oder?

Auch am Wochenende hielt der Dauerregen an. Nele mistete tatsächlich ihren Kühlschrank aus und startete sogar einen halbherzigen Versuch, für Montag eine seriös wirkende hellblaue Bluse zu bügeln. Ein Unternehmen, das sie bald wieder aufgab, weil vorne auf der Bluse ein nicht zu übersehender Fleck prangte. Heringsstippe? Das neue Deckweiß? Egal, das Kleidungsstück wurde aussortiert, und sie packte gleich noch die müffelnde Fellweste dazu, obwohl – nein, die konnte sie noch gut draußen auftragen. Also zurück damit auf den Haufen, den sie in den Schrank einsortieren wollte. Später.

Nele entschied sich für eine gut sitzende schwarze Hose und ein knallrotes Shirt, das einen guten Kontrast zu ihrem hellen Haar bildete. Hinten stand zwar »Rettet die Schweinswale« drauf, aber sie wollte am Montag sowieso einen grauen Blazer überziehen. An dem allerdings ein Knopf fehlte. Na, sie konnte den anderen ja auch noch abtrennen, dann fiel es weniger auf. Außerdem hatte sie vor, mit Leistung zu überzeugen.

Wo war bloß ihr Spickzettel mit den ersten Sätzen, die sie zur Einleitung sagen wollte? In der Regenjacke steckte nur die Botschaft aus der Flaschenpost, die sie an dem Wochenende mit Jenny und Florian auf der Hallig gefunden hatte.

Aber das war gut so, denn den verwaschenen Zettel hatte sie bereits länger gesucht. Mal sehen, vielleicht handelte es sich doch um eine reale E-Mail-Adresse. Nele startete den Computer und gab die Adresse ein – NHG@schm.com.

»Hallo, ihr da draußen. Habe Flaschenpost gefunden. Auf Greunfall, Nordfriesland. Bei Interesse bitte melden. Gruß, Nele Lorentz«

Schon kurz darauf erhielt sie eine Antwort: Mail delivery failed. Also musste die Adresse falsch sein. Sie versuchte es noch mit sohm.com statt schm.com, aber auch der Vorstoß führte nur zu einer Fehlermeldung. Dann eben nicht ...

Ausgerechnet am Montag tuckerte Moby wie ein Außenbordmotor und rollte am Eingang zur Hafencity langsam aus.

»Bitte, nur noch einen knappen Kilometer«, beschwor Nele den Wagen. Nichts zu machen, er schien in einen vorzeitigen Winterschlaf gefallen zu sein. »Verräter«, schimpfte sie, aber der Schaden würde sich in Grenzen halten. Sie war für alle Fälle eine halbe Stunde eher als gewöhnlich aufgebrochen.

»Guten Morgen, Frau Lorentz«, begrüßte sie der Pförtner. »Sie sind heute die Erste.«

»Nichts gegen einen Scherz am frühen Morgen, aber ich muss mich sputen.« Sie winkte ihm nur kurz zu und beeilte sich, den Fahrstuhl zu erreichen.

Eigenartig, der Gang zu ihrem Büro war leer, und die Putzfrau war auch noch nicht fertig. Nele schaute auf ihre Uhr. Es war acht, um halb zehn sollte die Präsentation sein. Wo war ihr Team?

Die Putzfrau, die leider kaum Deutsch sprach, gestikulierte heftig und wies auf die Wanduhr, die sieben zeigte.

»Ende der Sommerzeit, natürlich! Wie konnte ich das vergessen?«

Was bin ich doch für ein Schussel, dachte Nele, aber lieber so als zu spät kommen.

»Dir fehlen zwei Knöpfe am Blazer«, sagte Jenny streng. »Und was war eigentlich am Freitag los? Ich habe im strömenden Regen auf deine Rückkehr gewartet. Hast du den Schirmdieb geschnappt?«

»Das ist eine andere Geschichte«, erwiderte Nele schuldbewusst. »Meinst du, ich sollte die Fäden rausziehen, an denen die Knöpfe hingen?«

»Zieh ihn aus. Oder nein«, sie ging einmal um Nele herum, »die Schweinswale könnten stören. Lass mich das besser mit den Fäden machen.«

»Weiber«, knurrte Gerhard. »Zeigen Nerven.«

»Wenn du nicht wie üblich deinen Flachmann dabeihättest, möchte ich dich mal sehen!«, brauste Jenny auf.

»Vergiss nicht die Nikotinsucht unserer Herren«, betonte Nele. »Aber egal, was wird, wollen wir hinterher feiern?«

»Wenn man meine Lämmer nimmt, gibt es Schampus.«

»Hab ich da was von Schampus gehört?« Florian steckte den Kopf durch die Tür. »Wollte nur schnell Glück wünschen. Drücke die Daumen für den Katzenhai, der ist mein ganz persönlicher Favorit.«

»Unser Kunde wird verspätet eintreffen, aber legen Sie schon mal los«, forderte Herr Löffler das Team pünktlich um halb zehn auf, lehnte sich zurück und schlug die Beine übereinander.

»Wir haben uns für putzige junge Kätzchen entschieden und sind damit Ihrem Vorschlag gefolgt«, begann Horst und wurde dabei von Gerhard unterstützt. Was waren die Jungs doch für Schleimer! Nele und Jenny schauten sich an und verdrehten die Augen.

»Das überrascht mich nicht«, meinte der Chef, als Horst ihm von den einhundert Kindern vorlog, die angeblich über seine Kätzchenmotive in helle Entzückung geraten seien.

»Hündchen und Kätzchen, das mögen sie, unsere Kleinen.« Wohlwollend wandte er sich dem Bildervlies mit Jennys Schäfchen zu. »Aber das ist auch recht nett. Schäfchen zum Einschlafen. An welche Zielgruppe haben Sie dabei gedacht?«

»Nicht nur an Kleinkinder«, legte Jenny los. »Schäfchen zählen wird auch von Erwachsenen praktiziert. Bei Senioren weckt es nostalgische Erinnerungen, und die Gruppe der Heranwachsenden kann sich mit dem Schwarze-Schaf-Syndrom identifizieren. Individualismus versus Massengeschmack, Sie verstehen?«

»Schwarze-Schaf-Syndrom, natürlich. Das wird gut ankommen, da bin ich mir sicher. Haben wir noch etwas in petto?«

»Eine Welt im und über dem Wasser«, preschte Nele vor. Hoffentlich ließ er sie diesmal ausreden. »Wenn man bedenkt, dass es prozentual mehr Wasser als Land gibt ...«

»Bleiben Sie bitte bodenständig.« Der Chef wurde unruhig. »Und keine Ekeltiere wie Wasserspinnen oder Quallen.«

»Aber nein, ich habe eine freundliche Kinderstube unter Wasser eingerichtet. Sehen Sie, hier.« Nele zeigte auf die tanzenden Seesterne und den musizierenden Fisch. »Selbst der Katzenhai ist liebenswürdig, und über dem Meer kreisen die Möwen. Das hier ist zum Beispiel eine Silbermöwe, sie trägt lustige Ohrringe in Form einer Fischgräte.«

»Möwen. Vogelgrippe«, murmelte Gerhard und tat so, als wäre ihm das nur rausgerutscht.

»Andere Tiere bekommen Tollwut«, erwiderte Nele wütend. »Oder Flöhe oder Schafsspulwürmer.«

Jetzt war selbst Jenny geschockt und starrte sie mit offenem Mund an.

»Frau Lorentz, ich habe Sie gewarnt, keine Würmer!« Herr Löffler tat so, als müsste er sich vor Ekel schütteln, und übertrieb dabei gewaltig.

»Aber in meinem Modell gibt es wirklich keine Würmer.« Nele wollte retten, was noch zu retten war, und breitete ihre Entwürfe weiter aus. »Hier noch ein Beispiel. Zwei Vögel als Wolkenschieber, Kinder können immer wieder neue Details entdecken. Eine Miniaturwelt, in der sie sich wiederfinden, zu Abenteuern angeregt werden. Denken Sie doch mal an Ihre eigene Kindheit zurück.«

Herr Löffler erstarrte und räusperte sich dann umständlich. »Meine Eltern sind mit mir immer in die Berge gefahren. Aber das steht hier und jetzt nicht zur Debatte.

Ich möchte nicht, dass Sie unseren dänischen Kunden mit diesen lachhaften Entwürfen die Zeit stehlen.«

»Lachhaft? Wie meinen Sie das?« Nele spürte, wie sie immer wütender wurde.

»Lachhaft kommt von lächerlich«, sagte Gerhard genüsslich und verzog sein Gesicht zu einem schiefen Grinsen.

»Ihr seid mir ein sauberes Team.« Nele raffte ihre Entwürfe zusammen. »Entweder legen wir alles vor oder nichts.«

»Nun schnappt sie ganz über.« Das war Horst, typisch.

»Nele, vielleicht könnte man ja die Seehunde weiter ausbauen«, schlug Jenny vor.

»Schluss damit.« Herr Löffler hatte das letzte Wort, wie immer, dafür war er der Chef. »Ich persönlich halte auch Seehunde für ungeeignet. Wir haben ausreichend Entwürfe, der Rest kann ... äh ... als Reserve für ein anderes Projekt dienen. Duschvorhänge vielleicht eines Tages.«

Nele schnappte sich ihre Zeichnungen und stellte sich in Positur vor den Chef und die Kollegen. »Perlen vor die Säue«, sagte sie unverblümt. »Da ich mich in dieser Agentur nicht frei entfalten kann und von kreativen Analphabeten umgeben bin, werde ich gehen. Jetzt gleich. Meine Kündigung erreicht Sie spätestens morgen.«

Es herrschte betretenes Schweigen, als Nele ging. Noch nicht einmal Jenny hielt sie zurück.

Freiheit, Unabhängigkeit. Es ist eine Frage des Mutes, klangen ihr die Worte von Leif Larsson im Ohr. Nun, an Mut hatte es ihr eben nicht gefehlt, aber was war mit der Stimme der Vernunft? Wie lange würde sie schweigen?

4

Die Stimme der Vernunft schwieg genau eine Woche lang.

»Erzähl's dem guten alten Onkel Flo. Du hast dich so richtig in die Nesseln gesetzt, stimmt's?«

»Nur zum Teil«, beharrte Nele und ließ sich von Manuelo schon den dritten Wein bringen. Es war eine unübliche Zeit, sich am Abend im Piranha zu treffen, aber nur so konnte sie sichergehen, den Kollegen nicht zu begegnen, die – wenn – hier nur mittags aufkreuzten. »Unter Teamarbeit habe ich mir immer etwas anderes vorgestellt«, erklärte sie. »Sogar Jenny war gegen mich.«

»Hast du ihr Gelegenheit gegeben, mit dir darüber zu reden?«, forschte Florian nach.

»Es gab keine Gelegenheit mehr. Ups, Verzeihung.« Immer dieser Schluckauf, das mussten die Nerven sein. »Ich hab noch am selben Tag die Kündigung geschrieben und Resturlaub genommen. Einige Tage später habe ich meine Sachen beim Pförtner abgeholt.«

»Und was wirst du jetzt machen?«

Nele drehte an ihrem Glas. »Erst mal Urlaub und abwarten, was auf meine Bewerbungen eingeht.«

»Gut, wenn du von der Substanz leben kannst, falls nicht gleich das passende Angebot dabei ist.«

»Moby Dicks Lifting in der Werkstatt hat einen großen Teil der besagten Substanz aufgebraucht«, gab Nele zögernd zu. »Ich weiß auch nicht, ob ich meine Wohnung halten kann. Vielleicht muss ich sogar umziehen.«

»Du steckst also mit der Karre im Dreck und musst sie wieder freibekommen.«

»Stimmt. Aber es ist trotzdem ein tolles Gefühl, nicht mehr in der Tretmühle zu sein. Ich war noch nie so kreativ wie in den letzten Wochen. Schau mal.« Sie zückte einen Stift und verzierte die Getränkekarte. »Was siehst du?«

»Einen Piepmatz.«

»Genauer, bitte.«

»Einen Pelikan?«

»Nein, einen Löffler. Er sieht aus wie mein Chef. Mein Exchef«, korrigierte sie sich. »Löffelchen. Und das ist Jenny, eine Schnatterente, die beiden Wendehälse sind natürlich Horst und Gerhard, und du ... Moment, wie gefällst du dir als Tüpfelsumpfhuhn? Oder lieber ein Spötter?« Sie zeichnete eifrig weiter und vergaß in dem Moment alle Sorgen.

»Was ist das für einer?«, erkundigte sich Flo und wies auf einen Vogel, der einen Schirm über sich hielt.

»Ein Regenpfeifer.« Sie zeichnete einen etwas kleineren Vogel, der sich mit unter den Schirm stellte.

»Zwei Regenpfeifer«, kombinierte Flo. »Wen stellen sie da?«

»Niemanden.« Nele strich das Vogelpärchen dick durch. Leif Larsson, natürlich hatte er den Schirm nicht zurückgebracht, und ganz sicher würde sie nicht mit ihm zusammen unter einem Schirm sein wollen. Oder sonst wo.

»Was machst du Weihnachten?«, fragte Flo, wartete die Antwort aber nicht ab, sondern erzählte von einer geplanten Ski-Gruppenreise. »Jenny kommt auch mit«, wagte er sich vor.

»Sie hat mich nicht einmal angerufen«, beschwerte sich Nele.

»Und wenn du sie mal anrufst?«

»Warum sollte ich?« Sie erhob sich und hatte Mühe, nicht zu schwanken. Der ungewohnte Wein und überhaupt.

»Ich spendiere dir ein Taxi, betrachte es als Weihnachtsgeschenk«, sagte Flo.

»Ich nehme dein Geschenk an«, erklärte Nele mit Würde. »Ich hab auch was für dich, aber es ist noch nicht ganz fertig. Du bekommst es mit der Post.«

Vor der Tür schlug ihnen Schneeregen entgegen. Das Taxi wartete schon.

»Halt, noch nicht abfahren.« Manuelo war ihnen nachgeeilt und überreichte Nele einen Schirm. Den Schirm. »Hundemützen-Möwen, richtig? Er hat ihn zurückgebracht, du weißt schon, wer.«

»Was hat er gesagt, sollst du mir etwas ausrichten?« Nele fühlte sich plötzlich wieder ganz nüchtern.

Manuelo zuckte mit den Schultern. »Nichts hat er gesagt, mir nur den Schirm gegeben, weil er jetzt einen eigenen hat.«

»Fährst du auf die Hallig?«, fragte Flo, als das Taxi sich schon in Bewegung setzte.

»Na klar«, antwortete Nele und hatte auf einmal ein tröstliches Gefühl.

»Kann gut sein, dass sich da was zusammenbraut.« Diese Worte gab Schiffer Pedersen ihr mit auf den Weg, als Nele mit ihrem Gepäck von Bord ging. Seeluft. Wind, der einen ordentlich durchpustete, die trüben Gedanken vertrieb, keinen Raum für Sorgen jeder Art ließ. Sie kam zwei Tage eher als angekündigt. Plötzlich hatte sie es nicht mehr in der Großstadt ausgehalten, die in dieser Jahreszeit einem gigantischen Konsumtempel glich.

Außer Nele war noch eine andere junge Frau mit an Bord gewesen, die jetzt verloren am Anleger stand, fröstelnd den Mantel um sich zog und schließlich Nele ansprach.

»Können Sie mir bitte den Weg zur Diekwarft zeigen? Ist es weit zu Fuß?«

»Kommt auf die Schuhe an«, meinte Nele mit einem abschätzenden Blick auf die leichten Halbschuhe, die die Fremde trug. »Sind Sie sicher, dass Sie zur Diekwarft wollen? Da wohnen nur Enno Broders und sein Vater.«

»Ich bin ihr Weihnachtsgast. Eigentlich wollte der Sohn mich abholen.«

Enno und eine Frau – sofort war Neles Neugier geweckt. Sie stellte sich vor. »Nele Lorentz von der Krogwarft. Nele genügt. Enno und ich waren Spielfreunde.«

»Ach, Sie sind das. Ich meine, du. Beate Schumann. Mein Bekannter hat mir viel von dir erzählt. Die lustigen Streiche von früher und dein großes Talent beim Zeichnen.«

»Lustig waren die Streiche für Enno ganz bestimmt nicht«, sagte Nele lachend. »Am Ende musste er immer den Kopf für mich hinhalten.« Sie kniff die Augen zusammen und sah in Richtung der Warften. »Mit mir rechnet heute noch keiner, aber wenn du nicht abgeholt wirst, muss das am Generator liegen. Stromausfall«, fügte sie erklärend hinzu. »Passiert hier öfter, und dann treffen sich alle Männer bei der Maschine und halten ein großes Palaver ab.«

»Die Beschwörung der Technik? Was macht man hier, wenn der Strom für länger ausfällt?«

»Holzfeuer und Petroleum. Ist immer ganz gemütlich. Wir rücken dann dichter zusammen«, antwortete Nele. Und kurz darauf, als sie gemeinsam zur Krogwarft aufbrachen, erkundigte sie sich neugierig: »Wo hast du Enno kennengelernt?«

»Bei uns zu Hause. Meine Mutter ist Witwe und nimmt gelegentlich Untermieter auf. Enno hatte beim Wasser- und Schifffahrtsamt zu tun, und so ... hat es sich ergeben.«

Schüchtern. Sanft und pflegeleicht, dachte Nele, vermutlich genau das, was Enno für die Zukunft braucht.

»Ich tu mich ein bisschen schwer mit fremden Menschen«, bestätigte Beate ihre Gedanken.

»Das macht doch nichts. Unserem Freund Enno geht es ähnlich.«

»Er ist nur ein guter Bekannter«, sagte Beate hastig. »Ich weiß selber nicht, woher ich den Mut hatte, seiner Einladung zu folgen.«

»Er beißt nicht«, versicherte ihr Nele. »Ich spreche aus

Erfahrung. Man kann ihn ganz leicht um den Finger wickeln. Schau, da kommen Leute von mir.«

Undine und Wilhelmine, vermummt in Winterkleidung, aber Nele erkannte sie schon von weitem an der Statur. Ihre Mutter, hochgewachsen, mit elastisch federndem Gang, und Wilhelmine, kleiner und kompakter, die für dieselbe Strecke mehr Schritte benötigte.

»Willkommen. Du bist recht früh, mein Mädchen. Aber umso besser, dann fängt Weihnachten für uns schon eher an.« Gott sei Dank, ihre Mutter war in bester Verfassung. Das nickende und lächelnde Gesicht von Wilhelmine bestätigte Neles Eindruck. »Wenigstens haben wir genügend Kerzen im Haus«, fuhr Undine fort. »Der Generator, aber die Männer sagen, sie bekommen das in den Griff. Sind Sie Beate?«

»Wer soll sie denn sonst sein«, schimpfte Wilhelmine. »Eine Schande, dass Enno nicht am Anleger war, aber Männer und Maschinen, da werden sie wieder zu kleinen Jungs.«

»Er bittet Sie, bei uns zu warten, bis er Sie holen kann.« Ihre Mutter hatte etwas Strahlendes an sich.

Als sie es sich bei Waffeln und einer »Toten Tante«, wie man auf den Halligen heiße Schokolade mit Rum und Sahnehäubchen nannte, bequem gemacht hatten, flackerte erst das Licht, und wenig später kamen die Männer herein.

Harm Lorentz plagte wieder einmal die Gicht.

»Lasst mich an den Ofen, und ich bin bald wieder wie neu.« Er lachte, aber es klang gequält.

»Das alte Übel«, erklärte Wilhelmine. »Wir haben früher bis in den Juli hinein lange Unterbüxen aus Schafwolle getragen, aber wer hört schon noch auf mich.«

»Ich schon.« Enno sagte es todernst und schaute von Beate zu Nele. »Schön, euch zu sehen. Beide.«

»Ist das alles, Enno?« Nele trat mit offenen Armen auf ihn zu, und das ließ ihm keine andere Wahl, als sie zu umarmen, während er Beate nur per Handschlag begrüßte. So nah sind sich die beiden noch nicht gekommen, dachte Nele und freute sich insgeheim. Enno hatte immer ausschließlich ihr gehört, jedenfalls hier auf der Hallig.

»Du musst doch hoffentlich nicht zwischen Weihnachten und Neujahr arbeiten?«, fragte Neles Vater später, als die Familie unter sich war, und ließ sich ganz wie früher von seiner Tochter die Pfeife stopfen.

»Diesmal bleibe ich euch länger als sonst erhalten«, sagte Nele mit betonter Munterkeit. »Ich habe vor, mich beruflich zu verändern.«

»Erzähl uns mehr davon«, bat Undine. »Kannst du dich an deinem neuen Arbeitsplatz verbessern?«

»Bestimmt. Jede Veränderung ist ein Fortschritt.«

»Lohnt es sich finanziell, oder musst du aus künstlerischen Gründen Abstriche machen?«, wollte ihr Vater es genauer wissen.

»Vielleicht hat man sie ja rausgeschmissen, weil sie so schusselig ist«, klang es von Wilhelmine aus der Küche, gefolgt von Geschirrklappern und Wasserrauschen.

»Nein, ich habe selber gekündigt«, rief Nele verärgert.

So ein Mist, jetzt hatte sie sich verraten. Dabei war Weihnachten nicht der passende Moment, um mit der Familie ihre Sorgen zu erörtern.

»Hast du bereits eine neue Stelle in Aussicht?« Ihr Vater würde sich an dem Thema festbeißen und nicht mehr lockerlassen, das wusste Nele.

»Nein, im Moment noch nicht. Ich will mir auch die Entscheidung offenhalten, mich vielleicht selbstständig machen.« Noch während Nele es aussprach, wusste sie plötzlich, dass es das war, was sie wollte. Sich bei ihren Entwürfen nicht mehr anpassen müssen und Kunden finden, die ihren Stil zu schätzen wussten. Aber woher Kunden nehmen? Und ein eigenes Büro brauchte sie auch, vielleicht sogar Mitarbeiter. Jemanden wie Jenny.

»Hast du dir für Durststrecken etwas zurückgelegt?«, fragte ihr Vater besorgt. Nele wusste, dass ihre Eltern mit wenig Geld auskommen mussten, und wenn doch einmal etwas übrig blieb, wurde es gleich in das alte Haus gesteckt.

»Na klar«, behauptete sie forsch. »Hab sogar gerade mein Auto herrichten lassen. Uns geht's prima.«

»Wenn du mal pausieren möchtest, hier ist immer Platz für dich. Du könntest mein Zimmer als Atelier nutzen, es ist am hellsten.«

Das Angebot ihrer Mutter rührte Nele. »Danke, aber das wird nicht nötig sein. Mein Lebensmittelpunkt ist und bleibt Hamburg.«

Es folgte höfliches Schweigen. Nur Wilhelmine, die frischen Tee aufgebrüht hatte, grummelte etwas von »Wurzeln, die man nur kappen, aber nicht ausreißen kann«.

Der Heiligabend wurde festlich begangen. Da der Pastor in diesem Jahr wegen der Tide nicht kommen konnte, versammelten sich alle Halligbewohner im Pesel des Lütt Krog unter der festlich geschmückten Tanne, die schon vor Wochen vom Festland geholt worden war.

Halligweihnacht – anders als an herkömmlich herausgeputzten Bäumen schmückten hier vergoldete Herzmuscheln, Seesterne und bizarre Holzanhänger die Äste, an deren Enden echte Wachskerzen steckten, gewonnen aus der Produktion der einheimischen Bienen.

Harm Lorentz las die Weihnachtsgeschichte aus der Bibel vor, und als man sich zum Abschluss die Hände reichte und das altvertraute »Stille Nacht, heilige Nacht« im Chor erklang, bekam selbst Nele feuchte Augen. Sicher, es war altmodisch, und in Hamburg wäre sie längst auf einer feuchtfröhlichen Christmas-Party mit Menschen ihrer Altersgruppe, bunten Cocktails und fetziger Musik, aber dies hier bedeutete Tradition und war ein echtes Gemeinschaftserlebnis. Sogar Jons Broders, der zeitweise auf einen Rollstuhl angewiesen war, nahm an der Feier teil. Nach dem Gesang wünschte man sich »Fröhliche Weihnachten« und tauschte das eine oder andere Geschenk aus, meist praktischer Art wie Gestricktes oder Selbstgemachtes aus der Küche. Die eigentliche Bescherung fand dann anschließend bei jeder Familie privat statt.

»Ich dachte, das könnte dir nützlich sein.« Enno überreichte ihr ein in rotes Leder gebundenes Buch mit dazu passendem Etui und zwei edlen Bleistiften.

»Es ist einfach klasse. Danke, Enno, hast du toll ausgesucht. Warte, ich hab auch was für dich.« Sie zog aus dem

Stapel der bunten Päckchen unter dem Baum eines hervor, das recht unordentlich in Alufolie gewickelt war. »Mein Geschenkpapier hat nicht mehr gereicht«, gab sie zu. »Los, sofort auspacken.« Gespannt wartete sie auf seine Reaktion. »Es ist das Original, du musst es dir aber nicht hinhängen.«

Enno betrachtete lange die gerahmte Unterwasser-Kinderstube von Nele, nahm die Details in sich auf und wusste, dass er sich niemals von der Zeichnung trennen würde.

»Mal sehen, es wird sich schon ein Platz dafür finden. Hast du es für mich signiert?«

»Hole ich sofort nach.« Sie nahm einen der neuen Stifte und schrieb in die rechte untere Ecke ein Kürzel. »NHG. Nele, Hallig Greunfall.«

»Oder Nelly«, sagte er lachend, und für einen Moment sah es so aus, als wollte er sie in die Arme ziehen, aber dann trat er hastig einen Schritt zurück. »Ich möchte Beate nicht länger warten lassen.«

»Sie scheint nett zu sein«, sagte Nele höflich und meinte damit eher langweilig, aber vielleicht war es gerade das, was die beiden verband.

Sie wandte sich Nachbarn zu, die sich verabschieden wollten, aber als Enno sich mit seinem Vater und Beate auf den Weg machte, nahm sie ihn kurz zur Seite.

»Ich habe meinen Job gekündigt.«

»Dann willst du von zu Hause aus arbeiten?« Freude stand in seinem Gesicht, und Nele hätte nicht sagen können, warum sie sich darüber ärgerte.

»Ja, ich werde von zu Hause aus arbeiten. In meiner eigenen Agentur in Hamburg.«

»Gratuliere.« Enno legte den Arm um Beates Schulter. »Kommst du? Ich glaube, Schnee liegt in der Luft.«

Am nächsten Morgen war Greunfall von einer Puderzuckerschicht aus Schnee überzogen, der Wind hatte sich gelegt, und die blasse Wintersonne gab ihr Bestes, eine trügerische Wärme zu verbreiten.

»Es ist immer wieder zauberhaft.« Undine und Nele machten einen Morgenspaziergang, schweigend, aber im Einklang miteinander und mit der Natur.

»Wird es Sirupwaffeln zum Frühstück geben, Gans zu Mittag und abends Garnelen auf Schwarzbrot mit Rührei?«

»Gewiss. Wir werden es dir hier so schön machen, dass du nicht mehr wegmöchtest.«

»Bin ich nicht immer wiedergekommen?«, fragte Nele mit leichtem Vorwurf. »Meinst du, ich sollte mich mehr um alles kümmern?«

Undine hakte sich bei ihr ein. »Nein. Wir kommen sehr gut zurecht. Wenn das einmal nicht mehr der Fall sein wird, ziehen wir aufs Festland. Und Wilhelmine nehmen wir mit. So haben wir es beschlossen. Du wirst keine Last mit uns haben. Leb du nur dein eigenes Leben und sei damit glücklich, das habe ich mir immer für dich gewünscht.«

»Und du, bist du denn ... glücklich?«, fragte Nele scheu, denn es gab Themen, die im Hause Lorentz nicht häufig angeschnitten wurden.

»Wie könnte ich das sein?« Der verlorene Ton schnitt Nele ins Herz.

»Wirst du eines Tages mit mir über alles reden?«

Ihre Mutter schüttelte den Kopf. »Reden, das hilft nicht immer. Hör lieber auf die Natur. Sie hat so viel zu erzählen. Weißt du, ich muss ihnen allen zuhören.«

Da war sie wieder, die Wahnvorstellung ihrer Mutter, urplötzlich und für Fremde unheimlich. Nicht für Nele, die damit aufgewachsen war und ihre Mutter als eine »Wanderin zwischen den Welten« empfand.

»Siehst du da vorne die Möwe?« Undines scharfe Augen hatten sie noch vor Neles bemerkt. »Ihr Flügel hängt. Wenn es wieder schneit, hat sie keine Chance. Ich weiß ja, man soll das der Natur überlassen, die eine natürliche Auswahl trifft.«

Nele zögerte nicht. »Haben wir jemals ein krankes Tier sich selbst überlassen?«

Sie nahm ihren Schal ab und wickelte den Vogel ein, der zu schwach war, sich zur Wehr zu setzen. Im Haus angekommen, polsterte sie einen Karton aus und stellte ihn in eine dunkle Zimmerecke. Mit einer Pipette flößte sie dem Vogel Wasser ein, für Futter war es noch zu früh.

»Ganz wie früher. Sie schleppt uns schon wieder die Viecher ins Haus«, schimpfte Wilhelmine, legte aber Nele als Erste einen duftenden Pfannkuchen vor.

»Wenn sie durchkommt, nenne ich sie Wahita«, entschied Nele.

»Deine Freundin Jenny hat übrigens angerufen, während du unterwegs warst«, teilte ihr Vater mit. »Sie wollte uns frohe Festtage wünschen und sich bei dir für den Kalender bedanken.«

Nele war froh, noch im letzten Moment für Jenny unten beim Pförtner ein Geschenk abgegeben zu haben. Zwölf ihrer humorvollen Zeichnungen in einem Kalender zusammengefasst: Pudelmützen-Möwen, Cancan tanzende Seesterne und sogar der maritime Gockel, diesmal auf einem Surfbrett krähend.

Nele fühlte sich erleichtert, denn die Spannungen mit der Freundin hatten sie mehr belastet, als sie sich eingestehen wollte.

Bei Familie Lorentz war es Sitte, sich am ersten Feiertag nachmittags »einzuigeln« und vor dem Kamin noch einmal die liebevoll ausgesuchten Geschenke zu bewundern.

»Sie ist zu schön zum Tragen«, sagte Wilhelmine über die bestickte Jacke aus weicher Angorawolle, zu der Nele einen passenden, mit Perlen besetzten Schal beigesteuert hatte.

»Nein, du musst sie tragen«, forderten die anderen.

»Auf dem Totenbett vielleicht«, war ihr letztes Wort.

Den Eltern hatte Nele einen Bildband über Nordfriesland geschenkt, dazu eine Zeichnung, die sie alle drei vor dem Haus zeigte. »Ich hab sie aus dem Gedächtnis angefertigt.«

Die Eltern trugen die alte Halligtracht, und Nele, auf dem Bild vielleicht zwölf, hatte auf der Schulter eine Möwe sitzen, einen der vielen Schützlinge, die sie im Laufe ihrer Kinderjahre gepflegt hatte. Ihre Haare waren zu Zöpfen geflochten, und der Blick war neugierig auf den Bildrand gerichtet.

»Du hast immer darauf gewartet, dass etwas passiert«, sagte ihr Vater schmunzelnd.

»Weil ich nur den öden Enno hatte. Nelly hatte sich damals schon rar gemacht. Wer weiß, wenn ich eine echte

Schwester gehabt hätte oder einen Bruder oder ganz viele Geschwister ...«

»Nie mit dem zufrieden gewesen, was ihr vom Herrgott und von den Eltern beschert wurde«, sagte Wilhelmine vorwurfsvoll. »Als ob man sich das aussuchen könnte.«

»War es denn so schlimm, keine Geschwister zu haben?«, wollte ihr Vater wissen.

»Nein«, sagte Nele nach kurzem Nachdenken. »Ich kannte es ja nicht anders. Dafür gab es Tiere, Wind und Wolken, Malstifte und Bücher, und natürlich euch. Selbst Enno, auch wenn er mir immer Predigten gehalten hat.«

»Er ist schon früh vernünftig gewesen. Wir waren froh, dass er sich mit dir abgegeben hat.«

»Ohne mich wäre seine Jugend recht farblos gewesen«, sagte Nele selbstgefällig.

»Wenn er die passende Frau findet, bleibt er uns hoffentlich auf der Hallig erhalten. Beate macht einen sympathischen Eindruck, findest du nicht?«

»Ja, ja, sie passt gut zu ihm«, beeilte sich Nele zu versichern und erntete dafür einen misstrauischen Blick von Wilhelmine.

Später sahen sie sich alte Fotoalben an. »Das bist du auf meinen Armen«, sagte Undine weich.

»Vom Austernfischer gebracht. Erst später habe ich gelernt, dass der charakteristische Vogel des Wattenmeers bei uns den Storch ersetzt. Aber du, Mutter, hattest eine noch schönere Erklärung für mich, weißt du noch?«

Undine lächelte und trat ans Fenster. »Wenn sich bei uns eine Frau nach einem Kind sehnt«, begann sie, mit dem Rücken zu ihnen, »dann geht sie ans Wasser und bittet den Meeresgott um Hilfe. Sie bittet ihn einmal, zweimal und hofft, dass er sie erhört.«

»Aber wenn das alles nicht hilft ...«, flüsterte Nele, die die Geschichte von früher auswendig kannte.

»... dann geht die Frau in einer Sturmnacht ans Meer. Furchtlos muss sie sein und die Sehnsucht nach einem Kind unermesslich. Wenn sie fest an die Erfüllung ihres Wunsches glaubt, teilen sich die Wellen vor ihr und geben den Meeresboden preis.«

»Lass mich den Schluss erzählen«, bat Nele. »Von dort, aus der Tiefe des Meeres, bringt die Frau ihr Kindchen heim.«

»Nur den Schluss, den will keiner hören«, schaltete sich Wilhelmine ein. »Der Meeresgott gibt nichts umsonst her. Er fordert im Austausch ein Opfer, und ehe viermal sieben Jahre vergangen sind, muss man es ihm bringen, sonst holt er sich das Kindchen zurück.«

»Das ist die heidnische Form der Sage, wie ich sie in alten Aufzeichnungen gefunden habe«, erklärte Harm Lorentz. »Aber wir fanden sie zu düster, um sie einem Kind zu erzählen.«

»Das demnächst viermal sieben Jahre ist«, sagte Nele lachend. »Soll der alte Neptun ruhig kommen.«

Unbemerkt von den anderen war Undine aus dem Haus geschlüpft und kehrte erst in der Dunkelheit zurück.

Das klare Frostwetter hielt bis Silvester an. Neles Möwe erholte sich und wurde inzwischen mit Fischbröckchen und in Brühe getunkten Reis gefüttert. Sie hüpfte mit dem geschienten Flügel durch die Stube und kannte bald keine Angst mehr vor den Menschen.

Auch in diesem Jahr wurde die Gaststube des Lütt Krog für alle geöffnet, denen nach Geselligkeit war. Wilhelmine kochte »Hochzeitssuppe von früher«, einen gehaltvollen Eintopf mit Rauchfleisch, Schinken, Erbsen, Rosinen und Mehlklüten.

»Wie gefällt es dir auf Greunfall?«, erkundigte sich Nele bei Beate, die etwas verschüchtert in einer Ecke stand, während Enno mit den Männern über Halligsanierung und Krabbenfang diskutierte.

»Danke, gut, es ist eine willkommene Abwechslung. Ich arbeite sonst in einer Fachbibliothek für Baustile und Architektur. Daher auch meine Begeisterung für die alten Hallighäuser. Man könnte sie wunderbar ausbauen.«

»Aber warum sollte das jemand tun?« Nele war irritiert. Hoffentlich wollte Beate Enno nicht überreden, aus dem Haus der Brodersens Luxusapartments zu machen.

»Keine Veränderungen. Ich dachte nur, man könnte ein bisschen mehr für die Erhaltung tun.«

»Hier ist alles niet- und nagelfest. Ich kenne keine Warft, auf der nicht regelmäßig ausgebessert oder modernisiert wird. Aber man möchte den Charakter der Gebäude erhalten, sonst könnte man ja gleich ein mehrgeschossiges …«

»Was Beate meint, ist Folgendes.« Enno gesellte sich zu ihnen und schlug sich gleich auf die Seite seiner Bekannten, was Nele überhaupt nicht gefiel. »Sie hat da eine Vorstellung, wie man die Besonderheiten bei uns der Nachwelt erhalten kann. Ein Museum ähnlich wie auf Hooge, aber nicht allein für den Wohnstil, sondern auch für die Entwicklung von Kunst und Handwerk.«

»Kunst, wo soll die denn sein?«

»Schau dich mal in unseren Häusern um. Wer hat denn die Decken bemalt, von wem stammen die Kreuzstichbilder an den Wänden, und wer hat die Patchworkdecken aus Seehundfell geschaffen? Mein Urgroßvater hat fast ohne technische Hilfsmittel wunderschöne Gegenlichtaufnahmen vom Watt gemacht, und der Muschelschmuck, die Wandteller ...«

»Und du wirst dann Museumsdirektor«, warf Nele ein.

»Es gibt Dinge, die müssen erhalten werden«, sagte er unwirsch. »Es sind unsere Wurzeln, auch deine.«

»›Hier sind die starken Wurzeln deiner Kraft‹«, zitierte Nele. »Das ist von Schiller, falls das jemand nicht weiß.«

»Was bist du in der Stadt borniert geworden.« Enno zog die peinlich berührte Beate mit sich fort.

»Wie findet ihr das, ein Heimatmuseum auf Greunfall?«, wollte Nele von ihren Eltern wissen, als sie sich kurz vor Mitternacht in einer Ecke wiederfanden.

»Warum nicht? Wenn, käme dafür wohl nur unser Haus in Frage. Es ist am ältesten und geräumigsten«, meinte ihr Vater.

Nele beugte sich über Wahita, die Möwe.

Undine strich ihrer Tochter von hinten sanft über die Haare, eine seltene Zärtlichkeitsbekundung. »Was erzählst du ihr? Wein nicht, kleine Silbermöwe? Komm mit vor die Tür, wir wollen gleich anstoßen.«

Über das Wattenmeer hallten die Kirchenglocken der Nachbarhalligen, und ganz fein war noch ein ferner Klang zu hören, der aus der Tiefe zu kommen schien. Das versunkene Rungholt?

Nele umarmte die Eltern, tauschte auch mit den Nachbarn gute Wünsche aus und fand sich plötzlich in einer bärbeißigen Umarmung mit Enno. »Find deinen Weg, Nele, ich wünsche es dir.«

»Danke«, sagte sie verblüfft. »Aber ...«

»Still. Versuch einfach, dieses Bild in dich aufzunehmen.«

Als sie sich umsah, wusste sie, was er meinte. Das Watt, das sich im Mondlicht spiegelte, die über die Hallig verteilten Lichter und die vertrauten Menschen, die in Grüppchen zusammenstanden. In diesem Moment war es Nele bewusst, dass ein Teil von ihr zu alldem gehörte, ob sie es nun wahrhaben wollte oder nicht. Und doch gab es einen anderen, zugegeben recht kleinen Teil von ihr, der in die Ferne strebte, unter einem südlichen Sternenhimmel nach einem Schiff mit schwellenden Segeln Ausschau hielt.

»Hast du sie gehört, die Totenglocken von Rungholt?« Nele zuckte zusammen, als Wilhelmine ihr die Worte ins Ohr flüsterte. Ja, sie hatte ein fernes, unirdisches Geläut gehört, aber das konnte auch ein Klangspiel des Windes gewesen sein. »Noch ehe ein weiteres Jahr vergeht, wird Unheil über uns kommen«, raunte Wilhelmine spökenkiekerisch.

»Damit werden wir schon fertig«, sagte Nele zuversichtlich.

Einige Tage später machte Nele ihre Abschiedsrunde. Alle Gäste, auch Beate, hatten bereits die Hallig verlassen.

»Ich glaube, sie vermisst bei uns Kultur. Beate liebt Opern und Konzerte«, sagte Enno, hartnäckig von Nele ausgefragt.

»Haben wir doch auch. Möwengeschrei in allen Tonlagen und Meeresrauschen satt. Dazu Fernsehen, was braucht man mehr?«

»Beate hat eben Tiefgang«, sagte Enno abweisend und ging auf ihren lockeren Ton nicht ein.

»Und was ist mit mir? Habe ich etwa keinen Tiefgang?«

»Du bist Lebenskünstlerin. Das ist auch eine besondere Gabe.«

Nele gab sich damit zufrieden. »Wirst du mir weiter schreiben?«, vergewisserte sie sich für alle Fälle.

»Es wird alles so bleiben, wie es ist«, versprach Enno.

5

Im Briefkasten lag die Ankündigung einer Mieterhöhung, für Heizung und Strom war eine saftige Nachzahlung fällig, und da Nele vergessen hatte, ihren Anrufbeantworter einzuschalten, hatten sich potentielle Arbeitgeber nicht bei ihr melden können. Der Käserest in der Küche war von einer Schimmelschicht überzogen, und die letzte ihrer Topfpflanzen schien sie, eingetrocknet und blattlos, vorwurfsvoll anzustarren.

Nele schaltete den Computer ein – Spams und Banalitäten, einige wenige Neujahrswünsche und eine Mail von Flo, der sich für den Kalender bedankte.

»Unser Skiurlaub war feuchtfröhlich, das Durchschnittsalter lag allerdings bei zwanzig. Jenny und ich haben uns wie Tattergreise gefühlt. Deine Kalender haben große Bewunderung gefunden. Vielleicht kannst du ja damit Geld verdienen? Aber ich nehme an, man reißt sich bereits um dich. Lass mal von dir hören, wenn du zurück bist von deinem sturmumtosten Eiland ...«

Nein, man riss sich nicht um Nele Lorentz. Die alteingesessenen, marktführenden Firmen hatten aktuell keinen Bedarf, und bei einer neuen Agentur, die gerade erst im Aufbau war, war man noch nicht mal bereit, ihre Arbeitsproben anzuschauen, und vertröstete sie auf später.

Aber zunächst verlor Nele nicht den Mut. Sie ließ sich von Maklern geeignete Büroräume zeigen und schraubte ihre Erwartungen wegen der horrenden Mieten immer weiter runter.

In ihrer Wohnung war sie arbeitsmäßig blockiert, nichts ging ihr mehr leicht von der Hand.

Um zu sparen, ließ sie Moby Dick stehen und unternahm weite Spaziergänge um Binnen- und Außenalster. Die ungewohnte Freizeit zerrte an ihren Nerven. Einmal traf sie zufällig ihren ehemaligen Kollegen Gerhard, der sie mit einem hämischen »Na, wann kommst du zurück, um Löffelchen die Füße zu küssen?« begrüßte.

Enno berichtete ihr in seinem Januarbrief von einem neuen Gichtanfall ihres Vaters und dass die meisten Bewohner an einem Erkältungsvirus leiden würden.

Bei Jenny nahm keiner den Hörer ab.

Eines Abends surfte Nele im Internet und suchte nach Stellenausschreibungen. Dabei stieß sie in der Mailbox auf die noch nicht gelöschte Fehlermeldung der geheimnisvollen Flaschenpostadresse. NHG@... Warum nur kam sie ihr so vertraut vor?

Nachdem sie eine Weile darüber gegrübelt hatte, fiel es Nele wieder ein. Sie hatte ihre letzten Zeichnungen mit NHG signiert. Spontan oder geleitet durchs Unterbewusstsein? Ach was, warum so kompliziert, sie verband einfach NHG mit Nele, Hallig Greunfall, basta.

Trotzdem kramte sie noch einmal den Zettel hervor. NHG, das war gut zu entziffern. Beim Rest hatte sie es bereits mit @schm und @sohm probiert. Blieb eventuell

noch schw. Wie Schwester. Was wäre, wenn die Adresse
»Nelly, Hallig Greunfall« lautete?
Jedoch – eine Schwester Nelly hatte es nur in ihrer Fantasie gegeben. Genau wie Wilhelmines Totenglocken von Rungholt. Aber was hatte sie, Nele, schon zu verlieren? Es würde ja doch nur eine weitere Fehlermeldung kommen.

»Liebe Nelly,
lang, lang ist es her. Trotzdem fallen mir zig ›Weißt du noch?‹-Geschichten ein. Wer von uns war eigentlich früher die Anstifterin? Im Vergleich zu damals bin ich viel vernünftiger geworden, und Du? ›Enno ärgern‹ ist auch nicht mehr mein Lieblingsspiel. So ist das wohl, wenn man erwachsen wird. Oft wünsche ich mir, Du wärst noch an meiner Seite, aber wenn überhaupt, spüre ich Dich nur noch auf der Hallig in meiner Nähe. Ansonsten geht es mir beschissen, falls es Dich interessiert.
Liebe Grüße
Deine Nele«

Ich habe an ein Gespenst geschrieben, dachte Nele geschockt, nachdem sie die Taste »Senden« angeklickt hatte. Gut, dass es keiner erfährt. Als bis zum nächsten Tag keine Fehlermeldung kam, fand sie die Vorstellung schon nicht mehr so schlimm, dass sich irgendwo im Cyber-All ein unbekannter Empfänger über ihre Mail den Kopf zerbrechen könnte, schließlich blieb man anonym.

Hamburgs berüchtigtes Schietwetter aus Schneeregen und Matsch wich blauem Himmel und klirrendem Frost. Nele packte am Sonntag ihre Schlittschuhe ein und machte sich auf den Weg zur zugefrorenen Alster. So wie halb Hamburg.

Da sie noch Anfängerin war, lief sie außen am Rand und mied die Nähe zu geübten Läufern, die zwischen Menschengruppen und Wurstbuden waghalsig ihre Bahnen zogen. Trotzdem wurde sie von einem besonders rücksichtslosen Menschen mit rotem Schal und Mütze angerempelt, verlor das Gleichgewicht und fand sich plötzlich mit dem Hintern auf dem Eis sitzend, umgeben von einer kichernden Mädchengruppe. Ihr erster Versuch aufzustehen scheiterte.

»Du standst leider mitten auf meiner Bahn«, lautete die Entschuldigung des Täters, der ihr nun zu Hilfe eilte.

»Wolltest du mich erneut wegen des Schirms zur Rede stellen? Ich hab ihn längst abgegeben.«

»Los, zieh mich hoch«, sagte Nele und war nicht gerade glücklich, ausgerechnet in dieser Situation Leif Larsson wiederzusehen.

»Es gibt keinen Zufall«, meinte er grinsend. »Wahrscheinlich sind wir füreinander bestimmt. Hast du dir wehgetan?«, fuhr er einigermaßen ernst fort.

»Höchstens ein paar blaue Flecken. Nicht der Rede wert.«

Aber nach den ersten Schritten spürte sie einen stechenden Schmerz im linken Knöchel. »Ich kann doch nicht so gut auftreten«, gab sie kleinlaut zu.

»Dann stütz dich auf mich. Ganz fest, ich kann was vertragen.«

Mühsam humpelte Nele mit Leifs Hilfe ans Ufer und wartete dann, bis er mit einer Bandage zurückkam, die er ihr persönlich fachmännisch anlegte. »So, das müsste gehen. Mein letzter Erste-Hilfe-Kurs ist erst zehn Jahre her.«

Er hockte vor ihr, prüfte den Sitz der Bandage und schaute Nele dann voll an. Aus diesen eigentümlich blauen Augen, die ihr schon bei der allerersten Begegnung aufgefallen waren. »Ich fühle mich schuldig. Mea culpa. Wie kann ich das wieder gutmachen? Wäre ein Glühwein von der Bude da drüben eine erste Abzahlung?«

Sie war einverstanden, denn die Wintersonne war hinter dicken Wolken verschwunden, und Schnee lag in der Luft. Sie fröstelte.

Nach dem zweiten Glühwein fühlte sich Nele angenehm warm und probierte vorsichtig aufs Neue, den Fuß aufzusetzen.

»Es geht schon wieder. Ich mache mich jetzt besser auf den Heimweg, es ist nicht weit von hier.«

»Kommt nicht in Frage, ich bring dich natürlich nach Hause. Und keine falschen Hoffnungen, an der Wohnungstür kehre ich um. Es sei denn, du bittest mich nachdrücklich auf einen Kaffee herein.«

»Ich habe nur Tee im Haus«, stellte Nele automatisch klar und ärgerte sich über seinen siegesgewissen Blick.

Sein Wagen, ein silberner Mercedes mit Frankfurter Kennzeichen, stand in Sichtweite.

»Nur geliehen«, erklärte er. »Wie du weißt, lebe ich auf Pump und schmarotze mich zurzeit so durch.«

In weniger als fünf Minuten hatten sie ihre Wohnung erreicht.

»Was macht dein Schiff, die Wahita?«, erkundigte sich Nele höflich, während sie auf den Fahrstuhl warteten.

»Liegt trocken auf einer Werft an der Ostsee. Ich versuche möglichst viel selber zu machen, das spart Kosten.«

»Und die Sponsoren?«

»Stehen noch immer nicht Schlange, leider.« Er brachte sie wie versprochen bis an die Wohnungstür.

»Also, wenn du wirklich einen Tee möchtest«, rang sich Nele ab und überlegte dabei fieberhaft, ob sie ihre Wäsche im Bad weggeräumt hatte und wie sie es verhindern konnte, dass er ihre chaotische Küche sah, in der sie Tuschbilder zum Trocknen ausgebreitet hatte.

Leif blieb im Türrahmen stehen und spielte mit einer ihrer Haarsträhnen. »Echtes Friesenblond, das hat was.« Dann schaute er auf die Uhr. »Danke für das nette freiwillige Angebot, aber ich möchte unser Date lieber verschieben.«

»Es ist kein Date«, wehrte Nele erbost ab.

»Dann machen wir doch eins draus«, war seine entwaffnende Entgegnung. »Morgen gegen Abend. Ich hol dich zum Essen ab.«

»Wenn ich für zwei zahlen muss, kann ich mir das nicht leisten. Ich bin ebenfalls knapp bei Kasse.«

»Fünf Gänge. Und sie kosten dich keinen Cent. Vertrau mir einfach.«

Warum sollte ich das tun, fragte sich Nele, schlug aber trotzdem in die dargebotene Hand ein.

Er hielt ihre Hand unnötig lange fest. »Falls du Wert

darauf legst, zum Abschied geküsst zu werden, brauchst du es nur zu sagen.«

»Nein danke, und falls du mich morgen als Nachtisch eingeplant hast, können wir unser Treffen gleich ganz vergessen.«

Er lachte leise und hatte dabei Fältchen um die Augen, die bei einem Mann wie ihm überhaupt nicht störten.

»Kein Grund für Zickenalarm. Dann also bis morgen. Und gute Besserung. Angenehme Träume.«

Wie meinte er das bloß schon wieder?

Nele nahm ihren Zeichenblock und malte viele kleine Fragezeichen, dazu Herzen nebst Engelchen und Teufelchen, die sie umkreisten. Reif fürs Poesiealbum, dachte sie belustigt, mehr bringe ich nicht mehr zustande. Sie strich über ihre Fußbandage. Gab es nun einen Zufall oder nicht?

Sie schlief unruhig, träumte von einer Sturmflut, die sie im Watt überraschte, und dass der Meeresgott, auf dem Kamm einer Woge reitend, gierig die schuppigen Hände nach ihr ausstreckte. Mit einem Schrei fuhr sie hoch.

Ob es der Traum oder das Klingeln ihres Telefons am frühen Morgen war – Nele hatte eine düstere Vorahnung. Die durch das, was Enno ihr erzählte, Gestalt annahm. Ihre Mutter war wieder verstummt, hatte sogar die Nahrungsaufnahme verweigert, sodass ihr Vater sie in die Klinik bei Husum gebracht hatte.

»Sie haben dort einen neuen Arzt. Er gilt als Spezialist für diese Fälle«, versuchte Enno sie zu trösten.

»Meine Mutter ist kein Fall«, erwiderte Nele unfreundlich. »Sie braucht nur ihre Ruhe, keinen Seelenklempner.«

»Dein Vater bleibt ein paar Tage bei ihr, das wollte ich dir nur mitteilen.«

Beide Eltern telefonierten ausgesprochen ungern, und so hatte es sich in den letzten Jahren eingebürgert, dass Enno als Vermittler von Nachrichten fungierte.

»Ist ja nett, dass du mich informiert hast«, gab Nele zu. »Aber was soll ich von hier aus tun?« Als keine Antwort kam, wurde sie gereizt. »Enno, hörst du mich?«

»Ja. Und du musst nichts tun, wenn du nicht willst.«

»Was heißt, wenn ich nicht will. Kannst du dir eigentlich vorstellen, dass es mir auch mal beschissen geht? Ich kann noch nicht mal laufen.«

Wieder folgte eine Pause. »Was ist passiert, und wie kann ich dir helfen?« Kühl und sachlich, wie es seine Art war. Aber Nele schämte sich bereits, so gejammert zu haben, denn der Fuß schmerzte längst nicht mehr so wie am Vortag.

»Alles halb so wild«, gab sie mürrisch zu. »Klappt beruflich nur nicht so, wie ich es mir gewünscht habe. So, ich muss jetzt Schluss machen. Meinen Eltern werde ich natürlich schreiben. Ist sonst noch was?«

Erst nachdem sie aufgelegt hatte, regte sich ihr Gewissen. Eigentlich hätte sie Enno auch nach seinem eigenen Befinden fragen können, aber diese öden Höflichkeitsfloskeln lagen ihr nun mal nicht.

Gegen Abend, hatte Leif gesagt. Ab vier schaute Nele vom Balkon aus alle zehn Minuten auf die Straße, aber dann überraschte er sie doch um halb sieben, indem er bereits oben an der Tür war.

»Wie bist du ins Haus gekommen?«

»Ich habe mich als Blumenboten ausgegeben. Da, für dich.«

Er zog einen mit Zapfen besetzten Tannenzweig hinter dem Rücken hervor.

»Hast du den aus unserem Vordergarten?«, fragte sie misstrauisch.

»Üble Verleumdung. Aber ganz unter uns, es gab keine Zeugen.«

»Ist auch egal. Wahrscheinlich werde ich die Wohnung aus wirtschaftlichen Gründen sowieso nicht mehr halten können«, seufzte Nele.

»Eine junge begabte Designerin wie du nagt am Hungertuch?«

Er schaute sie fragend an. »Deshalb also hast du etwas Hungriges im Blick.« Und ohne eine Entgegnung abzuwarten, fuhr er fort: »Schade, ich dachte schon, es hätte mit mir zu tun. Wenn du fertig bist, können wir gleich los. Leider habe ich Probleme mit dem Auto. Genauer, mit dessen Besitzer. Angeblich hätte ich den Wagen schon vor Tagen zurückbringen müssen. Pures Missverständnis. Was macht der Fuß?«

»Besser, aber wenn es weit ist ...«

»Richtung Harburg. Auf der anderen Seite der Elbe. Am besten und schnellsten kommt man mit dem Taxi dorthin.«

Nele überschlug ihr Barvermögen. Wenn das Essen umsonst war, würde sie fairerweise die Kosten für das

Taxi übernehmen müssen, denn Leif hatte ja offen zugegeben, dass er wenig Geld hatte.

»Wir teilen die Kosten«, bot sie an.

»Es ist mir eine Ehre.«

Leif nahm vorne im Taxi Platz und begann ein Gespräch mit dem Fahrer über das Hamburger Wetter. Nele hatte Muße, ihn im Profil zu betrachten. Die wilde Mähne war zu einem ordentlichen Pferdeschwanz zusammengebunden, die kühne Adlernase sprach – wenn man den Psychospalten der Illustrierten Glauben schenken durfte – für Durchsetzungsvermögen, und der sehnige Hals steckte im Kragen eines bunten Sporthemds, über dem Leif einen Pullover im Marinestil trug.

Sie selbst hatte sich für eine enge schwarze Hose und eine Bluse mit passender Samtweste entschieden. Bloß nicht aufgedonnert wirken ...

»Wollen Sie zu dem neuen Italiener?«, fragte der Fahrer, als er auf Leifs Geheiß zum Harburger Binnenhafen abbog.

»Nein, noch weiter geradeaus.«

Schade, Nele hätte sehr gerne Pasta gegessen. Als Vorspeise, und dann vielleicht dünne Kalbsschnitzel mit Salbei. Aber im Hafen gab es sicher ein Fischlokal, und für frischen Fisch war sie immer zu haben.

»Habe ich Sie richtig verstanden? Wir sind in einer Sackgasse. Hier kommt nichts mehr«, sagte der Fahrer.

»Ich weiß. Bitte fahren Sie bis ans Ende, dort steigen wir aus.«

»Wie Sie wollen. Aber da liegen nur ein paar alte Kähne vor Anker.«

Alarmiert schaute sich Nele um – spärliche Beleuchtung, die sich im Wasser widerspiegelte, und in der Tat nur ein paar Schiffe, die dort vor sich hin dümpelten. Keine weiteren Menschen in Sicht. Was wollte Leif mit ihr in dieser zwielichtigen Gegend?

»Einen Augenblick noch«, bat sie den Taxifahrer und zögerte beim Aussteigen. »Können Sie bitte warten?«

»Nicht nötig.« Leif half ihr heraus. »Wir sind da. Ich wohne auf diesem Hausboot hier.« Er wies auf eines der Schiffe am Steg. »Nur vorübergehend. Es gehört einem Freund.«

»Der es zufällig schon morgen zurückhaben will, wie das Auto? Und da wolltest du die Gelegenheit nutzen ... Tut mir leid, aber ich war auf ein Essen eingestellt.« Entschlossen wollte Nele wieder ins Taxi einsteigen, aber ebenso entschlossen hielt Leif sie am Arm fest.

»Du brauchst nicht gleich das Schlimmste anzunehmen. Nur böse Mädchen haben böse Fantasien.«

»Danke, das reicht.« Nele riss sich los.

»Was wird denn nun?« Der Taxifahrer wurde ungeduldig.

»Mach, was du willst. Aber ich habe den ganzen Tag für dich gekocht, den Tisch schön gedeckt und sogar deine Serviette zu einem Schwan gefaltet.«

Nele wurde in ihren Vorsätzen schwankend. Konnte ein Mann mit solch einem treuherzigen Augenaufschlag lügen? Wenn er vorhatte, über sie herzufallen, hätte er das bereits in ihrer Wohnung versuchen können. Außerdem gefiel ihr sein Humor.

»Sie können fahren«, sagte sie dem Fahrer und wandte

sich dann Leif zu. »Mal sehen, ob deine Kochkünste was taugen.«

Und du selber, fügte sie in Gedanken hinzu.

Das Hausboot war ein wahres Schmuckstück. Im kleinen, aber feinen Wohnraum gab es praktische Holzeinbauten aus edlem Mahagoni, eine gemütliche Sitzecke mit weichen Polstern und einen runden Tisch, der, wie versprochen, für zwei Personen gedeckt war.

»Das mit dem Servietten-Schwan habe ich erfunden«, rief Leif aus der Küche, die sie wegen der angeblichen Unordnung nicht betreten durfte. »Schlimm?«

»Ich werde daraus nicht auf deinen Charakter schließen«, gab sie zurück.

Leif brachte einen Teller mit Antipasti und einen Cocktail aus Grenadinensaft mit Amaretto. »Was Leichtes für den Einstieg.« Er prostete ihr zu. »Auf unser erstes richtiges Date.«

Nele fühlte sich wohl. Es war gut geheizt, im Hintergrund lief dezente Musik, und die Vorspeisen waren einfach köstlich. »Mit welchen Gewürzen hast du diese Auberginen mariniert?«

»Von allem etwas. Gehört es sich, den Koch auszufragen?«

Auch bei der folgenden Fischsuppe hielt er sich mit Auskünften bedeckt. »Safran? Natürlich. Edelfische, unbedingt. Der Rest ist ein altes Familienrezept. Ich musste meiner Mutter auf dem Totenbett Geheimhaltung schwören.«

Sie waren zu einem trockenen Weißwein übergegangen, und Nele versuchte nach dem zweiten Glas abzuwinken. »Er macht mich ein bisschen müde.«

»Und du hast immer noch Angst, dass ich dich nebenan auf die Matratze zwingen könnte, gib's zu. Dabei war ich sogar zu schüchtern, dir das Schlafzimmer mit der Doppelkoje zu zeigen.«

Immer wieder brachte er sie mit seinen Sprüchen zum Lachen. Nein, Angst hatte Nele nicht mehr vor dem Wikinger.

Zum Hauptgang – Kaninchen im Tontopf – genoss sie den schweren blumigen Rotwein, und als es nach dem Tiramisu als Verteiler einen Grappa gab, lehnte sie auch den nicht ab. »Bei uns zu Hause trinkt man Köm, aber auch Wellenbrecher, Tote Tanten und Pharisäer. Musst du mal probieren.«

Schon erzählte sie ihm von der Hallig, und einen Grappa später auch von ihrer Arbeit in Hamburg und den aktuellen Tiefschlägen. »Aber ich bin zäh«, schloss sie und wollte sich selbst aus der Grappaflasche bedienen, doch Leif nahm sie ihr sanft aus den Händen.

»Du bist also zäh. Aber bist du auch trinkfest? Ich würde es mir nie verzeihen, wenn du später unser romantisches Treffen mit der Erinnerung an einen Kater verbinden würdest.«

»Leif Larsson, du bist kein Kater. Du bist ein Zyniker«, sagte Nele betont deutlich. Na bitte, sie konnte noch klar formulieren. Warum wirkte er so amüsiert?

»Pass auf, mein blondes Meerkätzchen. Ich koche uns jetzt einen Kaffee, und dann machen wir für heute Feierabend.«

»Aber das Taxi bezahle ich.«

»Wie du möchtest. Wo willst du gerade hin? Die Toilette ist nicht draußen an Deck, du musst die Tür hinter dir rechts nehmen.«

Moment, rechts war also hier. Ein richtiges Badezimmer, nur im Puppenhausformat. Auf der Ablage vor dem Spiegel Rasierzeug und eine Puderdose. Komischer Freund. Neugierig öffnete Nele auch noch die nächste Tür. Aha, die Doppelkoje. Sie sah so einladend aus mit ihrem Fellüberwurf im Zebramuster. Kunstfell, zum Glück.

Nur mal einen kleinen Moment ausstrecken, während Leif den Kaffee kochte. Sie brauchte wirklich dringend einen Kaffee, sonst würde sie womöglich noch an Ort und Stelle einschlafen.

Ein Erdbeben konnte es nicht sein, dafür war das Schaukeln zu schwach. Ihr Leuchtturm-Wecker schien den Geist aufgegeben zu haben, oder sie hatte ihn erstmalig überhört. Nele drehte sich auf die andere Seite, um noch eine kleine Runde zu schlafen, das würde auch ihren Kopfschmerzen bekommen.

Als sie das nächste Mal aufwachte und probeweise blinzelte, war es taghell, und sie fühlte sich einigermaßen ausgeruht. Merkwürdig, die Decke war schwerer als sonst, und dieses leichte Schwanken – na, das würde nach dem Frühstück vergehen. Kreislauf, Jenny hatte das auch schon mal gehabt. Wie hatte sie gleich noch den Abend verbracht? An die Heimfahrt mit dem Taxi konnte sie sich nicht mehr erinnern.

Nele öffnete endgültig die Augen und schloss sie dann sofort wieder, denn ihr gegenüber ging gerade die Titanic unter. An der Stelle, an der sonst die verliebten Herzmuscheln hingen. Jemand hatte über Nacht die Zeichnung ausgetauscht. Und den Rest des Zimmers ebenfalls.

Mit einem Satz war Nele aus dem Bett, schaute sich in Panik um und ... erinnerte sich wieder.

Das Abendessen auf dem Hausboot. Leif Larsson als fantastischer Koch. Leif, wo steckte er? Gottlob nicht unter der Zebradecke, wie sie erleichtert feststellte. Dass sie voll angezogen war, beruhigte sie ebenfalls. Musste es ihr nun peinlich sein, dass sie hier übernachtet hatte?

Ach was, passiert war passiert, und solange nichts passiert war ... Es sprach für ihn, dass er die Situation nicht ausgenutzt hatte.

Nele beschloss, die Angelegenheit von der leichten Seite zu nehmen. Vorsichtig machte sie sich auf den Weg. Zunächst ins Badezimmer, dann in den Wohnraum. Vom Gastgeber keine Spur. Doch halt, da lag ein Zettel.

»Guten Morgen, liebe Nele! Meine Gastfreundschaft ging so weit, dass ich Dir die Koje komplett überlassen und mich selbst auf einer Isomatte gekrümmt habe. Wie willst Du mich bloß dafür entschädigen? Musste leider früh los, schließ bitte ab und wirf den Schlüssel ein.«

Statt einer Unterschrift gab es die Zeichnung eines Sumpfhuhns mit ihren Gesichtszügen, dazu eine hingekritzelte Handynummer.

Ich ruf ihn später an, nahm sich Nele vor, erst mal einen klaren Kopf bekommen. Vielleicht frühstücken, falls sie etwas fand.

Die Küche, oder Kombüse sagte man wohl, war noch nicht aufgeräumt. Na, da konnte sie sich als Ausgleich wenigstens nützlich machen. Teller, Gläser und Besteck standen in der Spüle, aber wo hatte Leif bloß die benutzten Töpfe hingetan? Bei dem kulinarischen Aufwand mussten es ja viele sein. Im Schrank fand Nele nur einen rostigen Suppentopf und zwei Pfannen, in denen Eireste klebten. Dazu einen übervollen Müllsack, dessen Inhalt ihr entgegenquoll. Faltschachteln, Folienbehälter und Warmhaltepackungen aus Styropor. Sie alle trugen den Aufdruck »Ristorante Napoli«.

So ein Schwindler und Hochstapler. Gab sich als Meisterkoch aus und hatte in Wirklichkeit das Essen liefern lassen. Sie wählte seine Handynummer, bekam aber keinen Anschluss. Dann musste sie eben warten, bis er sich bei ihr meldete.

6

»Liebe Nelly,
natürlich weiß ich, dass es Dich nicht gibt und dass jetzt irgendjemand denkt: Schon wieder so'ne durchgeknallte Mail. Aber dann soll dieser Unbekannte sich gefälligst outen und halt, stopp sagen. Bis dahin schreibe ich Dir, meiner Halligschwester, einfach weiter. Willst Du wissen, was im Moment meine größte Sorge ist? Geld!! Dabei häng ich nicht so sehr dran, aber es würde einiges erleichtern. Ein eigenes Studio oder eine Agentur aufzumachen kostet nämlich ein Schweinegeld. Ich hab es mit einem Kredit versucht, aber diese blöden Banken fragen immer nur nach Sicherheiten, und da habe ich außer meinen Arbeiten nichts zu bieten. Doch zurück zu Löffler und dort zu Kreuze kriechen – niemals!! Würdest Du doch auch nicht tun, oder? Nein, von Dir kann ich mir gar nicht vorstellen, dass Du jemals von Greunfall weggehen würdest, hast Dich dort ja immer wohl gefühlt ...«

Schnell abschicken, ehe sie es sich anders überlegte. Up, up in the sky ...

Aber Nelly musste nicht alles wissen. Zum Beispiel Neles Enttäuschung darüber, dass Leif sich nicht mehr gemeldet hatte. Das hinterließ bei ihr das Gefühl, für ihn nur eine willkommene Abwechslung gewesen zu sein.

Einmal war sie – nicht ganz zufällig – in Harburg an der Reihe der Hausboote entlanggeschlendert und hatte einen Fremden vom Schiff kommen sehen, wahrscheinlich den wahren Eigentümer. Sie hatte sofort einen Bogen geschlagen und das Gelände verlassen, so albern das auch war.

So in ihre Gedanken versunken, schreckte Nele abends kurz nach neun Uhr durch ein Klopfen an der Tür hoch. Wieder war es jemandem gelungen, unerkannt an der Wechselsprechanlage vorbeizukommen. Wie vor kurzem dem Wikinger.

»Überraschung.« Das konnte man wohl sagen – Jenny und Florian, offenbar angeheitert und bewaffnet mit einer Flasche Sekt. Verlegen stand man sich gegenüber. »Ist doch albern, sich nicht mehr zu sehen. Diese Höflichkeitsfloskeln am Telefon, und dass du keine Zeit hast für ein Treffen.« Jenny schwankte zwischen Vorwurf und Befangenheit.

Nele bat die beiden herein. »Ich wollte nicht zugeben, dass es bei mir nicht optimal läuft«, sagte sie offen und schämte sich ein bisschen dafür. Nicht für die Tatsache, sondern dafür, dass sie ihre Sorgen nicht mit den besten Freunden geteilt hatte. »Außerdem war ich wütend, weil meine Entwürfe so abgeschmettert wurden. Mein eigenes Team hat sie lächerlich genannt.«

»Perlen vor die Säue. Analphabeten. Du hast nicht besonders mitleiderregend gewirkt, weißt du. Ich selber war einfach sprachlos, und dann bist du schon rausgestürzt und hast dich nicht mehr blicken lassen. Sogar mittags nicht im Piranha, du beleidigte Leberwurst.«

Nele schenkte den Sekt aus. »Dumm gelaufen, das Ganze. Stoßen wir trotzdem zusammen an?« Sie prosteten sich zu.

»Mann, bin ich froh, dass wir wieder zusammen sind.« Erst jetzt merkte Nele, wie sie die Freunde vermisst hatte, und Jenny fing sogar an zu schniefen.

»Ohne dich war und ist es so öde bei Löfflers.«

»Welcher Entwurf ist damals genommen worden?« Das interessierte Nele nun doch.

»Keiner. Sie wollten plötzlich Teddybären, und Löffelchen persönlich hat die Probezeichnungen gemacht. Aber die Konkurrenz war schneller. Und besser, weil wir keine Nele mehr hatten.«

»Interessiert sich hier jemand zufällig für einen begabten, aber verkannten Werbetexter, der immer noch auf den endgültigen Durchbruch wartet?«, versuchte Florian sich wieder ins Gespräch einzubringen.

»Zeig, was du kannst. Such die angebrochene Flasche Rotwein in meiner Küche.« Für einen Moment waren die Frauen unter sich. »Was macht die Suche nach dem Märchenprinzen?«, erkundigte sich Nele.

»Keine Fortschritte. Ich lebe wie eine Nonne. Und du?«

»Ähnlich.« Bis auf die Eskapade auf dem Hausboot, aber die wollte sie instinktiv für sich behalten.

»Heute Mittag im Piranha habe ich es noch mal bei dem Wikinger versucht«, erzählte Jenny. »Weißt du noch, dieser eingebildete Skipper.«

»Ach der«, murmelte Nele. »Hattest du Erfolg?«

»Kam nicht dicht genug an ihn ran. Der war umgeben von ein paar scharfen Models. Wird jetzt von einer Fotoagentur gesponsert, sagt Manuelo.«

Zum Glück kam in diesem Moment Flo mit dem Wein aus der Küche. »Er ist nicht rot, sondern weiß, und ratet mal, was in ihm schwimmt.«

»Kaulquappen?«, riet Jenny.

»Nein, und ein Seepferdchen wäre auch falsch.«

»Eine Kaffeebohne«, erinnerte sich Nele. »Jetzt fällt es mir wieder ein. Flo, gehst du bitte noch mal in die Küche und suchst ein Sieb?«

»Wie in alten Zeiten.« Plötzlich lachten sie alle drei.

Es war einige Tage später, als Nele Moby Dick vor einem Jugendstil-Altbau in Harvestehude parkte.

»Die neue Mieterin ist ganz kurzfristig abgesprungen«, erklärte die Maklerin. »Nur deshalb kann ich Ihnen das Objekt heute zeigen. Wenn wir es erst mal in die Zeitung setzen, geht es noch am selben Tag weg. Die Miete ist so günstig, weil noch einige Schönheitsreparaturen durchzuführen sind.«

»Was für ein schöner Erker«, bewunderte Nele die Fassade.

»Ja. Aber das Atelier liegt im Hinterhaus. Gleich an den Mülltonnen vorbei.«

Das Vorderhaus wäre sowieso unerschwinglich gewesen, tröstete sich Nele und prüfte die Lichtverhältnisse. Auch im Hinterhaus gab es große Fenster nach Südwest. Drei Räume, ziemlich verkommen, aber das würde sie schon hinkriegen. Das vordere Zimmer eignete sich zum »Repräsentieren« für Kunden, die hoffentlich in Scharen kämen. Dazu wäre es allerdings erforderlich, in entsprechende Werbemaßnahmen zu investieren.

»Zur Maklergebühr kommen dann noch die Genossenschaftsanteile im Gegenwert von dreitausend Euro, und als Kaution drei Monate Kaltmiete im Voraus.« Das ließ die Maklerin in einem Nebensatz fallen, quasi als eine Bagatelle, kaum der Rede wert.

»Wenn das so üblich ist«, sagte Nele beklommen.

»So ist es nun mal auf dem freien Wohnungsmarkt. Ich mache die Preise nicht.« Die Dame war leicht verschnupft. »Auch nicht den Abstand. Aber den muss man ja heutzutage immer mit einplanen.«

»Wofür denn Abstand?«

»Für die Einbauten.«

Nele schaute sich auf der Suche nach Einbauten noch einmal um. Eine Flurgarderobe und Kochnische aus billigem Furnierholz, in der Toilette ein schäbiger Hängeschrank, kein Spiegel.

Aber im Hof wuchs eine Kastanie, auf der sich Tauben gurrend unterhielten, bis sie von einer frechen Möwe vertrieben wurden.

Eine Silbermöwe – ob das ein Zeichen war?

Die Zahlen, die die Maklerin dann konkret nannte, rauschten an Nele vorbei. Ohne Kredit würde sie in keinem Fall über die Runden kommen.

»Heute ist Freitag. Räumen Sie mir Bedenkzeit bis Montag ein?«

Die Maklerin stimmte widerstrebend zu.

Zu Hause rechnete Nele ihr erforderliches Startkapital zusammen. Selbst wenn sie ihren Überziehungskredit voll ausschöpfen würde – nein, so ging es nicht.

Jenny und Flo hatten ihr Hilfe beim Renovieren angeboten, Flo dazu noch ein Darlehen von tausendfünfhundert Euro, aber das war nur ein Tropfen auf den heißen Stein. Die Eltern wollte sie nur in echten Notsituationen bemühen, alles andere hielt sie für unfair.

Als hätten sie ihre Gedanken gespürt, riefen am selben Abend ihre Eltern an.

»Ich wollte dir nur sagen, dass es mir besser geht, und danke für deinen lieben Brief«, meinte Undine. »Warte, jetzt gebe ich dir deinen Vater.«

»Nele? Wie geht es dir?« Er wartete die Antwort nicht ab.

»Wir haben Enno ein paar Sachen für dich mitgegeben. Eingemachtes von Wilhelmine, und deine Mutter hat dir in der Klinik eine Jacke gestrickt.«

»Das ist fein, aber was macht Enno in Hamburg? Bei mir hat er sich nicht gemeldet.«

»Das tut er bestimmt noch. Er wollte in die Oper.«

Enno in der Oper, das war ja zum Piepen!

»Vielleicht kommen wir in den nächsten Wochen auch einmal bei dir vorbei.«

Ihre Eltern wollten nach Hamburg kommen?

»Ist etwas passiert?«, fragte Nele alarmiert.

»Wir dachten, genauer, der Arzt meinte, es könne nicht schaden, mal in der Uniklinik reinzuschauen.«

Wie sich das anhörte, »reinschauen«, als ob sie einen Nachbarschaftsbesuch planen würden.

»Das ist eine gute Idee. Gebt mir rechtzeitig Bescheid, damit wir uns etwas Schönes vornehmen können.«

»Augenblick mal.« Im Hintergrund ertönte Stimmengewirr.

»Nele?«, hörte sie jetzt die atemlose Stimme ihrer Mutter. »Es ist wegen Vater. Er kümmert sich seit Jahren nur um mich, und dabei wird sein Gliederreißen immer schlimmer. Deshalb soll er zum Spezialisten.«

»Ja, warum nicht?« Nele war überrascht. Ihr Vater pflegte um sich selbst nicht viel Aufhebens zu machen. Wollfett oder eine Alkohollösung zum Einreiben, das gab es auf der Hallig in jedem Haushalt, und wenn man damit seine Zipperlein nicht wegbekam, wartete man auf den Sommer.

Für Notfälle gab es den Hausarzt und die Apotheke auf dem Festland. »Ich freu mich auf euch«, sagte sie und fühlte sich dabei etwas hilflos.

»Was macht die Arbeit?« Ihr Vater hatte wieder den Hörer ergattert.

»Das wird schon.« Nele gab sich optimistisch und munter. »Wahrscheinlich miete ich schon nächste Woche ein Büro mit Atelier.«

»Du wirst schon wissen, was du tust.« Hatte er unmerklich gezögert? »Und, Nele, sei nett zu Enno, er ist uns hier eine große Stütze.«

Der Vorsatz, nett zu Enno zu sein, verflüchtigte sich, als er mit Beate Sonntagfrüh unangemeldet vor ihrer Tür stand.

»Warum habt ihr nicht vorher angerufen?« Nele trug

alte Leggings und ein T-Shirt, auf dem eine Palme mit Äffchen prangte, ein eigener Entwurf für Palmfett. Mit Flecken übersät, weil sie gerade ihr Bad putzte.

»Genau das habe ich ihm gesagt.« Beate war peinlich berührt. »Aber Enno meinte, auf Greunfall würdet ihr euch auch nicht anmelden.«

»Beate muss heute Mittag wieder zurück«, erklärte Enno gelassen. »Wir hatten für heute nichts anderes auf dem Programm, da passt es ganz gut so.«

Diese Landeier. Ein Freundschaftsbesuch, statt sich Hamburg zu erobern. »Kommt rein«, sagte Nele ergeben. »Aber ich hab noch nicht fertig aufgeräumt.«

»Das macht doch nichts.« Beate fand keinen freien Sitzplatz und blieb hilflos in der Mitte des Wohnraums stehen, während Enno unbekümmert einen Stapel Kleidungsstücke vom Sofa aufnahm und nebenan auf Neles Bett packte.

»Du hast ja immer noch meinen Leuchtturm-Wecker«, rief er Nele zu. »Warum liegt er auf dem Boden?

»Ich schlage ihn jeden Morgen, damit er verstummt.«

»Hauptsache, er erinnert dich an zu Hause.«

Vor allem erinnerte er sie daran, dass Enno Broders einen zweifelhaften Geschmack hatte. Oder konnte es sein, dass er im Ernst glaubte, damit ihren Geschmack zu treffen?

»Wie war es denn in der Oper?«, erkundigte sie sich, als es ihr tatsächlich gelungen war, drei saubere Tassen nebst Teekanne aufzutreiben. Beuteltee, das musste reichen, war ja nur für Enno und Co.

»Es gab den Parsifal. Zwar nur in der zweiten Besetzung, aber sehr eindrucksvoll und dramatisch. Ich liebe Wagner.« Beate ging richtig aus sich heraus. »Man zehrt so lange von einem schönen Abend, nicht wahr?«

»Und du, Enno, hat es dir auch so gut gefallen, dass du davon länger zehren kannst?«, fragte Nele scheinheilig. Allein die Vorstellung, Enno in Festtagskleidung statt in Jeans und blauem oder grauem Pullover, reizte sie zum Lachen.

»Es war nicht leicht, einen Parkplatz zu finden«, meinte Enno bedächtig. »Außerdem saß mein Anzug nicht so bequem.«

»Du hast deinen Konfirmationsanzug getragen?«, platzte Nele heraus.

»Wir haben zusammen einen neuen ausgesucht«, antwortete Beate rasch.

»Gratuliere.« Nele grinste und warf Enno einen boshaften Blick zu. »Wirst du ... werdet ihr öfter in die Oper gehen?«

Beide Frauen schauten ihn erwartungsvoll an.

»Die Musik war in Ordnung«, bequemte sich Enno nach einer Pause zu sagen. »Aber mir würde auch eine CD reichen.«

Eine feine Röte stieg Beate ins Gesicht. »Entschuldige bitte, das habe ich nicht gewusst.«

»Er muss erst mal auf den Geschmack kommen«, tröstete Nele, die sich unversehens für ihren Spott schämte. »Das war schon früher so. Enno braucht bei neuen Sachen immer erst eine Aufmunterung.« Oder einen Tritt in den Hintern, aber sie wollte vor Beate nicht zu direkt werden. »Habt ihr noch etwas anderes für heute geplant, oder soll ich euch die Einkaufspassagen oder den Hafen zeigen?«

»Ich muss heute wieder zurück, leider. Der Zug fährt in einer Stunde. Meine Mutter ist nicht gerne alleine«, meinte Beate entschuldigend.

»Aber ich bleibe noch bis morgen. Hab noch einen Tag Urlaub genommen«, erklärte Enno. »Ich gehe mit Beate zum Bahnhof, und dann bringe ich dir die Sachen von zu Hause. Ich muss mir auch noch ein Zimmer suchen.«

»Wir haben bei meiner Tante gewohnt«, erklärte Beate schnell. »Sie hätte sicher nichts dagegen, wenn du auch alleine …«

»Nein«, sagte er kategorisch. »Sie ist deine Tante, nicht meine.«

»Wenn es nur für eine Nacht ist …« Nele zögerte. Die Couch war lang genug, und wegen Enno musste man wirklich keine Umstände machen. Vielleicht konnte er sogar nebenbei die tropfende Dusche reparieren oder die klemmende Balkontür. »Du kannst bei mir auf dem Sofa übernachten.«

»Nein«, bestimmte er ein zweites Mal.

»Dann such dir selber was.« Nele war gekränkt.

»Ich komm später wieder vorbei«, sagte er, als man sich verabschieden musste.

Ob sie etwas vorhatte, interessierte ihn anscheinend nicht.

»Ruf rechtzeitig an«, forderte Nele ihn deutlich auf.

»Warum? Du weißt doch, dass ich in der Stadt bin«, entgegnete er.

Einem wie Enno konnte man keine Manieren mehr beibringen.

Am frühen Nachmittag kehrte er zurück, bepackt mit den häuslichen Liebesgaben. Nele schnupperte an der neuen Schafwolljacke. »Hm, lecker. Findest du, dass sie ranzig riecht?«

»Hauptsache, sie wärmt«, war Ennos Kommentar zum Thema.

»Und jetzt leg mal los. Bist du immer noch ohne Arbeit? Kommst du über die Runden?«

»Es ist ja nett, dass du so an mir und meinem Leben Anteil nimmst«, erwiderte Nele kühl, »aber du glaubst doch nicht im Ernst, dass ich dir jetzt etwas vorjammere, und du gehst damit auf Greunfall hausieren und schreckst meine Familie auf, nachdem ich sie gerade erst beruhigt habe.«

»Also läuft es nicht so gut?«

Nele hatte vergessen, wie hartnäckig dieser Mann sein konnte. »Könnte besser sein«, gab sie mürrisch zu.

»So ist es gut. Erzähl mir die Einzelheiten. Das hast du früher auch getan.«

»Enno, du bist unmöglich!« Sollte sie sich ärgern oder gerührt sein? »Ich bin kein kleines Mädchen mehr, das sich bei seinem Halligfreund ausweint und dann andächtig lauscht, was er für gute Ratschläge zu geben hat.«

»Als ob du das jemals getan hättest. Ich durfte mich nur bei Nelly erkundigen.«

Nun musste sie doch lachen. »Hast ja recht. Auf Umwegen hast du immer alles herausbekommen.«

»Und versucht, dir nach bestem Wissen zu helfen.«

Ja, er hatte die Kastanien für sie aus dem Feuer geholt und sie nie verraten. Aber jetzt ging es um ihre wirtschaftlichen Sorgen, und davon verstand er nichts. Sie hatten nicht mehr den gleichen Horizont.

»Ich wusste nicht, wie teuer es ist, sich selbstständig zu machen«, bequemte sich Nele zu erzählen. »Bis morgen muss ich mich für oder gegen ein Mietobjekt entscheiden. Die Kaution ist zwar üblich, aber ...«

»Weitere Kosten?«, unterbrach Enno sie. »Wie ist die Lage, kannst du dort gut arbeiten?«

»Wenn du Lust hast, können wir hinfahren. Ich habe den Schlüssel.«

»Der gute alte Moby Dick. Er hat noch immer seinen asthmatischen Husten. Ich werde ihm morgen neue Zündkerzen einbauen, wenn du damit einverstanden bist.«

Es war praktisch, Enno dazuhaben. Nele hatte nichts sagen müssen, schon tropfte der Wasserhahn nicht mehr, und für die Balkontür war nur ein wenig Schleifpapier nötig gewesen.

Enno schaute sich gründlich im Atelier und in den anderen Räumen um. »Ich finde es recht kahl und groß. Deine Wohnung ist gemütlicher.«

»Aber sie ist weder repräsentativ, noch könnte ich da ein Gewerbe anmelden. Wenn ich erst die Wände gestaltet habe, wirst du das hier nicht wiedererkennen.« Sie sah es schon vor sich. Eine Dünenlandschaft an der Wand, gegenüber die See oder ihre Unterwasserwelt.

»Du brauchst neue Möbel, einen Schreibtisch, eine anständige Gästetoilette.«

»Musst du immer nur die Schwachpunkte sehen?« Nele ärgerte sich, aus ihren Träumen gerissen zu werden. Außerdem hatte sie den Etat für die Möbel bei ihrem Kostenvoranschlag glatt vergessen. »Ich werde das schon schaffen. Zur Not jobbe ich abends in einer Kneipe.«

»Das nehmen sich viele junge Frauen vor, und dann enden sie auf St. Pauli«, meinte Enno düster.

»Du musst es ja wissen, so oft, wie du da hinkommst. Hast du vor, mit Beate demnächst einen Reeperbahnbummel zu machen? Statt Opernbesuch?«

Er ging auf ihre Spitze nicht ein. »Wahrscheinlich musst du auch einen Stellplatz anmieten. Nicht für Moby, aber für die Wagen der Kunden. Die Abgase hast du direkt vorm Fenster.«

»Lass uns ein bisschen rausgehen. Hier ist eine Coffee-Bar um die Ecke.« Nele hatte es satt, dass ihr alles madig gemacht wurde.

»Und das gefällt dir?« Sie saßen auf den verchromten Barhockern, vor sich einen Latte macchiato, und betrachteten ihr Spiegelbild hinter der Theke.

»Sie haben dreißig Kaffeesorten«, verteidigte Nele die Bar, obwohl sie sich eigentlich nach einem großen Teepott mit Friesentee sehnte, in dem der Kandis klirrend zersprang. Aber Enno sollte gefälligst mit seiner Meckerei aufhören.

»Wer braucht schon dreißig Kaffeesorten.« Er starrte eine Frau an, die trotz des winterlichen Wetters ein tief ausgeschnittenes, durchsichtiges Shirt trug, das einen mehr als großzügigen Einblick auf ihre Brüste gewährte.

»Ist das jetzt Mode? Trägst du so was auch?«

»Nur, wenn ich auf Männerfang bin«, sagte sie belustigt.

»Es würde nicht zu dir passen.«

»Meinst du, ich fülle es nicht aus?«

Geschockt sah er sie an. »Du hast doch früher nicht so lockere Reden geführt.«

»Ich nicht, aber Nelly.«

Sie zögerte, erzählte ihm dann aber doch von ihrem einseitigen Mailwechsel mit der Phantomfreundin.

»Findest du das verrückt? Vielleicht schlage ich ja in Mutters Richtung.«

»Deine Mutter ist nicht verrückt.« Da war er wieder, der große tröstende Freund. »Du und ich, wir wissen das. Alle auf der Hallig.«

Sie machten noch einen Spaziergang an der Elbe, vorwiegend schweigend, kamen fast bis Neumühlen und gingen dann in ein Fischrestaurant.

»Alles tiefgekühlt und Wucherpreise«, beschwerte sich Enno, bestand aber darauf zu zahlen. »Und jetzt möchte ich dir einen Vorschlag machen.« Es klang so, als ob er die folgende Rede eingeübt hätte. »Da ich wenig Gelegenheit habe, Geld auszugeben, ist es mir gelungen, etwas anzusparen. Im Augenblick brauche ich das Geld nicht. Im Gegensatz zu dir.«

»Du weißt doch, dass ich immer irgendwie zurechtkomme«, wehrte Nele ab.

»Irgendwie, ja. Aber warum sollst du dich bei einer

Bank verschulden, wenn ich dir diesen Freundschaftsdienst erweisen kann?«

»Weil es mich von dir abhängig machen würde.«

»Wäre das wirklich so schlimm?«

Er würde mir in alles reinreden, dachte sie. Mein Leben hier madig machen, nur um mich auf die Hallig zurückzuzwingen, damit ich das Leben meiner Eltern führe. Und wenn wirklich alles schiefgeht, kann er den großen Wohltäter spielen.

»Musst du dich erst mit Nelly besprechen?« Er lächelte, und das machte ihr die Zurückweisung leichter.

»Versteh doch, Enno, ich will es aus eigener Kraft schaffen.«

»Wie du meinst. Aber du weißt, wo du mich erreichen kannst.«

Sie brachen auf. »Möchtest du noch mit zu mir kommen?«, schlug Nele halbherzig vor, als sie Moby Dick erreicht hatten.

»Nein, ich steige in die nächste U-Bahn und fahre direkt bis zu meiner Pension, das ist praktischer. Gestern hatte ich sehr wenig Schlaf.«

»Das glaube ich dir gerne. Da war ja noch Beate da«, sagte Nele anzüglich.

»Es ist nicht so, wie du denkst. Ich habe im Wohnzimmer der Tante auf einer durchgelegenen Couch geschlafen. Der Rücken tut mir immer noch weh.«

»Armer, armer Enno.« Sie streichelte mit beiden Händen seine Wangen. »War die Tante so streng?«

Er zog den Kopf weg. »Beate gehört nicht zu den Frauen, die, na ja, auf ein schnelles Abenteuer aus sind.«

»Sicher nicht«, stimmte Nele aus Überzeugung zu. »Ich wette, sie ist in der Hinsicht ganz anders als zum Beispiel ich.«

»Das kann ich nicht beurteilen«, sagte er steif.

»Kannst du doch. Weißt du noch, als ich auf der Vogelinsel über dich hergefallen bin?«

»Du brauchtest ein Versuchskaninchen. Es gab nur mich.«

»Stimmt nicht. Da war auch noch der picklige Feriengast.«

»Dem hast du solche Angst eingejagt, dass er mit seinen Eltern vorzeitig abgereist ist.«

Sie lachte. »Wir hatten immer schon unterschiedliche Sichtweisen.«

»Nele, verzettle dich nicht«, sagte er, plötzlich sehr ernst. »Das mit den Sichtweisen mag stimmen, aber wir haben dieselben Wurzeln.«

Da fing er doch schon wieder mit diesen nervigen Wurzelgeschichten an. Ein verhinderter Schiller, oder was?

»Tschüss, Enno, grüß alle von mir. Auch Wahita, die Möwe. Wir sehen uns beim Biikebrennen.« Sie ließ den Motor an.

»Ich komme morgen früh noch mal bei dir vorbei«, rief Enno ihr zu.

Aber dazu kam es nicht mehr. Früh um acht telefonierte Nele erst mit der Maklerin und dann mit ihrem Vater. Um neun Uhr war sie auf der Bank und stellte den Kreditantrag. Ihre Eltern würden dafür bürgen. Sie rief Jenny und Florian an, um zu feiern, und kam erst spät in der Nacht heim.

7

Der Februar hielt seinen Einzug mit dichtem Schneetreiben, gefolgt von Glatteis und später schmuddeligem Tauwetter. Schneeglöckchen, gelbe Winterlinge und verspätete Christrosen lugten aus den Vordergärten, und Nele entwarf für einen Kindergarten Spielkittel mit lachenden Blumengesichtern. Leider nur zum Selbstkostenpreis, denn die Leiterin hatte herzerweichend über die schweren Zeiten geklagt, in denen man Zuschüsse oder Spenden vergessen konnte.

Einen anderen Auftrag vermittelte ihr überraschend Jenny.

»Weißt du noch, die Dänen mit den Tiermotiven, die sich für Bären entschieden haben. Eine der Damen, Jette Tyksal, ist mir privat über den Weg gelaufen. Sie sucht diverse Vogelarten für eine Stoffkollektion. Ich habe ihr deinen Kalender gezeigt, und nun will sie nichts anderes.«

Frau Tyksal erwies sich nicht nur als interessiert, sondern vor allem als zahlungskräftig. Sie bestellte eine Musterkollektion und zahlte dafür einen Vorschuss.

»Ich habe gut in Erinnerung, wie hart es ist, wenn man anfängt.« Ihre Lachfältchen tanzten auf und ab. »Als ich mein erstes Kleid geschneidert habe, bin ich mit Heringskonserven bezahlt worden. Aber das ist schon dreißig

Jahre her. Sie haben Talent, lassen Sie sich nicht unterkriegen.«

»Niemals«, entgegnete Nele forsch und beschloss, gleich nach dem Gespräch die Heizung im Atelier runterzudrehen, um Kosten zu sparen.

»Liebe Nelly,
es gefällt mir, selbstständig zu sein. Wenn ich bloß mehr Aufträge hätte. Manuelo will mich seinen Wintergarten neu gestalten lassen, aber erst im Frühjahr. Ha, bis dahin bin ich verhungert! Deshalb ist es gar nicht so schlecht, dass ich zum Biikebrennen nach Greunfall fahre, da kann ich mir gleich ein paar Vorräte mitnehmen, für Notzeiten in Hamburg. Schade, dass Du mir nie antwortest …
Deine Nele«

Jenny konnte sich nicht freinehmen, aber Florian war bereit, sich ein zweites Mal »in die Meereswüste zu begeben«, wie er es nannte.

»Heidnische Bräuche haben mich schon immer fasziniert. Mein Leben als Stadtindianer birgt nicht mehr viele Überraschungen. Außerdem liegt eine Ahnung von Frühling in der Luft, und ich bin auf der Balz.«

»Erzähl mal Einzelheiten«, forderte Nele ihn auf.

Sie waren unterwegs zur Küste, um mit Herrn Pedersen nach Greunfall überzusetzen.

»Ich habe zurzeit mehrere Eisen im Feuer«, sagte Florian selbstgefällig.

»Wissen deine Opfer davon?«

»Man muss doch nicht gleich mit der Tür ins Haus fallen. Erst kommt die Beobachtungsphase, dann die Werbung. Ich suche etwas fürs Leben, nicht für die Matratze.«

»Das eine schließt das andere nicht aus. Üblicherweise.«

»Darf man fragen, wo du diesbezüglich deine Primärerfahrungen gesammelt hast? Vermutlich auf der Hallig mit diesem ruppigen Eingeborenen?«

Nele überlegte, was sie dem züchtigen Flo zumuten konnte.

»Mit Enno lief gar nichts. Das wäre ihm wie Inzest vorgekommen. Aber ich war mehrere Jahre in einem gemischten Internat. Da hab ich gelernt, wo und wie der Hase läuft.«

»Hasengerammel. Ich bin erschüttert.«

»Ganz so schlimm war es nicht«, sagte Nele lachend. »Als junger Mensch ist man nun mal neugierig aufs Leben, oder ging dir das früher anders?«

»Ich habe mich aufgespart«, erklärte Flo mit Würde.

Nele hätte fast das Steuer verrissen. »Du bist eine männliche Jungfrau? Das ist ... das ist ... überwältigend. Zumindest ungewöhnlich.«

»Ich stehe dazu, aber erzähl es bitte trotzdem nicht weiter.«

»Niemals.« Jenny würde sich köstlich amüsieren.

Eine Stunde später waren sie an Bord. Flo wunderte sich, dass so viele Menschen mitfuhren. »Alles nur wegen eines verfrühten Osterfeuers?«

»Wart's ab, es ist etwas Besonderes. Nicht zu vergleichen mit dem, was auf dem Festland zu Ostern läuft.«

»Erzähl mal«, sagte Flo, war dann aber vorübergehend durch eine Möwe auf der Reling abgelenkt. »Es ist die vom letzten Mal, ich bin mir ganz sicher. Sie mag mich, oder?«

»Wenn sie weiblich ist, bestimmt. Aber hör mir jetzt trotzdem zu. Das Biiken soll früher ein Opferfeuer für Wotan gewesen sein. Nach der Einführung des Christentums hat man das schnell geändert und vom 21. Februar als Vorabend zu Petri Stuhlfeier gesprochen.«

Ein paar der Mitreisenden rückten näher, um Neles Ausführungen zu lauschen.

»Wir auf der Hallig sehen das praktischer. Mit dem Biiken sollten früher die Seeleute verabschiedet werden, die zu der Jahreszeit zum Walfang aufbrachen. Noch einmal richtig feiern, bevor es losging. Eine Abschiedsfeier ist es bis heute geblieben – die vom Winter. Die Feuer leuchten von Hallig zu Hallig, von Insel zu Insel. Es verbindet uns mit den fernen Nachbarn. Na, du wirst es ja heute Abend sehen, und alle anderen auch.«

Einige Leute applaudierten. Sie war also keine so schlechte Gästeführerin.

Wilhelmine erwartete sie am Aufgang zur Warft. »Deine Mutter kocht, dein Vater hilft den Nachbarn. Wir sind ausgebucht. Eine Jugendgruppe von zwanzig Leuten ist schon gestern angekommen. Wir haben sie auf die Scheunen verteilt. Es gibt viel zu tun.«

»Wir helfen«, erklärte Nele fröhlich.

»Ich wusste nicht, dass das hier zu einer Art Volksfest ausartet«, maulte Florian. »Das hätte ich auch in der Stadt haben können. Aber bitte, setz mich ruhig als Hausklaven ein. Was soll ich tun?«

»Am besten gehst du zu Enno und hilfst ihm bei der Vorbereitung des Feuers.«

»Gut, ich verzieh mich.«

Ihre Mutter wendete in zwei riesigen gusseisernen Töpfen den Grünkohl. »Das Fleisch ist schon im Ofen. Kassler und Schweinebacke, wie jedes Jahr. Wir haben auch vier Hausgäste. Hast du sie nicht mitgebracht?«

Nele schaute noch einmal vor die Tür, ob Nachzügler unterwegs waren. »Vielleicht sind sie zu Broders falsch abgebogen. Hast du dir Namen und Adresse notiert?«

Manchmal buchten Leute telefonisch und überlegten es sich später anders, ohne abzusagen. Ein rücksichtsloses Verhalten, das Nele schon immer geärgert hatte.

»Ich habe den Zettel verlegt«, gab ihre Mutter zu. »Es ändert auch nichts, das Schiff fährt erst wieder morgen, aber dann ist das Biikebrennen vorbei. Wir werden wohl nichts mehr von ihnen hören.«

»Man sollte sie aufspüren und eine Rechnung schicken.«

»Lass es uns einfach vergessen. Sag mal, ist dieser Florian ein besonders guter Freund von dir?«

Ihre Mutter fragte sie durch die Blume aus, das war neu.

»Ob er oder Jenny, ich bin mit beiden eng befreundet. Warum fragst du?«

»Es hat keinen speziellen Grund. Ich dachte nur, wenn du eines Tages eine feste Bindung eingehst, dann wäre es doch ... nett, wenn es jemand wäre, der naturverbunden ist.«

»Flo mag Möwen, wie es scheint. Vorausgesetzt, sie mögen ihn.« Als sie das verwirrte Gesicht ihrer Mutter sah, versuchte Nele das Gespräch auf den Punkt zu bringen.

»Ich hab nichts mit ihm, er ist nur ein Kumpel. So wie Enno.«

»Dein Vater und ich, wir hatten immer gehofft ...« Sie brach ab.

»Vergiss es. Enno gehört für mich zu Greunfall wie meine Kindheit, die Häuser auf den Warften, das Watt, der Wind, die Geschichten von Wilhelmine, der Alltag damals und heute. Mir fällt gerade kein spezifisches Wort dafür ein.«

»Nenn es Heimat«, schlug Harm Lorentz vor, der die letzten Worte mit angehört hatte. »Es mag altmodisch klingen, aber die Heimat trägt man immer im Herzen. Nur dann kann man fremden Sternen folgen.«

Undine nickte zustimmend. »Dein Vater hat recht. Für jeden Menschen gibt es einen Glücksstern, der allein für ihn leuchtet. Man muss ihm nur folgen.«

»Aber was ist mit euch? Ihr seid doch immer hier gewesen«, meinte Nele streitbar.

»Weil wir wussten, dass der Stern genau über uns steht.« Ihre Eltern warfen sich einen innigen Blick zu. »Solange wir zusammenbleiben, wird er nicht aufhören, für uns zu leuchten. Wir teilen uns einen Stern, was auch kommen mag.«

»Wie schön für euch.« Nele war ein wenig verlegen. Ihre Eltern pflegten sonst nicht ihre Gefühle so zur Schau zu stellen. »Aber ich suche mir einen eigenen Stern. Hinter dem Horizont.«

»Da wolltest du ja schon immer hin.« Enno, auch das noch! Aber er hatte kaum Zeit, sie zu begrüßen. »Harm, der Hafenmeister hat gerade über Funk eine Nachricht reinbekommen. Da sind ein paar Verrückte mit einer Yacht unterwegs, riskant bei dem Wind und Seegang. Skipper ist ein Torben Lehmann. Sie haben Probleme mit dem Motor.«

»Immer diese Freizeitkapitäne. Welche Position?«

Nele schlüpfte schnell nach draußen, um nach Flo zu sehen. Er stand etwas abseits und schaute aufs Meer hinaus.

»Siehst du die Laternen da draußen? Wie Irrlichter.«

»Es sind Positionslichter«, erklärte Nele. »Rot für Backbord, grün für Steuerbord.«

»Ist das nicht gefährlich, wenn noch nicht mal das Versorgungsschiff ausläuft?«

»Sind eben Idioten. Enno und mein Vater fahren ihnen entgegen.«

»Und das Feuer? Die Kinder halten es kaum noch aus.«

»Na, wir anderen doch auch nicht. Aber es ist alles gut vorbereitet. Los, wir schreiten zur Tat.«

Nele sprach sich kurz mit den Nachbarn ab und wartete, bis auch ihre Mutter und Wilhelmine zu ihnen stießen. Dann entzündete sie eine Fackel und setzte den Stapel aus alten Tannenbäumen, Treibholz und Baumschnitt in Brand, auf dem eine Strohpuppe thronte. In diesem Moment loderten auch die Feuer auf den Nachbarhalligen auf. Selbst vom Biikebrennen auf Föhr, Amrum und dem Festland konnte man flackernden rötlichen Schein erkennen.

Schatten zuckten über die Gesichter der Menschen, die mit ihr ums Feuer standen, veränderten die Gesichtszüge und ließen sie bewegt und gespenstisch zugleich erscheinen.

Nele schaute in die knisternden Flammen. »Biike« kam von »Bake«, Feuerzeichen. Wegweiser für Seefahrer, die hatte es hier seit Jahrhunderten gegeben.

Das erinnerte sie an die Yacht, die sich offenbar inzwischen bis zum kleinen Hafen durchgekämpft hatte, denn die Positionslichter waren verschwunden.

Nele bat die anderen, ein wachsames Auge auf die tobenden Kinder und das Feuer zu haben, und forderte Florian auf, mit ihr zum Hafen zu laufen.

»Laufen? Ist das dein Ernst? Mir ist nicht nach Sport, ich bin ein Intellektueller.«

»Die Macht der Gewohnheit«, erwiderte Nele lachend. »Als Kind bin ich nur gelaufen, auch mit den Vögeln um die Wette. Bloß abheben, das ist mir nie gelungen.«

»Kommt noch. Ist eine Frage des Realitätsverlustes.«

»Du bist richtig süß, Flo, mit deinem trockenen Humor.«

Am Anleger angekommen, drückte Nele dem Freund spontan einen Kuss auf die Wange.

»Und wer küsst mich?« Der Mann in der Seglerkluft mit Gummistiefeln und Südwester musste von der Yacht stammen, denn Nele hatte ihn hier noch nie gesehen. Höflich streckte sie ihm die Hand entgegen.

»Moin. Nele Lorentz. Alles klargegangen beim Einlaufen?«

»So leidlich. Das letzte Stück haben wir uns schleppen lassen. Aber jetzt sind wir erst mal da. Torben Lehmann, mit Freund und weiblichem Anhang und ziemlich durchgefroren. Die anderen sind schon zu unserem Quartier gegangen, wir hatten uns angemeldet.«

Nele schaltete schnell. »Dann seid ihr unsere Hausgäste. Ich schick euch Wilhelmine, die weist euch ein.«

»Nicht nötig. Wir bringen nur das Gepäck rüber und kommen dann ans Feuer nach.«

»Kernig und handfest«, sagte Florian ironisch, als der Mann außer Hörweite war. »Du stehst doch auf so was, wenn ich mich nicht irre. Wie war das gleich noch mit dem ›maritimen Gockel‹?«

»Der schwimmt längst in anderen Gewässern.« Und das ist auch gut so, fügte Nele in Gedanken hinzu.

Als das Feuer etwas runtergebrannt war, hielten die Kinder Stockbrot und aufgespießte Würstchen in die knisternde Glut.

»Hm, dieser Duft«, sagte eine Stimme hinter Nele, die sie überrascht herumfahren ließ. »Da ist ja das blonde Meerkätzchen. Denk bloß nicht, dass ich dich vergessen habe. Unser amüsanter Abend damals auf dem Hausboot, das von Meisterhand gekochte Menü ...«

»Das aus dem Restaurant Napoli stammte!«

»Ja, aber ich hatte es persönlich für dich zusammengestellt. Leider nahm der Abend dann einen anderen Verlauf, als ich erhofft hatte.«

Da war er wieder, sein Humor, gepaart mit spöttischem Unterton bis hin zur Unverschämtheit.

»Ich fand unsere Konversation so anregend, dass ich sie gerne fortgesetzt hätte, aber du konntest es leider nicht abwarten, dich in die Koje zu schmeißen.«

Hoffentlich sah er bei der Glut des Feuers nicht, dass sie rot wurde. »Es war der Grappa«, verteidigte sie sich.

»Gewiss, es lag nur am Alkohol. Ich hatte ja keine Ahnung, was er bei dir alles auslösen kann.«

»Schluss damit, Leif Larsson.« Nele ging in die Opposition. »Du denkst wohl, Angriff ist die beste Verteidigung. Ich habe mir nichts vorzuwerfen.«

»Wie schade, dass du mich nie angerufen hast.«

»Ich hab es ein paarmal versucht, aber dann ist mir etwas dazwischengekommen«, erklärte Nele mit gespielter Gleichgültigkeit.

»Zumal die Nummer falsch war, nicht wahr?«

Ganz schön dreist, fand Nele und war froh, als Enno neben ihnen auftauchte.

»Habt ihr euch schon bekannt gemacht?«, wollte er wissen.

»Ich lüfte jetzt ein Geheimnis. Diese junge Dame und ich sind alte Freunde, die schon einiges miteinander durchgemacht haben. Nur sie und ihre begeisterten Schilderungen über die Idylle hier haben mich veranlasst, spontan zum Biikebrennen nach Greunfall zu kommen.«

»Das hätte ins Auge gehen können«, erklärte Enno ernst. »Unsere Gewässer sind tückisch.«

»Was tut man nicht alles für die Frau seines Herzens.«

Er fasste Nele um die Hüfte. »Denn das du das trotz allem bist, ist dir hoffentlich klar?«

Noch ehe Nele sich dem festen Griff entwinden konnte, war Enno mit einem kurzen Gruß gegangen.

Nele stellte Leif den anderen vor, und wenig später kam auch Torben nach. »Die Mädels haben genug von Wind und Wetter«, hörte sie ihn zu seinem Freund sagen. »Sie sind sauer, weil hier nichts los ist. Außerdem mögen sie keinen Grünkohl.«

»Es war ein Fehler, sie mitzunehmen«, stimmte Leif zu. Er wandte sich wieder an Nele. »Mich hat die Sehnsucht getrieben. Aber da mein eigenes Boot noch auf der Werft liegt, bin ich von diesem Typen hier gänzlich abhängig.«

»Das solltest du auf keinen Fall vergessen«, sagte Torben trocken. »Und deshalb möchte ich mich nicht alleine um unsere … Begleitung kümmern müssen.«

»So ist das, Nele. Die Pflicht ruft. Wenn ich mich nicht nach diesem strengen Herrn richte, könnte er mich im schlimmsten Fall sogar vor die Tür setzen. Meine Bleibe ist zwar nur ein armseliges Hausboot in einer finsteren Hafenecke, aber wer würde mir wohl sonst Asyl geben? Du vielleicht?«

»Du wohnst also immer noch auf dem Hausboot«, stellte Nele fest und fragte sich mit einem unbehaglichen Gefühl, was dieser Torben über sie und ihren Besuch in seinem Reich wusste.

»Ja. Ich gehe von Hand zu Hand.« Leif zwinkerte ihr zu. Hoffentlich bedeutete das: Ich bin ein Gentleman und verrate nichts. An die Alternative – Ich habe alles erzählt und dabei maßlos übertrieben – mochte sie nicht denken.

»Ist das nicht ein merkwürdiger Zufall?« Florian war über den Neuzuwachs auf der Hallig nicht beglückt. »Guck ihn dir doch an, immer muss er im Mittelpunkt stehen.«

Sie saßen nach dem deftigen Grünkohlessen alle zusammen und tranken Teepunsch, Grog oder andere »geistige« Getränke. Die Stimmung war locker, wie es sich für ein Fest gehörte.

Nele hatte vorübergehend ihrer Mutter und Wilhelmine beim Auftragen geholfen, und jetzt freute sie sich darauf, vor dem Kamin zu entspannen. Soweit das in der Gegenwart eines Leif Larsson möglich war, denn da musste sie Flo recht geben, Leif machte den Alleinunterhalter. Er erzählte von seinen Törns und zog damit sogar Wilhelmine in den Bann.

»Ein Krake so groß wie ein Haus?«, staunte gerade eine der beiden jungen Frauen, die man Nele als Rosa und Rosi vorgestellt hatte. Barbie hätte noch besser gepasst, denn wie zwei Puppen sahen sie aus, die Begleiterinnen, die angeblich erst im Hafen zu den Männern gestoßen waren.

»So groß wie ein Haus«, bestätigte Leif. »Aber das war nur der Babykrake. Ihr hättet die Mutter sehen sollen. Aus ihr wurde später ein wasserdichtes Zirkuszelt gefertigt. Torben kann das bezeugen.«

Der war eingenickt und gähnte. »Meinst du die Geschichte aus dem Eismeer, oder wie wir damals das Gerippe von Kapitän Ahab entdeckt haben? Ich bezeuge alles.«

»Südsee. Der verirrte Krake«, wies ihm Leif die Richtung.

»Hula-hula. Daran kann ich mich noch erinnern.«

»Bitte, den Tanz müsst ihr uns beibringen.« Rosa – oder war es Rosi? – klatschte kindlich in die Hände und zog einen Schmollmund. »Jetzt sofort«, befahl sie.

»Spricht etwas dagegen?«, fragte Leif höflich Neles Mutter, aber die war mit allem einverstanden.

»Wilhelmine, ich brauch ein paar Kämme und einen Bastrock. Die Musik machen wir selber.«

»Woher soll ich wohl einen Bastrock nehmen«, schimpfte diese, kam aber mit Kämmen, getrocknetem Seetang und einer Schnurrolle zurück.

»Du da, Enno oder so ähnlich, hast du eine große Muschel, auf der du blasen kannst?«

»Ich habe Wellhornschnecken auf meinem Zimmer.« Nun war auch Nele von dem Hula-Virus infiziert. Sie drückte Enno und Flo je eine Schnecke in die Hand und wickelte Seidenpapier um die Kämme. Fertig war das Tanzorchester.

»Freiwillige Tänzerinnen vor«, befahl Leif. »Bauch und Hüfte frei.« Die Rosis zierten sich nicht lange und rollten unter Gekicher ihre Pullover hoch. Dann streckte Leif auffordernd Nele eine Hand entgegen. »Du wirst als erste blonde Hulatänzerin in die Geschichte eingehen. Wenn du deine Sache gut machst, werde ich deinen Ruhm in den Häfen der Welt verkünden.«

Auch Neles Mutter wollte keine Spielverderberin sein, und so wiegten sich die Frauen schon bald im Rhythmus der klatschenden Hände, musikalisch begleitet von Muschelhorn und Kamm.

»Linke Hüfte, rechte Hüfte, kreisen, kreisen«, beschwor Leif seine Tanzcompagnie und ging mit bestem Beispiel hüftschwenkend voraus. Das sah so urkomisch aus, dass Nele vor Lachen Seitenstechen bekam. Ihre Haare lösten sich, und sie warf sie mit einer schnellen Bewegung nach hinten. Was für ein Spaß! Sie spürte, wie ihr Gesicht glühte.

»Hula-Polonaise«, rief sie übermütig und zerrte Wilhelmine mit in den Kreis der Tänzer.

»Aber nicht mit nackigem Bauch«, forderte diese. »Wir sind doch keine Eingeborenen.«

Kaum war die Polonaise einmal durchs Haus gezogen, machten die Musiker und ein Teil der Compagnie schlapp. »Ich hab schon Blasen an den Lippen«, beschwerte sich Florian, und Enno wollte draußen noch einmal nach der Glut schauen. Torben, der sich bei der Tanzerei unauffällig verdrückt hatte, beschloss, ihn zu begleiten.

»Nehmt mich mit«, rief Nele atemlos. »Ich brauche dringend Abkühlung.«

»Nicht ohne eine Jacke«, mahnte Wilhelmine sofort, der nichts entging.

Das Feuer schwelte nur noch schwach, aber dennoch streuten sie für alle Fälle Sand darüber. »Ich werd mal nach meinem Vater sehen«, meinte Enno, als sie fertig waren. »Viel Spaß noch beim Hula.«

»Den werden wir auch ohne dich haben«, rief Nele ihm herausfordernd nach.

»Wie ich meinen Freund Leif kenne, wird er uns in den nächsten Stunden auf Trab halten«, sagte Torben.

»Dann gönnen wir uns lieber noch ein paar Minuten

unter dem Sternenhimmel.« Sie nahmen den Weg über den Sommerdeich.

»Kennt ihr euch schon lange, Leif und du?« Nele wollte die Gunst der Stunde nutzen, ohne allzu neugierig zu erscheinen.

»Wir sind schon als Kinder zusammen gesegelt. Später dann, als ich nach Frankfurt ging, haben wir uns aus den Augen verloren. Und weißt du, wo wir uns wieder getroffen haben?«

»Hamburg? Nord- oder Ostsee?«, rätselte sie.

»Viel weiter weg. Auf Tahiti. Ich hatte mit Freunden ein Boot gechartert, und wer kam uns da plötzlich am Strand in einem Blumenhemd entgegen? Leif Larsson!«

»Der mit seiner Wahita unterwegs war.«

»Er hat dir von Wahita erzählt?« Torben wirkte überrascht.

»Ich kenne das Schiff vom City-Sporthafen«, berichtete Nele. »Es lag dort an der Pier, und Leif konnte man bisweilen vor lauter weiblichen Fans nicht mehr sichten.«

»Der Kerl hat schon immer die Abwechslung geliebt. Aber vielleicht sollte ich das besser nicht erwähnen?«

»Warum denn nicht«, sagte sie leichthin. »Wir kennen uns nur flüchtig.«

»Wirklich? Ich hatte nach seinen Erzählungen einen ganz anderen Eindruck. Das war auch der Grund, dass ich mich bei diesem Wetter hab überreden lassen, in See zu stechen. Leif meinte, du würdest ihn sehnsüchtig erwarten.«

»Das ist nicht wahr«, sagte Nele empört. »Ich bin von seinem Besuch völlig überrascht worden.«

»Er erzählt eben gerne Geschichten.« Für Torben schien das nichts Neues zu sein.

»Jedenfalls habt ihr euch bereits mit weiblicher Gesellschaft eingedeckt«, konnte Nele sich nicht verkneifen zu sagen.

»Rosa und Rosi? Die sind doch nur …«

»… nette Hulatänzerinnen. Habt ihr den Tanz wirklich auf Tahiti gelernt?«

»Ich war damals nur eine Woche dort, da hat die Zeit nicht gereicht. Die Begabung übrigens auch nicht.« Er lachte. »Aber Leif kennt sich mit dieser Art von Tänzen bestens aus. Kein Wunder, nachdem er dort zwei Jahre gelebt hat.«

»So lange?«, staunte Nele.

»Ich glaube, er will auch so schnell wie möglich zurück.«

Sie wendeten und gingen eine Weile schweigend. »Er ist nicht verkehrt«, meinte Torben schließlich. »Man muss ihn nehmen, wie er ist.«

Was sonst, dachte Nele. Aber wenn erst die Richtige kommt, wird er sich vielleicht ändern, ein wenig beständiger sein.

Nicht so wie Enno, bloß nicht, aber da musste es noch etwas dazwischen geben.

Nur die beiden Rosis waren noch auf. »Sind alle schlafen gegangen«, sagte Rosa mit schwerer Zunge. »Will nur noch einen Schlummertrunk.«

»Einen klitzekleinen. Und dann müssen wir entscheiden, in welchem Zimmer wir schlafen. Zu wem soll Rosa? Ich nehme dann freiwillig den Rest.« Rosi kicherte.

»Ihr teilt euch ein Zimmer, ich geh zu Leif«, bestimmte Torben.

»Aber ... der andere hat doch gesagt, wir können uns das aussuchen.«

»Nein, auslosen hat er gesagt.«

»Ja, das hab ich auch gehört.«

Sie brachen beide in albernes Gelächter aus.

»Ich glaube, das könnt ihr besser ohne mich ausdiskutieren«, sagte Nele. »Ich wünsche allen eine gute Nacht, wo auch immer ihr euer Haupt hinbetten möchtet.«

»Das ist ein Missverständnis«, setzte Torben zu einer Erklärung an, aber sie drehte sich nicht noch einmal um.

8

Einmal um die Hallig joggen – für Nele am nächsten Morgen kein Problem. Während die anderen noch nicht mal zum Frühstück erschienen waren, trabte sie los, kämpfte gegen den Wind an und spürte jeden Muskel in ihrem Körper. Das Stadtleben darf mich nicht verweichlichen, nahm sie sich vor.

Sie war kein Typ fürs Fitnesscenter, auf diesen ganzen Schickimicki-Kram konnte sie gut verzichten. Aber hier, wo man sich eine kräftige Brise um die Nase wehen lassen konnte, wo der Boden unter ihren Füßen federnd nachgab und eine Lachmöwe sie mit ihrem eigenartig lockenden Ruf über einen Teil der Strecke begleitete – da hatte sie das Gefühl, mit der Natur eins zu sein. Endlich loslassen – Zukunftssorgen, trübe Gedanken und ... ein bisschen auch den gestrigen Abend verarbeiten. Denn gerade als sie den Wikinger auf ihrem Erfahrungskonto als »netten, unzuverlässigen Filou« abgehakt hatte, war er plötzlich wieder aufgetaucht, und das in ihrem ureigenen Reich. Da passte er doch gar nicht hin, oder? Und dann diese zwei Barbiepuppen in seiner Begleitung, die Rosis. Wenn die seinem Geschmack entsprachen, konnte er ihr gestohlen bleiben.

Warum war er überhaupt gekommen? Doch sicher nicht ausschließlich, um Nele Lorentz wiederzusehen, das hätte er in Hamburg leichter haben können. Egal, es lohnte sich nicht, über seine Absichten zu grübeln. Er war da, fertig.

Sie legte an Tempo zu und konzentrierte sich auf ihren Atemrhythmus und empfand Stolz und Freude, als sie die Runde geschafft hatte. Das letzte Stück ging sie, um langsam abzukühlen, grüßte die Nachbarn und winkte den Kindern zu, die rund um die Scheunen wuselten.

»Moin, Enno.« Er stand auf der Diekwarft und schaute seewärts. »Was für ein Wetter bekommen wir heute?« Keiner kannte sich bei Wettervorhersagen besser aus als er.

»Es klart auf, aber das täuscht. Noch haben wir keinen Frühling.«

»Wie wäre es zur Abwechslung mal mit ein bisschen Optimismus?«, schlug Nele vor. »Spürst du denn überhaupt keine Frühlingsgefühle?«

»Noch nicht mal beim Hula-hula.« Er sagte es ganz ernst, aber Nele sah es um seine Mundwinkel zucken.

»Ich fand es gestern lustig«, entgegnete sie trotzig, »und wenn deine Beate da gewesen wäre ...«

»Du kennst sie ja, sie ist sehr ernsthaft. Wer weiß, vielleicht hätte sie sich etwas von dir abgucken können.«

»Ist das dein Ernst?«, wollte Nele misstrauisch wissen.

»Ja. Dir hat die Lebensfreude aus allen Knopflöchern gestrahlt, als du da mit fliegenden Haaren und schwingenden Hüften getanzt hast.«

»Du willst mich veräppeln.«

»Nein, ich freue mich einfach, wenn du gut drauf bist. In Hamburg warst du bedrückt.«

»Enno, was ich dir noch erklären wollte«, sagte sie rasch.

»Brauchst du nicht. Ich habe dir meine Hilfe angeboten, und du mochtest sie nicht annehmen. Weißt du eigentlich, dass deine Eltern eine Hypothek auf das Haus aufgenommen haben?«

»Nein, das wusste ich nicht«, sagte sie erschrocken. Aber da sie vorhatte, alles so schnell wie möglich abzuzahlen, beruhigte sie sich gleich wieder. Ich werde hart arbeiten und Erfolg haben, nahm sie sich vor.

»Ein schönes Boot haben deine Freunde«, wechselte Enno das Thema, »aber heute kommen sie nicht weg. Ich nehme einen von ihnen mit rüber zum Festland. Sie brauchen Ersatzteile für den Motor. Und die Mädels soll ich auch mitnehmen.«

Ausgezeichnet, das passte Nele gut. Noch einen ganzen Tag mit den oberflächlichen Rosis, nein danke.

»Welcher ist denn dein Freund? Der Skipper oder der Tänzer?« Enno fragte es beiläufig.

»Alle beide«, antwortete sie rasch. »Aber es sind eher gute Bekannte. Sie wohnen auf einem Hausboot, das heißt nur der eine, und da war ich mal zu Besuch. Der andere, Leif, kann gut kochen, obwohl, er hat nur so getan, aber geschmeckt hat es trotzdem. Dann bin ich leider eingeschlafen.« An dieser Stelle brach sie ab. Es klang einfach zu blöd.

Enno hatte die Stirn gerunzelt und kratzte sich am Kopf.

»Das ist mir zu verworren. Pass auf dich auf, dieser Leif ist ein Casanova.«

»Enno, wie du redest! Als ob ich von Männern keine Ahnung hätte.«

»Das weiß ich nicht«, sagte er unwirsch. »Aber bei den Männern gibt es solche und solche.«

»Danke für die Aufklärung, Opa. Sag mir lieber, was du davon hältst, wenn ich heute mit Florian einen Ausflug ins Watt zur Vogelinsel mache.«

»Du weißt doch, dass ich euch nicht führen kann.«

»Klar, du bist ausgebildeter Wattführer, aber auch ich kenne auf der Strecke jeden einzelnen Priel und würde kein unnötiges Risiko eingehen.«

Enno schaute noch einmal zum Himmel. Was auch immer er dort sah – für Nele war es ein wolkenloser Schönwettertag –, es schien ihm nicht zu gefallen.

»Hin kommt ihr, zurück könnte es schwierig werden. Wartet besser bis morgen, dann kann ich mir Zeit für euch nehmen.«

Gönnerhaft und überheblich, so kam er ihr vor. Die Stimme der Vernunft, die meistens recht hatte, aber auf andere wie eine Bremse wirkte.

Als sie zur heimischen Krogwarft einbog, kamen ihr Leif und Torben entgegen. »Habt ihr gut geschlafen?«, erkundigte sich Nele höflich. Torben sah übernächtigt aus, während Leif wie ein satter Kater wirkte, der den Sahnetopf ausgeschleckt hatte.

»Tolles Frühstück«, sagte er anerkennend. »Wir planen, eure Wilhelmine zu entführen. Diese Quarkpfannkuchen mit zerlaufener Halligbutter und Sahne, die möchte ich gerne jeden Morgen haben. Oder kannst du das auch?«

»Falls du meinst, ich sollte mich für deine Einladung zum Essen revanchieren, bist du schiefgewickelt.« Aber sie war ihm schon nicht mehr böse, und das merkte er genau, wie sie an dem Funkeln seiner Augen sah.

»Los, Torben, schmeiß mal die Mädels raus«, wandte er sich an den Freund, »damit sie nicht das Schiff verpassen. Nichts gegen weibliche Gesellschaft, aber wir Männer können das nicht rund um die Uhr verkraften.«

Was er damit wohl meinte?

»Wer von euch fährt mit aufs Festland?« Fragend schaute Nele von einem zum anderen. Die beiden warfen sich einen Blick zu, den sie nicht deuten konnte.

»Es bleibt also dabei«, sagte Torben kurz angebunden. »Wenn ich die Ersatzteile nicht sofort auftreiben kann, musst du noch eine Nacht hierbleiben.«

»Ich sehe das nicht als Strafe an. Sag mal, mein Meerkätzchen, wie kann man sich denn hier die Zeit vertreiben?«

»Du kannst bei Wilhelmine Kochunterricht nehmen. Ich melde dich gleich an.«

Es war schön, den selbstsicheren Wikinger zur Abwechslung mal sprachlos zu sehen.

»Sind sie weg?« Florian streckte vorsichtig den Kopf um die Ecke und schaute ins Frühstückszimmer.

»Von wem sprichst du?« Nele hatte sich gerade bei einem frisch aufgebrühten Tee die Zeitung vorgenommen, auch wenn sie vom Vortag war.

»Die wilden Weiber.«

»Ach so, du meinst die Rosi-Barbies. Ja, unsere Zuckerpuppen sind abgereist. Ich soll dich grüßen. Von der einen ganz besonders, aber welche war das gleich noch?«

»Rosa. Sie wollte mich nachts überfallen.« Dem armen Flo stand das Entsetzen noch ins Gesicht geschrieben.

»Was hat sie dir getan?«, fragte Nele mit gespielter Entrüstung.

»Sie stand plötzlich in meinem Zimmer. Hatte sich angeblich in der Tür geirrt. Aber man kennt diese Tricks ja von den Frauen.«

»Konntest du der Gefahr noch einmal entrinnen?« Nele fiel es schwer, ernst zu bleiben.

»Ich hab ihr erklärt, dass ich nicht zu haben bin.« Flo sagte das mit Würde.

»Darf man fragen, wie sie darauf reagiert hat?«

»Sie hat frech behauptet, sie hätte mich ohnehin mit diesem Leif verwechselt.«

Neles Stimmung sank, dagegen musste sie akut etwas unternehmen. »Am besten flüchtest du. Sicher ist sicher. Vielleicht kommt sie zurück. Ich schlage vor, wir machen heute einen strammen Marsch zur Vogelinsel. Tide und Windverhältnisse liegen günstig, das ist in dieser Jahreszeit selten. Sind deine Schuhe wasserfest?« Nach einem Blick auf seine Slipper aus Kalbsleder wartete sie die Antwort gar nicht erst ab. »Wir haben Gummistiefel in allen Größen im Haus. Such dir ein Paar aus.«

»Das Wetter scheint sich zu halten«, meinte Harm Lorentz, als Nele ihn über ihr Vorhaben informierte. »Aber du weißt ja, nie ohne Funkgerät. Was meint denn Enno, unser Wetterpapst, dazu?«

»Er hat mir einen schönen Ausflug gewünscht.« So oder ähnlich, warum darüber diskutieren?

»Dann nehmt auch unseren Hausgast mit. An dem Boot kann er heute doch nichts machen.«

»Ich frag ihn, ob er Lust hat. Wie findest du ihn eigentlich? Wir kennen uns aus Hamburg.«

Ihrem Vater brauchte man nichts zu erklären. »Ehrliche Antwort? Der Mann wirkt auf mich ein wenig zu locker. Aber er hat deine Mutter zum Lachen gebracht.«

»Und Wilhelmine zum Hula-Tanzen.«

»Auf dem Gebiet, die Frauen für sich einzunehmen, hat er bestimmt eine besondere Begabung. Mehr kann ich über ihn nicht sagen.«

Florian vermummte sich von Kopf bis Fuß und machte auf leidend. »Ich kenne bereits eine Möwe persönlich. Lohnt es sich wirklich, zwei bis drei Stunden auf dem Meeresboden langzulatschen, um dann auf einem Sandhaufen noch mehr von den Piepmätzen zu sehen?«

»Der Weg ist das Ziel, Flo. Auch im Watt gibt es allerlei zu entdecken. Scherben versunkener Dörfer, Wattwürmer, Muscheln und Taschenkrebse. Uralte Spuren, in den Sand gegraben.«

»Schon gut, ich lasse mich darauf ein. Nehmen wir Notproviant mit, Pistole mit Leuchtmunition und Kompass?«

»Bei der Wetterlage reicht ein Funkgerät, falls sich jemand verletzt. Wichtig ist auch, dass man sich immer abmeldet, sonst wird man zu spät vermisst, und das könnte fatale Folgen haben.«

»Du machst mir so richtig Mut auf ein Abenteuer. Das Funkgerät gibst du am besten mir. Ich werde es wie meinen Augapfel hüten.«

»Was dagegen, wenn der Wikinger mitkommt?«

»Gegenfrage. Würde mein Veto von Belang sein?«

Leif wollte später nachkommen, obwohl Nele ihn darauf hingewiesen hatte, dass sie zügig aufbrechen mussten, um den Rückweg nicht im Dunkeln anzutreten.

»Als ob ich dich und deinen Flohfreund nicht einholen könnte.«

»Nimm keine Abkürzung«, sagte Nele ernst. »Selbst Einheimische sind schon von der Flut überrascht worden und ertrunken. Die Priele können zum reißenden Strom werden.«

»Wenigstens die Luft ist gut«, gab Florian widerwillig zu, als sie etwa eine halbe Stunde unterwegs waren.

»Ist das alles?« Nele spürte, dass sich Flo die Schönheiten des Watts nicht erschlossen, was immer sie ihm zeigte.

»Dieser zähe Schlick«, schimpfte er. »Klebt wie Kaugummi an den Stiefeln. Jeder Schritt eine sportliche Höchstleistung, das ist nichts für mich. Und dann dein Tempo! Ich bin schon in Schweiß gebadet.«

»Wir müssen den Hauptpriel durchqueren, solange er wenig Wasser führt. Danach wird es leichter. Nur trödeln dürfen wir nicht.«

»Ha, trödeln! Ich möchte nur mal stehen bleiben, um tief durchzuatmen. Vielleicht ein passendes Gedicht rezitieren, einmal in Ruhe den Horizont betrachten.«

»Komm schon. Wir gehen stracks in Richtung Horizont, und ein Gedicht bekommst du gratis dazu.« Nele zog den Freund weiter. Sie machte sich Sorgen, ob er durchhalten würde. Diese Stadtmenschen, vom bloßen Pflastertreten in den Einkaufspassagen bekam man keine Kondition. Aus Erfahrung wusste sie, dass Ablenkung half.

»›Ich höre des gärenden Schlammes
geheimnisvollen Ton,
einsames Vogelrufen –
so war es immer schon.‹«

»Der alte Theodor. Wetten, dass er sich dem gärenden Schlamm nie selbst ausgesetzt hat, sondern nur am Schreibtisch gereimt hat, neben sich ein wärmendes Getränk mit Schuss?«

»Sollst du auch bekommen. Später.«

Als sie den Priel erreicht hatten, wurde Flo wieder munter. »So ein Pech. Wir müssen umkehren oder warten. Das Wasser ist zu tief.«

»Schuhe aus, Hosen hochkrempeln. Oder gleich raus aus den Büxen, dann bleibst du halbwegs trocken.«

Er starrte sie entsetzt an. »Ich soll hüfthoch durch Eiswasser waten? Bist du des Teufels? Wo bitte ist die nächste Brücke?«

»So kommen wir nicht weiter«, sagte Nele seufzend. »Also gut, wir kehren um.«

»Auf mich brauchst du keine Rücksicht zu nehmen. Von hier aus ist der Rückweg nicht zu verfehlen. Ich denk an dich, wenn ich bei euch vor dem Kamin sitze. Schau mal, da ist auch schon Ersatz für mich unterwegs.«

Tatsächlich konnte man mit dem bloßen Auge eine nahende Gestalt im Watt erkennen, die sich von Greunfall aus auf den Weg machte. Nele nahm das Fernglas hastig zu Hilfe. Es war Leif, und er schritt mit großen Schritten zügig aus. Er würde also überhaupt kein Problem haben, sie einzuholen.

»Halt dich immer an die Markierungen aus Reisig, dann kommst du nicht vom Weg ab«, riet sie Florian zum Abschied. »Und sag Leif, er soll das Tempo beibehalten, ich gehe schon voraus.«

Der Priel war an dieser Stelle nicht so tief, wie Florian befürchtet hatte, und von da an hatte der Untergrund eine feste Konsistenz. Nele ging barfuß, eine Wohltat für die Füße.

Es dauerte nicht lange, bis Leif sie einholte. »Was hast du dem armen Jungen getan? Er wirkte total erschöpft.«

»Flo ist nicht besonders sportlich. Er hat andere Werte«, meinte Nele nachsichtig. »Und du, ist das Tempo für dich in Ordnung?«

»Wenn du vorhast, mich wie deinen eigenen Großvater zu behandeln, schmeiß ich dich in den nächsten Priel.« Er packte sie und hob sie hoch. »Da hilft auch kein wildes Zappeln. Wenigstens beim Einsatz von Körperkräften bleibt der Mann noch ein Mann.«

»Wenn das alles ist, wodurch du dich als Mann beweisen kannst, tust du mir leid«, sagte Nele, nachdem es ihr gelungen war, sich zu befreien. Genauer, nachdem er sie freigegeben hatte.

»Sei nicht so bockig. Ich bin hier, und das ganz allein

wegen dir. Nun sag schon, mein Meerkätzchen, hast du mich vermisst?«

»Ich weiß nicht«, antwortete Nele ehrlich.

Er griff wie selbstverständlich nach ihrer Hand, und so gingen sie gemeinsam durch das schimmernde Watt, ohne dabei das Tempo zu vernachlässigen.

»Ich fing gerade an, mich an dich zu gewöhnen, und da warst du schon wieder verschwunden.« Sie wollte ehrlich sein, warum sich zieren?

»Es hatte Gründe. Deshalb habe ich mich auch nicht bei dir gemeldet. Geschäfte gehen leider vor.«

»Sicher.« Sie war verschnupft, wollte es sich aber nicht anmerken lassen.

»Also hier bist du zu Hause.« Er wies zur Hallig, die im Dunst hinter ihnen lag. »Noch nie Fernweh gehabt?«

»Doch, aber Hamburg reicht mir zurzeit. Wenn ich beruflich fester im Sattel sitze, kann ich mir auch Reisen gönnen. Ist alles eine Frage der Zeit.«

»Die meisten Menschen leben verkehrt. Sie wollen erst sesshaft sein, ackern sich dafür ab und sind froh, wenn es für eine Pauschalreise oder Rucksacktour reicht.«

»Was soll daran verkehrt sein?«

»Das wahre Leben geht an ihnen vorbei.«

Sie hatten die Kante der Vogelinsel erreicht und nahmen erneut den Weg durch Schlick und ein Muschelfeld, bis sie erst Sand und dann Gras unter den Füßen hatten.

»Etwa ab Ostern lebt hier ein Vogelwart und kümmert sich um die Kolonie der Brandseeschwalben. Die eigenartige Konstruktion auf Pfählen dort drüben ist seine Unterkunft. Als Kinder mussten Enno und ich einmal zwangsweise auf der Vogelinsel übernachten, weil das Wetter plötzlich umgeschlagen war.«

»Wenn mich nicht alles täuscht, könnte das heute auch passieren. Siehst du, wie von der Wasserseite her der Nebel aufzieht?«

Mit Sorge prüfte Nele den Himmel. Obwohl sie es nicht für möglich gehalten hätte, hatte sich die heute Morgen noch so stabile Wetterlage schleichend verändert. Was hatte Enno gespürt, was sie nicht gesehen hatte?

Auch Leif verstand etwas von Wetterkunde, aber er kannte das Watt nicht und machte sich deshalb Sorgen wegen der Strömungsverhältnisse in den Prielen.

»Ich denke, wir haben eine gute Stunde, bis wir aufbrechen müssen«, meinte Nele. »Der Wind kommt von Land. Kein Anlass zur Sorge.«

Sie streiften über die Insel und ließen sich dann auf der hölzernen Plattform nieder, die zur Vogelschutzstation gehörte. »Komm dichter, damit wir uns gegenseitig wärmen können«, schlug Leif vor und zog Nele an sich. Sie ließ es geschehen, ja, sie kam ihm sogar noch entgegen. »Erzähl mir etwas aus deinem Leben«, forderte Leif sie auf. »Hier besteht weniger die Gefahr, dass du dich davonschleichst und einen Schlafplatz aufsuchst.«

Sie erzählte ihm von den Jahren auf der Hallig, sogar von Nelly, aber schon bald hatte sie den Eindruck, dass sie ihn langweilte.

»Jetzt bist du dran«, sagte sie. »Was ist mit deinen Reisen, was willst du machen, wenn du die Welt in beiden Richtungen umrundet hast?«

»Unterwegs sein, das ist das einzig Wahre. Was danach kommt, interessiert mich nicht. Nur die Gegenwart zählt. Jeder ist seines Glückes Schmied.«

»Ich halte das für Luxus«, protestierte Nele. »Nicht jeder hat die Chance, ein so freies Leben zu führen. Außerdem besteht die Gefahr, dass man auf Kosten der anderen lebt.«

»Na und? Erst komme ich, dann der Rest der Welt. Ich habe nur dieses eine Leben.« Er lachte bei diesen Worten, und Nele war sich nicht sicher, ob er nur scherzte.

»Es ist an der Zeit.« Sie sprang auf. »Besser im Tageslicht laufen.«

Der Himmel war verhangen, schon bald hüllten sie Nebelschwaden ein. Nele musste sich konzentrieren, um die Abbiegung zum ersten Priel zu finden. »Ich frag besser mal auf Greunfall an, wie dort das Wetter ist.« Sie wollte das Funkgerät aus der Tasche nesteln, aber dann fiel ihr siedend heiß ein, dass Florian darauf bestanden hatte, das Gerät bei sich zu tragen. »Hast du dein Handy mit?«, fragte sie Leif.

»Nein, ich habe es extra nicht mitgenommen, um mit dir ungestört zu sein.« Nieselregen setzte ein, und sie stellten beide gleichzeitig fest, dass sich der Wind gedreht hatte und nun von See kam. »Die Flut wird heute ein wenig eher kommen. Was schlägst du vor? Schaffen wir es noch? Ich vertraue ganz deinen Ortskenntnissen.« Er schaute sie fragend an.

Keine leichte Entscheidung. Wenn der große Priel, den sie in einer knappen Stunde erreichen mussten, bereits vollgelaufen war …

»Es könnte knapp werden. Ich glaube, es ist besser, wir kehren um.« Man würde sich auf Greunfall um sie sorgen, aber Sicherheit hatte Vorrang. Wie hatte ihr das bloß passieren können? Einfach die Zeit vergessen. Das kam davon, wenn man sich ablenken ließ. »Ich fürchte, du musst dich auf eine Nacht in der Hütte des Vogelwarts einstellen«, sagte sie gespielt forsch. Hoffentlich dachte Leif nicht, sie hätte das alles mit Absicht eingefädelt, um mit ihm alleine sein zu können. Von der Vogelinsel war nur noch ein grauer Streifen zu erkennen, so tief hingen die Wolken. »Gleich kommt das Muschelfeld«, war sich Nele sicher, aber dann war es doch wieder ein Priel. Ohne Sonne konnte man die Himmelsrichtung schwer bestimmen.

»Wenn du mich fragst, gehen wir in die falsche Richtung«, schrie Leif gegen den inzwischen stürmischen Wind an.

Das wäre fatal, dachte Nele, aber vorläufig noch keine echte Gefährdung, denn sie mussten sich genau zwischen Vogelinsel und Hallig befinden.

»Warte einen Moment«, bat sie ihn. Dann schloss sie die Augen und konzentrierte sich auf ihre ureigenen Wahrnehmungen, spürte, dass der Wind Feuchtigkeit mitbrachte, dass irgendwo da draußen das Meer unaufhaltsam heranrollte. Aber wo war der sichere Pfad durchs Watt? In diesem Moment glaubte sie Glockengeläut zu vernehmen. Nein, nicht von Greunfall, das mussten die gespenstischen Glocken vom versunkenen Rungholt sein. Laut Wilhelmine lockten sie unvorsichtige Wattwanderer ins Verderben. »Nicht in Richtung der Glocken«, rief sie Leif zu.

»Was für Glocken?«

»Vergiss es, folge mir einfach.« Das Geläute wurde schwächer, und dann endlich knirschte die Muschelbank unter ihren Füßen. »Wir haben es geschafft.« Triumphierend fielen sie sich in die Arme, und Nele spürte den Salzgeschmack auf ihren und Leifs Lippen.

»Wer sagt denn, dass Küsse immer süß sein müssen, mein Meerkätzchen«, murmelte Leif dicht an ihrem Ohr.

Sie erreichten die Hütte, die einem Baumhaus ähnelte, und kletterten auf die Plattform. Nele tastete nach dem Schlüssel, und richtig, er lag immer noch zwischen zwei Austernschalen, die mit einem Stück Holz beschwert waren.

»Es wird feucht und kühl sein«, warnte sie Leif vor.

»Wer wie ich auf einem Boot lebt, stört sich daran nicht. Kann man heizen?«

Der Raum roch muffig, aber die Decken auf der breiten Pritsche zeigten keine Spuren von Schimmel. In der Ecke waren Holzscheite aufgeschichtet, und als Nele eine in Wachstuch verschnürte Streichholzschachtel fand, war die Freude groß.

Während Leif das Feuer entzündete, sichtete Nele den Proviant. »Ein Glück, es gibt Vorräte. Heute bin ich mal der Koch. Schwarztee, Büchsenfleisch, Dosensuppe und Ananas als Nachtisch, ist dir das recht?«

»Alles, was von deinen rauen kleinen Händen zubereitet wird, ist für mich wie Götterspeise und Nektar.« Er zog ihre Hände an die Lippen. »Wir werden uns der Völlerei hingeben, tafeln wie die Meeresgötter und hoffen, dass wir nicht zu schnell von einem Rettungshubschrauber aufgespürt werden.«

»Unwahrscheinlich«, sagte Nele und dachte dabei mit ungutem Gefühl an die damit verbundenen Kosten. Wer sich aus Leichtsinn in Gefahr begab, musste sich finanziell am Einsatz beteiligen oder gar die Kosten selbst tragen. Aber Enno würde ihre Eltern schon beruhigen. Das würde er doch?

Sie aßen hungrig ihr »Menü« beim Schein eines Kerzenstummels und krönten es mit dampfendem Tee, den sie gemeinsam aus einem angestoßenen Becher tranken.

»Überraschung«, sagte Leif plötzlich und zog aus seiner Jackentasche einen Flachmann mit Rum. »Ohne diese Überlebenshilfe gehe ich nicht vor die Tür. Man kann damit Wunden desinfizieren, den Grill anschmeißen und Mädchen gefügig machen. Halt, das Letzte war nur ein Scherz.«

»Ich weiß, du verwendest sonst Grappa.«

Der Rum wärmte Nele, und die Hitze des Bullerofens machte sie müde. »Ich möchte, dass wir gleich bei Morgengrauen aufbrechen«, sagte sie gähnend. »Du kannst dich hinlegen, und ich werde hier auf dem harten Stuhl versuchen wach zu bleiben, damit wir rechtzeitig loskommen.«

»Ladys first. Ich schlage vor, du streckst dich aus, und ich wecke dich in zwei Stunden. Dann wechseln wir uns ab.«

Nele gab nach. Vorher zog sie noch in einer Ecke die nassen Jeans aus, damit sie besser trocknen konnten. Leif hatte seine wasserdichte Seglerhose abgestreift.

Sie wachte davon auf, dass eine Hand sacht an ihrem Oberschenkel entlangfuhr. »Schlaf ruhig weiter, Meerkätzchen.« Es war stockfinster. Leif musste irgendwann zu ihr unter die Decke gerutscht sein. Nele rückte weit ab an die Wand.

»Ich möchte das nicht«, sagte sie scharf.

»Warum denn nicht? Ist doch nur ein bisschen Streicheln. Ich trete dir schon nicht zu nahe. Habe ich das auf dem Hausboot nicht bewiesen?«

»Trotzdem«, beharrte sie, ließ es aber zu, dass er seinen Arm unter ihren Nacken schob.

»Wir beide verstehen uns doch so gut«, murmelte er dicht an ihrem Ohr.

»Ich bin nicht eine aus deinem ... Fanclub.«

»O doch, das bist du. Aber weißt du was? Mit dir an meiner Seite löse ich den Fanclub sofort auf. Und um dir meine ehrenwerten Absichten zu beweisen, werde ich dieses gastliche Lager in spätestens fünf Minuten verlassen und erneut auf dem steinharten Stuhl ausharren. Ich möchte mich nur kurz aufwärmen, unser Holz ist alle.«

»Gut, aber nur fünf Minuten.« Sie spürte die Wärme seines Körpers und war ein wenig enttäuscht, als es jetzt Leif war, der bis an die Kante der Pritsche rückte.

Nele blinzelte ins Licht der Taschenlampe und fuhr auf.

»Macht euch fertig«, sagte Enno. »Wir müssen los.«

Auch Leif neben ihr richtete sich auf. »Verdammt, ich muss eingeschlafen sein.«

Enno würdigte ihn keines Blickes und richtete seine Worte nur an Nele. »Ich war mir sicher, dass ihr in der

Hütte Zuflucht nehmen würdet. Aber ohne Funkgerät, das hätte dir nicht passieren dürfen. Mach nicht Florian dafür verantwortlich. Wir waren alle in großer Sorge.«

Nele schwieg betreten.

»Kein Grund, sich zu sorgen, sie war ja nicht allein«, sagte Leif in seinem üblichen ironischen Ton.

»Eben deshalb«, erwiderte Enno knapp. Er warf Nele ihre Jeans zu. »Ich warte draußen am Strand.«

»Komischer Typ. Müssen wir mit ihm zusammen zurück?«, wollte Leif wissen.

»Keiner außer Enno wäre in der Lage, im Dunkeln den Weg zu finden. Wir müssen dankbar sein, dass er das für uns tut.«

»Ich werde ihn dafür anständig bezahlen, das bist du mir wert.«

»Lass das gefälligst. Mit Geld würdest du ihn kränken.«

Sie gingen im Gänsemarsch durchs Watt. Schweigend. Enno legte ein Tempo vor, dass keinen Raum für Gespräche ließ. Als sie nach drei Stunden die Hallig erreichten und Enno sich mit einem kurzen Gruß verabschieden wollte, hielt sie ihn zurück.

»Danke. Du hast mir wieder mal aus der Klemme geholfen. Ist ja nicht das erste Mal. Wir wissen das zu schätzen.«

»Ich habe es für deine Mutter getan. Die Sorge um dich hat bei ihr eine neue Krise ausgelöst.«

9

Liebe Nelly,
ich bin traurig, verärgert und wütend. Auch ein bisschen glücklich, aber vor allem wütend. Verstehst Du mich? Na klar, deshalb schreibe ich Dir ja diese Mail. Traurig bin ich wegen meiner Mutter. Sie lebt wieder in ihrer eigenen Welt, und keiner hat Zugang zu ihr. Vielleicht muss sie zurück in die Klinik. Enno sagt, das sei meine Schuld, wegen der Wattwanderung, aber ich glaube, damit will er mir nur Schuldgefühle einreden, weil er sauer ist wegen der Nacht mit Leif. Wahrscheinlich denkt er sonst was, Du weißt schon, und dabei ist überhaupt nichts passiert. Ich habe Bedenken, mich auf Leif einzulassen. Er ist ein großer Charmeur, aber so ist er zu allen weiblichen Wesen. Wahrscheinlich ist ihm das angeboren. Was wäre, wenn ich mich in ihn verlieben würde? Vermutlich eine Katastrophe, nein danke! Deshalb bin ich wütend auf Enno, weil ich ihm nicht mehr so wie früher alles erzählen kann, und verärgert wegen der Männer ganz allgemein. Sie sind so anders als wir Frauen. Leif zum Beispiel meldet sich nur, wenn er Lust hat, und dann soll ich immer sofort Zeit für ihn haben.
Genug gejault. Glücklich bin ich trotzdem, denn die

ersten Aufträge machen mir Spaß, und es ist wie der berühmte Streifen am Horizont, dass Jette Tyksal meine Entwürfe so gut gefallen haben, dass ich durch ihre Empfehlung in Dänemark auf einmal mehr Kunden habe als in Hamburg. Dennoch – es bewahrt mich zwar vorm Verhungern, aber finanziell aus dem Schneider bin ich noch lange nicht.
Denk ab und zu mal an mich, Schwesterchen, so wie an Dich,
Deine Nele«

»Der ist da einfach aufgekreuzt, und dann hast du gleich die Nacht mit ihm verbracht?« Jenny und Nele saßen an der Bar des »Joy for women«-Fitnesscenters, Jenny im todschicken hautengen Aerobic-Outfit, der ihre diversen Pölsterchen betonte, Nele in Caprileggings und einem überdimensionalen Shirt mit Spinnennetzmuster – natürlich ein Eigenentwurf.

Sie schlürfte an ihrem Eiweißshake, der bitter und künstlich schmeckte. »Schlank machendes Carnitin, glaubst du etwa an diesen Quatsch?«

»Nicht ablenken, Nele! Was ist nun wirklich zwischen dem Wikinger und dir?«

»Wir sind uns ein bisschen nähergekommen. Mit Betonung auf bisschen.« Sie bedauerte es schon, Jenny zum kostenlosen Probetag in diesen albernen Weiberclub begleitet zu haben. Die Ausdünstungen von Schweiß, gepaart mit unterschiedlichen Deos und Parfums, machten ihr Kopfschmerzen.

»Ich merk schon, du willst die pikanten Details lieber

für dich behalten. Komm, als Nächstes steht ein Schlammbad auf dem Programm. Da sind wir vormittags bestimmt alleine.«

Jenny zog sie von der Bar und bewaffnete sich mit einem Stapel frischer Handtücher. Schon bald saßen die Freundinnen in einer künstlichen Felsengrotte und warteten darauf, dass der aufgetragene Schlamm auf ihren Körpern antrocknete.

»Bei uns zu Hause kann man sich ganz umsonst im Schlick wälzen«, murrte Nele, »und dann mit Salzwasser die Reste abrubbeln.«

»Ich ziehe dieses Ambiente vor. Ein künstlicher Wasserfall, Aromaduschen und später eine Ganzkörpermassage mit indischem Blumenöl. Es geht doch nichts über einen gesunden Luxus. Aber nun pack schon aus, hier hört uns keiner. Wie ist er denn so, der Wikinger?«

Nele pulte an der Schlammkruste herum. »Leif ist dynamisch. Er hat immer was um die Ohren, findet schnell Kontakt zu Menschen.«

»Das kann ich mir vorstellen. Aber wie ist er zu dir? Als Mann?«

»Ich glaube, ihm gefällt mein Aussehen. Jedenfalls sagt er das öfter.«

»Ein Mann, der sich auf Komplimente versteht, herrlich«, schwärmte Jenny. »Habt ihr bereits ... du weißt schon.«

»Noch nicht. Ich fürchte, er verliert das Interesse an mir, wenn ich nachgebe.«

»Im anderen Fall aber auch«, meinte die erfahrene Jenny. »Wir sind nur einmal jung. Lass es uns genießen.«

»Leif scheint nicht sehr beständig zu sein«, gab Nele zögernd zu. »Wenn wir unterwegs sind, treffen wir überall auf Frauen, die er von früher kennt. Im Flirten ist er Weltmeister.«

»Das ist mir auch schon aufgefallen. Aber besser als ein Langweiler.« Sie lachten sich an.

»Nun mal zu dir«, sagte Nele, als sie gesalbt und geölt nebeneinander im Ruheraum lagen. »Du hast zu unserem Thema noch nichts beigetragen. Führst du immer noch das Leben einer Nonne?«

»Nein, das einer Mätresse. Oder Geliebten, wenn dir die moderne Version besser gefällt.« Jenny war auf einmal ganz ernst.

»Dein Freund ist verheiratet?« Nele war geschockt. »Hat er wenigstens vor, sich scheiden zu lassen?«

»Warum sollte er«, erwiderte Jenny bitter, »er hat doch alles, was er braucht – eine Familie, Kinder und jetzt auch noch mich.«

»Versteh mich bitte nicht falsch, Jenny, ich akzeptiere dich so, wie du bist. Aber hast du schon einmal versucht, dich in die Lage der Ehefrau zu versetzen?«

»Nicht nur einmal. Ich kenne sie sogar. Sie ist reizend, ich kann an ihr nichts Negatives finden.«

»Und trotzdem gibst du das Verhältnis nicht auf«, stellte Nele fest und dachte, dass sie das nie könnte.

»Ich brauche ihn. Das ist wie eine Sucht«, gab Jenny zu.

Eine Sucht – nein, so war es Nele noch mit keinem Mann gegangen. Vielleicht ein Strohfeuer oder eine Beziehung auf Zeit. Der Mann, der es wert war, musste auch ihre Arbeit akzeptieren, das Bedürfnis, über Stunden alleine zu sein, um die »künstlerische Batterie« wieder neu aufzuladen.

»Mein Freund hat mir angeboten, für mich eine Wohnung zu mieten. Ich müsste dann auch nicht mehr arbeiten«, berichtete Jenny und sah sie ängstlich abwartend an.

»Wie kannst du das nur in Erwägung ziehen!« Nele vermochte sich nicht mehr zu beherrschen. »Das Leben einer Drohne führen und auf Befehl Pfötchen geben. Du wirst nicht mehr vor die Haustür gehen, um keinen seiner Besuche zu verpassen. Und eines Tages bekommt es seine Frau raus, und er gibt dich auf. Oder er verlässt die Familie. Denk mal an die Kinder.«

»Ich weiß, es spricht nichts dafür, aber er liebt nun mal mich *und* seine Frau. Außerdem ist er reich.« Sie sagte es trotzig und stieß damit bei Nele auf kein Verständnis.

»Du lässt dich also kaufen! Hoffentlich hast du dir das alles gut überlegt. Weißt du, wie man dazu bei uns auf Plattdeutsch sagt?«

»Spuck's schon aus.«

»Wenn de Leef in Kopp stickt, sackt de Verstand in Moors. Das heißt ...«

»Wenn die Liebe in den Kopf steigt, sackt der Verstand in den Mors. Und was ein Mors ist, weiß selbst ich als Zugereiste.«

Sie brachen in befreiendes Gelächter aus.

»Ach, Jenny, ich will dir nicht in dein Leben dreinreden.«

»Tu dir keinen Zwang an, vielleicht kommt der Zeitpunkt, wo ich es bei dir ebenso mache. Wie sieht's heute Abend mit Kino aus?«

»Leider nicht möglich. Leif will mich zu einer Versammlung mitnehmen. Sponsoren suchen, Leute anbetteln. Irgendwas in der Richtung. Mir graust davor.«

Nele wusste selbst nicht, warum er sie dabei an seiner Seite haben wollte, denn beim letzten Termin, einem Sektempfang in einer Galerie für moderne Kunst, hatte sie nicht nur ihr Glas verschüttet, sondern auch den Gastgeber mit der Bemerkung verprellt: »Ich habe mal gelesen, Affen können viel besser malen als wir Menschen.«

»Also machst du es nicht anders als ich«, stellte Jenny fest. »Wenn die angebliche Krönung der Schöpfung winkt, stehst du gleich bei Fuß.«

Gegen Abend stand Nele vor ihrem geöffneten Kleiderschrank und sichtete die Bestände. Den schwarzen Hosenanzug hatte sie schon mehrmals getragen, aber den bunten Flatterrock aus Seide kannte Leif noch nicht. Dazu ein Top mit dem von Jenny geerbten Bolerojäckchen, das wirkte sehr edel. Leif sollte sich ihrer nicht schämen müssen.

»Willst du zum Ball der Ölbarone?« Er trug nicht wie sonst zu solchen Anlässen den von Torben geliehenen Blazer, sondern Jeans und einen Pullover mit Zipverschluss und betrachtete sie verstimmt.

»Ich dachte, du brauchst mich zum Repräsentieren.« Sie fühlte sich nicht wohl, als er einmal um sie herumging und kritisch musterte. »Bin ich dir nicht fein genug?«

Leif konnte tragen, was er wollte, er verkörperte immer

den Sunnyboy und machte in jeder Kleidung eine sehr gute Figur. Die Frauen schmolzen bei seinem Anblick reihenweise dahin, und die meisten Männer gewann er auf die Kumpeltour.

»Zier dich nicht, mein Kätzchen, runter mit den Klamotten. Wir haben keine Zeit zu verlieren. Hier, zieh das an.« Er zerrte das »Rettet die Schweinswale«-Shirt aus dem Schrank. »Und für drüber nimmst du am besten die Strickjacke. Macht nichts, wenn du nach Natur duftest. Es gibt Menschen, die mögen das, und wir verkehren heute in rustikalen Kreisen.«

»Die Sachen passen nicht zum Rock«, beschwerte sich Nele.

»Der Rock ist für mich. Damit ich was fürs Auge habe und nicht nach anderen Frauen Ausschau halten muss. Darf ich dir helfen, oder muss ich mich etwa umdrehen?«

Er kam schon siegessicher auf sie zu, aber Nele streifte nur das Bolerojäckchen ab und zog hastig das Shirt über ihr edles Top. »Bin schon fertig. Wo geht's hin?«

»Zu einer Diskussionsrunde – Naturschützer gegen Industrie. Ich will versuchen, beide Seiten anzuzapfen. Für mich spricht nichts dagegen, ab und zu mal die Seite zu wechseln. Hauptsache, sie lassen was springen.«

»Sie« erwiesen sich als Vertreter der Wattenmeerkonferenz, die sich für das Wattenmeer als neues Weltnaturerbe der Unesco einsetzten.

»Nur so bekommen die Küstenregionen eine Aufwertung für den Tourismus«, erklärte ein Mann Nele in der

Pause, als Gabelrollmops und Bier gereicht wurden. Wohlgefällig betrachtete er ihr Shirt.

»Selbst in einem Wal-Schutzgebiet sind die für Schweinswale besonders gefährlichen Stellnetze nicht verboten«, sagte Nele.

»Eben drum!« Lars, der anscheinend die Studentin hinter dem Bierzapfhahn kannte und mit ihr gerade »Weißt du noch?«-Geschichten austauschte, tauchte plötzlich wieder an Neles Seite auf. »Ich würde diese Botschaft gerne mit meinem Schiff in die Welt hinaustragen, damit auch andere Menschen wachgerüttelt werden. Schweinswale haben nun mal keine Lobby. Sobald ich über die finanziellen Mittel verfüge, um wieder in See zu stechen, wird mir das ein ernstes Anliegen sein.«

Erst kürzlich hatte Nele ihn ähnlich reden gehört, aber da war es um die Subventionierung von Straußenfarmen gegangen.

Es dauerte nicht lange, und Leif stand neben den für die Sponsorengelder zuständigen Leuten. Das war es, was er als »anzapfen« bezeichnete.

Nach der Pause kamen die Vertreter von Off-shore-Windenergie zu Wort und Institutionen, die den weiteren Ausbau der Häfen forderten.

»Bleib du bei den Wattwürmern«, flüsterte Leif ihr zu, »ich gehe zu den Bonzen.«

Verärgert hielt Nele sich an ihrem Bierglas fest und drehte lustlos eine Runde durch die Veranstaltungsräume.

»Wachstum und die Beschaffung von Arbeitsplätzen haben absoluten Vorrang, das sehe ich wie Sie. Unsere

Wirtschaft muss Schritt halten können mit den anderen Ländern.«

Große Worte von Leif, mit überzeugendem Pathos vorgetragen, und schon tauschte er mit einem wichtig wirkenden Wirtschaftsvertreter Visitenkarten aus.

Sie ging wieder zu den Naturschützern. »Er ist eine Koryphäe auf dem Gebiet, wenn es um ökologisch wertvolle Schlickwattflächen geht«, sagte der Mann, mit dem sie vorhin schon ein Gespräch geführt hatte.

»Wer?«, fragte Nele höflich.

»Enno Broders. Er lebt auf einer kleinen Hallig, aber sein Fachwissen ist enorm.«

Enno eine Koryphäe, das musste ein Witz sein. Aber noch ehe Nele nachhaken konnte, fand Leif sich wieder ein und lächelte gewinnend in die Runde. »Den Bonzen habe ich so richtig Bescheid gegeben. Also, Leute, wir müssen zusammenhalten.« Er streckte die geöffnete Hand aus, und die anderen schlugen ein.

»Plagt dich nicht manchmal das Gewissen?«, fragte Nele, während sie Moby Dick nach Harburg lenkte.

»Ich hab keins. Man darf sein Ziel nicht aus den Augen verlieren, und ich will mit der Wahita endlich los. Dafür bin ich bereit, mich nach der Decke zu strecken.«

»Immer nach der, die dir besonders passend erscheint.«

»Du hast recht, mein Meerkätzchen«, sagte Leif friedfertig und legte ihr die Hand aufs Knie. »Was für ein hübscher durchsichtiger Rock. Viel zu schade für die Walschützer. Kommst du noch mit aufs Boot? Ich bin sicher, dass Torben einen langen Abendspaziergang machen wird, wenn ich ihn darum bitte.«

Nele parkte vor dem Hausboot. »Ich möchte lieber nach Hause«, erklärte sie ohne Umschweife.

Er war nicht gekränkt. »Dann verabschieden wir uns hier und jetzt.« Mit diesen Worten beugte er sich über sie und hauchte ihr kleine feuchte Küsse auf die Mundwinkel.

»Ich weiß, dass dir das gefällt«, sagte er in einer kurzen Pause. »Los, schließ die Augen.«

Sie kam der Aufforderung willig nach, und er küsste sie sanft auf die geschlossenen Lider, bevor er sie enger an sich zog und zu ihrem Mund zurückkehrte.

Als er fordernd ihre Lippen teilte und gleichzeitig mit den Händen ihren Körper erforschte, fühlte Nele sich willenlos und schwach. Sie gab sich ganz dem Augenblick hin und wäre vielleicht auch allen weiteren Wünschen von Leif nachgekommen, wenn er sich nicht plötzlich zurückgezogen hätte.

Überrascht öffnete sie die Augen. »Mehr«, flüsterte sie und drängte sich an ihn.

Er lachte leise. »Du scheinst auf den Geschmack zu kommen. Das habe ich mir gedacht. Gut so. Darauf bauen wir eines Tages auf. Den Zeitpunkt bestimme ich. Für heute ist es genug.«

Nele war wie vor den Kopf geschlagen. War denn bei Leif alles nur Berechnung und Show? Sie fühlte sich irgendwie gedemütigt.

»Glaub nicht, dass ich dich ernst nehme«, entgegnete sie kühl. »Unsere kleine Spielerei hat nichts zu sagen.«

Das saß. Er stieg aus dem Wagen und hob lässig die Hand. »Man sieht sich.«

Oder auch nicht, wollte Nele ihm nachrufen, aber das kam ihr dann doch zu zickig vor. Wenn sie ehrlich war, hatten ihr seine Küsse gut gefallen.

Zu Hause brühte sie sich einen starken Tee auf. Nele gehörte zu den Menschen, die auch noch nach vier Tassen einen beneidenswert festen Schlaf hatten.

In der Mailbox ihres Computers war nichts Wichtiges, und so schrieb Nele wieder einmal an Nelly.

»Nelly, was machst Du, weinst Du oder lachst Du?«

Ab damit. Ein recht einseitiger Briefwechsel, aber so lief das nun mal.

Es war kurz vor Mitternacht. Aus einer Laune heraus rief Nele Enno an. »Schläfst du schon?«, eröffnete sie das Gespräch.

»Was ist passiert?«, entgegnete er, ohne auf ihre überflüssige Frage einzugehen.

»Muss immer etwas passiert sein, wenn ich dich anrufe? Ich dachte, du freust dich.« Pause. Keine Antwort. »Wir ... ich war heute auf einer Veranstaltung der Wattenmeerkonferenz. Da ist dein Name gefallen. Das hat mich überrascht.«

»Was hat dich daran überrascht?«

»Entschuldige bitte, ich wusste nicht, dass du zu einem Kreuzverhör aufgelegt bist. Dann hätte ich gar nicht erst angerufen.«

»Führ dich nicht wie ein Kind auf, Nele. Was möchtest du von mir?«

»Nur wissen, ob es euch allen gut geht.« Was nicht der Wahrheit entsprach, denn Nele hatte erst gestern mit ihrem Vater telefoniert und erfahren, dass es ihrer Mutter unverändert ging.

»Ich dachte, du hast gestern mit deinem Vater gesprochen.«

Inselklatsch verbreitete sich schnell.

»Schon gut, Enno. Ich wollte nichts Besonderes, wirklich nicht. Tschüss dann.« Warum legte er nicht endlich auf?

»Wir warten hier auf dich.«

Nun war es an ihr, verärgert das Gespräch abzubrechen. Immer dieser Druck. Dabei konnte sie ihrer Mutter absolut nicht helfen, die in ihrem aktuellen Zustand nur Wilhelmine in ihrer Nähe duldete.

Ob Enno oder Leif – Männer waren nicht besonders pflegeleicht. Wie ließe sich das wohl zeichnerisch darstellen? *Spezies Mann und Artgenossen.* Nele griff nach ihren Zeichenstiften und legte los, so wie sie die Männer sah. Jedenfalls heute.

Ein sich spreizender Pfau. Eine Unke. Ein Eichkater, der seine Nussvorräte auf mehrere Höhlen verteilte, und in jeder erwartete ihn ein anderes weibliches Eichhörnchen. Bis sich die Weibchen zusammenrotteten und dem Männchen alle Nüsse abnahmen. Am Ende stand er mit leeren Taschen da. Ob das Jenny gefallen würde?

Als Nächstes ein Walross mit Kochmütze, das hinter dem Rücken mit seinen Flossen eine Dose Makrelenfilets hielt. »Liebste, alles frisch für dich gefangen«, konnte man in der Sprechblase lesen.

Nele zeichnete über Stunden, scannte dann die Seiten in ihr Grafikprogramm ein und schickte sie als Mail-Anhang an – Nelly! Es war Wahnsinn, Quatsch oder Dummheit, aber sie hatte diese Zeichnungen für Nelly gemacht! Vielleicht würde das ihre Phantomschwester zurückbringen. Man musste nur fest genug daran glauben.

Am nächsten Tag schlief Nele länger aus als sonst und nahm ihre Entwürfe mit ins Studio. Ihr war eingefallen, dass Jette Tyksal ihr Ausschreibungsunterlagen für einen hoch dotierten Designerpreis geschickt hatte. Mal sehen, vielleicht würde sie für diesen Wettbewerb *Spezies Mann* einreichen.

Bis zum Mittag bestellten zwei Kunden telefonisch Visitenkarten, eine Klavierlehrerin bat um einen Entwurf für einen Flyer zu Werbezwecken, und ein Besucher wartete nicht in dem dafür vorgesehenen kleinen Vorzimmer, sondern ging ohne anzuklopfen direkt zu Nele durch.

»Torben!«, rief sie überrascht. »Was verschafft mir die Ehre?«

»Ich führe nur einen Auftrag aus. Leif hat mich gebeten, dich hier abzuholen, um ihn an der Ostsee zu treffen. Die Wahita kommt heute ins Wasser, ein besonderes Ereignis. Können wir bitte deinen Wagen nehmen?«

»Das kommt ziemlich überraschend. Ich habe Leif gestern gesehen, und da hat er nichts gesagt.«

»Der Anruf von der Werft kam erst heute früh, und in der Eile hat er wohl vergessen, dich anzurufen. Das betrifft auch mich, er hat mich gerade erst informiert, dass er sich mein Auto ausgeliehen hat.«

»Typisch. Du machst sicher eine Menge mit ihm durch.«

»Wenn du Lust auf einen spontanen Ausflug hast, mach einfach heute mal blau.«

Theoretisch war das möglich, aber Leif sollte nicht denken, dass sie schon wieder auf ein Fingerschnippen hin sprang. Wie Jenny und sie es sich gegenseitig vorgeworfen hatten.

»Ich glaube, das ließe sich ausnahmsweise einrichten«, antwortete sie Torben, dem man aber nichts vormachen konnte.

»Warum meinen Frauen eigentlich immer, sie müssten sich zieren und uns Kerle zappeln lassen. Man hat Lust, oder man hat keine.«

In Wahrheit freute sich Nele auf die Fahrt an die Ostsee.

Torben war angenehm ruhig, sie schwiegen immer wieder mal, während Moby Dick sich fröhlich tuckernd von seiner besten Seite zeigte.

Die Wahita war bereits im Wasser, und Leif war von einer Traube älterer Männer umgeben, die über Motorkühlung und Bugstrahlantrieb fachsimpelten.

Er nickte ihr nur kurz zu und schilderte dann Torben ein technisches Problem. Bald hing auch Torben kopfüber halb im Maschinenraum.

Ich bin hier total überflüssig, dachte Nele, höchstens als Chauffeur erwünscht. Aber wie bestellt und nicht abgeholt einfach brav warten, das mache ich nicht mit.

Sie bummelte durch die Hafenanlage, gönnte sich ein

üppig belegtes Fischbrötchen und ging immer weiter, bis sie die Strandpromenade erreichte. Noch war es recht kühl, und es gab kaum Touristen. Aber die späte Nachmittagssonne tauchte die Ostsee in ein mildes goldfarbenes Licht, und die Silbermöwen stießen auch hier ihre lauten Protestrufe aus, ganz wie an der wilderen Nordsee bei ihr zu Hause. Nele verließ die Strandpromenade und setzte sich in Wassernähe auf einen Stein.

Wie immer hatte sie einen Skizzenblock bei sich und wählte jetzt als Motiv eine etwas zerrupft wirkende Möwe, die sich von ihren Artgenossen abseits hielt. Ihre Schreie klangen klagend, erzählten eine unbekannte Geschichte von … ja, wer konnte das schon sagen! Auf jeden Fall klang es traurig, und deshalb verfremdete Nele ihre Zeichnung, indem sie der Möwe ein riesiges Taschentuch in die »Hand« drückte und sie in eine Pfütze von Tränen stellte.

»Wein nicht, kleine Silbermöwe«, schrieb sie unter die Zeichnung. Sie fertigte noch weitere Skizzen an: Klein Silber, wie sie die Möwe nannte, im Kreise von Geschwistern. Klein Silber beim ersten Fischfang. Klein Silber, die sich im Sturm verflogen hatte und mit gebrochener Schwinge auf einer winzigen Hallig notlanden musste. Dazu dann ein Mädchen mit langen blonden Zöpfen, das die Möwe heimtrug, und in ihrer Begleitung ein älterer Junge, der besorgte Blicke auf das Meer hinter ihnen warf.

»Steckst du wieder in deiner eigenen Welt, du Träumerin?«

Leif – sie hatte ihn nicht bemerkt und wusste nicht, wie lange er schon hinter ihr stand.

»Wir sind fertig. Komm, ich möchte dir ganz offiziell meine Wahita zeigen.« Er zog Nele hoch und drückte sie einen Moment an sich. »Ich bin dir nicht mehr böse wegen gestern Abend. Von wegen ›Spielerei‹ und so.«

Seine blauen Augen leuchteten heute besonders intensiv, und Nele tauchte in diesen Blick ein und spürte, wie sie dahinschmolz. Auch Illusionen konnten schön sein, und auf ihr Herz musste sie eben gut aufpassen, so schnell würde es schon nicht brechen, nahm sie an.

Die Wahita tänzelte auf dem Wasser. Ein Teil der Planken war ausgetauscht worden, alle Holzteile waren frisch gestrichen, nur der Drache als Galionsfigur wirkte dagegen verwaschen und brüchig.

»Ich möchte eine neue Galionsfigur. Sie passt nicht mehr zu meiner geplanten Route in die Südsee.«

»An was denkst du als Ersatz?«

»Eine offenherzige Frauenfigur könnte zu Turbulenzen führen.« Er grinste sie von der Seite an. »Dann meinen gleich welche, sich wiedererkennen zu können.«

»Ich verstehe. Wie wäre es mit einem grimmigen Krieger oder Weltentdecker?«

»Nein, ich denke da eher an ein Tier, vielleicht einen Vogel. Kein stolzer Seeadler, lieber etwas Originelles.«

»Eine Möwe wäre zu banal«, sinnierte Nele. »Aber vielleicht etwas aus dem Meer.« Sie dachte an ihre Unterwasserwelten.

»Du machst das schon, mein Meerkätzchen. Ich erteile dir hiermit offiziell den Auftrag, für mich eine Galionsfigur zu entwerfen. Gegen gute Bezahlung, versteht sich.«

Nele wusste, dass sie für diesen Auftrag viel Zeit benötigen würde. Erst musste sie sich mit der neuen Materie vertraut machen, Bücher wälzen, in Seefahrtsmuseen gehen, mit Holzschnitzern sprechen, dann verschiedene akkurate Entwürfe anfertigen. Sie konnte es sich nicht leisten, diese Arbeit umsonst zu tun.

»Wünschst du einen Kostenvoranschlag?«, fragte sie Leif und sah die Überraschung in seinem Gesicht.

»Natürlich, es soll alles seine Richtigkeit haben. Geschäft ist Geschäft.« Er streckte ihr die Hand hin. »Aber ich selbst brauch diesen Papierkram nicht. Los, schlag ein, dann ist es besiegelt.«

Sealed with a kiss, musste Nele kurz darauf an das alte Lied denken. Besiegelt mit einem Kuss. Und bei einem sollte es auch nicht bleiben …

»Auf was stoßen wir an?« Florian, der bisher etwas abwesend gewirkt hatte, schreckte hoch, als Nele und Jenny ihn gleich von zwei Seiten aus in die Rippen stießen. Man saß zu dritt mittags bei Manuelo im Piranha und tauschte Neuigkeiten aus.

»Auf die Gesundheit und ein langes Leben«, schlug Jenny vor und hob das Glas, in dem der eisgekühlte Prosecco perlte.

»Nicht vergessen – auf gute Geschäfte und viele Aufträge.« Für Nele war es schon das zweite Glas. »Los, Flo, jetzt du. Wem kein Trinkspruch einfällt, der zahlt die nächste Runde.«

»Wer sagt denn, dass ich keinen Trinkspruch parat habe?« Er stand auf und stellte sich in Positur. »Ich schlage vor, wir trinken auf ...« Er schaute auf den Grund seines Glases, als ob dort ein Geheimnis versteckt wäre.

»Nun mach schon«, drängte Jenny.

Nele sah, wie Flo verklärt in die Runde blickte, ohne jemanden wahrzunehmen. »Kuckuck, aufwachen!«, rief sie.

»Auf die Liebe.« Er setzte sich, lief rot an und wurde wieder zu dem Freund, den sie kannten.

»Männlich oder weiblich?«, begann Jenny das alte Fragespiel und zwinkerte dabei Nele zu.

»Weiblich. Durch und durch.«

»Weiß sie schon von deinen ... äh ... Ambitionen?«

»Wenn du meinst, ob ich mich ihr offenbart habe, lautet die Antwort nein.«

»So wird das aber nichts«, sagte Nele. »Du kannst das Objekt deiner Begierde nicht nur von weitem anschwärmen.«

»Wir haben uns bei einem Konzert kennengelernt, waren im Museum und werden demnächst gemeinsam eine Kunstausstellung besuchen.«

»Klingt gut«, sagte Jenny zu Nele.

»Ja, als ob sie zu ihm passen würde«, sagte Nele zu Jenny.

»Hallo, ich bin auch noch da«, empörte sich Flo. »Wenn ich mich euch schon offenbare, möchte ich in die Diskussion mit einbezogen werden. Es gibt da nämlich ein Problem, für das ich euren Rat brauche.«

»Sie ist transsexuell«, mutmaßte Jenny.

»Oder minderjährig? Wiegt zwei Zentner? Nein, ich weiß, sie ist alleinerziehende Mutter von sechs Kindern, an denen du Vaterstelle vertreten sollst.«

»Sie züchtet Giftschlangen und ist dem Voodoo-Kult verfallen.« Den beiden Frauen standen die Lachtränen in den Augen.

»Schlimmer noch«, meinte Florian düster, was die Freundinnen zum Schweigen brachte. »Sie ist neun Jahre älter als ich.« Er atmete tief durch, jetzt, da er es herausgebracht hatte.

»Es gibt viele Männer, die auf ältere, mütterliche Frauen stehen«, sagte Nele tröstend.

»Wenn sie dann noch Geld hat«, warf Jenny ein, was Anlass zu empörten Blicken von Nele und Florian gab.

»Die meisten Frauen in meinem Alter sind unreif und flatterhaft«, behauptete Flo und strafte die erneut von einer Lachattacke geschüttelten Freundinnen mit Verachtung.

»Entschuldige bitte, Flo, aber du klingst ein bisschen ... gouvernantenhaft«, sagte Nele. »Wie heißt denn deine Traumfrau?«

Flo räusperte sich. »Ihr richtiger Name tut nichts zur Sache, aber ich nenne sie ›Sternchen‹.«

Jennys Mundwinkel zuckten. »Das ist aber ein hübscher Name.«

Nele stieß sie unter dem Tisch an. »Hauptsache, ihr mögt euch. Ich wünsche dir viel Glück ... bei der Balz.«

»Amüsiert euch ohne mich weiter, ihr albernen Hühner.«

Flo versuchte Würde auszustrahlen und beendete mit erhobenem Haupt seine Mittagspause.

»Er ist siebenundzwanzig, dann muss seine Angebetete sechsunddreißig sein. Das geht doch noch«, fand Nele.

»Mein Freund ist zwanzig Jahre älter als ich«, gab Jenny zu und wartete ängstlich auf Neles Reaktion.

»Wo die Liebe hinfällt«, meinte diese vage und ließ sich ihren Schock nicht anmerken.

»Ach ja, Liebe bringt selbst den Esel zum Tanzen. Wie sieht es denn bei dir zurzeit aus? Wird das was mit dem Wikinger?«

Wenn Nele das nur selbst wüsste. »Er hat mich gefragt, ob ich ihn auf seinem Törn in die Südsee begleiten will. Exotische Inseln. Mindestens ein halbes Jahr. Sonne, Meer und Palmen.«

»Und kaffeebraune, schöne Mädchen?«

»Vermutlich.«

»Was wird dann mit deinem jungen Unternehmen?«

»Ich könnte unterwegs weiterarbeiten.«

»Mach dir nichts vor, Kunden springen schnell ab, wenn man nicht erreichbar ist. Du brauchst Mitarbeiter.«

»Wenn ich dich und Flo haben könnte, würde es funktionieren.«

»Du weißt doch, ich werde mich demnächst aus dem Berufsleben zurückziehen und nur noch für meine Schönheitspflege leben, während ich auf meinen Liebhaber warte. Nach zehn Jahren Luxusdasein kannst du mich gerne noch mal fragen.« Sie reckte sich, um an Nele, die mit dem Rücken zur Bar saß, besser vorbeisehen zu können. »Sag mal, wer sind denn diese beiden aufgetakelten Schnepfen, die uns Zeichen geben und winken?«

Nele drehte sich um. »Das sind die Rosis. Rosa und Rosi. Sie waren beim Biikebrennen Hausgäste meiner Eltern.«

Und gute Bekannte von Torben und Leif, fügte sie in Gedanken hinzu. Sie hatte nicht damit gerechnet, die beiden noch einmal wiederzusehen. Und schon standen sie vor ihr.

»Hallöchen, du bist doch das Halligmädel«, sagte Rosi.

»Nein, was hatten wir an dem Abend für einen Spaß«,

ergänzte Rosa und ließ mit Schwung die Hüften kreisen. »Hula-hula, weißt du noch? Aber sonst war da nur tote Hose. Bis auf die Männer.« Sie kicherte. »Mit dem einen treffen wir uns heute Abend zum Essen. Hoffentlich bringt er einen neuen Freund mit. Sein Kumpel von damals wollte nicht.«

Nele atmete auf. Wenigstens in der Hinsicht war Leif zur Vernunft gekommen, obwohl es damals auch schon Torben gewesen war, der diese gickernden Gänse aufgelesen hatte.

»Wisst ihr was?« Rosi – oder war es doch Rosa? – hatte einen Geistesblitz. »Warum kommt ihr heute Abend nicht einfach mit? Wir lernen bestimmt noch ein paar Kerle kennen, und dann machen wir alle zusammen Party.«

»Ja, wir machen Paady, bitte, bitte.« Die Rosis gerieten aus dem Häuschen über ihre Idee.

»Tut mir leid, ich kann nicht. Ich muss heute noch einen Besuch machen. Aber wie ist es mit dir, Jenny?«

Nele erwartete, dass Jenny ebenfalls unter einem Vorwand ablehnen würde, doch die wollte sich den Spaß nicht entgehen lassen.

»Paady machen. Mit Hula und Kerlen. Das lass ich mir nicht entgehen. Du bekommst dann von mir einen Augenzeugenbericht.«

Nele hatte nicht geflunkert, als sie einen Besuch vorgegeben hatte. Sie wollte sich am späten Nachmittag mit ihren Eltern in der Privatklinik von Dr. Balt, nicht weit von Husum gelegen, treffen.

Ihr war nicht wohl bei dem Gedanken, ihre freiheitsliebende Mutter auf einer Station vorzufinden, umgeben von Menschen mit weißen Kitteln. Aber zu ihrer Erleichterung wirkte die Klinik wie eine freundliche Pension.

»Sie lassen mich hier viel spazieren gehen, und alle Angebote sind freiwillig. Gestern habe ich in der Therapie etwas gemalt. Möchtest du es sehen?«

Nele betrachtete interessiert das Bild. Es zeigte eine Wiege, in der ganz viele Puppen saßen. »Sind das meine?«

»Nein, sie gehören mir.« Undine nahm ihr das Bild weg. »Danke für deinen Besuch. Ich geh noch etwas raus.«

»So ist es immer wieder«, klagte ihr Vater. »Sie fühlt sich zwar wohl, aber kein Außenstehender kann sie erreichen.«

»Bin ich denn für euch außenstehend?«, fragte Nele betroffen.

»Deine Mutter, Wilhelmine und ich sind uns auf eine besondere Art nahe, doch du darfst das nicht falsch verstehen, Nele. Es war schon immer so. Aber wir haben dich trotzdem sehr lieb, bist doch unsere Einzige.«

Nele war gerührt. »Wie geht es denn dir, Vater?«

»Das übliche Gliederreißen. Der Arzt meint, ich müsste mal für ein paar Wochen in die Sonne. Oder wenigstens Bäder und Bestrahlungen nehmen, aber das geht leider nur auf dem Festland.«

»Dann fahr doch mit Mutter in den Süden.«

»Und unserer alten Wilhelmine alle Pflichten überlassen? Du weißt doch, dass das nicht möglich ist.«

»Vielleicht könnte ich in der Zeit öfter kommen«, schlug Nele mit schlechtem Gewissen vor.

»Du bist flügge und sollst dich um deine eigene Zukunft kümmern.« Er tätschelte ihre Hand. »Danke für das Angebot, aber das sparen wir uns lieber für akute Notlagen auf.«

»Wie du meinst.« Nele war im Grunde genommen erleichtert. »Was sagt denn der Doktor zu Mutter?«

»Letztendlich gibt es keinen speziellen Namen für ihre Krankheit. Oder widersprüchliche Diagnosen. Sie leidet an etwas, das in ihrer Seele verschlossen ist. Ob sie sich jemals öffnen wird, kann auch der Arzt nicht sagen. Aber er hat viel Geduld mit ihr, und du hast sie ja erlebt, sie spricht wieder.«

»Und wenn ihr doch aufs Festland zieht, damit ihr beide endlich mal mehr Komfort und bessere Betreuung habt?«, fragte Nele impulsiv.

»Wenn es eines Tages sein muss, werde ich die Augen davor nicht verschließen. Aber das Haus Fremden überlassen, so weit sind wir noch nicht.«

Nele merkte, dass ihr Vater das Thema abschließen wollte.

»Was weißt du über Galionsfiguren?«, erkundigte sie sich, und bald waren sie in ein Gespräch über die Geschichte dieser Figuren vertieft. Ihre Mutter setzte sich irgendwann leise dazu und schmunzelte über Neles Entwürfe der *Spezies Mann*, die sie zur Ansicht mitgebracht hatte.

»Nehmt die Kopien für Enno mit, er sammelt meinen ganzen Kram. Ich fürchte, er hat sogar meine Kinderzeichnungen aufbewahrt.«

»Er hängt eben an allem, was von der Hallig stammt«, suchte ihr Vater eine Erklärung.

»Was macht denn seine Beate?«

»Enno war noch nie gesprächig, wenn es um sein Privatleben ging. Aber ich glaube, er besucht sie öfter auf dem Festland. Nach Greunfall ist sie jedenfalls nicht mehr gekommen.«

Nachdem Nele sich von ihren Eltern verabschiedet hatte, schaffte sie es gerade noch vor Ladenschluss, ein Antiquariat aufzusuchen, das ihr auf der Hinfahrt aufgefallen war. Ein Glücksfall, denn dort entdeckte sie den Bildband *Maritime Schnitzwerke mit Charme*, der zahlreiche Abbildungen von Galionsfiguren enthielt.

Sie konnte es gar nicht erwarten, sich in das Buch zu vertiefen. Oder wäre es nicht auch für Leif interessant, einen Blick darauf zu werfen? Wenn sie ehrlich war, hätte sie nichts dagegen, ihn heute noch zu sehen. Vielleicht war er ja auf dem Hausboot, zumal Torben wohl »Paady feierte«.

Es war kurz nach zehn, als sie den Harburger Hafen erreichte. Unterwegs hatte sie noch schnell ein Brathuhn und eine Flasche Wein besorgt. Zur Not konnte sie die Sachen mit einer netten Nachricht an Deck abstellen.

Es brannte Licht, aber leider war es nur Torben, der sie in Empfang nahm. »Komm rein. Leif ist zwar noch unterwegs, aber wenn mich der Duft nicht täuscht, hast du ein spätes Abendessen mitgebracht.«

»Warm schmeckt es am besten«, gab Nele zu. »Also, wenn ich dich so spät nicht störe …«

»Ach was, ich bin ein Nachtmensch. Ein hungriger Nachtmensch. Leif hat übrigens heute Abend einen Termin.«

Nele wurde langsam lockerer, zumal der südafrikanische Rotwein ganz nach ihrem Geschmack war. »Ich wundere mich, dass du schon zurück bist. Wegen der Party mit deinen ... guten Bekannten. Den rosa Rosis.«

»Die im Februar mit auf der gecharterten Yacht waren? Keine Ahnung, was aus denen geworden ist.«

»Aber ich dachte ... Ich hab sie getroffen, und sie taten so, als ob ihr heute Abend gemeinsam ...« Sie verstummte. Warum nur war sie sich so sicher gewesen, dass es sich um Torben und nicht um Leif handelte, der Party feiern wollte? »Ich glaube, ich hab da was gründlich missverstanden«, sagte sie schließlich. »Damals auf Greunfall, wessen Freundinnen waren es eigentlich? Kannst ehrlich sein, ich möchte nur nicht um den heißen Brei rumreden.«

Torben kratzte sich am Kopf und wischte sich umständlich die Finger an einer Papierserviette ab. Erst dann schien er bereit zu reden, schaute sie aber dabei nicht an.

»Mea culpa. Ich gebe alles zu. Die Rosis gehörten damals zu mir, und Leif wollte nur nett zu ihnen sein.«

»So wie heute?«

Torben fing an zu schwitzen. »Heiß hier, ich geh mal einen Moment an Deck.«

Nele sah, wie er sein Handy einsteckte. »Schon gut, du brauchst mir nichts vorzumachen«, rief sie ihm nach. »Jenny, eine Freundin von mir, feiert mit, die wird mir alles Nötige berichten.«

Als Torben wiederkam, wirkte er so beherrscht, wie sie ihn kannte. »Es gibt eine Erklärung. Hör mir bitte zu. Ich hatte die Mädels zufällig wiedergesehen und mich mit ihnen verabredet. Aber dann bekam ich Magenschmerzen, konnte die beiden nicht erreichen, und da hat sich Leif geopfert, mich zu vertreten.«

»Welch ein großherziges Opfer«, sagte Nele zynisch und stand auf. »Hoffentlich bekommt das Hühnchen deinem armen Magen. Und wie praktisch für Leif, dass er einen so guten Freund hat. Tschüss, dann kurier dich erst mal aus.«

Torben wollte sie zurückhalten. »Nele, ich komme mir selten dämlich vor.«

»Du bist der lausigste Lügner, den ich kenne«, sagte sie zum Abschied. »Aber ich trage dir nichts nach.«

Zu Hause wählte Nele Jennys Nummer. »Ja?«, klang es atemlos. Im Hintergrund waren Lachen und Musik zu hören. »Wir sind hier in einer ganz urigen Kneipe. Willst du nicht nachkommen?«

»Wer ist denn alles da?«, erkundigte sich Nele.

»Die Rosis. Das sind wirklich verrückte Hühner, die reinsten Stimmungsbomben.«

»Wer noch?«

»Wir stehen hier eng wie die Heringe. Alles ganz lustige Leute. Tut mir leid, wenn ich ein bisschen angeschickert bin. Rate mal, wer hier zufällig vorbeigekommen ist. Moment mal, ich geb ihn dir.«

»Mein Meerkätzchen, mein süßes. Weißt du, dass ich dich vermisse?« Leif klang ganz aufgekratzt. »Wie war es bei deiner Mutter?« Er wartete Neles Antwort nicht ab, sondern fuhr gleich fort: »Ich hätte dich ja zu gerne begleitet, aber Business hat Vorrang. Habe da einen dicken

Fisch an der Angel. Vielleicht kann ich einen Rundfunksender bewegen, via Satellit ein Reisetagebuch von mir zu bringen. Gegen angemessene Bezahlung, versteht sich. Das wird jetzt gerade ein bisschen gefeiert.«

»Das freut mich für dich.« Wie schon öfter hatte Leif ihr den Wind aus den Segeln genommen. Es lag Nele nicht, sich kleinkariert zu zeigen und ihn der Lüge zu bezichtigen.

Eine Flunkerei, ja, das war es schon gewesen, aber wer weiß, vielleicht hatte Torben da etwas durcheinandergebracht. Und wer waren schon die Rosis – pah!

»Ich habe ein wunderschönes Buch über Galionsfiguren aufgetrieben. Da ist bestimmt etwas für die Wahita dabei. Wenn du willst, mache ich in den nächsten Tagen ein paar Skizzen.«

»Wunderbar, die schauen wir uns dann gemeinsam an. Ab morgen liege ich wieder im City-Sporthafen, und bis dahin ist auch die neue Heizung eingebaut. Sagen wir übermorgen, Freitag, gegen Mittag auf der Wahita?«

Nele stimmte zu. »Übrigens, ich dachte, ich treffe dich auf dem Hausboot an. Aber da war nur Torben.«

»Und er hat dir die Geschichte erzählt, dass ich für ihn einspringen musste und so.«

»Vor allem und so.« Mehr wollte sie nicht sagen, aber Leif verstand sie hoffentlich.

»Weißt du was, wir reden über alles am Freitag, wenn du möchtest, mein Kätzchen. Wenn es dann noch wichtig ist«, sagte er nach einer kurzen Pause. »Und jetzt will mir deine Freundin das Handy aus der Hand reißen. Tschüssi.«

»Also, wie ist es, kommst du noch?«, fragte Jenny.

»Ich bin zu müde. Sehen wir uns morgen wie abgesprochen?«

»Natürlich, klar doch, bei dir.«

Jenny hatte noch Überstunden abzubummeln, und deshalb wollten sie am nächsten Tag gemeinsam in Neles Atelier frühstücken, inklusive etwas Klatsch und Tratsch. Nichts gegen Florians Gesellschaft, aber von Frau zu Frau ließ es sich doch offener reden. Doch Nele hörte an Jennys Ton und übertriebener Munterkeit, dass diese den Termin vergessen hatte. Und so sagte sie: »Es muss nicht sein. Wir können unser Frühstück verschieben.«

»Wir lassen es dabei. Unbedingt! So ein richtiger Mädelsplausch, ich freu mich schon. Willst du kurz mal Rosi oder Rosa sprechen?«

»An der Noord-seee-küste, am plattdeutschen Straand«, tönte es in Neles Ohren.

»Nein danke, kein Bedarf. Bin nicht in Partystimmung.«

Nele war am nächsten Tag schon früh im Atelier. Sie wollte noch arbeiten, bevor Jenny kam. Statt der kleinen Pflichtaufträge nahm sie sich das Buch über die Galionsfiguren vor. Herkunft und Bedeutung der Figuren faszinierten sie.

Ihr Vater hatte ihr berichtet, dass ihr Urgroßvater noch auf einem Clipper gefahren war, der am Bug eine wilde Hexe mit blankem Busen trug, die später gegen eine sanftere, züchtige Bürgersfrau ausgetauscht worden war.

Als Tiermotive gab es außer Seedrachen Löwen als

Machtsymbol, Pferdeköpfe oder den mächtigen Albatros. Nele gefiel auch der Basstölpel, der auf einem englischen Kriegsschiff des 19. Jahrhunderts als Galionsfigur gedient hatte und heute im Flensburger Schifffahrtsmuseum zu sehen war. Ein Exemplar mit ausgebreiteten Schwingen und nach vorne gestrecktem Kopf, stark und groß genug, um Schutz vor Feinden zu symbolisieren. Oder doch lieber ein mit Schuppen besetztes Seepferd, Mischung aus Schlachtross und Meeresgott?

Es juckte ihr in den Fingern, mit den Skizzen zu beginnen, und ehe sie sichs versah, war der Tisch mit Entwürfen bedeckt.

Da gab es Seevögel jeder Art, Nixen, Sirenen und Gestalten aus der griechischen Mythologie, Krieger und Admirale, sogar an einer Katze versuchte sie sich. Auch Frauengestalten, die nach ihrer Vorstellung wie Hulatänzerinnen aussahen. Obwohl Leif ja keine Frauengestalten als Galionsfigur haben wollte. Leif … sie hatte ihm in Gedanken schon verziehen. Sicher, mit der Wahrheit nahm er es nicht so genau, aber ein Charmeur war er trotzdem, und ihr, Nele, gehörte aktuell sein Herz. Oder zumindest Teile davon.

Sie vertiefte sich weiter in ihre Arbeit und wurde erst durch Jennys Erscheinen wieder in die Gegenwart zurückgeholt. Ein schneller Blick auf die Uhr sagte ihr, dass es bereits halb zwei war. Diesmal war sie es, die das Frühstück vergessen hatte.

Doch auch Jenny hatte ein schlechtes Gewissen. »Ich wollte schon vor Stunden da sein, aber gestern ist es reichlich spät geworden, da bin ich heute Morgen einfach nicht hochgekommen. Schlimm?« Sie packte italienischen Schinken und französischen Käse aus.

Nele steuerte Croissants, frische Brötchen und eine Flasche Sekt bei. »Es gibt zwar nichts zu feiern, aber ich habe immer etwas im Kühlschrank, falls es zum Abschluss eines größeren Auftrags kommt. Damit man im Falle eines Falles anstoßen kann.«

Sie ließen es sich schmecken, und dann betrachtete Jenny aufmerksam Neles Skizzen. »Von Galionsfiguren habe ich keine Ahnung, aber sie wirken sehr lebendig. Ich nehme an, ich kenne den Auftraggeber?« Noch ehe Nele das bestätigen konnte, eilte die Freundin zu der Pinwand in der anderen Zimmerecke. »Aus dem Leben von Klein Silber. Das ist ja entzückend! Was willst du damit machen?«

»Vielleicht wage ich mich mal an ein Kinderbuch.«

»Unbedingt! Die Verlage werden es dir aus den Händen reißen.«

Nele sah das eher skeptisch, aber Jennys Ermutigung tat ihr gut. »Wenn ich das nächste Mal länger auf Greunfall bin, mache ich es fertig.«

»Warum nicht hier?«, fragte Jenny.

»Ich habe an der Ostsee damit angefangen, aber Klein Silber gehört einfach an die Nordsee. Frag mich nicht, warum, es ist so ein Bauchgefühl.«

»Bauchgefühl.« Jenny ließ das Wort genießerisch auf der Zunge zergehen. »Damit wären wir beim Thema Nummer eins. Willst du Neuigkeiten über Leif und die Rosis hören?«

Nele wappnete sich innerlich gegen das, was jetzt kommen musste. »Er ist eben ein geselliger Typ und kein Kostverächter«, verteidigte sie Leif im Voraus.

»Da hast du völlig recht. Aber auf die Rosis steht er kein bisschen. Die hat er richtig vernachlässigt. Aber sie haben sich trotzdem amüsiert.«

»Das kann ich mir denken.« Verflixt, wann kam Jenny endlich zur Sache? »Hast du dich auch gut amüsiert?«

»Ja. Mit deinem Leif.« Jenny schenkte Sekt nach. »Nele, wie soll ich das erklären. Ich bin seit Wochen nicht mehr mit Menschen meiner Altersklasse ausgegangen. Mit meinem Freund fahre ich in Landgasthöfe weit ab von jeder Öffentlichkeit. Ich kenne Vier-Sterne-Restaurants, bekomme die edelsten Tropfen kredenzt und mache Konversation über Themen, die ausschließlich meinen Geliebten interessieren.«

»Was hat das mit Leif zu tun?«, fragte Nele leise. Sie wusste nicht, ob sie mehr darüber hören wollte.

»Es war das Gefühl, plötzlich wieder jung und lebendig zu sein. Außerdem wollte ich ihn einfach mal testen, ob er dir treu ist. Übrigens, er hat mich zuerst angebaggert.«

»Du brauchst mir keine weiteren Details zu berichten«, sagte Nele kühl.

»Moment mal. Es ist anders, als du denkst. Ich bin deine beste Freundin. Nie hätte ich mich mit Leif auf etwas Ernsthaftes eingelassen, aber du bist so verblendet, dass du ihn nicht mehr mit Abstand sehen kannst.«

»Warum sollte ich das? Ich toleriere seine Art und er meine.« Jetzt griff Nele nach der Sektflasche.

»Wie edel von dir. Aber wenn es nach deinem sauberen

Freund gegangen wäre, hätte er gestern die Nacht mit mir verbracht. Ich musste ihn regelrecht von der Türschwelle verscheuchen, obwohl er doch damit rechnen musste, dass du davon erfährst.«

Nele wusste darauf nichts zu sagen.

»Ist ja nichts passiert«, versuchte Jenny sie zu trösten. »Ich meine nur, du sollst das wissen und nicht mit Scheuklappen rumlaufen. Der Wikinger ist ein Rattenfänger.«

»Aber ich bin kein verschrecktes Mäuschen, und nach seiner Pfeife tanze ich schon gar nicht.« Nele hatte sich wieder gefasst. Morgen würde sie Leif auf der Wahita sehen und schon merken, ob sie nur eine leichte Beute für ihn war. Bisher hatte er sie immer respektiert, manchmal sogar in einem Maße, das sie irritiert hatte.

»Ich bin froh, dass wir darüber gesprochen haben«, meinte Jenny. »Immer diese Männer, letzten Endes machen wir uns von ihnen zu abhängig.«

»Ich niemals«, behauptete Nele. »Mit wem auch immer ich mal leben werde, er muss meine berufliche Unabhängigkeit respektieren.«

»Wir sprechen uns wieder, wenn du vor lauter Turbulenzen den Stift nicht mehr halten kannst.«

Allmählich fanden sie zu ihrem normalen Gesprächston zurück.

»Rate, wen ich heute früh beim Einkaufen getroffen habe. An der Wursttheke, Hand in Hand.« Jenny hatte glitzernde Augen. »Unseren Flo mit seiner Liebsten. Sie kauften fürs Frühstück ein. Beide fuhren sofort auseinander, als sie mich sahen. Glaubst du, sie haben zusammen die Nacht verbracht?«

»Mit Sternchen die Sterne anschauen, mehr ist bestimmt noch nicht passiert. Wie sah sie denn aus?«

»Nett. Bieder. Zeitlos. Nicht gerade eine Sexbombe.«

»Wir werden sie begutachten müssen, damit Flo nicht auf die schiefe Bahn gerät.«

Sie schwatzten bis zum Abend.

»Ich muss los«, sagte Jenny plötzlich gehetzt. »Wir wollen morgen in ein verlängertes Wochenende fahren. Die Frau meines Freundes fährt zu ihrer Mutter, das wollen wir ausnutzen.«

»Fühlst du dich mit dieser Heimlichtuerei wohl?«

»Nein«, antwortete Jenny, »aber ich lass das nicht näher an mich herankommen.«

11

»Was gibt's denn, Flo?« Nele hatte sich gerade in ihrer Wohnung Badewasser einlaufen lassen, als der Freund anrief.

»Ich muss mit dir reden. Ich stecke nämlich in einem Gewissenskonflikt.«

»Geht es um die ... Dame deines Herzens?«

»Wie hast du das erraten? Ach so, Jenny, die alte Plaudertasche.«

»Sie hat euch gesehen. Sternchen soll einen netten Eindruck machen.«

Florian atmete tief durch. »Eben. Auch andere haben das schon bemerkt, und jetzt hat sie mir notgedrungen gebeichtet, dass sie bereits einen Freund hat. Einen, der so alt ist wie sie.«

»Du hast einen Nebenbuhler?« Nele konnte sich das Lachen kaum verbeißen. »Kämpf um sie. Du hast Jugend und Charisma auf deiner Seite.«

»Willst du mich verarschen?«

»Im Ernst, Flo. Deine Chancen stehen fünfzig zu fünfzig.«

»Denk bitte nicht, dass Sternchen leichtsinnig ist. Sie fühlt sich ganz zerrissen, aber den anderen kannte sie zuerst. Ich glaube, wenn sie sich mit einer Frau darüber aussprechen könnte – sie hat nämlich keine Freundinnen. Würdest du mal mit ihr reden?«

Musste ja 'ne komische Tante sein, wenn sie keine Freundinnen hatte. »Na klar, mach ich für dich. Für euch.«

»Danke, ich wusste, dass ich mich auf dich verlassen kann. Sie kennt übrigens Greunfall. War da mal in den Ferien.«

»Du, Flo, mein Badewasser läuft über. Hat das alles Zeit bis nächste Woche?«

»Sicher. Ich muss Sternchen sowieso erst fragen, ob sie sich mit dir unterhalten möchte.«

Als Nele endlich in der Wanne lag, hatte sie das Gespräch schon vergessen.

Die Wahita lag frisch rausgeputzt im Hafen, und Leif begrüßte Nele wie eine Königin. »Ich habe noch klar Schiff gemacht. Messing geputzt, Holz poliert, extra für dich. Ich möchte, dass du das alles hier als dein Reich betrachtest. Wenn du einverstanden bist, fahren wir ein bisschen raus.«

Nele war von Greunfall her Kutter oder kleinere Boote gewohnt, aber dieses Schiff glitt so geschmeidig durch das Wasser wie ... Da fehlte ihr der Vergleich. Wie ein Albatros durch die Lüfte? Wie ein Delfin, der seine überschäumende Lebensfreude beim Schwimmen ausdrückte?

»Hast du schon einmal an einen Delfin als Galionsfigur gedacht?«

»Warum nicht?« Leif stand an der Pinne und hielt den Schiffsverkehr auf der Elbe im Blick. Er wollte rüber auf die andere Seite fahren, um ihr die historischen Gaffelsegler zu zeigen, die in Finkenwerder lagen.

Nele segelte nicht das erste Mal, und so half sie tatkräftig mit, kümmerte sich um die Fender und sprang schließlich an Land, um die Leinen festzumachen.

»Gut gemacht, mein Meerkätzchen«, lobte er sie. »Wenn du jetzt noch Kaffee kochen kannst, bin ich von deinen Qualitäten mehr denn je überzeugt.«

Nele ging unter Deck, während Leif sich um die Segel kümmerte. Es sah wohnlich aus, seit sie das letzte Mal an Bord gewesen war. An den Wänden hingen Fotos von Schiffen, strahlenden Menschen vor weißen Segeln, und immer wieder Leif mit unterschiedlichen Frauen im Arm.

Bloß auf einem Bild stand er ganz ernst neben einer dunkelhäutigen jungen Frau mit offenen schwarzen Haaren, die ihr bis zur Hüfte gingen, deren Schönheit nur durch ein lückenhaftes, schiefes Gebiss beeinträchtigt war. »Mit Wahita auf Tahiti« stand unter dem Foto.

Aha, daher also der Name des Schiffes. Diese Frau musste für Leif einen besonderen Stellenwert gehabt haben.

In der Minikombüse verschüttete Nele erst das Kaffeepulver und stieß dann mit dem Ellbogen einen Wasserkanister vom Bord. Noch während sie den Boden aufwischte, kam Leif von hinten und legte ihr die Arme um die Hüften.

»Ein schöner Rücken kann auch entzücken. Lass mich das machen. Du rührst besser nichts mehr an, hier herrscht nämlich Ordnung.« Er zog sie erst hoch und dann in seine Arme. »Morgen hole ich meine Sachen von Torben und ziehe um. Weißt du eigentlich, wie gerne ich dich mal über Nacht an Bord hätte?«

»Soll das ein unmoralisches Angebot sein?« Nele hatte sich vorgenommen, mit den strittigen Themen noch zu warten, und wie es aussah, war diese Entscheidung goldrichtig, denn plötzlich war ihr Kopf leer, und der Bauch meldete sich mit einem Kribbeln.

»Unmoralisch«, fuhr Leif fort. »Zwei erwachsene Menschen, die sich mögen. Du magst mich doch, mein Meerkätzchen? Wo siehst du dann ein Problem?« Er zog sie fester an sich, und prompt wuchs sich das Kribbeln zu Schmetterlingen aus.

»Heute die, morgen die?« Sie versuchte sich aus seinem Griff zu befreien. Wenn er zur Sache kommen wollte, konnte sie es auch. Aber auf ganz andere Art, als er dachte.

»Jenny hatte mir einiges zu berichten.« So, jetzt konnte er rumstottern und nach Entschuldigungen suchen.

Er dachte nicht daran, sie loszulassen, lockerte aber den Griff. »Ich gebe alles zu. Schuldig im Sinne der Anklage. Was möchtest du von mir hören? Ja, ich habe mich mit den Rosis verabredet. Sie sind amüsant, und du hattest keine Zeit. Mit deiner Freundin habe ich geflirtet, weil sie es darauf angelegt hatte, und an den Rest kann ich mich nicht erinnern, weil ich betrunken war. Kann in dem Zustand aber nicht viel passiert sein. Noch Fragen?«

Kurz und präzise hatte er alles dargestellt, sich nicht verteidigt oder nach Ausflüchten gesucht. Wieder einmal den Wind aus den Segeln genommen. Was hätte sie ihn noch fragen sollen?

»Hör zu, Nele.« Er ließ sie überraschend los, trat einen

Schritt zurück und verschränkte die Arme vor der Brust. »Ich bin kein pflegeleichter Typ, der auf andere Rücksicht nimmt, und auch kein Süßholzraspler. Ich mag die Gesellschaft von Frauen, und sie kommen mir fast immer entgegen. Soll ich solche Angebote ausschlagen?«

Gnade der Frau, die ihn wirklich liebt, dachte Nele.

»Ich bin keine, die sich dir an den Hals schmeißt«, erklärte sie ruhig. »Also, was kannst du da mit mir anfangen?«

»Dich von meinen Qualitäten überzeugen.« Er sagte es gelassen, aber in seinen Augen blitzte es. »So wie ich von deinen Qualitäten überzeugt bin.«

»Die da wären?« Vorsicht, gefährliches Terrain. Wenn sie ihn zu sehr herausforderte, musste sie mit Konsequenzen rechnen.

Er trat noch weiter zurück. »Du bist nicht nur kreativ, sondern hast etwas besonders Lebendiges. Diese Mischung aus herber Zurückhaltung, gepaart mit unterdrückter Abenteuerlust – vielleicht ist es das, was mich an dir so reizt.«

»Ich bin weder herb noch zurückhaltend.« Nun war sie es, die einen Schritt auf ihn zumachte. »Und unterdrückt wird bei mir gar nichts. Wir von der Hallig sind gradlinig. In der Stadt habe ich gelernt, dass nicht alles gilt, was da gesäuselt wird. Das ist nichts für mich. Ich heule nicht mit den Wölfen.«

»Gut so, mein Kätzchen, fahr ruhig die Krallen aus. Du bist keines dieser albernen Gänschen, die einem nach dem Mund reden und die man beim Frühstück schon nicht mehr ertragen kann. Auch das liebe ich an dir.«

»Leif Larsson. Du und Liebe? Das passt nicht zusammen. Liebe hat für mich mit Beständigkeit zu tun.«

»Die Liebe ist ewig, solange sie dauert. Hat mal ein weiser Philosoph gesagt. Und etwas anderes kann ich dir nicht versprechen.« Er breitete die Arme aus. »Komm«, sagte er mit rauer Stimme, »gib uns wenigstens eine Chance.«

Er war ein Magnet. Ob es nur eine seiner Maschen war, spielte für Nele in diesem Moment keine Rolle mehr.

Ein Mann und eine Frau. Die Anziehungskraft des Mondes auf das Wasser. Yin und Yang. Den Horizont gemeinsam erreichen und feststellen, was wirklich dahinter lag.

Sie machte den letzten Schritt auf ihn zu. Schweigend. Denn weitere Worte waren jetzt überflüssig.

Nele war sich ihrer Leidenschaftlichkeit nie wirklich bewusst gewesen. Sie hatte körperliche Liebe bisher als aufregend und prickelnd erlebt, war aber durch nichts auf diese elementare Intensität vorbereitet, die sie nun mit Ungestüm überrollte. Leif hatte sich vorübergehend in einen Fremden verwandelt, war Mittel zum Zweck, trieb sie beide zu einem gemeinsamen Höhepunkt, der sie wie eine Sturmflut erreichte, mitriss und schließlich in vollkommener Erschöpfung zurückließ.

Obwohl es erst Nachmittag war, schlief Nele ein, fest umfangen von Leifs Armen und dicht an seinen Körper geschmiegt.

Als sie wieder aufwachte, fand sie sich allein. Sie blieb noch einen Moment liegen, räkelte sich wohlig und dachte an das, was passiert war. Nele empfand weder Scham noch Schuldgefühle. Alles hatte seine Richtigkeit, oder etwa nicht? Wenn man verliebt war, gehörte die körperliche Vereinigung mit dazu. Früher oder später, diesmal war es etwas früher geschehen, für Nele eher unüblich. Aber wenn zwei sich einig waren, gab es keinen Grund zum Grübeln.

Es war anders gewesen, als sie erwartet hatte. Fast ein Kraftakt, ein Machtkampf, denn Leif war auch auf diesem Gebiet so ... zielstrebig.

Einen kurzen Moment fragte Nele sich, ob er wirklich in sie verliebt war und was sich nun zwischen ihnen ändern würde. Seine Pläne – welchen Platz konnte sie in ihnen einnehmen? Würde er erwarten, dass sie sich nach ihm richtete, seine Eskapaden gleichgültig in Kauf nahm und ihm nur bei Bedarf zur Verfügung stand? Denn Leif als großer Charmeur, der sich von nun an mit nur einer Frau zufriedengeben würde – der Gedanke war gewöhnungsbedürftig.

Kommt Zeit, kommt Rat. Ich werde ihn schon zähmen, dachte Nele und sprang aus der Koje. Wo steckte er bloß? Diesmal fand sie keinen Zettel. Draußen wurde es bereits dunkel, von einigen der anderen Boote wehten Gesprächsfetzen und Gelächter herüber, aber ansonsten gab es hier noch nicht einmal eine Kneipe.

Sie machte es sich im »Wohnzimmer« gemütlich und breitete die mitgebrachten Entwürfe für die Galionsfigur aus – Nixe, Göttin, Katze. Schon bald war sie ganz in ihre Arbeit vertieft. Ein Delfin, auf dem eine Frau in Katzengestalt ritt, daran wollte sie sich versuchen. Konzentriert zeichnete sie, bedeckte Blatt um Blatt und vergaß alles um sich herum.

Erst als Leif polternd unter Deck kam, ließ sie aufatmend den Stift sinken.

»Du bist noch da, das ist schön.«

Hatte er etwa erwartet, sie würde sich davonschleichen, ihm böse sein? Als er sie zärtlich umarmte, vergaß sie ihre Zweifel. Leif hatte getrunken, das konnte sie riechen und schmecken, aber er gab dafür auch gleich eine Erklärung ab.

»Man hat mich aufgehalten. Weißt du, die anderen Skipper und ich, wir sehen uns nur selten. Da wäre es unhöflich gewesen, einen Umtrunk abzulehnen. Aber ich wollte dich auf jeden Fall noch sehen, bevor du gehst. Soll ich dir ein Taxi rufen? Du kannst aber auch mit der Fähre zurückfahren.«

Nele war enttäuscht. Sie hatte erwartet, die Nacht hier zu verbringen, mit Leif zu besprechen, wie jetzt alles weitergehen würde. Aber vielleicht war das noch zu früh.

»Dann werde ich mich mal auf den Weg machen«, sagte sie betont munter und packte ihre Skizzen zusammen. »Soll ich sie dir dalassen?«

»Kannst du. Aber nun komm erst mal her, mein Kätzchen.« Er zog sie auf seinen Schoß. »Noch mal schmusen, das hast du doch gerne, wenn ich mich nicht irre. Und bei Frauen habe ich mich noch nie geirrt.«

Nele sträubte sich. »Wenn du in mir nur ein Abenteuer siehst ...«

»Wie kommst du denn darauf? Wir hatten es doch schön miteinander. Ich hoffe, wir machen das jetzt öfter.

Mit dir nach Tahiti oder Tonga, das wäre ein Traum. Im warmen Wasser der Lagune schwimmen, so wie Gott uns schuf. Zu den Korallenriffen tauchen, frischer Fisch vom Lagerfeuer und das weiche Licht der Abenddämmerung, in der die nackte Haut der Frauen wie Gold schimmert. Du wirst die Schönste von allen sein.«

Nele ließ sich von seiner Begeisterung mitreißen. »Vielleicht kann ich es ja wirklich einrichten. Zur Not könnte ich ja früher zurückfliegen. Platz zum Arbeiten finde ich überall. Ich wollte es nämlich mal mit einem Kinderbuch versuchen. Und so teuer wird das Leben auf den Inseln doch nicht sein?«

»Aber nein. Und für die Überfahrt berechne ich dir den Selbstkostenpreis. Hand gegen Koje und Spritkosten. Wir machen eine Pauschale aus. Allerdings brauche ich eine kleine Anzahlung, damit ich Proviant bunkern kann.«

»Ich habe nicht mehr viel«, sagte Nele peinlich berührt. Ein zahlender Gast, damit hatte sie nicht gerechnet.

»Wir werden uns schon einigen.« Er küsste sie erneut. »Euer Hof auf der Hallig, den kann man doch sicher beleihen.«

»Das würde ich meinen Eltern nicht noch einmal zumuten«, erklärte Nele bestimmt und machte sich los. Plötzlich wollte sie weg. Alleine sein. Einen strammen Marsch durch die Straßen machen. Nachdenken.

»Keine Sorge, Kätzchen, wir finden eine Lösung. Ich hab da noch ein paar Sponsoren in petto. Musst mir nur helfen und deinen Charme spielen lassen. Aber mehr nicht, ich neige nämlich zu rasender Eifersucht.«

Als er sie zum Abschied stürmisch küsste, verflogen ihre Zweifel. Sie hatte sich immer nach der Ferne gesehnt. Mit Leif war das Abenteuer in ihr Leben gekommen, und wenn sich dann noch Liebe dazugesellte, wäre es dumm, diese Chance, die das Leben ihr bot, auszuschlagen.

»Wir sehen uns morgen«, sagte Leif. »Ich ruf dich bis Mittag an. Heute Abend ist hier Männerrunde, dafür hast du sicher Verständnis.«

Ich muss Geduld mit ihm haben, dachte Nele. Männerrunde – wenn das nur ein Gruppenbesäufnis war, viel Spaß. Aber wenn Leif es wieder einmal nicht so genau mit der Wahrheit nahm – nun, auch das konnte sie nicht beeinflussen.

Als Leif sich am nächsten Tag bis vier Uhr nicht gemeldet hatte, wurde Nele unruhig. Sie hypnotisierte Festanschluss und Handy, aber dann war es nur Enno, der sich für die Zeichnungen bedanken wollte.

»Schon gut, nicht der Rede wert. Du hast doch Spaß daran. Sorry, Enno, ich bin in Eile, stecke mitten in einer wichtigen Arbeit.«

Sie hoffte, er würde sich kurz fassen, aber er fing von diesem und jenem an. Verflixt noch mal, er blockierte die Leitung für wichtigere Anrufe.

»Ist sonst noch was?«, unterbrach sie ihn unhöflich.

»Ja. Ich wollte dir mitteilen, dass ich für einige Zeit nach Holland gehe. Beruflich. Für meinen Vater habe ich eine Betreuung organisiert.«

»Na fein, dann ist ja alles in Ordnung.«

»Soll ich dir eine Kontaktadresse geben? Ich bleibe mehrere Wochen weg.«

Na und? »Wenn du willst, aber ich komme zurzeit nicht zum Schreiben.« Nele wurde immer kribbliger.

»Das macht nichts. Nur für den Fall, dass du mich brauchst.«

»Danke, Enno, aber das ist unwahrscheinlich. Trotzdem nett von dir, dass du an mich gedacht hast.«

Geschafft, er legte endlich auf.

Leif hatte offenbar seine Mailbox nicht angestellt, aber dann fiel es Nele wieder ein. Er wollte doch heute sein Gepäck vom Hausboot auf die Wahita schaffen. So ein Umzug brauchte Zeit, und da war sicher jede Hand recht.

Eilig räumte sie Moby Dick leer, fand unter einem Stapel Zeitungen, die sie schon lange zum Papiercontainer schaffen wollte, das vermisste Büchereibuch über tropische Fische, welches leider von einer geplatzten Senftube – wo kam die bloß her? – beschmutzt war, und war schon bald bereit für ihren Hilfseinsatz in Harburg.

Torben trug einen Blaumann und strich gerade die Planken des Anlegers. »Vorsicht, das muss erst trocknen. Suchst du Leif?«

»Eigentlich wollte ich beim Umzug helfen«, meinte Nele gedehnt, denn hier sah nichts nach Umzug aus.

»Aber die meisten Sachen hat er doch schon bei dir untergestellt. Hier ist nur noch Kleinkram. Der passt in eine Plastiktüte.«

»Bei mir steht nichts. Das muss ein Missverständnis sein.«

»Er hat es dir also nicht erzählt?« Torben legte erst in Ruhe den Pinsel weg. »Ich habe ihn vor die Tür gesetzt. Ist ja nicht mehr so, dass er keine Bleibe hätte. Bei aller Freundschaft, diese Lügereien für ihn, das ist mir in letzter Zeit zu sehr auf den Keks gegangen.«

Nele war verunsichert. Sie wusste nicht mehr, was sie wem glauben sollte.

»Stimmt das denn alles nicht, was er sagt? Der Törn in die Südsee, der demnächst startet, sobald die Regenzeit vorbei ist?«

»Doch, wenigstens das stimmt. Ich nehme an, Leif hat dich aufgefordert mitzukommen? Ist dir klar, dass du nicht die Einzige bist, die er gefragt hat? Weißt du von seiner Ehefrau?« Ihr Schweigen war Antwort genug. »Los, komm an Bord. Du siehst aus, als ob du gleich umkippen würdest«, sagte Torben seufzend. »Ich muss sowieso noch mal überstreichen.«

Wie betäubt saß Nele an dem Platz, an dem Leif und sie sich das erste Mal nähergekommen waren.

Ein Teepunsch, sie brauchte einen Teepunsch. Von Wilhelmine, die nicht viel fragen würde, nur schimpfen, weil Nele keine Winterunterwäsche trug. Oder einmal um die Hallig laufen und die Tränen vom Wind trocknen lassen.

»Heul nicht, es ändert nichts an den Fakten.« Torben griff unbeholfen nach ihrer Hand, ließ sie aber sofort wieder los. »Scheiße, ich muss mal wieder der Buhmann sein.«

Erst als Nele sich beruhigt hatte, gelang es ihr zuzuhören. Leif hatte also eine Ehefrau auf Tahiti, die er im Allgemeinen verschwieg. Nein, nicht nur nach Eingeborenenritual geheiratet, sondern auch vor dem Gesetz. Wahita, nach der Leif sein Schiff benannt hatte. Deren Foto sie, Nele, gestern entdeckt hatte.

»Wahita ist so eine Art Häuptlingstochter, ihr Vater ist vermögend, jedenfalls für die Verhältnisse da unten.«

»Wenn du damit andeuten willst, dass Leif sie nur aus Berechnung geheiratet hat, will ich das nicht hören. Auch das spricht nicht für ihn.«

»Was soll ich dazu sagen«, seufzte Torben. »Ich war damals der Trauzeuge. Sie ist eine nette junge Frau. Wer weiß, was Leif ihr für Versprechungen gemacht hat.« Am liebsten hätte sich Nele die Ohren zugehalten. »Besser, du erfährst es jetzt«, fuhr Torben fort, »bevor du ihm ganz verfällst. Leif ist und bleibt mein Freund. Ich will ihn nicht in die Pfanne hauen, aber du bist anders als die anderen Frauen, die er sonst um sich hat. Überleg es dir gründlich, wie weit du dich auf ihn einlässt.«

Zu spät, dachte Nele, ich bin schon viel zu weit gegangen. Aber es war meine freie Entscheidung, und nun geht es in erster Linie um Schadensbegrenzung.

»Glaubst du, er könnte sich eines Tages ändern?« Falls das jemand einschätzen konnte, dann sein Freund.

»Wenn du darauf spekulierst, dass ich jetzt ›ja, aus Liebe‹ sage, liegst du falsch.«

Nele versuchte sich zusammenzunehmen. »Ich danke dir für deine Offenheit. Was war ich doch für ein Kamel!« Sie lächelte ihm zu, schief, aber es war ein Lächeln.

»Du bist hier immer willkommen, Nele«, sagte Torben zum Abschied. »Ganz ohne Hintergedanken.«

»Komm du lieber wieder mal auf Greunfall vorbei«, schlug sie vor.

Liebe bringt selbst den Esel zum Tanzen. So hatte Jenny es vor ein paar Tagen ausgedrückt, und erst jetzt war Nele die Bedeutung dieses Satzes klar.

Gegen alle Vernunft stand sie eine Stunde später in Finkenwerder am Kai und schaute zur Wahita hinüber, von der gerade die Rosis kletterten, sich gegenseitig stützend.

»Willkommen im Club«, prustete Rosi – oder war es Rosa? – los. »Wir haben gerade vernommen, dass du mit in den Pazifik kommst. Fein, das wird ein Spaß. Hula-hula.«

»Aloha he – hat uns der Käpt'n gerade beigebracht. Ich kann dir sagen, das ist 'ne Marke. Aber ich steh auf solche Kerle.« Rosa winkte noch einmal zum Boot hinüber, obwohl Leif sich dort nicht blicken ließ. »Wir werden uns schon einigen. Erst Rosi, dann du, dann ich. Immer schön abwechselnd, dann gibt es keine Eifersucht.« Sie lachte wie eine Hyäne.

»Der Spaß wird uns aber eine ganz schöne Stange Geld kosten«, meinte Rosi und bemühte sich um deutliches Artikulieren. »Von uns beiden hat er zusammen vierzigtausend Mäuse bekommen. Von dir, Jenny, käme auch noch was dazu, sagt er.«

»Du meinst Nele.« Rosa wollte sich vor Lachen ausschütten. »Das Halligmädel von der Reetdachklitsche. Ups, das hätte ich vielleicht nicht sagen sollen? War nicht bös gemeint.«

»Schon gut«, wehrte Nele ab. Sie empfand nur noch Verachtung – für die Rosis, aber ganz besonders für Leif. Sie war nicht nur ein Esel, sondern wäre fast noch zum Goldesel geworden.

»Taxi, wir nehmen uns ein Taxi in die Stadt. Und dann feiern wir weiter. Nur wir Mädels unter uns.« Rosis Stimmung schlug um. »Die Kerle wollen doch alle nur das eine«, meinte sie weinerlich. »Wir müssen zusammenhalten, wir armen Weiber.«

Nele bot den Rosis nicht an, sie mit zurück auf die andere Elbseite zu nehmen, sondern verabschiedete sich schnell und ging in die andere Richtung auf den kleinen Deich oberhalb der Pier.

Auf der Wahita brannte nur noch ein Positionslicht. Nele stand einen langen Moment einfach bloß da und versuchte ihre Gedanken zu sortieren. Es war alles so mies, so billig. Sie hatte sich einem Mann hingegeben, für den sie von der Wertigkeit her in die Kategorie der Rosis fiel – oberflächlich und affig, geeignet für einen Zeitvertreib, wenn man gerade nichts Besseres vorhatte. Und die man benutzen konnte, um die Reisekasse zu finanzieren oder sein Gepäck vorübergehend unterzubringen.

Ein verheirateter Mann – wann hätte Leif ihr das wohl sagen wollen? Und hätte er die Rosis im nächstmöglichen Hafen abgesetzt oder nicht? Sie würde es nie erfahren.

An Deck der Wahita war Bewegung zu sehen. Instinktiv zog Nele sich ein paar Schritte zurück, obwohl es unmöglich war, sie hier im Dunkeln zu erkennen. Leif verharrte wie sie zunächst regungslos, dann nahm er etwas aus der Tasche. Als ihr Handy läutete, wusste Nele, wer dran war.

»Na, mein Meerkätzchen, schläfst du noch nicht?« Er wartete keine Antwort ab. »Wollte mich nur kurz mal melden. Anstrengend, dieser Männerabend.« Er stöhnte demonstrativ. »Bin ganz schön geschafft. Aber die Erinnerung an den tollen Nachmittag mit dir hat mich durchhalten lassen. Was ist, warum sagst du nichts? Müde?«

Nele spürte, wie sie ganz ruhig wurde. Aus und vorbei. Es würde wehtun, sicher. Allein seine Stimme reichte aus, um sie an die ausgetauschten Zärtlichkeiten denken zu lassen, an die verrückte Zeit mit ihm, die geschmiedeten Pläne, seine jungenhafte Unbekümmertheit, die er im Alltag ausstrahlte. Aber er würde immer ein Abenteurer bleiben, sich selbst als den Mittelpunkt der Welt sehen. Und sie, Nele, mit ihrer Sehnsucht nach dem, was hinter dem Horizont lag, war zerrissen zwischen Abenteuergeist und dem altmodischen Wunsch nach Geborgenheit, gegenseitigem Vertrauen und Beständigkeit.

»Hör mir gut zu, Leif, ich bin nicht müde, sondern hellwach und möchte dir etwas Wichtiges mitteilen.«

»Schieß los, mein Kätzchen, ich bin ganz Ohr.«

Nele holte tief Luft. »Leif Larsson, ich will dich nie, nie wiedersehen. Komm mir nicht mehr nahe, es ist zwecklos.«

Sie würde Telefon und Türklingel abstellen und vorerst keines ihrer Stammlokale mehr aufsuchen, beschloss Nele auf der Heimfahrt. Totale Abstinenz, das war es, was sie jetzt brauchte! Für alle Fälle parkte sie Moby Dick in einer anderen Ecke als sonst, denn die Vorstellung, Leif dort lässig angelehnt zu finden – unmöglich.

Sie schwankte zwischen Enttäuschung, Wut und Scham über ihre Dummheit. Erschwerend kam noch hinzu, dass sie nicht nur umsonst tagelang an den Galionsfiguren gearbeitet, sondern sämtliche Originale und die neuen Skizzen an Bord der Wahita gelassen hatte. Und sie hatte nicht vor, sie jemals dort abzuholen.

»Liebe Nelly,
ich mal wieder. Wenn Du mir doch ausnahmsweise einen Rat geben könntest. Bitte, nur dieses eine Mal. Nachdem ich Leif den Laufpass gegeben habe, hat er noch nicht einmal den Versuch unternommen, mit mir in Kontakt zu treten. Berührt ihn das alles überhaupt nicht? Soll ich mich darüber freuen?? Ich bin so richtig mies drauf, und deshalb überlege ich, mein Atelier wieder aufzugeben und eine Weile auf der Hallig zu arbeiten. Ich habe noch Aufträge für die Dänen zu erledigen, aber das geht auch von Greunfall aus. Oder soll ich standhalten und mich der Situation stellen wie ein reifer, erwachsener Mensch? Ach, Nelly, standhalten oder flüchten? Fragt Dich ganz dringend
Deine Nele«

12

»Ist das euer Ernst, das wollt ihr für mich tun?« Nele war überwältigt. Jenny und Flo hatten sich hinter ihrem Rücken abgesprochen, für zwei Monate das Atelier zu übernehmen, mit allen anfallenden Kosten.

»Sieh es nicht als Almosen«, sagte Jenny. »Man kann nicht wissen, ob es bei Löffelchen immer ein warmes Plätzchen für uns geben wird. Da kann es nicht schaden, sich mal an einer eigenen Kampagne zu versuchen. Flo hat ein paar gute Ideen.«

»Sie sind eigentlich von Sternchen«, sagte der verschämt. »Sie hat mich darauf gebracht, und dann haben wir das im Gespräch weiterentwickelt.«

Nele wunderte sich – sollte sie nicht ganz dringend ein Gespräch mit Flos Freundin führen? Anscheinend war davon jetzt keine Rede mehr. Und was war mit Jennys reichem Freund, der sie aushalten wollte? Die Tatsache, dass sie selbst mit Leif Schluss gemacht hatte, schien keinen zu überraschen.

»Ein Weiberheld. Sei froh, dass du ihn abgeschüttelt hast«, war Flos Kommentar.

»Langeweile hättest du mit ihm nicht gehabt«, meinte Jenny nachdenklich. »Ich kann schon verstehen, was du an ihm findest.«

»Fand!«

»Warten wir's ab. Glaubst du, er hat schon aufgegeben?«

»Die Frauen laufen ihm nach. In mich zu investieren rentiert sich nicht.«

Jenny lachte, unterdrückte dann aber schnell diese Reaktion, als sie merkte, dass Nele ganz im Ernst gesprochen hatte. »Ich glaube, in Polynesien darf man mehrere Frauen haben. Vielleicht verstehst du dich mit seiner eingeborenen Hauptfrau ja bombig.«

»So wie du dich mit der Frau deines Freundes?«, fragte Nele scharf, um sich gleich darauf zu entschuldigen. »Das war gemein, Jenny, ich weiß. Aber meine Nerven liegen blank.«

»Frauen mit Nerven, ha!« Flo schüttelte sein weises Haupt.

»Wenn ihr Mädelskram besprechen wollt, verabschiede ich mich schon mal.«

Sie saßen morgens in der Nähe des Fischmarkts in einem Café und frühstückten – auf Wunsch von Nele, die Leif nicht bei Manuelo oder in einer der anderen Stammlokale begegnen wollte.

»Kommt mich bald mal auf Greunfall besuchen. Jetzt, wo das Wetter langsam besser wird ...«

»In der Zeitung stand gerade wieder etwas von Land unter«, sagte Flo besorgt.

»Wasser kommt, Wasser geht.« Nele zuckte mit den Schultern. »Wir kennen es dort nicht anders. Bei Flut werden die Kinder geboren, so wie ich damals auch.«

»Und was passiert bei Ebbe?« Flo wollte es wieder mal ganz genau wissen.

»Da kommt Gevatter Tod. Er zieht die alten Menschen mit in sein Reich. Dem Sog kann man nicht widerstehen, heißt es.«

»Schauergeschichten so früh am Morgen.« Jenny schüttelte sich. »Ist da was dran?«

»Muss wohl. Es gibt sogar entsprechende Statistiken. Aber Wilhelmine weiß mehr darüber.«

»Holt der Tod nur die Alten und Kranken?«

»Vermutlich nicht, aber bei uns ist es immer so gewesen. Ich kenne keinen Fall, bei dem die Kinder vor den Eltern gegangen sind.«

Bis zu diesem Moment hatte Nele noch nie darüber nachgedacht. Die ältesten Bewohner der Hallig waren Ennos Vater und Wilhelmine. Beide mussten sie in den Neunzigern sein. Aber Wilhelmine erzählte immer stolz von ihrer Mutter, die hundertvier geworden war.

Ich werde ihr mehr zur Hand gehen, nahm sich Nele vor. Sie entlastet meine Eltern trotz ihres hohen Alters. Was soll einmal werden, wenn sie nicht mehr ist? Und über den Hof musste sie auch mit den Eltern reden. Vielleicht konnte man einen Pächter von der Nachbarhallig oder vom Festland finden.

»Ich glaube, ich werde gar nicht so viel Zeit haben, um meine Wunden zu lecken«, sagte Nele und machte sich zum Aufbruch bereit.

»Kannst dich ja an der Schulter von deinem Jugendfreund ausweinen«, schlug Jenny vor. »Das Beste, um über eine alte Liebe hinwegzukommen, ist eine neue.«

»Das hat mir gerade noch gefehlt! Außerdem hat Enno jetzt selber jemanden, wenn er sie mit seiner langweiligen Art noch nicht vergrault hat.« Ihr fiel ein, dass er sich für einige Zeit bei ihr abgemeldet hatte. Sie mochte es zwar nicht zugeben, aber als Gesprächspartner war er okay, zumal, wenn kein anderer Mann weit und breit in der Nähe war. »Nun muss ich aber wirklich los.«

Die Freundinnen lagen sich in den Armen. »Entweder du vergisst ihn, oder du gönnst dir den Wikinger einfach, um ab und zu ein bisschen Spaß zu haben, eine Stunde reicht ja«, sagte Jenny zum Abschied im Flüsterton, damit der moralische Florian nichts zu beanstanden hatte.

Auch Florian wollte sie noch kurz alleine sprechen. »Nimm's Sternchen nicht übel, aber sie fürchtet sich vor einem Gespräch mit dir. Keine Ahnung, wie sie darauf kommt, ihr kennt euch doch gar nicht. Sie ist nun mal besonders sensibel …«

»Na dann«, unterbrach ihn Nele fröhlich. »Da kann man nichts machen. Irgendwann werden wir uns schon über den Weg laufen, oder willst du für sie deine Freunde aufgeben?«

»Das würde sie niemals von mir verlangen.«

Moby Dick war bis unters Dach voll gepackt. Da ihr Koffer nicht mehr richtig schloss, hatte Nele Hab und Gut für die nächsten Wochen in Kartons und Tüten verstaut. Den meisten Platz nahmen ihre Arbeitsutensilien ein. Aber da gab es auch einen losen Kleiderhaufen und Reste aus dem Kühlschrank, inklusive eines stark duftenden Käses.

Im letzten Moment hatte sie aus einer Laune heraus

den nervigen Leuchtturmwecker mit eingepackt. Er sollte sie auch auf der Hallig wecken, denn Nele hatte nicht vor, sich auf die faule Haut zu legen. Arbeiten, bis die Schwarte krachte, so lautete die Devise.

»Moin. Soll das etwa alles mit? Willst du, dass mein Kahn untergeht?« Schiffer Pedersen war kein Freund von großen Worten, aber der Anblick von Nele inmitten ihrer Tütenwirtschaft, verheddert in einen langen Schal, über den sie gerade stolperte und dabei etwas fallen ließ, das sich als angebrochener Eierkarton entpuppte, machte ihn ungewohnt redselig. »Dann bring mal frischen Wind nach Greunfall. Können die dort gut gebrauchen.«

»Was ist denn los?«, fragte Nele alarmiert, aber Herr Pedersen verstaute schweigend das Gepäck und kümmerte sich dann ums Ablegen. Erst als sie auf der Höhe der Seehundbänke waren, fing er wieder an zu reden.

»Sind nicht so gut drauf dort. Harm, dein Vater, kann nicht mehr richtig zupacken, die Knochen werden morsch.«

»Das ist Rheuma. Er soll mal mit Mutter Urlaub im Süden machen.«

Herr Pedersen wirkte skeptisch, wie er da seine Pfeife stopfte und dabei keinen Moment die Fahrrinne aus den Augen verlor. »Liegt an Enno. Seit der weg ist, läuft es nicht mehr so richtig.«

»Dann werden wir eben ohne ihn auskommen müssen«, erwiderte Nele kriegerisch. »Jetzt bin ich ja da.«

»Du bist doch nur noch 'ne Deern aus der Stadt.«

So dachte man also über sie. Na, denen würde sie es

zeigen. Trotzdem war sie auf Enno sauer. Musste er sie gerade jetzt im Stich lassen?

»Wenn er die Hallig ganz verlässt ...«

Was war das eben? Enno wollte wegziehen? Das konnte nicht sein. Es sei denn, Beate, die für das Halligleben wenig geeignet schien, steckte dahinter.

»Warum sollte er das tun?«

»Wenn das Geld lockt. Oder Ruhm und Ehre. Unser Enno hat sich ganz schön gemausert.«

Mehr war nicht aus ihm herauszubekommen.

Ihr Vater hatte einen Handwagen für das Gepäck mitgebracht. Es gab keine Fragen, warum sie, Nele, so überraschend nach Hause kam. Sie war wieder da, Punktum.

»Wilhelmine hat sich hingelegt. Ich konnte sie nur mit Mühe davon abhalten, dich schon am Hafen zu empfangen. Der Arzt hat ihr Ruhe verschrieben.«

Wilhelmine, die sich am Nachmittag hinlegte, die auf den Rat eines Doktors hörte, das hatte es noch nicht gegeben. Aber noch ehe Nele dazu Fragen stellen konnte, trat eine vertraute Gestalt im schwarzen Mantel vors Haus. Dann konnte es ja nichts Schlimmes sein.

»Du sollst doch nicht aufstehen«, wetterte Harm Lorentz, aber Wilhelmine beachtete ihn nicht weiter.

»Schonen soll ich mich? Bloß weil ich einen Tag wacklig auf den Beinen war? Was denkt sich so ein neumodischer Doktor? Mein Herz sei verbraucht – als ob ich das nicht selber wüsste.« Ihre Augen in dem runzligen Gesicht strahlten Nele an. »Ich werd doch noch unser Mädchen begrüßen können. Wenn mein dummes altes Herz dabei stehen bleibt, wäre das doch ein schöner Tod.«

»Für dich läuten die Glocken von Rungholt noch lange nicht«, behauptete Nele lachend, aber im Stillen dachte sie, dass Wilhelmine klappriger als sonst wirkte. »Wo steckt Mutter?« Das betretene Schweigen sagte alles.

»Sie weigert sich, ihre Tabletten zu nehmen«, berichtete ihr Vater später, nachdem Nele ihre Sachen eingeräumt hatte. »Tagsüber schließt sie sich oft ein und spricht mit sich selbst. Abends geistert sie stumm über die Hallig, du kennst das ja.«

»Es ist der Mondwechsel. Danach wird es mit deiner Mutter wieder aufwärtsgehen«, raunte ihr Wilhelmine in der Küche zu. »Man muss sie gewähren lassen, dann kommen auch wieder bessere Zeiten.«

Während sie zu Abend aßen, steckte Undine den Kopf durch die Tür. »Willkommen. Magst du mich ein bisschen begleiten?«

Freudig überrascht sprang Nele auf. »Mutter, es geht dir besser!«

»Glaub ihnen nicht, wenn sie sagen, dass es mir schlecht geht.« Undine ging schnellen Schrittes zum Wasser, Nele konnte kaum mithalten. »Es ist nur … Ich will es zurückhaben.«

»Was denn, Mutter?«

»Das Kästchen. Sie haben es mir weggenommen.« Weitere Fragen beantwortete sie nicht, sondern schaute auf die Wellen und wies auf etwas, das Nele nicht wahrnehmen konnte. »Wer weiß schon, wo die Seelen wohnen. Komm mit, wir sehen nach.« Zielstrebig nahm sie den

Weg zur ehemaligen Kirchwarft. »Hier liegen sie alle, die vor uns waren. Traditionelle alte Namen, die du auch auf den anderen Halligen findest. Bis auf die namenlosen Seeleute, die auf den Sandbänken angetrieben wurden und deren wir trotzdem gedenken und ihre Gräber schmücken.«

Das alles wusste Nele. Sie war von klein auf dabei gewesen, wenn der Pastor am Totensonntag herüberkam.

Ihre eigenen Großeltern, die sie persönlich nicht kennengelernt hatte, lagen hier begraben, und sie selbst hatte in einer Ecke heimlich einen »Tierfriedhof« eingerichtet und Enno gezwungen, mit ihr Schmetterlinge, bunt schillernde Käfer und einen toten Spatzen in einer feierlichen Zeremonie beizusetzen.

»Mutter, die Seelen werden wohl alle im Himmel sein. So habe ich es von euch gelernt.« Behutsam wollte sie ihre Mutter von den Gräbern wegziehen, aber das ließ diese nicht zu.

Sie bückte sich zu dem kleinen weißen Kreuz mit dem steinernen Engelchen dahinter, beides verwittert und namenlos, etwa hundertfünfzig Jahre alt. »Es heißt, verlorene Kinderseelen irren auf der Suche nach ihren Müttern immer wieder umher.«

»Aber nicht über hundert Jahre lang«, meinte Nele praktisch. »Und hier auf unserer kleinen Hallig könnten sich noch nicht mal die Seelen verlaufen, die wären uns längst erschienen.«

Damit hatte sie die richtigen Worte gefunden. Undine wandte sich ihr zu und schaute sie aufmerksam an. »Meine schlaue Tochter. Wilhelmine behauptet immer wieder, du hättest die Ader. Du weißt schon, diese Spökenkiekerei, die angeblich bei uns vererbt wird. Ich habe sie jedenfalls nicht.«

Ihre dichten weißen Haare umgaben den Kopf wie eine Aureole.

Sie ist immer noch schön, dachte Nele in diesem Moment. Jung, selbst das, nur verträumt auf ihre besondere Art.

»Wenn man unter ›Ader‹ oder ›Gabe‹ auch Fantasieren versteht, schlage ich wenigstens ein bisschen in diese Richtung«, bekannte sie. »Woher hätte ich sonst meine ganzen Ideen. Aber um die zeichnerisch umzusetzen, braucht man zusätzlich solide Handwerkskenntnisse.«

»Mehr als das. Du bist eine Künstlerin, mach dich nicht klein.« Arm in Arm verließen sie den Friedhof.

»Mutter, kann ich dich etwas fragen, ohne dass ich dazu Erklärungen abgeben muss?«

»Mir brauchst du gar nichts erklären, ich bin deine Mutter. Was nicht heißt, dass ich den Anspruch habe, dich besonders gut zu kennen. Wir sind sehr verschieden.«

Plötzlich empfand Nele ihre Frage als sehr dringend. »Du kennst doch diesen Spruch von flüchten oder standhalten. Wenn man seinen ... Problemen standhält, lösen sie sich dann leichter? Kommt man damit besser durchs Leben?«

»Ach, Nele, und das fragst du mich, eine, die immer wieder davonläuft, auch vor sich selber? Also gut, hier hast du deine Antwort. Wenn du dich einer Möwe näherst, was tut sie? Sie wägt ab, wie nahe du ihr kommen darfst, ab wann sie vor dir flüchten muss. Irgendwann fliegt sie auf, das sagt ihr der Instinkt. Würdest du ihr etwas anderes raten? Nein! So ist es auch bei den Menschen. Folge einfach deinem Gespür.«

Das war schon der zweite Mensch, der ihr zur Flucht riet, ging es Nele durch den Kopf. Der andere war Nelly. Phantom-Nelly hatte endlich geantwortet. Nur mit einem einzigen Wort – FLUCHT.

Alle Mails, die sie seitdem abgeschickt hatte, waren wie üblich unbeantwortet geblieben. Nele fühlte sich hin- und hergerissen. Sie hatte einem wildfremden Menschen Intimes aus ihrem Leben anvertraut, sich in die Vorstellung verrannt, einer »Schwester« und Kinderfreundin zu schreiben. Als Ersatz für ein Tagebuch. Nun, da es eine Antwort gab, war sie sich auch der Peinlichkeit bewusst. Aber wie hatte ihre Mutter es gerade so treffend gesagt? »Folge einfach deinem Gespür.« Das wollte sie tun und Nelly als ein Geheimnis bewahren.

Undine ging sofort in ihr Zimmer, während die anderen noch am Kamin zusammensaßen. Nele rührte in ihrem Punsch. Sie konnte es nicht erwarten, dass der Kandisklumpen von alleine schmolz. Es war so friedlich hier, nur das Knistern der Holzscheite und ein vertrauter Luftzug, der durch das Zimmer strich. Dabei handelte es sich nicht um Gespenster, wie Wilhelmine so gerne behauptete, sondern entsprach der Tatsache, dass es in den alten Häusern immer zog, denn absolute Windstille gab es auf der Hallig nicht.

»Mutter und ich waren auf dem Friedhof«, fing Nele schließlich an. »Vater, ich kann mir das einbilden, aber sie ist besonders gerne an dem alten Kindergrab. Mir kam plötzlich die Idee, dass ihr vielleicht vor oder nach mir ein Kind hattet, von dem ich bisher nichts weiß.«

»Nein, Nele, du bist unser einziges Kind. Zu weiteren fehlte uns der Mut. Nach deiner Geburt ging es deiner Mutter so schlecht, dass wir eine Zeit um sie bangen mussten.«

»Es war nicht leicht, aber ich habe sie wieder gesund gemacht«, sagte Wilhelmine nicht ohne Stolz.

Ihr Vater sah das anders. »Mir wäre es damals lieber gewesen, wenn sie zur Entbindung rechtzeitig aufs Festland gefahren wäre, zumal ich mich zu dem Zeitpunkt ebenfalls dort aufhielt. Es ging beruflich nicht anders. Vielleicht hätte Undine es dann leichter gehabt.«

»Sie hat uns eine prächtige, gesunde Deern geboren.«

Uns – Nele und ihr Vater warfen sich einen amüsierten Blick zu.

Wilhelmine sah sie strafend an. »Unter Schmerzen, so hat es Gott bestimmt. Aber auf die Art weiß man, was es bedeutet, eine Mutter zu sein, denn diese Schmerzen vergisst man sein Leben lang nicht. Frauen können darauf stolz sein.«

Nele hielt nicht viel von dieser Art »Muttertum«, aber mit Wilhelmine diskutieren, das konnte sie der alten Frau nicht mehr zumuten.

»Was ist das für ein Kästchen, das Mutter vermisst?«, lenkte sie ab. »Es scheint ihr besonders wichtig zu sein.«

»Ich weiß von keinem Kästchen.« Ihr Vater war überrascht.

»Wilhelmine, was sagst du dazu?«

Aber die war wie ein Spuk verschwunden, polterte noch ein wenig in der Küche und zog sich dann grußlos in ihre Kammer zurück.

»Muss man sich um sie Sorgen machen?«

»Wen meinst du, Mutter oder Wilhelmine?«

»Beide. Was würde die eine wohl ohne die andere machen?«

»Das brauchen wir jetzt nicht zu erörtern. Aber gibt es vielleicht etwas aus Hamburg, was du dir von der Seele reden möchtest?« Ihr Vater hatte das so umständlich ausgedrückt, dass Nele sich verpflichtet fühlte, ihn zu beruhigen.

»Beruflich läuft es ganz gut. Ich brauche nur eine Auszeit. Mit einer Freundschaft ist etwas schiefgelaufen, aber es ist nicht dramatisch. Allerweltskram. Ich bin schon fast drüber weg.« Warum sie in diesem Moment Tränen in den Augen hatte, wusste sie selbst nicht, aber es waren Tränen der Erleichterung, hier zu sein. Zurück auf der Hallig.

Die anderen schliefen alle noch. Nele setzte Tee und Kaffee auf, machte Toast, deckte den Tisch und ging dann mit dem Zeichenblock an den Grünstrand.

Klein Silber, keine Möwe wie du oder ich. Nein, das klang nicht gut. Klein Silber, die ihre Welt erforschte, erschrocken vor einem Seeadler flüchtete und in einem Sturm um ihr Leben kämpfte. Die einen Partner fand und wieder aus den Augen verlor. Die sich von einem Menschenkind zähmen ließ und dann doch wieder die Freiheit wählte. Und schließlich Klein Silber, die diesem Menschenkind den Weg bei einer Sturmflut wies und mit gebrochenen Schwingen am Ende ihre Seele aushauchte.

Als Nele das letzte Bild gemalt hatte, auf dem Klein Silber zu Füßen des alten Kindergrabs in einem Körbchen aus Seegras die letzte Ruhe fand, während sich eine Schar neuer Möwen klagend auf dem steinernen Engel niederließ, atmete sie tief durch. Das war ihr Gerüst, in den nächsten Wochen wollte sie es ausfüllen.

Frau Tyksal hatte ihr die Unterlagen für einen hochdotierten Wettbewerb geschickt, der für Grafiker ausgeschrieben war. Ursprünglich hatte Nele dort Klein Silber einreichen wollen, aber jetzt gefiel ihr der Gedanke nicht mehr, sich so schnell von ihr trennen zu müssen. Nein, die Dänen konnten *Spezies Mann* haben. Oder die Galionsfiguren, die sich leider immer noch auf der Wahita befanden, und wo die sich im Moment befand, konnte Nele nicht sagen.

Ihr Vater musste noch am selben Tag aufs Festland. »Nicht für lange, aber eine gute Woche kann es schon dauern. Erst zu dem Rheumatologen, dann Amtsgeschäfte. Alles, was mal wieder dran ist. Da Enno diesmal nicht einspringen kann, habe ich die anderen Nachbarn gefragt. Du kannst dich an alle wenden, falls Probleme auftauchen.«

»Nicht nötig, ich werde sie selber lösen«, entgegnete Nele und war davon auch überzeugt, alles in den Griff zu bekommen. Wer, wenn nicht sie?

Aber dann fielen prompt die ersten Horden Tagesgäste ein, trampelte ein Bulle den Zaun kaputt, hatte ein Schaf

Schwierigkeiten beim Lammen, und so ging es jeden Tag weiter.

Ihre Mutter und Wilhelmine sorgten für die Gäste, aber für den Außenbereich war Nele zuständig. Landwirtschaft und Viehhaltung waren körperliche Schwerarbeit, das hatte sie vergessen.

»Der Räucherofen muss versorgt werden«, klagte Wilhelmine. »Wir brauchen Fische.«

Ein Nachbar, der sie sonst gebracht hatte, war wegen des Wetters nicht rausgefahren. Verflixt, wie lange wollte Enno eigentlich noch wegbleiben? Kurz entschlossen ging sie zu seinem Vater rüber.

Jons Broders saß in eine Decke gewickelt in der Küche und begrüßte sie missmutig. »Ein nutzloser alter Mann, der anderen zur Last fällt. Das ist es, was aus mir geworden ist. Kann den Jungen verstehen, dass er eigene Zukunftspläne hat.«

»Was hat er denn auf einmal vor?« Nele erinnerte sich schwach daran, dass Enno bei ihrem letzten Telefonat etwas von Holland erwähnt hatte.

»So ein Gremium für Umweltschutz. Sie wollen ihn für ein Forschungsschiff haben. Aber er wird es wohl nicht machen, solange er mich als Klotz am Bein hat. Muss wohl ins Heim auf dem Festland.«

»Na, Vater Broders, so hinfällig wirkst du aber noch nicht auf mich. Wer versorgt dich denn dieser Tage?« Nele stellte fest, dass in der Küche alles gut aufgeräumt war.

»Eure Wilhelmine hat mir das Essen eingefroren, und für den Rest kommt der Gemeindepfleger rüber, wenn das Boot geht. Aber heute habe ich Damenbesuch.« Er kicherte in sich hinein. »Sie bleibt sogar über Nacht. Nur sie und ich, was werden da die Leute sagen?«

»So ein Schwerenöter, das werden sie sagen«, ging Nele auf sein Spiel ein, »und warte, wenn Enno das erfährt!«

Der Alte freute sich diebisch. »Komm mal am Abend rüber, dann kannst du ihm später berichten.«

»Wann ist Enno denn zurück, Vater Broders?«

»Mir sagt keiner was.« Seine gute Laune war vorbei. »Ich brauche jetzt meine Ruhe, ich will schlafen.«

Nele versprach ihm, bald wieder reinzuschauen, aber er hatte bereits die Augen geschlossen.

Im Lütt Krog wartete eine Gruppe verärgerter Gäste. »Wir haben schon vor einer knappen Stunde den Eintopf bestellt. Wenn das jetzt nichts wird, gehen wir wieder. Das Schiff wartet nicht.«

»Ich kümmere mich sofort darum.« In der Küche waren die Töpfe kalt, wie konnte das passieren! Die Gäste waren mit Recht verärgert, aber dafür gab es eine Patentlösung.

»Darf ich Sie zu einem Köm einladen? In der Küche gibt es leider einen Engpass, soll beim nächsten Mal nicht mehr vorkommen.«

Kaum hatte sie die Leute halbwegs besänftigt, eilte Nele zu den oberen Wohnräumen. Aus dem Zimmer ihrer Mutter drangen erregte Stimmen.

»Du hast es mir weggenommen und versteckt, du alte Hexe. Das Kästchen gehört mir.«

»Es sollte doch nur zu deinem Besten sein«, jammerte Wilhelmine.

Nele hatte schon die Hand an der Türklinke, zögerte aber dann, als sie ihre Mutter mit kalter, fremder Stimme sprechen hörte.

»Wag es nicht noch einmal, dich daran zu vergreifen. Ich weiß, dich trifft keine Schuld, ich nehme alles auf mich. Aber ...« Der Rest wurde geflüstert.

»Nicht, Undine. Es ist so lange her. Du darfst nicht mehr daran denken. Es war die einzig richtige Entscheidung.«

Ihre Mutter begann jetzt zu schluchzen.

Unwillkürlich beugte sich Nele zum Schlüsselloch hinunter. Ihre Mutter saß an dem kleinen Tisch vor dem Fenster, vor sich ein Kästchen aus dunklem Holz, aus dem sie gerade ein Stück Stoff nahm und ihr Gesicht darin vergrub. »Wie viele meiner Tränen hast du getrocknet.«

»Gib es mir, Undine. Wir stellen es gemeinsam weg«, sagte Wilhelmine flehend. »So ist es gut. Wir schließen es in der Wurzelholzkommode ein. Nein, den Schlüssel verwahre ich für dich. Aber wann immer du willst, werde ich ihn dir aushändigen.« Nele sah, wie Wilhelmine ihre Tochter zum Bett führte. »Ruh dich aus, mein Mädchen. Brav, leg dich nur hin. Komm zur Ruhe, ich singe dir auch ein Lied.«

Sie begann mit hoher, brüchiger Stimme:

»Vöglein fliegt dem Nestchen zu,
Hat sich müd geflogen.
Schifflein sucht im Hafen Ruh
Vor den wankenden Wogen ...
Vöglein sitzt im warmen Nest,
Schifflein liegt im Hafen ...«

Nele wartete, bis Wilhelmine das Zimmer verließ.

»Was hat sie? Kann ich zu ihr?«

»Wir lassen sie besser schlafen, sie ist erschöpft.« Wilhelmine sah sehr mitgenommen aus, die Haut grau mit tiefen Schatten unter den Augen.

»Was ist mit diesem Kästchen? Sag es mir!«

»Der Lauscher an der Wand ...« Sie verschränkte die Arme vor der Brust. »Den neugierigen Vogel frisst am Abend die Katze.«

Nele wusste, dass in diesem Fall alle Fragen vergebens waren. »Ich werde Mutter selber fragen«, drohte sie.

»Soll sie wieder krank werden?«

Darauf wusste auch Nele keine Antwort.

13

»Ich geh zum Schiff, Herr Pedersen hat heute Vorräte für uns.« Die Ablenkung würde ihr guttun, und außerdem musste die Arbeit gemacht werden. Noch auf der Warft, in Gedanken versunken, hörte Nele das Telefon läuten und kehrte schnell noch einmal um, falls es etwas Wichtiges war.

»Vater hier. Ist Mutter in der Nähe?«

»Nein«, sagte Nele einsilbig, denn ihr Vater sollte sich keine Sorgen machen.

»Das ist gut so. Du musst es ihr schonend beibringen. Ich hatte einen Unfall. Bin in Heide von einem Auto angefahren worden. Trümmerbruch am rechten Bein. Sie wollen mich hierbehalten, bis ich einen Gehgips bekommen kann. Tut mir leid für euch.«

»Ich fahre gleich morgen aufs Festland«, sagte Nele aufgeregt.

»Besser nicht. Ich werde hier optimal versorgt. Mir ist es lieber, du hältst zu Hause die Stellung. Gibt es Probleme?«

»Das Wetter«, sagte Nele nach einer winzigen Pause. »Ziemlich stürmisch.«

»Dann zieht euch warm an. Ich melde mich morgen wieder. Ihr braucht euch keine Sorgen zu machen.«

Langsam legte Nele den Hörer auf. Keine Sorgen, von wegen.

Von oben war ein polterndes Geräusch zu hören, wie ... das Rücken eines Möbelstücks? Nein, irgendwie anders. Alarmiert lief sie hoch und fand Wilhelmine zusammengebrochen vor ihrer Kammertür.

Aus dem Zimmer ihrer Mutter drang kein Laut, da war nicht mit Hilfe zu rechnen. Nele versuchte ruhig zu bleiben. Wenn sie jetzt den Rettungshubschrauber benachrichtigte, würde Wilhelmine ihr das nie verzeihen. Zum Glück kam sie schon wieder zu sich.

»Nur ein bisschen schwindlig. Kann es ja mal mit den Tabletten vom Doktor versuchen. Komm, hilf mir auf.«

»Du legst dich jetzt brav hin«, befahl Nele, als sie Wilhelmine endlich auf ihrem Bett hatte. »Jetzt habe ich mal das Sagen. Wenn es nicht besser wird, muss der Arzt kommen.«

»Unsinn, ich muss noch backen. Die Gruppe, die sich für morgen zum Tee angemeldet hat ...«

»... werden wir schon satt bekommen. Ich mache Friesentorte und Waffeln. Du kriegst später eine Kostprobe.«

»Vielleicht kann dein Vater etwas früher zurückkommen?«

Diese Worte zeigten Nele den Ernst der Lage. »Ich rufe ihn an«, sagte sie betont munter.

Während Nele die bestellte Ware vom Anleger holte und anschließend nach dem neugeborenen Lamm schaute, musste ihre Mutter das Haus verlassen haben. Im Wohnzimmer brannte noch die Petroleumlampe. Stromausfall, auch das noch. Und mit dem Generator konnten nur ihr Vater und Enno richtig umgehen.

Nele war nach Heulen zumute, aber das würde auch nicht weiterhelfen. Sie brachte Wilhelmine Licht und war erleichtert, als diese leicht schnarchend zur Ruhe kam.

Als Nächstes heizte sie den alten Holzofen in der Küche an, um wenigstens backen zu können. Aber das Holz war nicht trocken genug, und schon bald zog beißender Qualm durch den Raum. Erst gegen Mitternacht kam der Strom zurück. Undine huschte wie ein Geist an ihr vorbei, stumm und abwesend. Nele beschloss, ihr erst am nächsten Tag vom Vater zu berichten.

Die Tortenböden waren zu dunkel geworden, Nele verbrannte sich am heißen Blech, und dann kam der Moment, als ihr nur noch eine Lösung einfiel – Enno musste kommen. Er hatte ihr eine Nummer für Notfälle gegeben, und das war eindeutig ein Notfall. Die Verbindung war schlecht, und Enno klang müde.

»Es ist halb drei, Nele. Ist was mit meinem Vater?«

»Der hat heute Damenbesuch. Er war ganz aufgekratzt.« Sie wusste nicht recht, wie sie anfangen sollte. »Heute war wieder Stromausfall. Wilhelmine musste sich hinlegen. Sag mal, kannst du kommen?«

»Unmöglich. Wir laufen morgen mit einem Forschungsauftrag aus. Für mich hängt beruflich sehr viel von den nächsten zwei Wochen ab.«

»Bitte, Enno. Ich pack das hier nicht so gut.« Sie unterdrückte das Zittern in ihrer Stimme, und als er nicht gleich etwas sagte, fügte sie hinzu: »Wenn man dich schon mal braucht!«

»Sei nicht so egoistisch. Du kannst nicht dein Leben lang erwarten, dass ich für dich auf Kommando springe. Pack die Sachen an, bist doch sonst nicht so zimperlich.«

Jetzt wäre der Zeitpunkt, ihm von allen Katastrophen zu erzählen, aber das ließ Neles Stolz nicht zu. Sie legte grußlos auf.

»Liebe Nelly,
kann ich wenigstens Dir etwas vorheulen? Jetzt weiß ich ja, dass Du an meinem Leben Anteil nimmst, so verrückt das auch klingt. Nelly, ich fühle mich total überfordert. Mutter spricht nicht mehr, Wilhelmine schwächelt, und diese Sache mit dem Kästchen macht mir Angst. Die Nachbarn sind nicht mehr so rüstig und müssen selber klarkommen. Wenn ich den Hausgästen absagen würde, sähe es finanziell schlecht aus. Und wie soll Vater hier mit Gips und zusätzlich seinem Rheuma über die Runden kommen? Ich weiß nicht, was am schlimmsten ist. Und Enno hat kein Wort von dem verstanden, was ich ihm gesagt habe. Na ja, viel habe ich ihm nicht gesagt. Ich will ja alles anpacken, aber manchmal möchte ich mich eben doch einfach nur ausheulen, ist das denn so schlimm? Hab doch sonst keinen, für die Hamburger ist das alles eine fremde Welt. Und wenn ich schon mal jammere – die Trennung von Leif macht mir auch noch zu schaffen. Jetzt gibt es überhaupt keinen Menschen mehr, der mich mal in den Arm nimmt.
Gute Nacht oder fast schon guten Morgen,
Deine Nele, die olle Heulsuse«

Am nächsten Tag blieb Wilhelmine freiwillig im Bett. »Aber nur für einen Tag. Soll sich mein Herz mal ordentlich ausschlafen, dann hält es noch ein paar Jahre.« Die Nachricht über Vaters Unfall nahm sie gefasst auf.

Nele informierte auch ihre Mutter. Undines Augen weiteten sich, dann verlor sie scheinbar jedes Interesse und brach stumm zu einem »Spaziergang« auf.

Nele bereitete das Nötige für die Hausgäste vor und ging dann rüber zur Diekwarft, um nach Vater Broders zu schauen. Der konnte ja nichts dafür, dass sein Sohn alles und jeden im Stich ließ.

»Wo steckt denn dein Damenbesuch?«

Der Alte lächelte und wies zum Schlafzimmer. »Sie macht mir mein Bett, dann das Essen, und danach wird sie mir vorlesen.«

»Aber du liest doch gar nicht so gerne.«

»Macht nichts. Ich kann dabei sehr gut schlafen.«

Gespannt wartete Nele auf diese neue Gemeindeschwester oder wer immer das war und konnte ihre Überraschung nicht verhehlen, als ... Beate die Küche betrat.

Während die Frauen noch nicht recht wussten, wie sie miteinander umgehen sollten, war Vater Broders es zufrieden. »Zwei auf einen Streich. Ich werde Enno sagen, er soll euch beide nehmen. Aber egal, für welche er sich entscheidet, mir ist die eine wie die andere recht.«

»Na, da haben wir aber auch noch ein Wörtchen mitzureden«, beschwerte sich Nele lachend.

Das Eis war gebrochen. Beate hatte sich Urlaub genommen und wollte noch ein paar Tage auf Greunfall bleiben. Bestimmt Enno zuliebe, dachte Nele.

»Vielleicht gefällt es dir hier so gut, dass du dich doch noch für ein Leben auf der Hallig entscheidest.«

»O nein, ganz bestimmt nicht«, wehrte Beate nachdrücklich ab. »Ich liebe meine Arbeit. Und obwohl meine Mutter inzwischen einen Heimplatz hat, muss ich doch regelmäßig nach ihr sehen. Dazu ein bisschen Kultur hin und wieder, mehr würde in mein Leben gar nicht reinpassen.«

»Hast du da nicht noch ein bestimmtes männliches Wesen vergessen?« Nele wunderte sich, dass Beate tiefrot anlief. Ein Geheimnis war die Beziehung zwischen Enno und ihr doch für keinen mehr.

»Darüber rede ich nicht gerne. Es ist anders, als du denkst.« Ihr standen auf einmal Tränen in den Augen.

»Schon gut«, meinte Nele erschrocken. »Ich wollte nicht zu persönlich werden. So, ich muss auch wieder rüber. Bei uns sind sie alle nicht so auf dem Damm«, fügte sie leiser hinzu, damit Vater Broders sich nicht aufregte.

»Wenn ihr Hilfe braucht, ich komme gerne.«

»Das würdest du wirklich tun?« Beate als rettender Engel, das war besser als gar nichts. Mal sehen, ob sie zupacken konnte.

Und ob sie konnte! Nachdem Vater Broders eingeschlafen war, half Beate beim Kochen, machte die Gästezimmer fertig und fand auch noch Zeit, sich an Wilhelmines Bett zu setzen und ihr Gedichte vorzulesen. Wie selbstverständlich räumte sie die Vorräte ein und kochte bei Bedarf frischen Tee. Das Lamm bekam seine Babyflasche mit Zusatzfutter, und mit wenigen Griffen hatte sie sogar das Chaos in Neles Zimmer in eine leidliche Ordnung verwandelt.

»Ich hoffe, es macht dir nichts aus. Ich habe nur die Sachen vom Fußboden aufgehoben. Deine Skizzen hab ich nicht angerührt.«

Am Abend dieses Tages saßen die beiden jungen Frauen noch auf einen Grog in Neles geräumigem Zimmer zusammen. Gäste, Familie und Tiere waren versorgt, Vater Broders früh zu Bett gegangen.

»Ich bin dir sehr dankbar für deine Hilfe«, sagte Nele und meinte es auch so. »Ich dachte, du wärst eher eine Art Bücherwurm.«

»Das bin ich auch, aber wenn nötig, geht es auch anders. Es wäre doch ein Jammer, wenn du vor lauter Arbeit nicht zum Zeichnen kämst. Diese Serie von Klein Silber ist entzückend. Ich habe eine Kollegin, die als Lektorin für einen Kinderbuchverlag arbeitet. Vielleicht wäre das ja eine Möglichkeit ...«

Nele fackelte nicht lange. Sie stopfte die Skizzen in einen großen Umschlag, fügte die Textseiten bei, die sie bereits fertig hatte, und gab alles Beate. »Mach man. Wie es aussieht, komme ich in nächster Zeit doch nicht dazu. Kann nicht schaden, wenn Fachleute mal einen Blick darauf werfen.«

»Du vertraust mir die Originale an?«

Nele fielen die Galionsfiguren ein, aber Beate würde sich ganz sicher nicht einfach aus dem Staub machen. Im Gegenteil, sie wirkte viel netter und aufgeschlossener als damals in Hamburg. »Es tut mir leid, wenn ich dir vorhin wegen Enno zu nahe getreten bin. Es geht mich wirklich nichts an. Aber ich dachte, wenn er dir zuliebe sogar in die Oper geht ...« Was habe ich denn Verkehrtes gesagt, fragte sie sich, als Beate, von einem Weinkrampf geschüttelt, an ihrem Hals hing.

»Das ist es ja gerade! Er hat alles getan, um mich glücklich zu machen. Ich kann mir keinen Mann vorstellen, der anständiger und fairer wäre als Enno.«

»Wenn du ihn so siehst, wo ist dann das Problem? Geht es darum, wo ihr einmal gemeinsam leben wollt?« Ein anderes Problem konnte Nele sich in diesem Moment nicht vorstellen.

»Ich bin ja so schlecht«, jammerte Beate erneut. »Enno wäre irgendwann bestimmt für mich aufs Festland gezogen. Was soll ich ihm jetzt sagen? Dass ich einen anderen liebe?« Der Rest ging in einem wilden Schluchzen unter.

Das musste Nele erst einmal verarbeiten. Die zurückhaltende, nicht sehr attraktive Beate stand zwischen zwei Männern, zerbrach sich den Kopf, wie sie sich entscheiden sollte.

»Und der andere, wie ist der?«, fragte sie neugierig.

»So wie ich. Eher ein Stadtmensch, kulturell interessiert, ein guter Gesprächspartner. Aber so lange kennen wir uns noch nicht. Vielleicht will er mich ja gar nicht. Er ... ich glaube, ich habe ihn nicht verdient. Beide habe ich sie nicht verdient.«

»Na, wo bleibt denn dein weibliches Selbstbewusstsein? Wie hast du ihn denn kennengelernt?«

»Er saß in einem Konzert neben mir. Wir haben uns ein Brillenputztuch geteilt.«

Nele musste an Flo denken, der ewig mit seiner Brille hantierte und sich einmal sehr aufgeregt hatte, als sie sein

Antibeschlagtuch genommen hatte, um Moby Dicks Ölstand zu prüfen.

»Ich weiß, das hört sich nicht besonders romantisch an«, fuhr Beate fort. »Außerdem gibt es einen Berg von Problemen. Wenn du wüsstest, was für welche ...«

»Red sie dir von der Seele«, schlug Nele vor.

»Unmöglich, du würdest mich nur verachten oder auslachen. Ich weiß nicht, was schlimmer wäre.« Ihre Mundwinkel verzogen sich erneut nach unten.

»Wir trinken jetzt einen letzten Grog. Sag mal, bist du deshalb bei Vater Broders? Um dein Gewissen zu beruhigen?«

»Das siehst du richtig. Wenn Enno nicht da ist, fühle ich mich weniger gehemmt.«

»Also bei mir hat Enno noch nie Hemmungen ausgelöst. Ich glaube, ich würde ihn eher vors Schienbein treten.«

Beate versuchte ein Lächeln, das aber recht kläglich ausfiel. »Ich kann ihn noch immer nicht einschätzen. Wie wird er reagieren, wenn alle seine Zukunftspläne zerstört werden?«

»Das kann ich dir genau sagen«, meinte Nele impulsiv. »Enno wird stur seinen Weg weitergehen. Er denkt in erster Linie an sich.« War es wirklich Enno, von dem sie da sprach? Nele hatte seine Abfuhr am Telefon noch nicht verwunden, wollte aber Beate damit nicht behelligen.

»Er denkt in erster Linie an sich« – genau genommen trafen diese Worte wohl eher auf Leif Larsson zu.

Während der nächsten Tage arbeiteten Beate und Nele Hand in Hand. Wilhelmine war wieder auf und übernahm einen Teil ihrer häuslichen Pflichten, während Undine sich um nichts kümmerte. Aber einmal strich sie Nele über den Kopf und lächelte. Ihrem Vater ging es den Umständen entsprechend, man konnte ihn zum Wochenende zurückerwarten.

»Ich komme gut mit meinen Krücken klar. Wie geht es deiner Mutter?«

»Sie ist wieder abwesend. Es war dieses Kästchen.« Es hatte wenig Sinn, ihrem Vater etwas zu verheimlichen. »Wir kommen gut zurecht. Ennos Freundin hilft mir. Und ich selber habe schon wieder Muskeln bekommen. Seit letzter Nacht haben wir zwei neue Lämmer.«

Aber so leicht war ihr Vater nicht abzulenken.

»Wenn ich bloß wüsste, was für sie das Beste wäre. Dr. Balt meint, ein neuer Lebensraum würde ihr auf Dauer helfen.«

Immer dachte er nur an sie, nicht an seine eigene Gesundheit.

Inzwischen war Beate auf jeder der Warften von Nele vorgestellt und rumgeführt worden. »Diese Schätze überall«, schwärmte sie. »Wissen die Leute, was sie da an Werten haben? Der alte Hausrat in den Küchen, die Möbel aus verschiedenen Epochen, handwerklich perfekt gearbeitet.«

»Die haben damals die Seefahrer mitgebracht. Heute könnte man solche riesigen Schränke oder Betten gar nicht mehr transportieren.«

Sie saßen vor Vater Broders' Haus und machten in der Mittagssonne Pause. »Euer Haus ist wirklich das schönste«, meinte Beate. »Ich weiß, wir sind da geteilter Meinung, aber ich finde immer noch, ihr solltet ein Museum einrichten. Es muss ja nicht übermäßig groß sein, zu Anfang reichen vielleicht eine Heimatstube und ein paar Schautafeln. Auf Hooge und Langeness läuft das gut, habe ich gelesen.«

»Die haben mehr Gäste als wir, das kann man nicht vergleichen. Wenn das Eintrittsgeld zu hoch ist, vergrault das die Leute. Ist es zu niedrig, nimmt man nichts ein.«

»Entschuldige, aber da möchte ich dich korrigieren. Kein Museum dieser Art kann ohne öffentliche Gelder auskommen, und die lassen sich aus Landesmitteln beantragen. Vielleicht gibt es auch interessierte Sponsoren, man muss sie nur finden.«

Mit Schrecken dachte Nele an Leifs Sponsorensuche zurück. Betteln mit falschen Versprechungen, nein danke!

»Lass uns zum Anleger gehen«, lenkte sie ab. »Das Schiff muss gleich kommen. Ich hoffe, die Gäste wollen nicht alle auf einmal Waffeln mit Zimtsahne. Wir haben nur ein Waffeleisen.«

»Ich frag Vater Broders, ob wir seins mit zu euch nehmen dürfen.« Eilfertig sprang Beate auf, und Nele ging alleine zum Hafen. Die Tide lag heute nicht so günstig, Besucher konnten nur eine gute Stunde bleiben, da musste man flott ans Abfüttern herangehen.

Zunächst bemerkte sie ihn nicht in dem Trupp der Ausflügler. Erst als er direkt vor ihr sein Gepäck abstellte, fiel er ihr auf – Enno in vertrautem blauem Troyer, die Haare ganz kurz geschnitten und im Gesicht einen Ausdruck, den sie nicht zu deuten wusste. Erschöpfung, Müdigkeit? Jedenfalls keine besondere Wiedersehensfreude.

Nele gab es einen Stich. Hatte sie den Kinderfreund nicht angefleht, ihr zu Hilfe zu kommen? Nachdem er ihr diese Hilfe brüsk verweigert hatte, ging es nun plötzlich doch. Wahrscheinlich war er getrieben von seiner Sehnsucht nach Beate.

»So, du hast also plötzlich deine Pläne geändert«, stellte sie nicht ohne Groll fest. »Oder hat es mit der geplanten Karriere nicht hingehauen?«

Er hatte einen Schritt auf sie zugemacht, aber jetzt blieb er abrupt stehen. »Nimm es einfach so an. Ich bin wieder da. Wie läuft es so?«

Nele berichtete ihm in knappen Worten von ihrem Vater und erwähnte auch alle anderen Schwierigkeiten.

»Ohne Beate wäre ich überhaupt nicht klargekommen«, gab sie zu.

»Ich wusste nicht, dass sie noch auf Greunfall ist.« Er sah sie aufmerksam an. »Du schaust geschafft aus. Fehlt dir das Leben in der Stadt?«

»Enno Broders, es geht dich nichts an, ob ich geschafft bin oder nicht. Natürlich fehlt mir das Leben dort. Vor allem die Menschen. Sie sind höflich, umgänglich und ... nicht so ruppig. Ändern nicht andauernd ihre Meinung.«

»Schade, dass sie dir anscheinend nicht zur Verfügung stehen, wenn du sie brauchst«, erwiderte er trocken.

»Sie haben alle ihre Arbeit. Wie soll das gehen?«

»Ja, wie soll das gehen.« Er nahm sein Gepäck auf. »Ich brauche eine Stunde, dann kümmere ich mich um alles.«

»Der Weidezaun ist eingerissen, der Generator liegt in

den letzten Zügen, eins der Schafe hinkt, der Holzvorrat für den Kamin ...«

»Ich sagte es doch schon, ich werde mich darum kümmern. Du kannst zurück an deine richtige Arbeit. Dazu bist du doch nach Hause gekommen.«

Nicht nur, dachte Nele. Ich muss auch meine Seele pflegen. Liebeskummer oder verletzte Eitelkeit, es tut noch immer weh. Aber Enno war so ... so kühl, dem konnte sie nichts davon erzählen.

»Was ist aus deiner Fahrt mit dem Forschungsschiff geworden?« Wenn sie höfliches Interesse zeigte, taute er vielleicht auf.

»Ich habe mich im letzten Moment dagegen entschieden, die anderen im Stich gelassen. Man wird mir nicht noch mal die Chance geben. So ist das.«

Enno verbittert, so kannte Nele ihn nicht.

»Vielleicht hättest du dir das besser vorher überlegen sollen.«

Er schaute sie an, nicht verärgert, eher wie eine Fremde.

»Manchmal kommt man mit dem Verstand nicht weiter. Hast du das in deinem Leben noch nicht erfahren?«

»Doch«, seufzte Nele. »Trotzdem ist es bei mir anders. Ich komme ohne Verstand nicht weiter. Aber daran wollen Nelly und ich jetzt arbeiten.«

Sie hatte ihn aufgeheitert. »Deine Nelly, du brauchst sie wie früher. Ist sie noch manchmal in deiner Nähe?«

»Lach nicht, wir schreiben uns.«

Enno lachte nicht. Er setzte erneut sein Gepäck ab, packte Nele an den Schultern und schüttelte sie leicht.

»Habe ich dich jemals wegen ihr ausgelacht?«

»Nein«, musste sie zugeben, und plötzlich war der Kontakt wieder da. »Enno, ich bin manchmal richtig fies zu dir, aber weißt du, dass du für mich im Augenblick der wichtigste Mensch überhaupt bist? Könntest du bitte auch mal nach dem Badeboiler sehen?« Sie küsste ihn schmatzend auf die Backe.

»So hast du mich noch immer rumbekommen.«

Er war wieder der Alte und Nele zufrieden.

»Lass mich nicht mit ihm allein. Bitte!« Beate reagierte panisch. »Vielleicht will er von mir eine Entscheidung, und dem fühle ich mich nicht gewachsen.«

»Dann vertag das doch. Teste ihn vorher noch ein bisschen«, schlug Nele vor. Zwar fand sie die Vorstellung nicht besonders gut, dass Beate und Enno ... aber solange er ihr vorläufig als »Arbeitstier« erhalten bliebe, war das am wichtigsten. Beate wollte überraschenderweise die letzten beiden Nächte vor ihrer Abreise auf der Krogwarft verbringen. »Wie wird Enno das finden? Er erwartet doch sicher etwas anderes von deinem Besuch, und wenn du nachts vor ihm flüchtest, wird er dann nicht sauer sein?«

»So ist das nicht bei uns.« Beate hielt die Augen gesenkt. »Wir respektieren uns gegenseitig. Alles andere muss wachsen. Dafür hat man später ein Leben lang Zeit.«

»Meinst du mit dafür das, was ich meine?« Beate sah so unglücklich aus, dass Nele ihr Kreuzverhör nicht fortsetzte. Unwillkürlich fiel ihr Flo ein, der ähnlich verschrobene Ansichten hatte. Vielleicht sollte sie die beiden in Hamburg mal zusammenbringen? Aber dann erinnerte sie sich, dass Beate gerade frisch verliebt war. Armer Enno. Es sei denn, er nahm den Kampf gegen den Mitbewerber auf und stellte sich am Ende als Sieger heraus. Was von ihr aus gerne noch recht lange dauern durfte.

»Wann willst du es ihm sagen?«

»Bald. Wenn ich mir über die Gefühle von meinem anderen Freund klar bin. Er ist kein Draufgänger, eher schüchtern. Aber sprechen wir doch zur Abwechslung mal über dich. Bist du noch mit dem wilden Weltumsegler zusammen?«

Nele war perplex. Sie hatte mit Sicherheit nicht mit Beate über Leif gesprochen, und es überraschte sie, dass Enno über ihre Angelegenheiten geredet hatte. Außerdem konnte er nicht mehr wissen, als er hier auf der Hallig erlebt hatte. Die Nacht auf der Vogelinsel, nun ja, Küstenklatsch gab es auch auf der Hallig.

»Das war nur eine Episode«, log sie. Obwohl es sich eigentlich um keine Lüge handelte, denn aus Leifs Sicht passte das Wort Episode haargenau.

»Du wirst dir deinen Mann wohl zeichnen müssen oder ihn per Flaschenpost finden.«

Die Chance, im Leben gleich zweimal auf eine Flaschenpost zu stoßen, war gering. Einer Phantomschwester im realen Leben zu begegnen, noch geringer. Und doch war es passiert.

»Was sitzt ihr hier im Halbdunkeln und schwatzt dem Teufel ein Ohr ab?« Wilhelmine kam mit einer Platte Käsebrote herein. »Die Hausgäste haben uns in den letzten

Tagen ratzekahl gegessen. Ich muss neuen Schafskäse ansetzen.«

»Beate bleibt bis Sonnabend bei uns«, unterbrach Nele sie betont munter. »Welches Zimmer machen wir für sie fertig?«

»Ist dir Ennos Vater zu viel geworden? Im Alter werden sie manchmal schwierig, die Männer.« Woher Wilhelmine diese Weisheit hatte, blieb unbekannt, denn schon war ihr etwas Neues eingefallen. »Falls ihr Streit habt, solltet ihr das austragen. Wenn du erst mal auf Greunfall lebst, müsst ihr miteinander klarkommen. Eheberatung gibt es bei uns nicht. Aber man kann ins Watt laufen und seine Gedanken sortieren.«

»Das hast du richtig gesagt, Wilhelmine.« Enno brachte einen Korb Heizmaterial. »Wir sind hier etwas weniger gesprächig als in der Stadt.«

»Ich nicht«, sagte Nele kämpferisch.

»Oh, ich streite nie. Ich meine, man kann das doch vermeiden, wenn man erwachsen ist.« Beate geriet fast ins Stottern.

»Du hast schon deine Sachen gepackt?« Enno schaute sie fragend an. »Es geht erst wieder übermorgen ein Schiff.«

Beate knetete nervös ihre Hände und blickte Hilfe suchend zu Nele, die sofort verstand.

»Ich habe Beate gebeten, über Nacht bei uns zu bleiben, damit ... es in dem großen Haus nicht so gruselig ist.«

»Wer gruselt sich hier?«

»Wir alle. Vater ist ja nicht da.«

»Ich habe mich in meinem ganzen Leben noch nicht gegruselt«, sagte Wilhelmine empört.

»Aber ich. Es könnte ein Gonger kommen, oder der Meeresgott will mich holen. In letzter Zeit hatte ich öfter Albträume.«

»Ist das wahr?« Enno schaute Nele scharf an. »Die hast du doch früher nie gehabt.«

»Vielleicht kommt sie auf ihre Mutter. Fantasie kann auch ein Fluch sein.« Wilhelmine sagte es mit ihrer düstersten Stimme.

»Dann soll sie alles aufmalen«, knurrte Enno. »Ich habe mal gelesen, dass man dadurch Ängste verlieren kann.«

»Danke, ich werde deinen Rat befolgen. Vielleicht schon heute Nacht.«

»Wenn du hier gebraucht wirst, mit Vater komme ich zurecht. Ab nächster Woche hilft sowieso wieder die Gemeindeschwester.«

Das war für Beate, die nun gar nichts mehr zu sagen wusste.

»Liebe Nelly,
ich schicke Dir in der Anlage ein paar Zeichnungen, taufrisch, in dieser Nacht entstanden. Ich habe sie *Nightmare on Greunfall* genannt. Das Seemonster, das sich im Tausch für das geschenkte Kindchen ein Opfer sucht. Die toten Seelen von Rungholt. Die Gräber auf unserem Halligfriedhof. Der steinerne Engel, der Tränen weint, die zu Perlen werden …
Nun grusle ich mich tatsächlich. Ob das wirklich mein mütterliches Erbe ist? Ich glaube, es wird noch in die-

sem Jahr etwas Fürchterliches passieren. Irre ich mich? Spürst Du wie früher meine Gefühle? Dann kennst Du vielleicht die Antwort auf meine düsteren Gedanken. Auf ewig verbunden mit Dir ist
Deine Nele«

14

Von Jenny und Flo kamen beruhigende Nachrichten. Ja, alles im Lot. Im Atelier arbeite man abends an der Kampagne. Nein, sie solle sich überraschen lassen. Die Wohnung? Auch da alles in Ordnung. Man habe die mumifizierten Bananen entsorgt und sogar das grün verschimmelte angebissene Leberwurstbrötchen unter der Heizung entdeckt.

»Wirklich lieb von dir, Jenny. Ich war nämlich ein bisschen in Eile bei der Abfahrt, und da dachte ich, ich nehm am besten den Käse und die Eier mit.«

»Natürlich. Das war wirklich gut überlegt von dir. Man muss Prioritäten setzen.«

»Willst du mich veräppeln?«, fragte Nele misstrauisch, musste dann aber zusammen mit der Freundin lachen. »Auf Greunfall läuft es schon ein bisschen besser«, berichtete sie. »Seit Enno wieder da ist, hat sich die Lage entspannt. Und Mutter scheint sich auf Vaters Rückkehr zu freuen. Heute ist es so weit. Sonst nichts Neues. Es wird wärmer.«

»Alles neu macht der Mai«, schwärmte Jenny. »Zeit, sich neu zu verlieben. Tut sich da was auf deinem Sandhaufen?«

»Woher denn! Eingefleischte Rucksackwanderer im

Rudel oder biedere Familienväter. Oh, entschuldige, Jenny, das sollte kein Seitenhieb gegen deinen Freund sein.«

»Habe ich auch nicht so aufgefasst. Übrigens, bei mir kriselt es ganz schön in der Beziehung. Mein Traummann hat sich als wehleidiger Softie entpuppt. Ich habe ihn ein ganzes Wochenende lang bei mir pflegen müssen. Er hatte ein Schnüpfchen. Fünfmal geniest, aber kein Fieber. Männer!«

»Diese Sorte kenne ich nicht.«

Ich kenne überhaupt keinen Mann mehr, dachte Nele, bis auf Enno, aber den konnte man nicht mitrechnen. Vielleicht musste sie sich wirklich einen zeichnen, wie Beate vorgeschlagen hatte. Einen Steckbrief anfertigen. »Nele Lorentz sucht einen Mann wie folgt.« Den Steckbrief an Bäumen anbringen. Davon gab es genau drei Stück auf Greunfall. Dann vielleicht doch lieber täglich eine Flaschenpost aufgeben?

»Entschuldige, Jenny, was hast du gerade gesagt?«

»Ich wollte wissen, ob du noch an ihn denkst. Den Wikinger.«

»Kaum noch.« Weil ihr die Zeit dazu fehlte.

»Gut so, dann bist du geheilt. Er ist jetzt losgeschippert, habe ich im *Abendblatt* gelesen. Großer Presserummel. Nur die Rosis waren enttäuscht, für die war dann doch kein Platz mehr. Ich habe Rosi, oder war es Rosa, vor einigen Tagen getroffen. Sie schimpfte Stein und Bein auf Leif.«

»So, warum denn?« Nele versuchte, nicht zu interessiert zu klingen.

»Eher grundsätzlich. Außerdem ging es um eine schöne Stange Geld, die sie ihm vorgeschossen hatte, im guten Glauben, ihr Kapital wenigstens in Naturalien zurückzubekommen. Kein Hula für Rosa, das hat sie nun davon. Du warst schlauer.«

»Grüß Flo von mir«, bat Nele. »Samt Sternchen, wenn sie noch für ihn leuchtet.«

»Im Augenblick hat sie das Firmament gewechselt, sie glänzt durch Abwesenheit. Aber unserem Flo ist es ernst, er will jetzt einen Bausparvertrag abschließen.«

»Also ein Traummann weniger auf dem freien Markt. Sag mal, Jenny, dieser dänische Designer-Wettbewerb, ich finde die Unterlagen nicht mehr, hatte aber vor, da etwas einzureichen.«

»Zu spät. Die Frist ist letzte Woche abgelaufen. Wieder eine Chance zu Reichtum und Ehren verpasst. Gerhard und Horst, deine ehemaligen Kollegen bei Löffelchen, haben ihre Kätzchen eingereicht. Peinlich. Ich selber mochte meine Schäfchen der Jury nicht zumuten. Aber du wärst doch bestimmt unter den Preisträgern gewesen.«

Ärgerlich, aber nicht zu ändern, dachte Nele, als sie zum Hafen ging. Enno hatte bereits Beates Gepäck geholt und war dann mit ihr noch einmal zur Diekwarft gegangen, damit sie sich von seinem Vater verabschieden konnte.

Die beiden standen schon auf dem Anleger. Beate trug eine betont muntere Miene zur Schau, hatte aber dunkle Ringe unter den Augen. Nele wusste, dass sie in der letzten Nacht kaum geschlafen hatte.

»Ich möchte keinen von beiden kränken«, hatte sie noch beim Frühstück gesagt.

»Ohne das wird es nicht abgehen, das liegt in der Natur der Sache. Einer muss Verlierer sein.« Außerdem hatte man eine missglückte Beziehung gefälligst zu überleben, egal, ob Mann oder Frau.

»Ich möchte mich bei dir bedanken. Für alles«, sagte Beate jetzt.

»Du bist es, die mich gerettet hat«, beteuerte Nele. »Enno natürlich auch.« Der schaute sie nur an, nicht unfreundlich, eher abwesend. So wie ihre Mutter manchmal blickte. Wahrscheinlich fiel ihm die Trennung von seiner Liebsten schwer.

»Ja, also dann.« Gerade wollte sie Beate zum Abschied umarmen, als diese von Enno in den Arm genommen wurde.

»Lass mich auch mal ran«, befahl Nele, und dann lagen sie sich unversehens zu dritt in den Armen. Ein Gefühl, das Nele genoss, das tröstlich und wärmend zugleich war. Als Beate sich zurückzog, hielt Enno wie selbstverständlich Nele weiter umfangen, ja, er hauchte ihr sogar einen Kuss auf den Scheitel.

»He, du verwechselst mich.« Ungern ließ sie ihn los. Es war eigenartig faszinierend gewesen, unverhofft so viel Nähe zu spüren.

»Entschuldige.« Er trat gleich zwei Schritte zurück. »Du solltest dich nur nicht ausgeschlossen fühlen.«

»Danke, aber solch einen Notstand habe ich nicht.«

Beate fühlte sich der Situation nicht mehr gewachsen. »Bitte, ich möchte nicht, dass ihr meinetwegen streitet.«

»Du hast damit nichts zu tun, und ich auch nicht. Es ist Enno, der ...« Leider fiel Nele kein zu der Situation passender Vorwurf ein. »Ich kann schon meinen Vater auf dem Schiff erkennen.«

»Kannst du nicht«, brummte Enno. »Sie sind noch zu weit weg.« War er früher auch so rechthaberisch gewesen, oder warum konnte sie heute nicht mehr die Oberhand haben?

Harm Lorentz stieg an Krücken von Bord, bewegte sich aber erstaunlich geschickt. »Wenn ich Glück habe, bin ich in einem halben Jahr wieder fit.«

Ein halbes Jahr, das war ja endlos. Hieß das, sie müsste so lange auf Greunfall bleiben? Zu aller Überraschung tauchte Undine plötzlich auf, sagte zwar nichts, hing sich aber an den Arm ihres Mannes und versuchte unbeholfen ihn zu stützen.

»Mutter, du reißt ihn um. Warte, wir halten ihn von beiden Seiten.«

Ihr Vater schwankte bedenklich. »Enno, schaff mir meine Mädels aus dem Weg, sonst passiert noch ein Unglück.«

Beate, sie hatte Beate vergessen! Herr Pedersen musste wegen der Tide gleich weiter, ließ aber Nele noch kurz an Bord. »Na, mit wem will Enno denn nun Hochtied halten?«

»Erst mal muss er eine finden, die ihn nimmt.«

»Au, au, ne streitbare Deern. Da soll er man besser die andere nehmen.«

»Mach's gut, Beate. Vielleicht sehen wir uns mal wieder in Hamburg.« Nele fiel nichts Persönlicheres ein.

»O nein, das glaube ich nicht. Zuerst muss ich meine Probleme lösen. Aber ich melde mich bestimmt wegen deiner Zeichnungen.«

Klein Silber auf Reisen, ich wünsche dir viel Glück, dachte Nele, während sie langsam zur Krogwarft schlenderte, um ihren Eltern einen Moment Alleinsein zu gönnen.

»Was machen die Albträume?« Enno war schon wieder mit dem Gepäckkarren zurück und stand an der Auffahrt zur Diekwarft. Er schien ihren kleinen Wortwechsel vergessen zu haben. »Hast du meinen Rat befolgt und alles aufgemalt?«

»Danke, aber ich bin nachts zu müde zum Träumen«, gab Nele vor. »Wie sagt Wilhelmine manchmal? Ein gutes Gewissen ist ein sanftes Ruhekissen.«

»Lass dich nicht unterkriegen, egal, wovon.« Mit diesen Worten ließ er sie stehen.

»Danke gleichfalls«, rief sie ihm nach. Seit wann hatten denn die Männer das letzte Wort?

»So könnte es öfter sein.« Ihr Vater lehnte sich nach dem Abendbrot behaglich im Sessel zurück, das Bein auf einen Hocker gebettet. »Die Familie zusammen, keine Tagesgäste, und die Arbeit erledigen andere.«

»Du hast den Teepunsch vergessen.« Wilhelmine schenkte noch einmal nach. Keiner verspürte den Wunsch, die Lampen anzumachen. Die Mainächte waren bereits lang, das Wohnzimmer in Zwielicht getaucht, das durch die Sprossenfenster einzufließen schien.

Neles Mutter saß zu Füßen ihres Mannes. Sie wirkte jung, das Weiß ihrer Haare erinnerte in der Dämmerung an Neles blonde Flechten, als ob sie Schwestern wären. Aber eben nur fast. Nelly, meine einzig wahre Schwester, wer steckt hinter deinem Namen, wem vertraue ich mich so offen an? Nele betrachtete ihre Eltern. Ihre Mutter lehnte den Kopf gegen das Knie ihres Vaters, während er ihr die Schulter streichelte.

Wilhelmine hatte sich ihr Strickzeug vorgenommen. Arbeitssocken aus Wolle, die konnte man immer gebrauchen.

Ob es immer so bleiben würde? Eine Familie in einem Haus, in dem schon mehrere Generationen vor ihnen gelebt hatten?

»Wir werden dir dieses Haus überschreiben, Nele. Der Notar wird alles veranlassen.« Ihr Vater sagte es beiläufig, fast, als ob sie darüber seit Wochen diskutiert hätten.

Zunächst glaubte sie sich verhört zu haben. Gerade noch hatte sie gedacht, dass es in ihrem Leben eine einzige feste Komponente gab – das Haus auf Greunfall, Heimat der Eltern und auch ihre, allerdings für sie, Nele, nur auf Zeit. Ein Zufluchtsort bei Krisen. Eine Heimat mit begrenztem Horizont, aber dafür überschaubar und vertraut. Nie berechenbar, was an den Naturgewalten lag, über die Wilhelmine einmal gesagt hatte, man müsse ihnen mit Demut entgegentreten. Ob sturmumbraust oder bei fast spiegelglatter See, bei Land unter oder zur Zeit der malerischen Blüte des Halligflieders – die Häuser hier standen geschützt auf ihren aufgeschütteten Warften, waren vielleicht nicht für die Ewigkeit gebaut, aber doch für mehrere Generationen. Nur, sie war noch nicht dran. Es war ihr *Eltern*haus.

»Warum? Was soll ich mit dem Haus? Es gehört doch euch. Ihr lebt hier.«

»Das soll auch zunächst so bleiben. Wir wollen nichts überstürzen«, sagte ihr Vater ruhig. »Aber wir finden, du bist jetzt alt genug, um Verantwortung für diesen Besitz zu übernehmen. Ob jetzt oder später, er sollte immer eines Tages dir gehören. Wenn es nun etwas früher als geplant ist, macht das keinen Unterschied.«

Nele empfand einen Anflug von Panik. »Ich weiß nicht, was damit auf mich zukommt. Ehrlich gesagt, ich bin nur vorübergehend hier. Das Atelier in Hamburg, ich habe noch nicht mal meine Schulden zurückgezahlt. Und reisen wollte ich auch noch.«

»Das sollst du auch. Keiner zwingt dich, hier anwesend zu sein. Wenn deine Mutter und ich aufs Festland ziehen, und wie du weißt, spricht einiges dafür, kannst du dich immer noch entscheiden, was du mit dem Haus machen möchtest.«

»Du meinst ... ich dürfte es auch verkaufen?« Eine ungeheuerliche Vorstellung, aber beide Eltern nickten bestätigend.

»Das ist dann deine Sache. Bedenke, eine Pension lohnt sich nur, wenn man noch einen Nebenerwerb hat. Angestellte kann man sich kaum leisten, höchstens für ein paar Wochen in der Hauptsaison. Wir konnten es nie, ohne Wilhelmine wäre es nicht gegangen.«

»Wilhelmine, du willst doch nicht etwa auch aufs Festland?«, fragte Nele mit kindlichem Entsetzen.

»Mich muss man von hier eines Tages mit den Füßen voraus auf den Friedhof tragen«, war die grimmige Antwort. »Wenn du verkaufst oder versteigerst, gehöre ich zum lebenden Inventar. Und das kannst du einem neuen Besitzer gleich sagen, auch nach meinem Tod werde ich im Haus spuken und nach dem Rechten sehen. So!«

»Wenn es ein verregneter Sommer ist, kommen kaum Tagesgäste«, fuhr ihr Vater fort. »Man muss auch jemanden haben, der sich um das Pensionsvieh kümmert und um das, was von der Landwirtschaft übrig geblieben ist. Ohne Mann im Haus wird es nicht leicht.«

»Suche Haus- und Hofangestellten, der zu ungewöhnlichen Arbeitszeiten bei Wind und Wetter bereit ist. Gegen Taschengeld und bei Sympathie Familienanschluss.«

Nele hatte spontan eine Skizze zu dieser Anzeige im Kopf.

»Vielleicht ließen sich Mieter finden, wenn man die Tiere abschafft«, dachte sie laut.

»Es wäre einen Versuch wert. Aber dann könntest du hier nicht mehr wohnen, das muss dir klar sein.«

»Mutter, was meinst du denn dazu?« Ihre Mutter strengte sich an, um zu sprechen, aber es gelang ihr nicht. Sie stand auf und strich Nele über die Wange, lächelnd, als wollte sie sagen: Alles wird gut. Dann verließ sie den Raum, und kurz darauf klappte die Haustür.

»Es ist auch wegen ihr. Sie hat sich von Mal zu Mal bei Dr. Balt wohler gefühlt. Es gibt dort in der Nähe ein kleines Haus, etwas abgelegen, gleich hinter dem Deich. Sie könnte auch dort am Wasser ihre Spaziergänge machen, und die paar Nachbarn scheinen nett zu sein.«

»Aber, Vater, willst du dich denn schon aus dem Berufsleben zurückziehen?«

»Die Ärzte haben es mir nahegelegt, nicht nur wegen des Beins, vor allem wegen des chronischen Rheumas. Man kann es lindern, aber nicht mehr heilen. Die Mediziner würden einen Antrag auf vorzeitige Rente unterstützen. Finanziell kämen wir über die Runden, du musst das Haus also nicht wegen uns verkaufen.«

»Es ist ein so großes Geschenk, ich muss mich damit erst noch beschäftigen.« Nele nippte an ihrem Punsch. Diese plötzliche Verantwortung, ihr schwirrte der Kopf.

»Du brauchst nichts zu überstürzen. Sprich mit Enno darüber.«

»Was hat Enno mit meinem oder unserem Leben zu tun?«, fragte Nele aufgebracht. »Er führt sein eigenes Leben.«

»Das mit unserem eng verbunden ist, wie wir gerade wieder erleben durften.«

»Ihr habt mir mal geraten, ich soll meinem Glücksstern folgen«, sagte Nele nachdenklich. »Aber was ist, wenn ich den richtigen Stern nicht erkenne?«

»Das kann ich dir nicht sagen. Mir hat man als Kind gesagt, ich soll dem Ruf der Silbermöwe folgen. Aber das war noch schwieriger. Ich konnte sie nie unterscheiden.«

»Nanu, das ist doch ganz leicht. Jede Möwe hat ihre eigene Sprache. In Hamburg haben sie einen anderen Dialekt als hier. Plattdeutsch klingt ja auch ganz anders als Friesisch.«

»Hört sich logisch an. Dann brauchst du nur noch dem Ruf deiner Möwe zu folgen.«

Vielleicht war es Wahita gewesen, deren Sehnsucht nach Freiheit trotz ihrer Verletzungen so groß gewesen war, dass sie keine Zeit mehr gefunden hatte, Nele den Weg zu weisen.

Inzwischen war der Raum fast finster.

»Um die Zeit ist allerlei Gelichter unterwegs«, unkte Wilhelmine, die heute für ihre Verhältnisse recht still war.

»Doch nicht auf Greunfall. Wir haben noch nie abgeschlossen«, erinnerte Harm Lorentz.

»Deshalb haben wir auch keine eigene Polizeidienststelle«, bestätigte Nele.

»Ich denke dabei nicht an Gelichter aus dieser Welt«, sagte Wilhelmine düster. »Wir haben das Land dem Wasser abgetrotzt, vielleicht will es jemand zurückhaben.«

»Sie glaubt wirklich an Gonger und Untote«, beteuerte Nele, als Wilhelmine zu Bett gegangen war. Auch Undine war wieder ins Haus geschlüpft.

»Diese Sache mit dem Kästchen. Ich habe es gesehen, während du in der Klinik warst. Mutter hat bitterlich geweint. Ist es richtig, dass ich dir davon erzähle, Vater?«

Er überlegte sorgfältig. »Wenn deine Mutter ein Geheimnis vor mir hat, muss sie einen Grund haben. Ich bin nicht der Mensch, unaufgefordert in ihre Privatsphäre einzudringen.«

»Aber wenn es damit zusammenhängt, was der Doktor gemeint hat, dass sie an einer traumatischen Erinnerung leidet?«

»Nele, deine Mutter und ich haben unser ganzes Leben zusammen verbracht. Von klein auf, ähnlich wie Enno und du, waren fast nie getrennt. Wenn es da ein düsteres

Geheimnis geben würde, wüsste ich es. Ich habe eine ganz andere Erklärung.«

»Magst du sie mir erzählen?« Nele war gespannt.

»Deine verstorbene Großmutter, Undines Mutter, gehörte zu den Frauen, die man hier Spökenkieker nennt. Eine, die in die Vergangenheit schauen kann und daraus Rückschlüsse für die Zukunft zieht. Vielleicht hängt das mit unserer abgeschiedenen Lage zusammen. Bedenke, wir haben erst in den Fünfzigerjahren Strom bekommen, es gab kein Fernsehen und keinen Rundfunk. Dadurch wurde bei einigen Menschen die Fantasie besonders angeregt. Deine Großmutter war so eine Frau. Vielleicht vererbt es sich.«

»Ob es nun eine Gabe oder was Genetisches ist, Mutter hat diese Ader nicht, das hat sie mir selber gesagt. Ich soll sie zwar haben, aber wenn ich ehrlich bin, viel merke ich nicht davon.«

Bis auf die Glocken von Rungholt, doch darüber mochte Nele noch nicht einmal mit ihrem Vater sprechen. Es reichte schon, dass Wilhelmine Bescheid wusste. Und vielleicht war ja doch alles Einbildung.

»Wilhelmine hält das Kästchen unter Verschluss. Wusstest du das, Vater?«

»Auch das wird Gründe haben. Lassen wir den beiden ihr Geheimnis. Eines Tages wird es sich von selber aufklären.«

Nele fühlte sich seltsam unwohl, der Sache nicht auf den Grund gegangen zu sein, aber die geplante Überschreibung des Hauses rückte gleich wieder in den Vordergrund.

Sie konnte nicht einschlafen, schaute vom Fenster zur Diekwarft hinüber, und auch dort brannte noch Licht.

Was machte Enno so spät noch, saß er am Computer und arbeitete? Sie hatte noch nicht mal seine E-Mail-Adresse. Er hatte sie ihr bisher immer verweigert.

»Wenn ich von dir höre, möchte ich das lieber live haben. Am Telefon oder auch mit einer deiner lebendigen Zeichnungen auf dem Postweg, dann spüre ich dich in meiner Nähe.«

»Mach's nicht so kompliziert, Enno«, hatte sie erwidert. »Du brauchst mich nicht zu spüren, wozu denn? Wir sind doch kein Liebespaar. Denk mal praktisch, du würdest dann viel öfter News von mir erhalten.«

»Ich will nichts, was du als News bezeichnest. Und öfter muss es auch nicht sein, für mich geht Qualität vor Quantität.«

»Dann eben nicht«, hatte sie beleidigt gesagt, ihm aber trotzdem weiter ihre Kritzeleien geschickt.

Nele knipste ein paarmal das Licht an und aus. Das war früher ihr Erkennungszeichen gewesen, wenn einer von beiden wach lag. Wenn der andere darauf mit einem ähnlichen Zeichen reagierte, konnte man sich anschließend mit der Taschenlampe etwas zumorsen.

»Was machst du?«
»Ich sehe dem Mann im Mond zu.«
»Wie sieht er aus?«
»Wie du.«
»Hat er eine Frau?«
»Will er nicht.«

Lang, lang war's her. Der blöde Enno reagierte heute nicht mehr darauf.

Sollte sie Nelly von der neuen Entwicklung mit dem

Haus schreiben? Nein, dies war kein Tag für Nelly. Nele musste alleine über ihre Zukunft nachdenken.

Was hatte Leif ihr einmal gesagt? »Die meisten Menschen leben verkehrt. Nur die Gegenwart zählt. Jeder ist seines Glückes Schmied.«

Wenn sie dem Rat folgen würde, wäre es vielleicht richtiger, das Haus zu verkaufen – einen Teil des Erlöses für eine eigene Agentur verwenden, schicke Büroräume wie bei Löffler & Co., Chefin sein, jeden zweiten Tag zum Friseur, Designer-Pumps tragen und ihre Angestellten scheuchen, Moby Dick gegen ein flottes Cabrio austauschen. Nein, an diesem Punkt angelangt, stoppte sie ihre Gedanken. Moby Dick verraten, niemals!

Oder doch erst einmal zur Probe vermieten? Man konnte ja einen Jahresvertrag machen, mit Vorkaufsrecht oder so. Vielleicht kannte sich Flo mit diesem Kram aus, wenn er doch gerade einen Bausparvertrag abgeschlossen hatte. Der plante doch immer schon die nächsten zwanzig Jahre voraus. Oder Enno, auf den würde die Entscheidung auch demnächst zukommen. Nele gähnte. Endlich hatte sie die nötige Bettschwere. Als sie das Licht löschte, ging auch auf der Diekwarft das Licht aus. An – aus – an – aus. Hatte er das Kinderspiel also doch nicht vergessen. Aber sie, Nele, hatte das Morsealphabet vergessen.

Die nächsten Tage brachten frühsommerliche Temperaturen. Wie selbstverständlich ging Enno ihnen allen zur Hand, und Wilhelmine verhehlte nicht ihre Gedanken.

»So einen findet man nicht jeden Tag. Wenn wir doch bloß mehr davon auf der Hallig hätten.«

Auch Neles Vater war des Lobes voll. »Das ist noch echte Nachbarschaftshilfe. Ich weiß nicht, ob es das auch in der Stadt gibt.«

Nele, die in Hamburg keinen ihrer Nachbarn kannte, schwieg dazu. Immerhin hatte sie gute Freunde, mindestens zwei, dazu reichlich Bekannte. Aber im Ernstfall konnte sich kaum einer freimachen, damit musste man leben.

»Sag mal, Enno, was machst du eigentlich genau beruflich, wenn du nicht gerade hier bist?«, fragte sie bei der nächsten Gelegenheit. Sie hatten sich gegen Abend am Wattsaum getroffen, einem Platz, an den man sich zurückzog, wenn man alleine sein wollte, um seinen Gedanken nachzuhängen.

»Das weißt du doch«, antwortete er und wirkte verärgert. »Ich gehöre zu einem Forschungsteam, das sich aktuell mit den Eingriffen im Wattenmeer beschäftigt. Und wenn dieses Projekt abgeschlossen ist, wird es ein anderes geben. Vorausgesetzt, sie fordern mich noch einmal dazu auf. Immerhin habe ich mich gerade erst als unzuverlässig erwiesen.«

»Du meinst, weil du lieber nach Greunfall gekommen bist?«, fragte sie zerstreut und beobachtete einen Austernfischer, der ein Weibchen bedrängte. Oder umgekehrt, das konnte man nicht so leicht erkennen.

»Was heißt hier lieber? Ich hatte deinen Ruf nach Hilfe als sehr dringend empfunden. Manchmal muss man Prioritäten setzen.«

»Mensch, Enno, drück dich nicht so geschraubt aus, sag mir einfach, wie lange du jetzt bleiben kannst.« Hoffentlich war sie nicht zu unfreundlich, dachte Nele, aber sie mochte sich nicht mit Schuldgefühlen rumquälen, wenn er wirklich nur wegen ihr ... Ach was, es ging doch auch um seinen Vater und Beate.

»Ein paar Wochen kann ich noch von zu Hause aus arbeiten«, gab er zu. »Hängt auch von unseren Vätern ab.«

Das hatte er diplomatisch ausgedrückt, denn für seinen Vater konnte er stundenweise Hilfe bestellen, während es bei den Lorentzens um tägliches Anpacken ging.

Nele ließ Sand durch die Finger rieseln und formte so diverse Muster. Ein Segelschiff, umspielt von Delfinen, kleine Inseln, Wellenlinien, eine Sonne, kindlich rund mit Augen, Nase und einem breit lächelnden Mund.

»Es wäre praktischer, wenn du für immer bleiben könntest«, dachte sie laut. »Dann könnte ich das alles hier behalten, und du wärst eine Art Verwalter. Es würde sich nichts groß ändern, falls meine Eltern aufs Festland gehen.«

»Das werden sie wohl«, sagte Enno nach längerem Schweigen. »Aber ob ich bleibe, das hängt von vielen Dingen ab.«

»Wenn es wegen Beate ist, sie braucht nur Bedenkzeit. Du musst dich eben noch mehr um sie bemühen, dann machst du das Rennen.« Oje, jetzt hatte sie sich verplappert. Enno konnte doch noch gar nichts von seinem Rivalen wissen. »Entschuldige, das ist mir so rausgerutscht.«

»Also deshalb Beates plötzliches Ausweichen«, sagte er, aber es klang nicht empört oder verbittert, eher wie eine sachliche Feststellung. »Ich nehme an, sie hat jemanden gefunden, der eher zu ihr passt, der sie nicht von jeglicher Kultur abschottet. Ich kann gut verstehen, dass sie mir das nicht offen mitteilen wollte. Dazu gehört Mut.«

»Tu nicht wie ein Heiliger.« Nele ärgerte sich, über wen auch immer. »Du kannst doch um sie kämpfen.«

»Noch nie was von uns stolzen Friesen gehört? Würdest du denn im umgekehrten Fall kämpfen?«

Sie gingen langsam zurück. Nele blieb eine Antwort schuldig. Um Leif kämpfen, nein, dazu hätte sie keine Lust gehabt.

15

»Da war ein Anruf für dich«, berichtete ihr Vater. »Eine Dame vom Sonnenbuch-Verlag. Sie haben deine Zeichnungen vorliegen und wollen dich ganz dringend sprechen. Die Dame wollte sogar persönlich kommen.«

Es musste um Klein Silber gehen. Nele zwang sich zur Ruhe, bevor sie im Verlag anrief.

Eine Frau Siems überschüttete sie mit Lob. »Wir finden diese Möwe einfach reizend, haben uns sofort in sie verliebt. Sie passt genau in unser Programm. Aber bevor sie als Buch herauskommt, möchten wir gerne über eine uns angeschlossene Agentur Klein Silber in Folgen erscheinen lassen. Es handelt sich dabei um eine renommierte Zeitschrift für …«

Es folgten Details – diverse Änderungswünsche, Termine, Nebenrechte, Vorschüsse, Optionen auf Verfilmung … Nele verstand nur die Hälfte von allem, was da aufgezählt wurde.

»Natürlich würde ich auch zu Ihnen nach Greunfall kommen, aber es wäre doch nett, wenn Sie sich unseren Verlag in Hamburg anschauen, dann können wir auch gleich den Vertrag aufsetzen. Haben Sie noch weitere Sachen, die für Kinder geeignet wären?«

Man verabredete einen Termin für den übernächsten Tag.

»Ich bleibe nicht lange«, versprach Nele zögernd, aber Wilhelmine fing gleich an zu schimpfen.

»Unsinn, du stehst uns hier doch nur im Weg rum.«

»Sie meint es nicht so«, sagte ihr Vater, und auch ihre Mutter nickte mit dem Kopf. »Auf solch eine Chance hast du doch gewartet«, fuhr ihr Vater fort. »Wir haben gewusst, dass du zurückmusst. Mit Ennos Hilfe kommen wir schon klar.«

Am Abend vor ihrer Abreise rief Nele Jenny an, die vor Begeisterung einen Freudenschrei ausstieß. »Das müssen wir begießen. Ich füll deinen Kühlschrank auf. Übrigens, deine Topfpflanzen haben sich erholt. Sie brauchten nur etwas Aufmerksamkeit und Dünger. Und im Atelier war reger Betrieb. Flo und ich haben dich bestens vertreten. Jedenfalls, bis Sternchen wieder zurückkam. Willst du wissen, was …?«

»Stopp, Jenny«, sagte Nele lachend. »Morgen sehen wir uns ja. Spar noch ein paar Neuigkeiten auf.«

»Du wirst staunen. Ich habe da einen Plan ausgeheckt, ich wette, du schlackerst mit den Ohren, wenn du ihn hörst.«

Ausgerechnet kurz vor der Abfahrt war Enno nicht aufzufinden. »Er führt eine Gruppe durchs Watt«, erinnerte sich ihr Vater.

»Aber er wusste doch, dass ich heute fahre.« Nele spürte eine Mischung aus Ärger und kindlicher Enttäuschung.

»Sein Leben geht auch ohne dich weiter. Vielleicht hatte er erwartet, dass du dich gestern Abend von ihm verabschiedest.«

»Dann hätte er ja kommen können«, maulte Nele. »Wenn ich ihn sehen will, ist er nie da, aber wenn ich ihn nicht gebrauchen kann, taucht er auf. So wie damals in Hamburg.«

Ihr Vater ging nicht darauf ein. »Nächste Woche wird ein Gutachter zu uns kommen, der das Haus schätzt, und später dann der Notar. Ich halte dich auf dem Laufenden.«

»Findest du nicht auch, dass es Mutter ein wenig besser geht? Sie hat mir das hier geschenkt.« Nele zog drei prächtige Möwenfedern aus ihrem Lederbeutel. »Sie lagen heute früh auf meinem Teller.«

»Sie hat dich immer über alles geliebt, auch wenn sie in Gedanken woanders ist.«

»Ich weiß. Aber sag mal, Vater, was soll mit Wilhelmine werden? Ihre Kräfte lassen nach.«

»Sie wird ihren Weg bis zum Ende gehen, ohne auf andere zu hören. Belaste dich nicht damit. Genieße deine Erfolge und schau nach vorne.«

Als Nele von Herrn Pedersens Schiff aus die Hallig langsam im Dunst verschwinden sah, drehte sie sich entschlossen zur anderen Seite und versuchte das Festland zu erspähen.

Moby Dick hustete nur kurz beim Starten und nahm bereitwillig das Gepäck auf, das sich um etliche Strandfunde vermehrt hatte. Aber es gab da noch etwas, was sie sofort erledigen wollte, nicht erst in Hamburg. Enno musste längst von der Wattführung zurück sein und hatte hoffentlich sein Handy in der Nähe.

»He, ich wollte dir nur schnell tschüss sagen. Und danke. Kann ich dich noch was fragen?« Sie hielt sich nicht mit langen Vorreden auf. »Was würdest du eigentlich an meiner Stelle machen?«

»In welcher Hinsicht, Nele?« Enno, das vernunftbegabte Wesen.

»Das Haus. Wenn ich es verkaufe, ist es weg.«

»Das siehst du ganz richtig. Aber du kannst es auch behalten.«

»Mir geht das mit dem Museum nicht aus dem Kopf. Das, was Beate mir erzählt hat. Wegen öffentlicher Gelder und so. Würdest du dich für mich erkundigen, wie das funktioniert?«

»Ich bin im Moment ziemlich ausgelastet, wie dir bekannt ist. Es kann also eine Weile dauern. Aber wenn ich dir damit helfen kann.«

»Kannst du«, sagte Nele rasch. »Mir liegt das nicht so.«

Er seufzte. »Gut. Lass du Klein Silber fliegen, ich kümmere mich um den Rest.«

Sie wollte schon auflegen, aber dann fiel ihr noch etwas ein. »Hast du dich neulich Nacht an unser Spiel erinnert? Kannst du eigentlich noch morsen?«

»So was verlernt man nicht.«

»Ich schon.«

»Auch du nicht. Frag Nelly, die weiß es besser.«

Jenny hatte Neles Wohnung auf Hochglanz gebracht, eine Orchidee auf den Tisch gestellt und Champagner besorgt.

»Echten Champagner. Veuve Cliquot. Nicht dass du

denkst, das ist ordinärer Schaumwein aus dem Supermarkt um die Ecke. Ich hoffe, die Investition lohnt sich. Vielleicht kann ich mich in deinem zukünftigen Ruhm mit sonnen.«

»Es ist doch nur ein Kinderbuch«, wehrte Nele ab.

»Plus Zeichenserie. Das bringt bestimmt ordentlich Kohle. Wenn du die in ein moderneres Büro investierst und dir ein paar Mitarbeiter suchst, kann Löffelchen seinen Laden bald dichtmachen.«

Nele schaute in den Kühlschrank – Biojoghurt, Sesamöl, kalorienreduzierte Leberwurst und Buttermilch. »Findest du mich etwa zu dick?«, fragte sie überrascht. »Wo sind meine Ölsardinen und die Packung mit den Trüffelpralinen?«

»Der Fisch war schon zwei Jahre abgelaufen, und die Pralinen, na ja, ich hab sie mal getestet. Nicht schlecht, aber reines Mastfutter. Passt nicht zu deinem neuen Image.«

»Ich will kein neues Image! Was ist mit dir los, Jenny?«

Die hatte inzwischen den Korken knallen lassen. »Entspann dich. Es gibt Neuigkeiten.«

Das Atelier abgebrannt. Flo zur Blitzhochzeit in Las Vegas. Das Piranha für immer geschlossen. Leif und die Wahita auf See verschollen ... Es ging sie nichts mehr an, aber der Gedanke an ihren Exfreund – wenn er jemals einer gewesen war – machte sie besonders unruhig.

»Lass mich nicht zappeln. Du willst mich über etwas hinwegtrösten, stimmt's?«

»Im Gegenteil. Es gibt gleich mehrere Sachen, auf die wir anstoßen sollten. Ich bin zwar noch nicht so gefragt wie du, aber das kann sich bald ändern. Ich habe nämlich beschlossen, eine neue Karriere zu starten. Vor dir steht eine Frau, die aus der Tretmühle ausgestiegen ist. Tata! Ich habe gekündigt. So wie du. Mit ganz wenig Startkapital. Ebenfalls wie du.«

»Was ist mit deinem vermögenden verheirateten Freund?« Nele blickte noch nicht ganz durch.

»Aus und vorbei. Im Grunde genommen ist er ein Feigling. Seiner Frau erzählt er nichts von mir, und bei mir erfindet er Ausflüchte, wenn er in Familie macht. Ich habe es satt, ihn immer wieder beim Lügen zu ertappen.« Sie nahm einen großen Schluck. »Und meine eigene Rolle dabei ist auch ziemlich mies. Oder war, seit letzter Woche bin ich frei. Prost.«

Jenny ohne Mann, das hatte Nele noch nicht erlebt. Es sei denn ... »Gibt es einen Neuen?«

»Nein. Vielleicht. Kann sein. Ich bin mir nicht sicher.«

»Kenne ich ihn?«, fuhr Nele unerbittlich fort.

»Ja. Wahrscheinlich besser als ich. Es ist alles noch in den Anfängen. Lass uns über was anderes reden, bitte.«

Nele berichtete von der Hallig, von den Entscheidungen, die wegen des Hauses anstanden, und von dem vagen Plan, ein Museum zu eröffnen. »Aber da fehlt mir noch das richtige Konzept«, schloss sie.

»Konzepte? Dann wende dich umgehend an die Agentur Jennel. Rat & Tat bei Konzepten, Marketing-Problemen und der kreativen Umsetzung von Ideen. ›Ihre Idee in unserer Hand. Nichts ist unmöglich. Testen Sie uns zu Sonderkonditionen, solange Sie uns noch bezahlen können.‹ Wie findest du den Slogan?«

»Witzig. Wer steckt dahinter?« Nele merkte, wie der Beruf sie wieder gefangen nahm. Teamarbeit, Austausch, lange Nächte mit mehr oder weniger fruchtbaren Diskussionen, das gab es auf der Hallig nicht. Dafür Ruhe, um Ideen wachsen zu lassen, aber wer hatte schon in der freien Wirtschaft Zeit für diese Art Ruhe?

»Dein Denkvermögen scheint auf Greunfall ein wenig gelitten zu haben«, stellte Jenny fest und grinste. »Agentur Jennel. Jung, dynamisch, aufstrebend. Jen für Jenny, Nel für Nele. Macht zusammen zwei hauptberufliche Mitarbeiter, mit Florian als kreativem Textteufel im Hintergrund, falls jemand auch Reime haben möchte. Wir werden unschlagbar sein, versprochen.«

Nun war es Nele, die nachschenkte und dabei mit Absicht die Gläser überlaufen ließ. Zusammen mit den Freunden im Team arbeiten. Das wirtschaftliche Risiko teilen können. Gemeinsam Erfolg haben oder auch Misserfolge analysieren.

»Hast du noch mehr Champagner besorgt?« Nele erhob sich und zog Jenny mit hoch. Sie machten spontan eine Art Indianertanz, weil es beide nicht mehr auf dem Sofa hielt. »Jenny, hast du dir das auch gründlich überlegt? Du wirst keine festen Arbeitszeiten mehr haben. Mit mir bis in die Nacht über den Reinzeichnungen sitzen, wenn nötig.«

»Na und? Ich werde dein Junior Art-Director, du bist Creative-Director, und Flo wird Junior und Senior Texter in einem.«

»Wo steckt er eigentlich?«, fragte Nele.

»Na wo wohl! Sternchen ist zurück. Da studieren sie

wahrscheinlich den Grundriss für ihr Eigenheim, das sie in zehn Jahren bauen wollen. Unter uns, ich finde sie etwas fad, aber bei unserer fiktiven Kampagne hat sie sich sehr nützlich gemacht, obwohl sie beruflich nichts mit unserer Branche zu tun hat.«

»Wie heißt denn unser Sternchen richtig?«

»Sie behauptet Stella, aber wenn du mich fragst, das ist gelogen. Ich kann nur für Flo hoffen, dass sie nicht verheiratet ist. Sie sah aus wie eine Tomate.«

Nele wunderte sich über diese Geheimniskrämerei, aber es konnte ihr egal sein. »Was ist das für eine Kampagne, von der du andauernd sprichst?«

»Du lässt mich ja nicht zu Wort kommen.« Jenny zauberte eine Mappe aus ihrer Tasche. »Stella hat mal privat das Geburtshaus eines schwedischen Dichters besucht und dabei mit den Besitzern geplaudert. Dabei kamen sie darauf, wie man das Gebäude erhalten könnte. Ohne Eigenkapital, versteht sich.«

»Also ähnlich wie mit unserem Haus auf Greunfall. Ich habe Enno darauf angesetzt. Und Beate, seine Freundin, die hat ein Faible für alte Häuser und kennt sich mit dem ganzen Schriftkram aus. Es soll angeblich öffentliche Gelder dafür geben.«

»Dann müssen wir diese Beate mal mit Stella zusammenbringen. Die hat uns Schritt für Schritt erklärt, was zu tun ist, wenn man Gelder oder Sponsoren sucht.«

»Sponsoren, igitt!« Nele schüttelte sich. »Wenn Leif den Leuten auf die Pelle rückte und auf sie einredete, habe ich mich immer bescheuert gefühlt. Wie ein Betrüger, der seine Ware gleich mehrfach verkauft.«

Jenny wies nach hinten in Richtung Schlafhöhle. »Er hat dir geschrieben. Bunte Postkarten. Ich habe sie dir aufs Kopfkissen gelegt. Nur für den Fall, dass du von fernen Ländern träumen möchtest ...«

»Das wäre nicht nötig gewesen. Doch vielleicht lassen sie sich als Lesezeichen verwenden.«

Jenny wollte etwas sagen, brach dann aber noch vorher ab.

»Was ist?«, wollte Nele wissen.

»Ach nichts. Ich musste nur daran denken, dass man einen Mann nicht groß verändern kann. Wenn er ein Bruder Leichtfuß ist, aber trotzdem charmant, zählt das nicht auch? Wir haben doch früher immer über unsere Lebensabschnittsgefährten gelästert, aus denen wir möglichst viel rausholen wollten.«

»Richtig ernst gemeint haben wir das aber nicht«, betonte Nele, der bei dem Gedanken, wie oft sie Enno nach seiner »Nützlichkeit« beurteilt hatte, unbehaglich zumute war.

»Ich schon«, gab Jenny zu. »Aber jetzt ist es anders. Ich glaube, er ist zu gut für mich. Nein, noch sag ich nicht, an wen ich dabei denke. Das muss alles noch wachsen.«

»Wenn was daraus wird, kannst du für mich ein Blind Date mit verabreden. In nächster Zeit werde ich kaum dazu kommen, auf die Pirsch zu gehen. Du übrigens auch nicht. Ich werde eine strenge Chefin sein.«

Sie tranken den Champagner aus, und dann musste Nele gähnen. Es war ein langer Tag gewesen. Gleich morgen früh wollte sie beim Sonnenbuch-Verlag aufkreuzen.

»Liebe Nelly,
es ist zwei Uhr früh, und ich kann nicht schlafen. Ob es am Straßenlärm liegt oder an den ungewohnten Lichtern, die von draußen hereindringen – keine Ahnung. Hatte mich gerade wieder auf Greunfall an die Geräusche von Meer, Wind und Seevögeln gewöhnt, dazu den Schein des Leuchtturms von der Nachbarinsel. Ich muss mich umstellen.
Von der Agentur Jennel berichte ich Dir ein anderes Mal, es ist das Beste, was mir beruflich passieren konnte. Warum nur bin ich nicht mehr in Hochstimmung wie vorhin? Liegt es an Leifs kunterbunten Lebenszeichen? Malerische Landschaften, Strände so weiß, Meer so blau, lachende Menschen, die Gastfreundschaft ausstrahlen. Kitsch? Klar, danach hat er die Karten bestimmt ausgesucht, auch die Texte auf der Rückseite passen dazu. ›Du fehlst mir, mein Meerkätzchen, selbst bei 35 Grad.‹ Oder: ›Werde in Gedenken an Dich das Biikebrennen auf Hawaii einführen.‹ Seine letzte Karte ist eine Fotopostkarte und zeigt ihn, tief gebräunt, vor der Wahita, um den Hals eine Blumenkette, umgeben von Menschen in exotischer Kleidung. ›So sieht es in Wahrheit hinter dem Horizont aus‹, steht da, gefolgt von mehreren Ausrufezeichen.
Sag, lebe ich verkehrt? Hätte ich mich ohne Vorbehalte mit Leif zusammen ins Abenteuer stürzen sollen und einfach den Tag pflücken, wie er es damals vorgeschlagen hat? Ach was, habe schon eine Lösung gefunden, werde die Karten in die Schublade verban-

nen, gleich unter die krümelnden Butterkekse. So, basta!
Deine Nele
PS: Da ich Dich in einer Flaschenpost gefunden habe, bist Du vielleicht inzwischen ein Flaschengeist geworden? Falls ja, habe ich einen Wunsch. Meinen Leuchtturmwecker, den von Enno, ich habe ihn auf Greunfall vergessen, und wie soll ich sonst wach werden??«

Keine Schiffssirene. Kein Blinken. Verschlafen schlug Nele die Augen auf. Halb zehn. Um zehn war sie mit dieser Frau Siems verabredet. Wo hatte sie bloß deren Telefonnummer gelassen? Aber die Adresse, an die erinnerte sie sich zum Glück noch. Mist, sie hatte vergessen, eine Bluse zu bügeln. Aber da war ja noch ihr Shirt mit Klein Silber, die mit einem Hering um die Wette flog. Oder schwamm, auf der Rückseite des Shirts. Dazu ein Flatterrock, es war Juni und Sommeranfang.

Moby Dick schaute sie irgendwie beleidigt an. Noch nicht mal ein kleines Röcheln, was hatte sie ihm getan? Das Licht, bestimmt hatte sie vergessen, das Licht auszuschalten, und hier gab es keinen Menschen, der deshalb bei ihr klingeln würde. Hunderte von Leuten wohnen in meiner Straße, und ich kenne keinen Einzigen, ging es Nele durch den Kopf. Die Batterie war leer, sie musste ein Taxi nehmen.

»Entzückend. Auf dieses Shirt müssen wir eine Option haben.« Frau Siems trug Goldschmuck auf Schwarz, eine

Hornbrille mit Fensterglas und strahlte Kompetenz und Energie aus. Vor allem Energie. »Es ist uns ein Anliegen, junge Talente zu fördern. Unsere Verträge sind fair, davon können Sie sich gleich selbst überzeugen. Sobald Sie die Rechte an uns abgetreten haben, werden wir Klein Silber zur berühmtesten Möwe des Nordens machen. Nicht nur des Nordens, was sag ich da!« Eine Angestellte brachte Kaffee, Gebäck und einen Stapel Tageszeitungen und Illustrierte. »Wir fangen mit der *Abendpost* an. Schon nächste Woche kann Klein Silber dort auf der Kinderseite starten, aber das heißt nicht, dass wir es nicht auch mit Erwachsenen versuchen. Klein Silber steht schließlich für die Gratwanderung zwischen Individualität und Gemeinschaftssinn, fordert zur Diskussion alter Werte versus modernem Zeitgeist heraus.«

»Wenn Sie meinen«, stimmte Nele verblüfft zu. »Ehrlich gesagt, mir ging es eher um die bildliche Darstellung einer Silbermöwe im Alltag. Nichts Besonderes.«

»Das ist ja herrlich naiv gesagt«, jubelte Frau Siems. »Wissen Sie, dass Sie das unverfälschte Image eines Naturkindes mitbringen? Wir werden das in die Werbung einfließen lassen. So etwas kommt heute sehr, sehr gut an. Dazu eine Homestory über Klein Silbers und Ihre Heimat.«

»Ich baue gerade eine eigene Werbeagentur auf«, sagte Nele zögernd. »Im Grunde genommen könnte ich die Werbung selber übernehmen.«

»Aber meine liebe Frau Lorentz«, Frau Siems tätschelte flüchtig Neles Hand, »wir haben da doch ganz andere Mittel zur Verfügung. Sie wissen doch, was gezielte Werbung kostet? Warum überlassen Sie das nicht einfach uns und investieren in andere Projekte? Mit dem Vorschuss, an den wir hier denken ...« Sie nahm von ihrem Schreibtisch einen vorgefertigten Vertrag. »Und wenn Sie uns die Nebenrechte wie zum Beispiel die Vergabe von fremdsprachigen Lizenzen überlassen, legen wir noch etwas drauf, wie man so schön sagt.«

Sie lacht nicht wie eine Lachmöwe, dachte Nele. Nein, die Dame klang wie eine gurrende Taube.

»Wie viel?«

»Fünftausend bei Abschluss des Vertrags. Die weiteren prozentualen Beteiligungen entnehmen Sie bitte den jeweiligen Paragraphen. Unsere Rechtsabteilung hat das alles bestens ausgearbeitet. Wenn Sie hier bitte einen Blick darauf werfen wollen.«

Nele überflog den Vertrag. Zwanzig Seiten Kleingedrucktes. Paragraph X, Ziffer Y, Unterpunkt Z. Da würde sie auch nach Stunden nicht durchsteigen. Aber gegen Ende entdeckte sie den Passus »... muss der Autor als Urheber des Werkes ausgewiesen werden.« Na dann, darauf kam es doch wohl an!

»Der Vorschuss ist sofort zahlbar. Und mit ›sofort‹ meine ich, dass Sie ihn spätestens übermorgen auf Ihrem Konto haben.« Frau Siems strahlte sie an.

Eine neue Batterie für Moby Dick. Starthilfe auch für die Agentur Jennel. Jenny und Flo würden mit ihr zufrieden sein. »Na, dann wollen wir mal.« Nele nahm den edlen Stift, den Frau Siems bereits in der Hand hielt.

Das Glas Sekt auf »weitere gute Geschäftsbeziehungen« nahm sie ebenfalls entgegen, aber der Champagner am Vorabend hatte ihr besser geschmeckt.

»Ich lade euch natürlich ein.« Endlich wieder mit den Freunden im Piranha. »Der Vorschuss ist pünktlich eingetroffen, wie versprochen. Wie wollen wir ihn verwenden?«

»Wir fangen mit Schampus an, um unsere Kreativität zu steigern«, schlug Jenny vor.

»Ich gewöhne mich an dieses Getränk. Bald wird mir kein Teepunsch mehr schmecken«, sagte Nele lachend.

»Nicht so voreilig.« Florian blieb pessimistisch. »Wenn ich mir diesen Vertrag anschaue ... Du hast so ziemlich alle Rechte an deinen Werken verkauft. Wenn Klein Silber zum Durchbruch kommt, werden andere reich, nicht du.«

»Ich kann neue Figuren zeichnen. Denkt an meine Unterwasserwelt«, verteidigte sich Nele.

»Es gibt da einen Passus, dass du mit ähnlichen Werken keine Konkurrenz machen darfst.« Flo las einen der Unterpunkte aus dem Vertrag vor, mit dem Nele sich aber nicht weiter auseinandersetzen mochte.

»Zu spät, nun habe ich unterschrieben.«

»Du hättest vorher besser einen Anwalt für Vertragsrecht aufsuchen sollen«, beharrte Flo.

Ähnliches hatte Enno ihr gestern am Telefon gesagt. Männer, die fanden immer ein Haar in der Suppe!

»Lasst uns besprechen, wie wir weiter vorgehen«, sagte sie. »Was haltet ihr von expansiver Werbung?«

»Wir müssen uns entscheiden. Allerweltsangebote oder Spezialisierung wie etwa das Vermarkten von Kultur.« Flo hatte – typisch für ihn – ein Papier vorbereitet, das er jetzt austeilte. »Ich empfehle, dieses Papier gründlich zu studieren. Dann können wir es in den nächsten Tagen in der Agentur abends besprechen. Aber jetzt muss ich zurück in meine Tretmühle.«

»Nicht mehr lange«, tröstete Jenny ihn. »Nimm deinen Resturlaub, kündige und schließ dich uns endlich ganz an.«

»Ich bin demnächst gebunden und trage Verantwortung«, erwiderte Flo und rückte seine Brille zurecht. »Wenn ich eines Tages vielleicht sogar mal Familienvater werde …«

»Aber hallo, ist bei euch schon was Kleines unterwegs?«, spottete Jenny.

»Lass ihn«, sagte Nele, die sich an Flos strenge Prinzipien erinnerte. »Wann lerne ich denn endlich Sternchen oder Stella kennen?«

Flo, der schon aufgestanden war, sank zurück auf seinen Stuhl. »Na gut, ich will ganz offen zu euch sein. Wir haben im Augenblick Probleme. Sternchen hat Zweifel. Es muss da irgendwelche Altlasten geben. Sie braucht Bedenkzeit, bevor sie sich für immer bindet.«

»Altlasten. Was mag das wohl sein?« Jenny sprach Nele an und vermied dabei jeden Blick auf Flo. Um ihre Mundwinkel zuckte es verdächtig.

»Altlasten.« Nele rollte das Wort auf der Zunge. »Eine dunkle Vergangenheit. Du musst sie ihr verzeihen.«

»Das würde ich sofort tun«, versicherte Flo. »Es ist viel simpler. Es gibt einen Menschen, den sie nicht unnötig kränken möchte. Aber da dieser Mann, ja, es ist ein Mann, vermutlich eh eine andere liebt, braucht sie keine falsche Rücksicht zu nehmen, habe ich ihr gesagt.«

»Und was hat sie darauf erwidert?«, fragte Jenny.

»Schon gut, Flo«, unterbrach Nele schnell. »Gefühle können wahnsinnig kompliziert sein. Habe ich euch eigentlich schon von Ennos Freundin Beate erzählt, die sich nicht für und nicht gegen ihn entscheiden kann?«

»Das könnte eine echte Marktlücke sein«, überlegte Jenny laut. »Agentur Jennel schafft Klarheit in Ihrer Gefühlswelt. Werben Sie mit Ihren besten Charaktereigenschaften. Wir vermitteln Sie an die Dame oder den Herrn Ihres Herzens weiter und forcieren so eine Entscheidung in Ihrem Sinne. Hohe Trefferquote.«

»Fragt sich nur, in welche Richtung.« Nele versuchte die Idee emotionslos zu beleuchten.

»Verroht. Ihr seid gefühlsmäßig verroht.« Flos Stimme bebte vor Empörung. »Ich werde es mir reiflich überlegen, ob ich euch in den Genuss meiner Mitarbeit kommen lasse.«

Zu Hause wartete Post auf Nele. Ein Päckchen und eine Karte mit einem kitschigen Sonnenuntergang, die obligatorischen Palmen rechts und links, auf der Rückseite eine gekritzelte Zeichnung: Ein Schiff trieb kieloben im Wasser, ein Mann klammerte sich daran fest, sein Fuß steckte im Rachen eines Hais. »Mein letzter Gedanke gilt Dir, o Du meine Meerkatze«, lautete der Text. Warum nur vergaß er sie nicht einfach?

Doch nun zum Päckchen. Es trug den Absender »Nelly i.A., Hallig Greunfall«. Sehr witzig, sie erkannte sofort Ennos Handschrift. Neugierig riss sie die Verpackung auf. Der Leuchtturmwecker, den sie so schmerzlich vermisst hatte, eine besonders schön geformte Wellhornschnecke, Friesengebäck, wie es nur Wilhelmine backen konnte, eine Broschüre über Meeresbiologie und eine Flasche mit Kräuterlikör in Form eines Seehunds. Kitschig! Kein Zettel.

Er schien mit ihrem Anruf gerechnet zu haben.

»Freut mich, dass alles heil angekommen ist. Nelly als Absender? Sollte ein Scherz sein. Ja, auch ich mache ab und zu Scherze.«

16

Nachdem die ersten Folgen von »Klein Silber – eine Möwe sucht ihren Weg« erschienen waren, fühlte Nele sich wie im siebten Himmel. Sie kaufte stapelweise die Zeitungen und schickte sie nach Greunfall. Sie beobachtete fremde Menschen, ob sie beim Lesen lachten oder wenigstens schmunzelten.

Um Beate, der sie die Vermittlung zu verdanken hatte, etwas Gutes zu tun, lud sie sie zu einem Wochenende nach Hamburg ein. »Dann lernst du gleich meine Freunde kennen. Wir sitzen übrigens an einem Konzept für die Förderung von kulturellen Einrichtungen, und darunter fallen auch Privatmuseen.«

Beate konnte sich leider nicht freimachen, schickte aber Material, das sie zusammengetragen hatte. Es entsprach in etwa dem von Stella Sternchen, die immer noch durch Abwesenheit glänzte.

»Allmählich glaube ich, du versteckst sie vor mir«, warf Nele Florian vor, als sie abends in ihren »Geschäftsräumen« saßen.

»Nein, das tu ich nicht. Sie ist ein wenig scheu, verstehst du?«

»Ehrlich gesagt, nein. Jenny kennt sie doch auch. Was ist an mir, dass sie mich meidet wie die Pest?«

»Du solltest das nicht persönlich nehmen«, empfahl Flo und fühlte sich dabei sichtlich unwohl.

»Na schön, ich übe mich in Geduld. Wollen wir jetzt einen Arbeitsplan aufstellen?«

Schon nach den ersten geschalteten Anzeigen konnten sie sich vor Aufträgen nicht retten. Nun ja, es waren eher »kleine Fische«, aber wenn sie jetzt alles zur Zufriedenheit der Kunden ausführten, würde man womöglich eines Tages auf ihre Agentur zurückkommen, wenn es um größere Kampagnen ging.

Jenny war ganz in die Agentur übergewechselt, während Flo immer noch zögerte. »Ich möchte den Sommer über alles beim Alten lassen, stehe euch aber an zwei oder drei Abenden zur Verfügung. Mal sehen, wie sich alles entwickelt.«

Ob er damit Sternchen oder die Auftragslage meinte, blieb offen.

Jenny entpuppte sich als Arbeitstier. »Wenn Flo den Text für die Plakatwerbung bis zum Wochenende entwirft und du die Reinzeichnungen machst, könnte ich mich in die Sache für den Autozubehör-Händler reinknien. Anschließend machen wir gemeinsam den Entwurf für die Verpackung dieser Billigseife. Du weißt schon, wo die Hülle edler sein muss als der banale Inhalt. Das können wir gut schaffen, wenn wir freiwillig Überstunden machen.«

Nele öffnete erst mal die Fenster weit. Seit Jenny wieder zu rauchen angefangen hatte – angeblich aus Stress –, musste auch sie passiv mitrauchen, was ihr überhaupt nicht gefiel. »Wir haben kein Raucherzimmer, aber einen netten kleinen Hof. Darf ich dich noch einmal daran erinnern, dass ich in verpesteter Luft nicht arbeiten kann?«

Jenny lenkte sofort ein. »Sorry, ich habe das im Eifer des Gefechts vergessen. Torben schimpft auch immer über meine Qualmerei.«

Einen Moment lang sahen sie sich schweigend an, dann fragte Nele verblüfft: »Sprichst du von dem Torben, den ich meine?«

Jenny drückte erst ihre Zigarette aus. »Ja. Der Freund von deinem Leif. Wir hatten uns damals nur flüchtig kennengelernt, ich kann gar nicht mehr sagen, wo. Ich glaube, er hat Leif mal aus der Kneipe abgeholt. Und als wir uns dann zufällig wiedergetroffen haben, warst du gerade auf der Hallig. Sonst hätte ich es dir berichtet. Oder auch nicht.« Nele sah sie fragend an. »Ich konnte dich nicht einschätzen«, fuhr Jenny fort. »Ob dich alles wieder an Leif erinnern würde. Ich wollte dir Kummer ersparen.«

»So mimosenhaft bin ich nicht«, erklärte Nele. »Vorbei ist vorbei. Torben ist übrigens immer ein anständiger Kerl gewesen.«

»Das kommt noch dazu.« Jenny griff erneut nach den Zigaretten, legte sie dann aber wieder aus der Hand. »Er spricht in den höchsten Tönen von dir. Fast, als ob er in dich verliebt wäre.«

»Du bist eifersüchtig. Wegen nichts!«, erwiderte Nele.

»Ich kann es nicht ändern. Aber diesen Mann möchte ich nicht verlieren. Es ist das erste Mal, dass ich so empfinde. Wenn diese Beziehung auch wieder schiefgeht, will ich mein Leben lang Single bleiben.«

Nele hatte die Freundin gerade wegen ihrer Kapriolen

für einen typischen Single gehalten, aber es war nicht gut, alles auszusprechen, was man dachte. »Ich kann dir versichern, dass ich keinerlei Ambitionen bezüglich des besagten Herrn habe. Beruhigt dich das?«

»Ein wenig. Aber ich muss mich mit eigenen Augen davon überzeugen. Wollen wir uns mal zu dritt auf dem Hausboot treffen?«

Obwohl Nele zugesagt hatte, musste das Treffen dann verschoben werden, denn ihr Vater teilte ihr überraschend den Tod des alten Jons Broders mit. »Sein Herz hat im Schlaf ausgesetzt, ein Tod der Gnade. Das, was wir uns alle wünschen, wenn einmal unser Zeitpunkt gekommen ist.«

»Wie trägt es Enno?«

»Mit Fassung. Er hat alles Nötige veranlasst. Die Beerdigung ist am Dienstag. Wenn du nicht kommst, hätte Enno sicher Verständnis.«

Aber das ließ Nele sich nicht nehmen, denn Vater Broders war für sie immer wie ein naher Verwandter gewesen. Einer, der sie trotz der kindlichen Streiche immer gemocht hatte und der es ganz sicher auch gerne gesehen hätte, wenn sie und Enno …

Sie versuchte vergeblich Enno zu erreichen und sah ihn erst bei ihrer Ankunft auf Greunfall wieder.

»Enno, es tut mir so leid. Schrecklich, jetzt bist du ein Waisenkind.« Schon warf sie sich ihm weinend an den Hals, und dann war er es, der sie trösten musste.

»Nun, so ist der Lauf der Zeit. Die Eltern gehen vor uns.« Er tätschelte ihr den Rücken.

»Aber doch nicht so ... so überraschend.«

»Den Zeitpunkt sucht man sich nicht aus. Für Vater bin ich froh. Er hatte solche Angst, ein Pflegefall zu werden. Obwohl ich ihn niemals im Stich gelassen hätte.«

»Ich weiß. Aber nun hast du doch gar keinen mehr. Was ist mit Beate, kommt sie?«

»Ich habe das abgelehnt.«

»Aber dann bist du hier ja ganz alleine«, sagte Nele erschrocken.

»Nein, ich bin von den Menschen umgeben, die meinen Vater und mich ein Leben lang gekannt haben. Zu denen auch du gehörst, und ich freue mich, dass du kommen konntest.«

»Wirst du trotzdem auf Greunfall bleiben?«, wurde Enno nach der Beerdigung immer wieder gefragt, als fast alle Halligbewohner zur Kaffeetafel im Krog zusammensaßen. Nele fiel auf, dass Enno sehr beliebt war, während man sie kühl und höflich wie einen Gast behandelte.

»Es ist das Museum. Sie denken, du willst hier alles verändern, sobald wir auf dem Festland leben«, erklärte ihre Mutter, die erfreulich gut drauf war. Obwohl, noch immer war ihr Verhalten sprunghaft. »Er wird alle Toten wiedersehen«, hatte sie Nele auf dem Friedhof zugeraunt. »Sie gehen uns nur voraus. Manche warten auch im Meer auf uns. Ihre Seelen, weißt du, sie hoffen auf Erlösung.«

Wilhelmine sah eingefallener aus denn je. »Vielleicht hätte der Herrgott lieber mich abrufen sollen«, meinte sie. »Aber wer weiß, vielleicht holt mich auch ein anderer aus dieser Welt. Einer mit Hörnern.«

»Sie wird Greunfall nicht mehr verlassen«, sagte Neles Vater, als sie kurz unter sich waren. Er hatte die Krücken gegen einen Stock eingetauscht, tat sich aber immer noch schwer. »Wir haben ein Testament gemacht. Darin ist ein Betrag festgeschrieben, der für Wilhelmines Pflege bestimmt ist. Er wird reichen.«

Nele mochte von diesen Dingen nichts hören. Der Anlass ihres Treffens war schlimm genug. Trotzdem hatte sie alle Papiere unterschrieben, die ihr der Notar vorgelegt hatte, denn auch der war nach Greunfall gekommen. Er regelte den Nachlass und machte einmal die Runde über die Hallig, denn der eine oder andere Bewohner nutzte gleich die Möglichkeit, seine Angelegenheiten in Ordnung zu bringen.

»Jetzt gehört alles dir«, sagte Undine Lorentz, als die Familie abends auf den beiden weißen Friesenbänken vor dem Haus saß. Die Hitze lastete schwer auf ihnen. Man hatte den ganzen Tag auf Abkühlung durch ein Gewitter gehofft, aber es war dann doch vorbeigezogen.

»Ich möchte schwimmen. Wer kommt mit? Noch ist Hochwasser.« Neles Mutter sprang auf, und auch Nele verspürte Lust, sich abzukühlen. Außerdem waren ihr die Stunden, in denen ihre Mutter so klar war, kostbar.

Sie schwammen parallel zum Strand, passten sich der Strömung an, ließen sich eine Weile treiben und gingen dann an Land. Die Sonne war im Begriff unterzugehen, und vereinzelte Touristen warteten darauf, im richtigen Augenblick ihre Kamera zu zücken.

Schöner als hier können die Sonnenuntergänge auch nicht im Pazifik sein, dachte Nele. Und wärmer war es dort ebenfalls nicht, allerdings galt das nur für den heutigen Tag. Sie ließen sich an der Luft trocknen, bis Undine zu frösteln begann. »Ich schwimme zurück, und du?«

Nele zögerte noch. Sie hatte sich vorgenommen, später bei Enno reinzuschauen, falls er nach diesem Tag Gesellschaft oder Zuspruch benötigte. Vielleicht konnte sie das jetzt gleich erledigen. Sie trug zwar nur ihren Badeanzug, aber Enno würde ihr schon mit einem Pulli aushelfen können.

Ihre Mutter erriet ihre Gedanken. »Ja, geh zu ihm. Es ist nicht gut, mit dem Tod allein zu sein.«

Was für düstere Worte. Nele wusste nicht recht, wie sie ihren Besuch erklären sollte, aber das war gar nicht nötig, denn Enno, der ebenfalls schwimmen wollte, kam ihr entgegen.

Nachdem es zu dunkel geworden war, um im Wasser zu bleiben, gingen sie wie selbstverständlich zu seinem Haus zurück. Er warf ihr ein Handtuch zu. »Ich dusch mich nur schnell ab. Oder willst du zuerst?« So hatten sie es als Kinder gemacht. Oft sogar sich zusammen unter die Dusche gestellt, bis es nicht mehr »schicklich« war, wie Wilhelmine es deutlich ausgedrückt hatte.

Nele hörte das Rauschen des Wassers und betrat das Badezimmer. Enno stand unter der Dusche und wandte ihr den Rücken zu. Als sie ihr Handtuch fallen ließ, den Badeanzug abstreifte und sich mit einem »Nun mach schon Platz« an seine Seite drängte, rückte er bereitwillig.

»Findest du das schicklich?«, fragte er nur, und dann schwiegen sie, ließen den heißen Wasserfall der Dusche über ihre Körper laufen, hielten sich dabei umfasst und schauderten, als das Warmwasser aufgebraucht war und ein kalter Strahl herauskam. »Nimm meinen Bademantel«, sagte Enno schließlich, aber Nele reagierte nicht darauf, sondern lief nass und zitternd die Treppe hoch zu Ennos altem Zimmer, das sie seit Jahren nicht mehr betreten hatte, schlug die Patchworkdecke zurück, die einen herben Geruch ausströmte, und war mit einem Satz in dem knarrenden Holzbett. Hier hatte sie vor über zwanzig Jahren »Trampolin« gespielt, und als der Lattenrost durchgebrochen war, das alles ganz lustig gefunden, während Enno von seinem Taschengeld den neuen Lattenrost abzahlen musste.

Es dauerte, bis er hochkam. Er trug kurze Jeans und ein Shirt, das sie ihm einmal geschenkt hatte. Es zeigte Schneewittchen als Meerjungfrau mit den sieben Zwergen als Makrelen.

»Was mache ich jetzt mit dir?« Er setzte sich auf die Bettkante und schaute auf sie hinab. »Du meinst es gut, Nele, aber deine Anwesenheit hier ist doch nur Mitleid, weil du mich nach dem Tod meines Vaters für einsam hältst.«

»Nenn es, wie du willst«, flüsterte Nele und versuchte sanft seinen Kopf zu sich herunterzuziehen. Sie spitzte die Lippen.

Behutsam machte Enno sich frei. »Bitte nicht so.«

Nele richtete sich wieder auf und schlang die Decke enger um sich. Für einen Moment fühlte sie sich verloren und abgewiesen, aber dann gewann Empörung die Oberhand.

»Enno Broders, was ist mit dir los? Bin ich dir so zuwider, dass du mich nicht einmal küssen möchtest? Ja, du hast mir leidgetan, na und? Kannst du es dir leisten, mein Geschenk abzulehnen? Dann hättest du mich nicht hierher locken sollen.«

Sie wusste, dass sie im Unrecht war, denn Enno war ihr in keiner Weise zu nahe getreten, während sie selbst sich fast schon aufgedrängt hatte, was ihr nun peinlich bewusst wurde.

»Es ist meine Schuld, bitte verzeih mir«, sagte er jetzt auch noch und machte Anstalten zu gehen. »Du kannst dir was zum Anziehen aus meinem Schrank nehmen. Ich warte unten auf dich.«

Das war zu viel für Nele. Immer dieses Verständnis, nie ließ er sich aus der Reserve locken. Sie nahm den nächstbesten Gegenstand vom Nachttisch, einen Leuchtglobus, und schleuderte ihn Enno hinterher, der sich schon auf halber Höhe der Treppe befand.

»Das ist für dich, du Klotzkopf. Bist du überhaupt aus Fleisch und Blut? Kein Wunder, dass noch nicht mal Beate dich will.« Sie sah sich nach weiteren Wurfgeschossen um und griff nach einer gerahmten Zeichnung, die oben auf dem Flurtischchen stand.

»Das reicht.« Mit zwei Sprüngen war er oben, entwand ihr das Bild, das natürlich von ihr stammte, und hielt dann ihre Hände fest. »Zwing mich nicht, handgreiflich zu werden. Du bist hysterisch, reiß dich zusammen.«

Diese Seite kannte sie an Enno nicht. Nele war für einen Moment sprachlos, und das reichte aus, um wieder zur Vernunft zu kommen. Sie ging zurück in Ennos Zimmer und knallte die Tür hinter sich zu.

Bloß weg von hier. Sie riss ein gestreiftes Fischerhemd aus dem Schrank, das ihr bis zu den Knien ging, und war schon fast draußen, als ihr Blick auf ein Foto fiel, das neben dem Fenster hing – sie an ihrem achtzehnten Geburtstag auf dem Fährschiff, lachend und stolz, mit offenen Haaren, die im Wind wehten. Enno hinter ihr, ernst, eine Hand auf ihrer Schulter. Na gut, wenn er noch nicht einmal einen Kuss von ihr wollte ... Nele nestelte das Bild aus dem Rahmen und riss es in der Mitte durch. Es war der einzige Abzug, der existierte, und es verschaffte ihr ein Gefühl der Befriedigung, ihre Hälfte einzustecken und den Rest als Schnipsel auf den Boden fallen zu sehen.

»Lass uns den Abend vergessen«, schlug Enno unten vor, aber Nele ging nicht darauf ein. Schweigend machte sie sich auf den Heimweg, und zu Hause wollte sie gleich in ihrem Zimmer verschwinden, aber Wilhelmine fing sie ab.

»Wie geht es Enno? Konntest du ihn ein wenig ablenken?«

»Er braucht keinen Trost und auch keinen Menschen, und schon gar nicht mich.«

Am nächsten Morgen mischte Nele sich unter eine Gruppe Feriengäste, die ebenfalls aufs Festland fuhr. Als Enno im letzten Moment auf den Anleger kam, musste sie sich zwingen, ihm die Hand zum Abschied zu reichen.

»Das mit dem Foto war unfair«, sagte er ruhig, »aber wenn du mir die andere Hälfte zurückgibst, werde ich es kleben.«
Darauf wusste sie keine Entgegnung.

Liebe Nelly,
bin zurück in Hamburg und glaube, ich sollte mich schämen. Ich weiß gar nicht, was da über mich gekommen ist. Es war nicht nur Mitleid, wie Enno mir vorgeworfen hat. Nein, als er da so unter der Dusche stand, erschien mir alles plötzlich so vertraut und selbstverständlich, aber inzwischen sehe ich das mit seinen Augen. Peinlich, ihn so bedrängt zu haben. Wie konnte mir das nur passieren?? Was mache ich bei der nächsten Begegnung? Vielleicht ist es unfair, aber ich gebe ihm eine Mitschuld. Früher hat er immer nach meiner Pfeife getanzt, und jetzt auf einmal mag er mich nicht mehr, denn etwas anderes kann seine Reaktion nicht bedeuten.
Ob es wegen Beate ist? Ich habe ihn einen Klotzkopf genannt. Darunter verstehe ich einen hoffnungslos unsensiblen, unromantischen Menschen. Unter uns, gern hab ich ihn aber trotzdem. Ein bisschen, wahrscheinlich die Macht der Gewohnheit. Also, Nelly, von Frau zu Frau, Schwester zu Schwester, sag mir bitte Deine Meinung. Soll ich mich weiter in Grund und Boden schämen, oder weißt Du einen Rat? Komm bitte aus Deiner Reserve, ausnahmsweise,
wünscht sich ganz doll
Deine Nele«

Schon am nächsten Tag erhielt sie eine Antwort. Nele traute kaum ihren Augen, aber die Mail war eindeutig mit dem Namen »Nelly« unterzeichnet. Sie war nicht lang, bestand nur aus einem einzigen Satz. »Gut Ding will Weile haben.«

Ganz klar war ihr diese Botschaft nicht, aber keine ihrer neuen Rückfragen wurde beantwortet.

Nele entschied sich, den Rat als »am besten Gras über die Sache wachsen lassen« zu interpretieren.

»Du kannst dir nicht vorstellen, was hier los war.« Jenny wies auf den mit Papieren bedeckten Schreibtisch. »Alles Aufträge. Sie wollen Klein Silber für ein Öko-Waschpulver haben. Ein Pralinenhersteller möchte das Emblem für seine Meeresfrüchte aus Schokolade verwenden. Zur Not ginge auch etwas anderes als eine Möwe, meint er.«

»Ich wollte schon immer einen Basstölpel entwerfen«, sagte Nele nachdenklich, »ursprünglich als Modell für eine Galionsfigur.« Es gab ihr einen Stich, an die verlorenen Entwürfe zu denken, die jetzt irgendwo mit im Pazifik unterwegs waren.

»Ein Basstölpel für Schokoladenprodukte? Hört sich plump an. Grab lieber die verliebten Herzmuscheln aus. Aber lassen wir das für den Moment. Morgen kommt eine Reporterin von *Mademoiselle*. Sie wollen ein Porträt über die Agentur Jennel bringen, speziell über die Schöpferin von Klein Silber. Zieh dich nett an.«

»Ach, Jenny«, stöhnte Nele, »kannst du das nicht alleine übernehmen?«

»Im Prinzip schon, Frau Chefin, ich liebe Glamour pur, aber ich bin nicht Klein Silbers Mama, das bist du.«

»Na, dann bist du eben ihre Patentante. Ich autorisiere dich hiermit ...«

»Nele, so geht das nicht.« Jenny wurde ernst. »Wir hatten abgesprochen, unsere ganze Kraft für den Aufbau der Agentur einzusetzen. Ein paar Jahre wird es dauern. Du kannst nicht kommen und gehen, wie du willst. Selbst Löffelchen konnte das nicht.«

Nele trat ans Fenster. Die Kastanie im Innenhof hatte stumpfe Blätter, kein Luftzug setzte sie in Bewegung, und die Vögel waren verstummt. Neben den Mülltonnen stapelten sich Plastiksäcke, von Fliegen umschwärmt. Der Hausmeister hatte letzte Woche Rattenköder ausgelegt. Es roch nach Sommer in der Stadt, abgestanden und faulig. Sehnsüchtig dachte sie an das Wattenmeer zu Hause. Schwimmen und abkühlen bei auflaufendem Wasser, der frische Geruch von Schlick und Seetang, und immer wieder der Ruf der Silbermöwen, der sich der Stimmung der Menschen anpasste. »Komm mit hinaus.« – »Was willst du hier?« – »Lass mir meinen Raum.« – »Keine Zeit, bin unterwegs zum Horizont.«

»Jenny, komm, wir lassen hier alles liegen und gehen schwimmen oder wenigstens ans Wasser. Ich brauche Zeit zur Umstellung.«

»Na schön«, gab Jenny nach, wenn auch widerstrebend. »Aber schwimmen ist nicht. Weder Alster noch Elbe sind erlaubt, und in die überfüllten Badeanstalten mit den quakigen Kiddies bekommst du mich nicht rein.«

»Dann wenigstens ein Eis essen. Fahren wir rüber ins Piranha?«

»Die Plätze auf der Terrasse sind da bestimmt auch alle besetzt. Warte, mir fällt was ein.« Jenny ging mit ihrem Handy nach draußen und kam wenig später strahlend zurück. »Es klappt. Torben ist zu Hause. Wir sind herzlich eingeladen, bei ihm an Deck etwas Kühles zu schlürfen. Bitte, Nele, sag nicht Nein. Wir wollten doch sowieso mal …«

»Du wolltest. Aber ich bin einverstanden.« Mit Moby Dick fuhren sie zum Harburger Hafen. So manche Erinnerung stieg in Nele wieder hoch – das erste richtige Treffen mit Leif, das vorsichtige Beschnuppern, die verrückte Nacht damals und schließlich das schonungslose Gespräch mit Torben.

Er nahm sie beide in den Arm, spielte den perfekten Gastgeber, und unter dem aufgespannten Sonnensegel konnte man die Hitze gut aushalten.

»Ich hab mich schon lange gefragt, wann du mal mitkommst«, sagte Torben zu Nele. »Oder trägst du mir etwas nach?«

Sie schnitt eine Grimasse. »Was denn? Du hast erst zu deinem Freund gehalten und dann mir reinen Wein eingeschenkt. Zum Glück noch rechtzeitig. Ich muss dir dankbar sein.«

»Lasst doch die alten Geschichten.« Jenny wurde ungeduldig. »Der Tag ist zu schön, um olle Kamellen aufzuwärmen. Leif schippert am anderen Ende der Welt herum, das hat sich doch alles erledigt, und Nele ist schon lange darüber weg, falls es dich interessiert.«

»Stimmt das?«, fragte Torben Nele.

»Wenn er mir heute über den Weg laufen würde, bekäme er einen höflichen Händedruck, und dann würde ich weitergehen«, erklärte sie und meinte es auch so. »Mein Leben hat sich schon damals nicht nur um Leif Larsson gedreht. Seine Postkarten sind amüsant, aber ansonsten ist und bleibt er für mich erledigt.«

»Sag ihm das selber, wenn er zurück ist. Ich vermute, er wird sich bei dir melden.«

»Soll er«, meinte Nele gleichgültig. »Kann ja wohl noch ein paar Jährchen dauern.«

»Er kommt übermorgen.«

Sie musste sich verhört haben. Oder er hatte einen unverständlichen Witz gemacht. Auch Jenny wirkte total überrascht.

»Leif hat mich gestern angerufen«, berichtete Torben. »Sie sind auf der Höhe von Tonga in schweres Wetter geraten. Ihm ist nichts passiert, aber die Wahita dürfte ziemlich hinüber sein. Unmöglich, die Reise fortzusetzen. Er hat zwar Leute vor Ort gefunden, die die nötigen Reparaturen durchführen können, aber sie kommen nicht an Ersatzteile. Finanziell schafft er es nicht ohne Hilfe, und die bekommt er am ehesten hier, meint er.«

»Sponsoren auftun, das Interesse der Medien wecken. Alles noch mal von vorne«, sagte Nele. Nur mit mir kann er nicht von vorne anfangen, dachte sie. Ich werde mich hüten, noch mal auf seinen Charme reinzufallen.

»Wo wird er wohnen?«, fragte Jenny.

»Bei mir.« Torben und Jenny tauschten einen langen

Blick, wie Nele bemerkte. Schluss mit trauter Zweisamkeit auf dem Hausboot. Nun, ihr sollte das egal sein.

»Danke für die Vorwarnung, Torben.«

»Du wirst es mir kaum glauben, aber Leif hat sich total geändert. Ihm ist bewusst, dass die letzten Jahre zu chaotisch waren und dass er in Beziehungen reichlich Mist verzapft hat. Aber damit soll jetzt endgültig Schluss sein, hat er mir erzählt.«

»Wie schön für seine Gattin«, meinte Nele zynisch.

»Wahita? Auch das hat er in Ordnung gebracht. Die Scheidung ist eingereicht. Aber man muss dort unten für die Papiere viel Geld bezahlen.«

»Dann kann er ja die Rosis anpumpen.«

Jetzt wurde es selbst Jenny zu viel. »Sei nicht so nachtragend, Nele. Leif ist, wie er ist. Sieh doch mal seine positiven Seiten. Nicht alle sind so brav und langweilig wie dein Inselfreund.«

»Eine Hallig ist keine Insel«, sagte Nele automatisch, und dann war das Thema irgendwie durch, und sie genossen den frischen Luftzug, den es selbst im Binnenhafen immer gab.

Abends rief ihr Vater an. »Ich komme gerade erst vom Festland zurück. Wir hatten hier schwere Gewitter, aber der Schaden hält sich in Grenzen. Deine Mutter war während des Wetters draußen unterwegs, bis Wilhelmine sie nach Hause gebracht hat. Nicht ganz ohne Folgen.« Er machte eine Pause.

»Was willst du damit sagen?«, fragte Nele alarmiert.

»Sie waren beide total durchnässt, und weil Wilhelmine

zuerst Mutter beruhigt und versorgt hat, konnte sie wohl nicht so schnell aus ihren eigenen Kleidern. Jetzt liegt sie mit Fieber und Bronchitis.«

»Ist es schlimm? War der Arzt da?«

»Du kennst sie doch. Wärmflasche, Wadenwickel gegen das Fieber, Brustwickel aus feuchtem Seetang und Kräutertee mit einem Schuss Rum. Mehr lässt sie nicht zu. Warte, Enno will dich noch kurz sprechen.«

Sie hatte keine Zeit, sich auf das Gespräch einzustellen, aber Enno wollte ihr nur mitteilen, dass er die Anträge für Fördergelder für sie vorbereitet und abgeschickt hatte.

»Wenn du noch Fragen dazu hast, melde dich. Sonst alles in Ordnung?«

»Natürlich, Enno.« *Gut Ding will Weile haben* laut Phantom-Nelly. Vielleicht hieß das, so zu tun, als ob nichts vorgefallen wäre.

17

*D*ie Dame von *Mademoiselle* war schon da, als Nele am nächsten Morgen in der Agentur eintraf. Jenny hatte Entwürfe von Klein Silber geschickt an den Wänden platziert, die Dame rumgeführt und von den einzelnen Projekten berichtet.

»Würden Sie die Aussage bestätigen, dass es in unserem Land mit dem jungen Unternehmertum aufwärtsgeht?« – »Ist die Kunstfigur von Klein Silber ein Symbol für Demokratie und Gemeinschaftssinn?« ...

Die Fragen prasselten auf Nele herab. Sie bekam kaum Gelegenheit zum Antworten, und wenn es einmal eine Atempause gab, sprang Jenny gleich hilfreich ein.

»Nein, die Cartoonserie *Spezies Mann* bedeutet nicht, dass wir uns dem Postfeminismus verschreiben. Männerfreundlich? Aber gewiss!«

»Kommen wir nun zu Ihrem Privatleben«, wandte sich die Reporterin gewinnend an Nele. »Unsere Leserinnen möchten natürlich gerne erfahren, was Sie antreibt. Gibt es eine Art Motor in Ihrem Leben?«

Ein Motor. Ja, der von Moby Dick. Einer, der regelmäßig streikte. »Vielleicht die Natur. Seeluft. Einsamkeit. Ich habe meine Wurzeln auf einer Hallig.« Wurzeln, was sagte sie da! Das war doch gar nicht auf ihrem Mist gewachsen.

»Das ist ja interessant. Darf ich mein Aufnahmegerät einschalten? Bitte berichten Sie mir mehr darüber. Was macht man auf solch einem Inselchen, oder gibt es bereits eine Brücke zum Festland?«

Nele musste lachen. »Das hätte gerade noch gefehlt. Dann gäbe es noch mehr Touristen, und die wollen wir nicht. Ich meine ...« Sie suchte nach den richtigen Worten. »Selbstverständlich mögen wir Touristen, aber es gibt nicht allzu viel Platz, und Naturschutz wird bei uns ganz groß geschrieben.«

»Sie sprechen von Wurzeln. Fühlen Sie sich überhaupt in der Großstadt wohl, oder betrachten Sie Ihr berufliches Engagement nur als eine Übergangslösung?«

Jenny machte ihr verzweifelt Zeichen. Jetzt bloß nichts Falsches sagen, interpretierte Nele die Grimassen. Es ging schließlich um kostenlose Werbung für die Agentur Jennel.

»Ich bin mir noch nicht sicher, wo ich endgültig Wurzeln schlagen werde. Das hängt von meinem Glücksstern ab.« Nichts als Schwachsinn gebe ich von mir, dachte Nele verzweifelt. »Nein, es hat nichts mit Astrologie zu tun. Ich könnte ebenso gut dem Ruf einer Silbermöwe folgen.«

»Diese junge Dame ist etwas ganz Besonderes. Ein Naturkind, das es in die Stadt verschlagen hat und das bestimmt Karriere machen wird. Nur am Marketing muss sie noch arbeiten. Ich als ihr persönlicher Coach werde sie dabei unterstützen. Bei weiteren Fragen wenden Sie sich bitte direkt an mich.«

»Ich kenne Sie«, sagte die Reporterin, offensichtlich

freudig überrascht. »Herr Larsson, nicht wahr? Meine Kollegin und ich haben damals darum gelost, wer Sie interviewen darf. Ich hatte verloren, leider.«

»Sagen Sie das nicht. Dann ist unsere Begegnung jetzt Schicksal. Diesmal dürfen Sie ganz exklusiv über mich berichten. Sie und keine andere, darauf bestehe ich.«

»Wo kommst du denn her?« Nele sagte das Erste, was ihr in den Sinn kam, egal, wie dumm es klang. In Gegenwart der Reporterin war sowieso kein privates Gespräch möglich, und um Leif vor die Tür zu setzen, war es zu spät.

»Ich bin seit gestern Nacht zurück, habe eine frühere Maschine bekommen. Da ich davon ausging, dass du mich bei dir zu Hause nicht empfängst, habe ich deinen Arbeitsplatz als Ort des Wiedersehens gewählt.«

Raffiniert, dachte Nele, so kann ich ihn nicht abwimmeln oder eine Szene machen.

»Mensch, Leif, toll siehst du aus«, sagte Jenny und war sofort auf Flirten eingestellt. »Wie war's denn so, erzähl mal.«

»Demnächst. In einem Rahmen, der etwas privater ist. Nicht wahr, meine Meerkatze?« Der letzte Satz wurde sehr leise gesprochen und war nur an Nele gerichtet. Sie hielt seinem Blick stand, und im Anschluss daran auch der flüchtigen Umarmung, wie man sie unter guten Bekannten austauschte.

»Sie sind mit dem Wagen da?«, wandte er sich jetzt an die Dame von *Mademoiselle*, die überrascht nickte. »Es wäre reizend von Ihnen, wenn Sie mich ein Stück mitnehmen könnten. Die Richtung ist egal. Ich lasse mich gerne durch die City chauffieren, und wenn Sie in der Tat ein Interview möchten?«

»Natürlich, sehr gerne. Wir waren hier ja auch fertig, nicht wahr, Frau Lorentz?«

Schon brach man auf. »Ich melde mich später bei dir.« Leif hob lässig die Hand zum Gruß.

»Der Mann hat Ausstrahlung. Kann ja sein, dass er ein Charakterschwein ist, doch wenn du meine Meinung dazu hören willst …«

»Danke, Jenny, aber ich möchte lieber zurück an unsere Arbeit gehen.«

»Schnapp, sagte die Auster und ging zu«, stellte Jenny gekränkt fest.

Er meldete sich weder an diesem noch an den nächsten Tagen. Dafür war viel über ihn in der Presse zu lesen. »Weltumsegler konnte nur die blanke Haut retten.« – »Spendenaufruf für die Wahita« – »Vortrag über eine außergewöhnliche Fahrt«

Nele nahm alles zur Kenntnis und versuchte sich abzulenken. Sie ging Ennos Unterlagen durch und besprach sie mit Jenny und Flo.

»So könnte es gehen«, meinte der. »Zunächst Mittel bei Bund und Ländern für die Einrichtung eines Museums beantragen. Außerdem kann man es noch mit einem Antrag auf spezielle Förderung im Kreis Nordfriesland versuchen. Sternchens Kampagne im Anschluss, einen fähigen Museumsbetreiber finden, und du behältst ein paar Privaträume.«

»Also dann, ab die Post«, beschloss Nele. »Ich finde übrigens, wir sollten noch richtig Einstand feiern.«

»Unbedingt«, pflichtete Jenny bei. »Paady. Pärchenweise. Flo und Sternchen, Torben und ich, und du mit ... schon gut, schau mich nicht so warnend an, ich sprech den Namen nicht aus.«

Leif tauchte im Piranha auf, als Nele schon nicht mehr mit ihm gerechnet hatte. Sie wollte sich mittags mit Flo treffen und war eher gekommen, um mit Manuelo zu plaudern.

»Der Wikinger. Hat er immer noch deinen Schirm?«, fragte Manuelo, als Leif seine Begrüßungsrunde drehte, bevor er an Neles Tisch kam.

»Du gestattest?« Sie nickte kurz und nahm sich vor, cool zu bleiben, das Kribbeln im Bauch zu ignorieren, das ja auch von dem Café amaretto herrühren konnte. »Manchmal muss man auf den Zufall hoffen.« Er lächelte sie unschuldig an. »Nach deinem frostigen Empfang neulich hielt ich es für angebracht, dir noch ein wenig Zeit zu lassen. Sag, mein Meerkätzchen, gibt es etwas, dass zwischen uns steht?«

Dackelblick, Augen wie die blaue See bei Sonnenaufgang. »Ich halte dich für falsch, verlogen und heuchlerisch«, sagte Nele und betonte dabei jedes Wort.

»Gut so, weiter!« Er griff nach ihren Händen und hielt sie fest.

»Außerdem für ehrlos, oberflächlich und falsch.«

»›Falsch‹ streichen wir, weil es sich um eine Wiederholung handelt. Darf ich mich verteidigen?«

»Nein.«

Er kam mit seinem Gesicht dichter an ihres. »Ich könnte es auch nicht. Du hast in allen Punkten recht. Aber das betrifft nur den Leif von früher. Ich bin ein neuer Mensch. Hat Torben dir von meiner geplanten Scheidung erzählt?«

»Leif, das ist es nicht alleine. Ich habe dich nie als vogelfreien Menschen betrachtet. Aber ...«

»Aber was?«

»Du bist nicht beständig. Ich weiß nicht, wie ich es ausdrücken soll. Du lebst dein Leben ohne Rücksicht auf Verluste.«

»Das ist richtig.« Er lehnte sich zurück und verschränkte die Arme. »Ich dachte, wir wären uns in diesem Punkt ähnlich. Auch du bist nicht kleinkariert oder eine Mutter Theresa. Hat dich nicht immer das Abenteuer gelockt? Raus aus der Tretmühle, dem Alltagsmief? Sonst wärst du doch auf deiner Hallig geblieben und versauert.«

Er hatte nicht unrecht, aber es gab da Nuancen, die sie ihm nicht erklären konnte, vielleicht noch nicht einmal sich selbst.

»Was ist mit den Rosis?«, fragte sie ablenkend.

»Nichts. Sie hüten mein Gepäck, und ab und zu führe ich sie dafür aus, was sehr praktisch ist, denn sie bezahlen. Glaubst du etwa im Ernst ...«

»Ich weiß nicht, was ich glauben soll«, sagte Nele schnell, denn sie sah Florian kommen, in Begleitung von – Ennos Beate.

»War es nicht schön mit uns?« Jetzt klang Leifs Stimme

nicht mehr schmeichelnd, sondern rau und verlangend. Sie spürte, wie sich sein harter Schenkel gegen ihr Bein presste. »Ich habe seitdem keine andere Frau gehabt. Damit meine ich, keine, die von Bedeutung gewesen wäre.«

»Was ist aus meinen Entwürfen für die Galionsfigur geworden?«, wechselte sie verlegen das Thema und winkte Flo zu.

»Wenn ich sie in meinen Unterlagen finde, bringe ich sie bei dir vorbei. Schau, da kommt der kleine Pestfloh mit seiner Mutter oder älteren Schwester. Ich glaube, er hat nichts für mich übrig. Bis später, Meerkätzchen.«

Küsschen rechts, Küsschen links. Bei Küsschen Mitte zog Nele hastig den Kopf weg.

»Wenn der Typ dich nicht in Ruhe lässt, brauchst du es mir nur zu sagen«, erklärte Flo tapfer und rieb nervös an seiner Brille. Auch Beate wirkte sehr nervös.

»Du wunderst dich sicher, dass ich in Hamburg bin.«

»Nein«, erwiderte Nele, »aber ich wusste nicht, dass ihr, du und Flo, euch kennt.«

Vielleicht hatten sie über Flos Sternchen Bekanntschaft geschlossen. Die sollte ja auch klassische Musik lieben wie Beate und ging gerne in Konzerte und hatte altmodische Prinzipien, wie Flo immer beteuert hatte. Sie selbst hatte doch gedacht, dass Flo und Beate gut zusammenpassen würden, wenn sie nicht schon anderweitig gebunden wären.

Komisch, Sternchen liebte einen anderen, Beate liebte einen anderen. Die beiden sollten sich bei Gelegenheit mal kennenlernen. Man könnte fast meinen …

»O ich Esel! Dabei hätte ich doch schon längst zwei und zwei zusammenzählen können.« Nele sah von einem zum anderen. »Du bist Sternchen, Beate. Und deine Altlast, wie dein feiner Freund hier angedeutet hat, ist Enno. Was ich nicht begreife, warum diese Heimlichtuerei?«

»Ich hatte es ihr versprechen müssen.« Flo wirkte ganz unglücklich. »Sie wollte dich nicht kränken.«

»Wieso mich? Doch höchstens Enno. Warum hast du es mir nicht erzählt, als wir auf Greunfall waren, Beate?«

»Weil ich bereits einmal deine Gefühle verletzt habe.«

Nele fiel beim besten Willen nichts ein. »Dachtest du, ich renne schnurstracks damit zu Enno?«

»Das nicht, aber zuerst mache ich dir deinen Jugendfreund abspenstig, und dann fange ich noch was mit Flori an, deinem zweitbesten Freund. Enno fühlt sich mir gegenüber verpflichtet, und dabei liebt er doch dich.«

Schon flossen die Tränen, und Flo nahm sein Sternchen beschützend in den Arm. »Nachdem Jenny uns zusammen gesehen hatte, war die Aufdeckung nur noch eine Frage der Zeit. Dem wollten wir heute zuvorkommen«, schloss er hilflos.

Nele sortierte ihre Gedanken. Beate gab Enno für Florian auf. Na ja, ob sie da vom Regen in die Traufe kam, blieb abzuwarten. Geheimhaltung hatte man zwar Jenny, aber nicht ihr zugetraut, auch damit konnte sie leben! Aber Enno, der eine andere liebte, und zwar sie – nein, das musste sie aufklären.

»Beate, falls du fürchtest, ich könnte dein Glück zerstören«, fing sie vorsichtig an, »ich muss da was richtigstellen. Enno hat sich nie besonders zu mir hingezogen gefühlt.« Als Beweis könnte sie ein treffendes Beispiel aus der jüngsten Vergangenheit bringen, aber sowohl Beate als auch Flo wären garantiert schockiert. Also lieber anders formulieren. »Enno ist zu allen Menschen gutmütig und hilfsbereit, und so auch zu mir. Ich bin für ihn nur eine alte Bekannte. Wenn er überhaupt eine Frau liebt, dann dich.« Das war vielleicht übertrieben, aber damit konnte sie dem Schicksal noch mal eine Wende geben. Falls Beate sich noch nicht ganz sicher war.

»Glaubst du wirklich?« Verflixt, warum klang Sternchen-Beate nun erst recht unglücklich?

»Ja, er hat es mir gesagt.« Das war eine Notlüge, aber natürlich musste Enno Beate auf eine gewisse Art lieben, sonst hätte er sie gar nicht erst auf die Hallig mitgebracht.

»Dann kann ich dir nichts versprechen, Flori«, sagte Beate sehr ernst. »Enno ist ein so wertvoller Mensch. Er hat keine Zurückweisung verdient.«

»Aber wenn du doch Flo liebst, stellt sich das Problem nicht mehr«, meinte Nele verblüfft und stieg bei den Gefühlsverwicklungen nicht mehr durch.

»Es ist bei uns nicht so wie bei dir und dem Wikinger«, erklärte Flo und stand auf. »Heute so, morgen so, das gibt es nicht.«

»Geht es hier um mich? Klärt doch eure Angelegenheiten unter vier Augen.« Nun reichte es ihr wirklich, zumal sie das Gefühl hatte, bei ihrer Intervention etwas vermurkst zu haben. Na, sie war eben keine Psychologin.

»Liebe Nelly,
bin ich wirklich immer noch eine Chaos-Queen? Es läuft wieder einiges schief, und Du bist ja meine Kummerkastenschwester. Flo und Beate sind mal wieder getrennt. Ist sicher meine Schuld, hab's falsch angepackt.
Aber Enno und ich – das wäre doch zu komisch, wo es doch zwischen uns nie etwas wie Romantik gegeben hat. Bis auf meinen ›Überfall‹ auf ihn als Teenager, was nur auf den Hormonspiegel zurückzuführen war. Auf meinen, nicht auf seinen. Und unsere letzte Begegnung war wohl der endgültige Beweis. Mit Leif ist es zwar auch nicht besonders romantisch, aber er hat mich mit seinem Charme so hartnäckig umworben, dass ich fast wieder schwach geworden wäre. Wirklich nur fast, denn als er mich so nebenbei anpumpen wollte, bin ich gleich wieder zur Besinnung gekommen!!
Trotzdem fahren wir morgen zusammen nach Greunfall. Der Förderantrag fürs Museum ist abgelehnt worden, und nun will Leif mir behilflich sein, ein anderes Konzept zu entwickeln. Er kennt sich ja mit Spendentöpfen aus. Hoffentlich kommen Leif und Enno miteinander klar. Meine Eltern sind zur Zeit auf dem Festland bei Dr. Balt. Sie wollen das mit dem kleinen Haus unter Dach und Fach bringen. Mutter scheint sich sogar darauf zu freuen.
Nur Wilhelmine macht allen Kummer. Sie bockt immer noch wie ein Maulesel, hat ihren Infekt nicht richtig ausgeheilt und hustet Tag und Nacht. Mal sehen, ob ich

etwas für sie tun kann. Ach, Nelly, wo gehöre ich eigentlich hin?, fragt sich wieder einmal
Deine Nele«

»Du könntest Moby Dick mit Werbebannern schmücken. Das bringt was ein«, schlug Leif auf der Fahrt vor.

»Das würde ihm nicht gefallen«, sagte Nele lachend. Die Stimmung war gut, und obwohl Jenny ihr einen Vortrag über Pflichtversäumnis am Arbeitsplatz gehalten hatte, schien sie glänzend ohne ihre »Chefin« klarzukommen.

»Was bringt denn deine Silbermöwe ein?«, erkundigte sich Leif, als sie bei Herrn Pedersen auf dem Schiff standen und zuschauten, wie unvernünftige Touristen die Vögel fütterten. Es sprach nichts dafür, die wohlgenährten Tiere zu mästen, das war einfach nicht artgerecht.

»Klein Silber habe ich unter Wert verkauft«, seufzte Nele. »Diese komplizierten Verträge, das ist nichts für mich.«

»Jetzt hast du mich als Coach, mein Meerkätzchen, ich übernehme deine Geschäfte. Hast du noch andere Sachen in petto?«

»Einiges. Aber vor allem hatte ich mir etwas von den Entwürfen für die Galionsfiguren erhofft. Bist du ganz sicher, dass sie unauffindbar sind?«

»Sonst hätte ich sie dir doch gegeben, oder? Du machst einfach neue.«

Nele verstand nicht, warum Leif bei diesem Thema so gereizt reagierte. »So leicht geht das nicht. Ich hatte vor, sie bei dem dänischen Wettbewerb einzureichen. Hast du dich eigentlich mit einer Arbeit beteiligt? Es ging ja um viel Geld.«

Aber Leif war mit anderen Dingen beschäftigt. »Ich will mal den Schiffer fragen, was er von einer Marina hält. Wenn man hier ordentlich ausbaggert, müsste das möglich sein. Ein Yachtzentrum vor Greunfall, dazu vielleicht ein Museumshafen. Die Häuser modernisieren, runter mit dem alten Reet, Sonnenkollektoren drauf. Das Museum muss natürlich auf alt getrimmt bleiben, aber wichtig ist, dass die Gäste das ganze Jahr über kommen.«

Während Leif auf Herrn Pedersen einredete, wandte sich Nele der Hallig zu, deren langsames Auftauchen aus dem flirrenden Licht sie immer noch faszinierte. Greunfall schien zwischen Himmel und Wasser zu schweben.

Enno stand am Anleger, und plötzlich war Nele nichts mehr peinlich. Er war da, vertraut wie stets, schaute sie an und wartete gar nicht erst ihre Reaktion ab.

»Da bist du ja wieder.« Kurze Umarmung, dann ein Händedruck für Leif. »Bleibt ihr länger?«

»Höchstens ein paar Tage. Leif will mir wegen des Museums behilflich sein, jetzt, wo die Finanzierungsanträge abgelehnt sind.«

»Das bekommen wir schon hin«, meinte der. »Privatfinanzierung ist angesagt. Aber man muss den Sponsoren etwas bieten, etwas vorgaukeln zur Not.«

»Damit kenne ich mich nicht aus«, erklärte Enno und wandte sich an Nele. »Wilhelmine geht es besser, aber sie sollte im Haus bleiben. Wirst du mit allem zurechtkommen?«

»Das tue ich doch immer«, sagte sie verärgert.

»Komm doch heute Abend auf einen Drink zu uns rüber«, schlug Leif vor. Peinlich, dachte Nele, er führt sich als Gastgeber auf. Wie mochte das für Enno sein? Aber zu ihrer Überraschung nahm er höflich an.

»Ich bringe einen schottischen Whisky mit. Mein verstorbener Vater hatte ihn für einen besonderen Anlass aufgespart.«

»Man muss die Feste feiern, wie sie fallen«, meinte Leif, ohne zu kondolieren, wie es üblich gewesen wäre.

Sie war etwas wacklig auf den Beinen, aber ansonsten ganz munter.

»Wilhelmine«, Nele nahm sie fest in den Arm, »was machst du für Geschichten?«

»Ich bereite mich langsam auf mein Ende vor.« Es klang vergnügt. »Aber Gevatter Tod wird noch ein bisschen warten müssen. Im Sommer sterben, das wäre doch schade. Dann lieber im Herbst bei Sturmflut. In einer solchen Nacht, in der ich dich damals auf die Welt geholt habe, versehen mit einer Glückshaube. Und eine riesige Möwe ...«

»Wo finden wir denn etwas zu beißen?«, unterbrach Leif. »Sag mal, Kätzchen, teilen wir uns ein Zimmer? Nur für den Fall, dass ich Albträume bekomme?«

Es gab keine Pensionsgäste, und Wilhelmine wies Leif ein Zimmer am Ende des Gangs im Erdgeschoss zu. »Ich traue ihm nicht«, flüsterte sie, als sie Nele ins Obergeschoss begleitete. »Letzte Nacht habe ich von einer Seeschlange geträumt. Sie trug seine Gesichtszüge und wollte dich holen. Im Auftrag von ... du weißt schon. Die Prophezeiung. Der Preis für ein Kindchen.«

»Du erzählst mir die Geschichten, wenn wir zwei alleine sind, ja?« Nele war in Sorge, dass Leif sich über Wilhelmine lustig machen, sie womöglich kränken könnte, wenn auch ohne Absicht. Er schien mit alten Leuten wenig Geduld zu haben.

»Ich gehe seit einiger Zeit früher zu Bett«, sagte Wilhelmine entschuldigend und bekam eine schlimme Hustenattacke. »Mein Zugeständnis ans Alter. Aber denk nicht, dass ich schlafe. Ich träume und sehe alles vor mir, als ob es gestern gewesen wäre.«

»Was siehst du vor dir?«, fragte Nele weich, aber da kam Leif und beanspruchte wie üblich ihre volle Aufmerksamkeit.

»Dein Kumpel von früher, der hat doch bestimmt einen großen Einfluss auf der Insel.«

»Eine Hallig ist keine Insel!«

»Danke für die Belehrung, mein Kätzchen. Ich meine, er könnte doch ein gutes Wort beim Bürgermeister oder so für unsere Pläne einlegen?«

»Der Bürgermeister ist mein Vater. Wenn meine Eltern wegziehen, wird es wohl Enno werden, vorausgesetzt, er bleibt hier.«

»Burschen wie er vertrödeln ihr Leben meistens am Heimatort. Du kannst ihn um den Finger wickeln, das habe ich sofort gemerkt. Weißt du noch, als er dich von der Vogelinsel retten wollte? Mich alleine hätte er garantiert absaufen lassen.«

Es war müßig, Leif über das hohe Verantwortungsgefühl aufzuklären, das die Halligbewohner für Menschen im Watt aufbrachten, denn man selbst konnte der Nächste sein, der unverhofft in Gefahr geriet.

Enno brachte in der Tat eine Flasche Whisky mit, und schon bald prosteten sich die beiden Männer zu, während Nele sich an ein kühles Bier hielt.

»Ein Juwel, das brachliegt«, meinte Leif. »Nicht dass ihr Hinterwäldler seid, aber in gewisser Weise erinnert ihr mich an die Eingeborenen Polynesiens. In den Tag hineinleben und hoffen, dass alles bleibt, wie es ist.«

»Ich war nie in Polynesien«, erwiderte Enno bedächtig, »aber hier muss man eine Menge dafür tun, dass alles so bleibt.«

»Na klar, damit eure Kante nicht abbröckelt. Das meine ich nicht.« Leif kam in Fahrt und schenkte noch mal Whisky nach. »In Wahrheit sitzt ihr auf einer Goldgrube und wollt sie mit keinem teilen. Tagestouristen, was bringen die ein? Höchstens eine Mahlzeit. Hier gibt es ja außer dem Krog noch nicht mal eine Würstchenbude.«

»So was wollen wir nicht«, schaltete sich Nele ein. »Unser Kapital ist die Natur, und die gilt es zu erhalten.«

»Nichts ist umsonst. Dann müsst ihr eben indirekt Eintrittspreise für die Natur nehmen.«

»Und wie soll das praktisch funktionieren?«

»Einen Anreiz schaffen, neue Zielgruppen anlocken. Marketing mit Eventcharakter.«

»Wir wollen keine Wattwanderungen in Kostümen mit

Blaskapelle«, betonte Enno. »Oder Barbecues auf der Vogelinsel.«

»Ansichtssache. Wie ich mein Kätzchen hier kenne, würde sie auch keine Spielautomaten in ihrem Elternhaus aufstellen wollen.« Er versuchte Nele an sich zu ziehen, aber sie sträubte sich, zumal Enno bei dem Kosenamen unmerklich zusammengezuckt war.

»Dann lassen wir das doch«, meinte Nele trocken. »Mir geht es um eine Lösung, das Haus hier langfristig als Museum zu erhalten. Da der Staat aktuell Kultur in der Form nicht fördert, muss ich irgendwie privat an Gelder kommen. Was schlagt ihr vor?«

»Klein anfangen«, sagte Enno und hielt seine Hand über das Glas, als Leif erneut nachschenken wollte. »Ein Zimmer als Heimatstube, ehrenamtliche Betreuung durch Leute von uns, später dann Erweiterung und Sonderausstellungen mit Neles Werken als Mittelpunkt.«

»Ich bin für Klotzen statt Kleckern«, unterbrach ihn Leif. »Mit fünfzig Cent Eintritt ist es nicht getan. Denn wenn man hier eine Multimediashow einrichtet, so mit Effekten wie Monsterwellen, die einen scheinbar überrollen, dann muss es unbedingt eine Steigerung von Raum zu Raum geben, Land unter in der Stube, Schiffbruch in der Halle und vielleicht noch ein paar von diesen Untoten, die ihr in euren Sagen habt.«

»Du denkst also an eine Art Geisterbahn«, fasste Enno zynisch zusammen.

»Nicht nur. Zusätzlich. Die Frauen der Hallig könnten in ihren Trachten ein bisschen tanzen, und du zeigst, wie man Krabben pult.«

Wenn Enno das als Affront betrachtete, ließ er es sich jedenfalls nicht anmerken. »Ich dachte eher an die Vermittlung von Traditionsgütern, kein Hula.«

»Wir leben in einer Spaßgesellschaft«, gab Leif zu bedenken, der allmählich mit schwerer Zunge sprach. »Guckt euch doch die Leute an. Entweder sind es arme Schlucker, bei denen es nur für die Überfahrt und ein mitgebrachtes Butterbrot reicht. Oder aber die Leute brennen darauf, ihr Geld auszugeben, und da ist ihnen jeder Scheiß recht. Nele, du könntest von deiner Silbermöwe Anstecknadeln machen oder billigen Tand, der dann teuer verkauft wird.«

»Neles Kunst ist nichts, was verramscht werden darf«, sagte Enno scharf.

Leif sah ihn an – lauernd, fand Nele. »Hast du eine Option auf ihre Kunst oder gar die Künstlerin persönlich?«

»Ich berücksichtige ihre Interessen, wenn sie selbst es nicht tun kann.«

»Aber hallo, ich bin hier im Raum«, sagte Nele empört. »Warum tut ihr so, als ob ich nicht da wäre?«

»Sie weiß nicht immer, was gut für sie ist«, fuhr Enno ungerührt fort und griff nun doch wieder nach dem Whisky.

»Aber sie wird noch dahinterkommen, wer gut für sie ist.« Leif sagte das siegessicher, und diesmal nahm Enno die Herausforderung an.

»Ich kenne sie von klein auf. Nele ist altmodischer, als sie vielleicht in der Stadt wirkt. Ihre Wurzeln reichen tief.«

»Ich bleibe dabei, sie gehört nicht hierher. Sie liebt es,

frei wie ein Vogel zu sein. Nicht wahr, mein Meerkätzchen?«

»Aus euch spricht der Alkohol.« Nele schwankte zwischen Belustigung und Empörung, aber die Männer beachteten sie nicht weiter.

»Ich denke, wenn es um Sponsoren geht, habe ich etwas mehr drauf als du, Enno. Ich habe noch in allen Ländern, in denen ich war, Geldgeber gefunden. Das ist eine Frage der Taktik. Man muss nicht nur wissen, wo, sondern auch, wie der Hase läuft.« Er kippte sein halb volles Glas in einem Zug hinunter. Enno tat es ihm nach.

»Taktik? Du hast etwas vergessen. Es ist auch eine Frage des Anstands. Aber wie soll ich dir das begreiflich machen? Du weißt nicht, wovon ich spreche.«

»Anstand? Willst du behaupten, ich hätte keinen?« Leif erhob sich und ballte die Fäuste.

Auch Enno stand auf. »Wir sind beide Gast in diesem Haus. Entschuldige bitte, Nele, ich hätte es nicht so weit kommen lassen dürfen.«

Leif wollte etwas erwidern, aber in diesem Moment klingelte sein Handy, und er zog sich in die Küche zurück.

18

Nele begleitete Enno nach draußen. »So kenne ich dich gar nicht. War es wirklich nur der Whisky?«

»Ich halte nichts von dem Mann«, sagte Enno heftig. »Er ist ein Blender. Sieh dich vor, er könnte auch ein Betrüger sein. Dieses Gesäusel von ›Meerkätzchen‹, das gefällt dir wohl. Damit wickelt er dich ein.«

»Enno Broders, bist du etwa eifersüchtig?«

»Das möchtest du wohl gerne hören. Also gut, ich brenne vor Eifersucht.« In einer plötzlichen Bewegung riss er sie an sich und küsste sie.

Zuerst war Nele nur überrascht, aber dann setzte sie sich zur Wehr. »Wer nicht will, wenn er kann, der kann nicht, wenn er will. Hat uns Wilhelmine oft genug gesagt. Spar dir das für Beate auf. Ich hab ihr gesagt, dass du sie liebst.«

Mit einem Fluch ließ er sie los. »Warum mischst du dich in mein Leben ein?«

»Ich in deins? Umgekehrt wird ein Schuh daraus!« Wie zwei Kampfhähne standen sie sich gegenüber, bis Enno wieder der Alte wurde und einlenkte.

»Jetzt muss ich dich gleich noch einmal um Verzeihung bitten. Ich bin dir heute kein guter Freund gewesen.« Er reichte ihr die Hand. »Soll nie wieder vorkommen.«

»Schon gut, es war der Whisky. Aber mein Freund bleibst du trotzdem. Ich glaube sogar, ich bin dir was schuldig.«

»Unsinn«, knurrte er. »Was ich hier tue, würde jeder auf Greunfall machen, das weißt du.«

»Aber die anderen können nicht mehr so zupacken.«

»Eben. Deshalb bleibe ich vorerst.«

»Sag mal, Enno, und wenn Beate für immer …?«

»Alles klar. Daher also deine Kuppelversuche. Du bist in Sorge, dass euch meine Arbeitskraft verloren gehen könnte.«

»Nicht nur, Enno.« Nele nahm ihren Mut zusammen, um eine letzte Frage zu stellen. »Sag mal, bist du in jemand anderen verliebt?«

»Wenn es so weit ist, schick ich dir eine Flaschenpost mit der Hochzeitsanzeige.«

Leif telefonierte immer noch und kam kurz darauf ganz aufgekratzt zu ihr. »Endlich mal eine gute Nachricht. Ein Geldsegen kündigt sich an. Wenn alles wie geplant läuft, kann die Wahita bald wieder in See stechen.«

»Wie schön für dich. Wer finanziert das Ganze?«

»Nennen wir es eine Schenkung.« Er kam näher, und sie spürte seinen Whiskyatem. »Tja, meine Meerkatze, da heißt es schon bald wieder Abschied nehmen. Wollen wir damit jetzt gleich anfangen?«

»Ich bin müde, Leif.« Sie wich ihm aus.

»Das macht nichts. Wir legen uns einfach nebeneinander. So wie Bruder und Schwester.«

»Ich halte das für keine gute Idee.«

»Ach so ist das.« Er artikulierte überdeutlich. »Dein Ennobruder. Konnte er früher nicht die Finger von dir lassen?«

»Es reicht. Geh an die frische Luft oder mach sonst was. Ich gehe schlafen. Alleine!«

»Du hast wohl vergessen, wie gut wir uns zusammen amüsieren können.«

Schon das zweite Mal an diesem Abend musste Nele einen Mann mit Körpereinsatz abwehren, aber Leif ließ sich nicht so leicht von seinem Vorhaben abbringen wie Enno.

»Lass dich einfach fallen, Kätzchen, und wir segeln gemeinsam auf den Wogen von Liebe und Verlangen. Von mir aus bis in die Hölle.« Er drängte sie in Richtung Couch.

»Hier wird nicht gesegelt. Und schon gar nicht mit unserer Nele in die Hölle.« Wilhelmine im Schlafrock. Barfuß. In der Hand die gusseiserne Pfanne, die sonst in der Küche an einem Haken hing. »Träume sind eben keine Schäume. Die Seeschlange, ich hab es ja gesagt.« Es folgte ein heftiger Hustenanfall, bei dem sie sich vor Atemnot krümmte.

»Wovon spricht sie?«, fragte Leif verblüfft und schien wieder zur Besinnung zu kommen.

Nele beachtete ihn nicht weiter. »Geh wieder ins Bett, Wilhelmine. Brauchst dir keine Sorgen zu machen. Ich wollte gerade schlafen gehen. Komm, ich gehe mit dir nach oben.« Auf halber Treppe wandte sie sich noch einmal um. »Wir frühstücken um acht, Leif. Bis dann.«

Sie schloss ihr Zimmer ab und träumte wieder einmal von Sturmflut und dem Meeresgott, der hinter ihr her war. Vor ihr flackerte ein Licht, aber sie konnte es nicht erreichen. Mit einem Schrei fuhr sie hoch.

Alles war dunkel, nur von der Diekwarft kam ein Lichtschein. An. Aus. Das alte Kinderspiel. Sie erwiderte das Zeichen, legte sich dann erneut hin und schlief traumlos bis zum Morgen.

»Zimmerservice. Bitte aufmachen.« Acht Uhr, sie hatte verschlafen. Mit einem Satz sprang Nele aus dem Bett und schloss die Tür auf. Leif hielt ihr ein Tablett mit Tee und frischem Schwarzbrot entgegen. »Ich dachte, ich probiere es mal mit einer neuen Masche. Schau, ich habe dir sogar Blümchen gepflückt.«

Ja, den geschützten Halligflieder, der jetzt an vielen Stellen wuchs, aber trotzdem war sie gerührt.

Leif wirkte frisch und dynamisch. »Weißt du was, wir fangen noch einmal ganz von vorne an. Hier ist nicht der richtige Ort für uns beide. Lass dich in ferne Länder entführen, ich zeige dir die Welt. Treiben lassen, wohin der Wind uns trägt. Das Land hinter dem Horizont.« Er sah sie zärtlich an, ganz anders als gestern. »Unterwegs sammeln wir für deine kleine Hallig, versprochen. Mir wird schon ein Weg einfallen, wie sich hier alles finanzieren lässt. Auf ein halbes Jahr kommt es doch nicht an. Weißt du was, ich fahre vor und lass dich nachkommen. Ich schicke dir ein Flugticket. Sag ja, Kätzchen.«

Was war er doch für ein Schmeichler! Aber er konnte recht haben, fern von der Hallig verstanden sie sich wirklich besser. Vielleicht sollte sie noch einmal reisen, bevor sie sich ihren künftigen beruflichen und privaten Pflichten stellte. »Ich werde darüber nachdenken«, versprach Nele und duldete es, als er sich auf ihre Bettkante setzte.

Leif tat recht geheimnisvoll, als er ihr erklärte, schon heute wieder abreisen zu müssen. »Geschäfte. Du brauchst dir dein hübsches Köpfchen darüber nicht zerbrechen. Ich hoffe, dass dir meine Anregungen zum Marketing hier nützen können.«

Marketing? Wohl eher Greunfall verramschen. Sie schlenderten noch einmal über die Hallig, und Nele lauschte den spannenden Geschichten von Leifs Reisen, die er mit witzigen Anekdoten ausschmückte.

»Natürlich gibt es heute noch Kopfgeldjäger. Einige haben sich umschulen lassen und leben mitten unter uns als Headhunter in der freien Wirtschaft.«

Er war amüsant, nie langweilig, vielleicht sogar als Lebensabschnittsgefährte geeignet, aber dazu müsste Nele ihm erst einmal eine Chance geben.

Wilhelmine, die sich nicht länger ausruhen mochte, setzte ihnen mittags einen deftigen Fischeintopf vor, nicht ohne Leif den Teller hinzuknallen und dabei etwas Unverständliches zu grummeln.

»Offenbar bin ich in Ungnade«, sagte er lachend, als er und Nele sich auf den Weg zum Anleger machten.

»Das Seeungeheuer ihrer Träume. Ich möchte wissen, wie sie darauf kommt«, meinte Nele nachdenklich. Wilhelmine sah manchmal Dinge …

Der Abschied verlief kurz und knapp mit einem flüchtigen Kuss. Nele wollte noch zwei Tage länger bleiben.

»Er ist keiner, auf den man bauen kann«, bequemte sich Wilhelmine am Abend zu sagen. »Dieses merkwürdige Blau seiner Augen. Es ist unnatürlich.«

»Wenn das alles ist.«

Sie hatte sich hingelegt, und Nele wollte sie überreden, Fieber zu messen oder wenigstens einen Brustwickel mit einheimischen Kräutern zu machen.

»Es nutzt nichts, Nelly. Ich pfeife aus dem letzten Loch.«

Nele stutzte. »Du hast eben Nelly zu mir gesagt. Warum?«

Wilhelmine hustete erneut. »Weil ihr eine Einheit bildet. Sie ist du, und du bist sie.« Das stimmte, war aber schon lange her. Obwohl – dieser verrückte ziemlich einseitige Mailwechsel spielte sich in der Gegenwart ab. »Du musst etwas für mich tun«, krächzte Wilhelmine. »Nimm meinen Schlafrock und greif in die linke Tasche. Da ist ein Schlüssel. Geh damit zu meiner Truhe neben dem Schrank und schließ sie auf.«

Nele befolgte die Anweisungen. In der Truhe befanden sich Fotoalben mit vergilbtem Einband, ein aus Walbein geschnitzter Leuchter, die Bibel, ein durch häufiges Lesen abgenutztes Buch über Helden- und Göttersagen – und zuunterst ein Kästchen. Das geheimnisvolle Kästchen ihrer Mutter! »Soll ich es für dich aufschließen?«, fragte sie eifrig.

»Nein. Gib es mir, und dann geh. Ich möchte alleine sein.«

Nele zögerte. »Wenn es das ist, das Mutter so viel bedeutet, dann sollte ich vielleicht wissen, worum es sich handelt. Irgendwann kannst du es nicht mehr verwahren«, fügte sie offen hinzu.

»Aber noch kann ich es. Ich bin die Hüterin. Deine Mutter vertraut mir. Es ist eine Sache zwischen Frauen.«

»Ich bin eine erwachsene Frau und kann ein Geheimnis hüten. Betrifft es mich nicht auch?« Nele blieb hartnäckig.

»Wenn die Zeit gekommen ist, wirst du es erfahren.«

Wilhelmine schloss die Augen, für Nele die stumme Aufforderung zu gehen.

Als Enno sich nicht bei ihr blicken ließ, machte Nele sich am frühen Abend vor ihrer Abfahrt auf den Weg zu ihm. Er strich gerade den Geräteschuppen.

»Alles klar?«, knurrte er zur Begrüßung. »Wann willst du den Freizeitpark auf der Krogwarft eröffnen?«

»Ich habe mich inzwischen für ein Wachsfigurenkabinett entschieden. Du bekommst eine Extravitrine. Der stumme Menschenfreund von Greunfall.«

Als Enno nichts erwiderte, schnappte sie sich einen Pinsel und fing ebenfalls an zu streichen. Nach einiger Zeit konnte sie das Schweigen zwischen ihnen nicht mehr aushalten. »Ich fahre morgen früh zurück.«

»Um den Ausverkauf unserer Heimat zu organisieren?« Sie warf den Pinsel nach ihm, aber er wich geschickt aus. »Geh nach Hause, Nele. Du musst den Weg einschlagen, den du für richtig hältst.«

»Du traust mir also zu, dass ich hier alles ändern will«,

stellte sie bitter fest. »Was ist aus uns geworden, Enno? Bist du überhaupt noch mein Freund?«

»Brauchst du mich denn noch als Freund? Früher hast du dich mit deinen Sorgen an mich gewandt, inzwischen schenkst du offenbar anderen Menschen dein Vertrauen.«

Wie bitter er klingt, dachte Nele. Aber ich kann doch nicht mehr mit jedem Klacks zu ihm kommen. Er ist so ... so korrekt, da muss ich doch ständig eine Strafpredigt befürchten.

»Du warst früher lustiger«, unterstellte sie ihm. »Hast jede Verrücktheit mitgemacht.«

»Das kam dir nur so vor.« Er reinigte sorgfältig den Pinsel. »Du warst die Lebensfrohe, der Sonnenschein. Mir reichte es, davon ein paar Strahlen abzubekommen. Dafür hätte ich alles getan. Übrigens auch heute noch.«

Das musste Nele erst einmal verarbeiten. »Heißt das, du legst auf mich immer noch Wert? Als Mensch?« »Frau« mochte sie nicht sagen, die Erinnerung an die peinliche Duschszene war noch zu frisch.

»Was dachtest du denn? Als Haustier?«

Sein erstes Lächeln heute, dachte Nele erfreut. »Ich lege ebenfalls auf dich Wert«, betonte sie. »Nach Nelly bist du der Mensch, der mir am meisten vertraut ist.«

»Und was ist mit dem großen Charmeur mit den Rosinen im Kopf?«

Diese Beschreibung von Leif ärgerte sie. »Es ist gar nicht so gut, zu vertraut miteinander zu sein«, erwiderte sie schnippisch, »sonst ödet man sich doch eines Tages nur noch an.« Für heute hatte sie das letzte Wort.

»Das Interview ist in *Mademoiselle* erschienen«, begrüßte Jenny sie in der Agentur und kramte auf dem übervollen Schreibtisch. »Hier ist es. Noch druckfrisch. Halt dich fest. ›Zwei Frauen auf dem Weg nach oben. Jung, dynamisch, ehrgeizig und kreativ. Wein nicht, kleine Silbermöwe, denn du brauchst nur deinem Glücksstern zu folgen. Ein Projekt, das der bekannte Forscher und Abenteurer Leif Larsson mit auf den Weg gebracht hat. ›Ich habe Nele immer ermutigt, sich von ihren Wurzeln zu lösen‹, beteuert er, und der intensive Blick aus seinen blauen Augen lässt ahnen, was Frau Lorentz dazu bewogen hat, dem Rat dieses Mannes zu folgen.‹ Der Rest ist eine Lobeshymne auf Leif, wie findest du das?«

»Die drehen einem doch das Wort im Mund um. Ich finde es lustig«, antwortete Nele lachend.

»Wenn du das so siehst«, sagte Jenny gedehnt. »Wo steckt Leif eigentlich zur Zeit? Er ist ja Hals über Kopf bei Torben ausgezogen.«

Das war neu für Nele, was sie aber nicht gerne zugeben wollte. »Er hat geschäftlich einen großen Fisch an Land gezogen und muss sich jetzt darum kümmern.«

Jenny gab sich damit zufrieden und plapperte munter weiter, bis sie Feierabend machten.

Auch Flo ließ sich noch kurz blicken. »Sie wird zur Vernunft kommen, da bin ich mir ganz sicher.«

»Wer?«, fragte Nele zerstreut.

»Beate. Sternchen. Sie hat Enno zu einer großen Aussprache aufgefordert. Hier in Hamburg, auf neutralem Gelände. Wäre es nicht besser, wenn du und ich dabei wären?«

»Ich glaube kaum, dass Enno zurzeit von Greunfall runter kann. Und wenn, wäre es wohl das Letzte, wenn ich da mitmischen würde.« Mit schlechtem Gewissen dachte sie daran, dass es genau das war, was sie bereits getan hatte. Bloß nicht noch mal einmischen, irgendwie würde sich das Pärchen auch von alleine finden.

»Ménage à trois«, eine Ehe zu dritt. So machen das die Franzosen«, schlug Jenny vor. »Ich glaube, die Polynesier auch.« Dieser Scherz galt natürlich Nele. »Gehen wir noch einen trinken?«

Aber Nele war heute nicht danach. Diese Reizüberflutung in der Stadt, schon nach nur wenigen Tagen Abwesenheit hatte sie damit Probleme. Es musste der Klimawechsel sein.

Zu Hause war nichts auf ihrem Anrufbeantworter. Wo steckte Leif? Sie wollte ihn nicht anrufen, er hatte wieder einmal fest versprochen, sich zu melden.

Stattdessen rief Nele die Gemeindeschwester an, die bis auf Weiteres täglich bei Wilhelmine nach dem Rechten schaute. Ja, alles in Ordnung. Eine widerspenstige Patientin, die sich aber nicht als solche betrachtete. Kein Fieber, nur dieser trockene Husten. Das Alter, sicher, aber der Arzt würde diese Woche noch reinschauen, zur Not auch gegen den Willen der Patientin.

Kaum hatte Nele aufgelegt, meldete sich ihr Vater. »Du bist schon wieder in Hamburg? Enno hat mir von diesen wilden Plänen deines Bekannten berichtet. Ich weiß nicht recht, Nele …«

»Enno soll gefälligst nicht alles brühwarm weitertratschen. Bestimmt hat er maßlos übertrieben.«

»Da war von einer Multimediashow die Rede.«

»Die kann man so oder so aufziehen. Auf Hooge gibt es doch auch ein Sturmflutkino.«

»Ach so.« Ihr Vater klang erleichtert. »Mutter geht es gerade so gut. Ich bin froh, dass es nichts gibt, was sie aufregen könnte. Sie mag unser zukünftiges Häuschen und hat selber angeregt, noch in diesem Jahr umzuziehen. Wenn es doch so bleiben würde. Weißt du schon, ob du dir Mieter suchen willst? Enno hat angeboten, sich auch um Wilhelmine zu kümmern und sie zur Not zu sich zu nehmen, wenn das Haus länger leer steht.«

»Ja, ja, ich weiß, er ist ein Heiliger.«

Ihr Vater lachte. »Das nun auch nicht. Aber spätestens im nächsten Jahr wird er wohl für zehn Monate wegen eines Forschungsauftrags für die Wattenmeerkonferenz unterwegs sein. Ich habe ihm zugeraten, den Auftrag anzunehmen.«

Nele beschloss im selben Moment, Enno abzuraten. Was sollte sonst aus ihren Plänen für das Elternhaus werden, und warum überhaupt hatte der Heuchler ihr nicht davon erzählt?

Schiffssirenen. Blinklicht. Der Leuchtturmwecker gab keine Ruhe. Dazu noch das hartnäckige Klingeln ihres Telefons.

»Moin, Jenny, bin so gut wie unterwegs.« Nele gähnte und hörte nur halb hin, was die Freundin aufgeregt erzählte.

Zeitung gelesen? Doch nicht vor dem Frühstück.

»Er hat den Wettbewerb gewonnen. Du weißt doch, den dänischen Preis für innovatives Design. Dotiert mit fünfzehntausend Euro. Er ist reich und berühmt. Alle Achtung, das hätte ich Leif nicht zugetraut. Er muss besser sein, als ich dachte.«

Nun war Nele richtig wach. Leifs geheimnisvoller Anruf, seine Andeutungen über einen unerwarteten Geldsegen. Na, das war wirklich eine tolle Überraschung. Ob er sie mit der Preisverleihung überraschen wollte?

Sie schlug die Zeitung auf. Es war nur ein kleiner Artikel, aber man verwies auf einen ausführlicheren Bericht für den nächsten Tag, in dem die preisgekrönte Arbeit vorgestellt werden sollte.

Sie entschied sich spontan, ihm zu gratulieren. Es wäre doch albern, in diesem Fall auf seinen Anruf zu warten. Sie wollte ihm wenigstens mitteilen, dass sie ihm den Preis von Herzen gönnte. Natürlich war sie auch gespannt, was für eine Arbeit er eingereicht hatte. So ein Geheimniskrämer!

Er hatte seine Mailbox ausgeschaltet, und so war es schon fast wieder Abend, bis sie ihn endlich erreichte.

»Gratuliere, Leif. Ich hab's schon seit Stunden versucht.«

»Hallo, Kätzchen, ich hatte noch keine Sekunde Zeit. Dieser Rummel ist fürchterlich. Ich stecke gerade im Stau auf dem Weg zum Flughafen. Habe mir den Scheck persönlich abgeholt. Nun geht's ab zur Wahita. Die Ehrung wird leider ohne mich stattfinden müssen, aber die Leute waren wirklich sehr verständnisvoll.«

»Ich kann dich schlecht verstehen. Was sagtest du, wann fliegst du wohin?« Es folgte ein Knattern und Rauschen, bis sie ihn wieder verstehen konnte.

»Ich sagte es nicht. Weißt du, das ist alles so überraschend. Aber ich hoffe auf dein Verständnis. Halt mich bitte nicht für einen Schurken. Du weißt doch, jeder ist seines Glückes Schmied. Manchmal muss man nur ein bisschen nachhelfen. Glück für die einen, Pech für die anderen.«

»Ich versteh nicht ganz, wie du das meinst«, sagte Nele verwirrt.

»Macht nichts, meine Seekatze. Eines Tages hörst du wieder von mir. Dann hole ich dich nach in das Land hinter dem Horizont, und wir vergessen alles, was vorher war. Sobald ich richtig reich bin, motzen wir gemeinsam dein Inselchen auf.«

»Eine Hallig ist keine Insel ...« Aber die Verbindung war bereits abgebrochen.

Einen Tag später war das Rätsel gelöst und Nele um eine wichtige Erfahrung reicher: Nichts war so unvorstellbar, dass es nicht real werden konnte.

Auf der ersten Seite im Kulturteil prangten ihre Entwürfe für die Galionsfiguren – der Basstölpel, die Sirenen, Löwen, ein Delfin und sogar die Meerkatze. So weit, so gut, wenn da nicht der erklärende Text gewesen wäre.

»... sehen Sie die preisgekrönten Arbeiten von Leif Larsson, der sich bereits wieder auf Reisen befindet, um neue Ideen für sein künstlerisches Schaffen zu bekommen. Keiner weiß genau, wo er sich mit der Wahita in nächster Zeit aufhalten wird. ›Ich werde in Gedanken oft bei meinen Freunden in Deutschland sein‹, sagt der sympathische Künstler, und seine blauen Augen bekommen einen gerührten Blick. ›Es gibt dort Menschen, denen ich viel zu verdanken habe. Eines Tages werde ich das alles wiedergutmachen.‹«

Lug und Betrug spielte sich nicht nur unter Fremden ab, sondern auch im Freundeskreis. Kätzchen hier, Kätzchen da – nach ihren Erfahrungen mit Leif hätte sie ihm alles Mögliche zugetraut, aber Dreistigkeit in dieser Form? Fieberhaft suchte Nele nach Skizzen zu ihren Arbeiten. Aber was bei ihr höchst selten vorkam – in diesem speziellen Fall hatte sie ihre Entwürfe weder kopiert noch eingescannt oder fotografiert. Leif hatte der Erste sein sollen, mit dem sie die Arbeiten besprechen wollte.

Bis auf Jenny, die hatte zumindest einen Blick darauf werfen können.

»Ja, ich erinnere mich schwach«, gab diese zu. »Aber ehrlich gesagt habe ich mir damals lieber Klein Silber näher angeschaut. Du hattest die Galionsfiguren gleich wieder in eine Mappe gepackt.«

»Um sie mit zu Leif an Bord zu nehmen. Ich wollte daran noch arbeiten, aber dann kam etwas dazwischen.«

Ein Schäferstündchen, eine Bettgeschichte, etwas, das den Verstand vorübergehend außer Betrieb gesetzt hatte. Sie hatte die Mappe auf der Wahita gelassen.

Daher also sein ausweichendes Verhalten auf ihre penetranten Nachfragen. Was für eine Dreistigkeit, fremde

Arbeiten als die eigenen auszugeben und sie dann sogar bei einem Wettbewerb einzureichen.

»Das erfüllt den Tatbestand des Betrugs. Du musst dich sofort mit diesem dänischen Kunstgremium in Verbindung setzen«, sagte Jenny.

»Habe ich bereits. Aber sie halten mich dort für eine Art Trittbrettfahrerin. Die hatten wohl mehrere solcher Anrufe. Als Nächstes habe ich mich an unsere Kundin Frau Tyksal gewandt. Sie glaubt mir zwar, aber wenn ich keine Beweise vorlegen kann, sieht es nicht gut aus, zumal Leif mit dem Geld schon über irgendeinen Ozean unterwegs ist.«

»Dann schalte die Polizei ein.«

Natürlich hatte Nele schon selbst daran gedacht, aber sie war dazu nicht in der Lage. Selbst wenn sie einen Beweis erbringen konnte, musste Leif erst mal aufgespürt werden.

Dann war es nur noch eine Frage der Zeit, bis ihre ganze Liebesgeschichte an die Öffentlichkeit gezerrt wurde. Sollte sie in dem Zusammenhang noch verleumderische Kommentare von Leif hören oder lesen müssen – nein danke!

Florian sah das anders. »Überleg doch mal, was du mit dem Preisgeld alles anfangen kannst. Das wäre doch schon der Grundstock für ein Privatmuseum. Ich finde, du musst dir einen Anwalt nehmen, unbedingt.«

»Ich kenne keinen, und meine Eltern ziehe ich da auf keinen Fall mit rein.«

»Wie wäre es denn mit Enno?«, schlug Flo vor. »So wie Sternchen das sieht, hat er ja einen Narren an dir gefressen. Ich bin zwar nicht erpicht darauf, mit ihm Kontakt aufzunehmen, aber wenn dir das helfen würde, mach ich das noch heute.«

»Nicht nötig«, sagte Nele eilig. »Ich muss mir erst alles gründlich und in Ruhe durch den Kopf gehen lassen.« Bei Enno zugeben, dass er in Bezug auf Leifs Einschätzung recht gehabt hatte, das würde das Fass zum Überlaufen bringen.

»Wie wäre es mit einer Pressekampagne?«, schlug Jenny vor. »Wir mobilisieren deinen Verlag und Löffelchen als ehemaligen Arbeitgeber. *Mademoiselle* kann exklusiv über das Unrecht berichten, sodass ein Aufschrei der Empörung durch das Land zieht.«

»Was nützt das, wenn Leif in der Südsee schippert? Da hat doch keiner Interesse daran, die Sache weiterzuverfolgen. Nein, ich werde die Kröte schlucken. Er hat mich nach Strich und Faden ausgetrickst.«

»Du hast noch Klein Silber«, versuchte Jenny zu trösten. »Die nimmt dir keiner weg, und sie ist ausbaufähig.«

»Natürlich. Und eines Tages werde ich neue Galionsfiguren entwerfen. Aber aktuell habe ich die Nase voll von Schiffen und ihren Eignern, versteht ihr das?«

»Wisst ihr was«, Jenny hüpfte vor Aufregung wie ein Gummiball, »wir geben nächste Woche unsere Party. Das lenkt dich von dem Reinfall ab. Brauchst dich um nichts zu kümmern, Florian und ich machen das, nicht wahr, Flöchen?«

Der nickte ergeben. »Bringen wir es hinter uns.«

19

»Liebe Nelly,
nachdem ich Dir letzte Woche schon von Leifs Verrat berichtet habe, kommt nun noch ein neuer Verrat hinzu. Angefangen hat es mit dieser Party. Jenny hatte alles organisiert. Es war so voll in unseren Räumen bei Jennel, dass man kaum einen Schritt machen konnte. Ich weiß nicht, was die Leute wissen, aber mich hat manch mitleidiger Blick gestreift. Oder war es Schadenfreude? Torben, der natürlich auch anwesend war, fehlten die Worte. Er hat mir nur auf die Schulter geklopft, wie bei einem alten Seemann.
Und dann tauchte Enno auf!! Mit Beate, die aber ganz gelöst wirkte. Nachher standen sie zusammen mit Flo an unserer improvisierten Sektbar und waren offensichtlich in quietschvergnügter Stimmung. Alles in Butter, die große Aussprache muss wohl ein Erfolg gewesen sein. Es sieht so aus, als ob Flo gewonnen hat. Aber Enno schien das nicht zu stören. Mir hat keiner was gesagt. Im Gegenteil, sie tuschelten hinter meinem Rücken. Vielleicht denken sie, Pech sei ansteckend.
Irgendwann bin ich dann zu Enno rübergeschlendert und habe ein paar Andeutungen darüber gemacht, dass bei mir etwas schiefgelaufen ist und so. Er hat

mich erst nur angeschaut wie ein lästiges Insekt und dann etwas im Sinne von W*as möchtest du, dass ich für dich tue?* gesagt. ›Nichts‹, habe ich geantwortet. ›Was könntest du schon für mich tun?‹ Da hat er was von Vertrauen schenken gefaselt und dass ich endlich lernen müsse, gute von schlechten Freunden zu unterscheiden. ›Spar dir deine blöden Moralpredigten‹, habe ich ihm geantwortet und dass wir auf Greunfall auch ohne ihn klarkommen würden, wenn er demnächst länger abwesend sei, und wie er sich das überhaupt vorstelle, mich mit dem ganzen Kram allein zu lassen. Nelly, ich kann es noch gar nicht fassen, Enno war das ganz egal!! Er hat sich einfach umgedreht. ›Find doch selber heraus, was du willst‹, waren seine letzten Worte.
Jetzt bist Du die Einzige, die ich noch habe. Meine Eltern haben einander, Jenny hat Torben, Flo sein Sternchen, Enno braucht niemanden. Ich bin ›übrig‹, denn Leif ist aus meinem Leben davongesegelt. Auf eine schäbige Art, die ... nein, ich will mich nicht wiederholen. Am liebsten möchte ich hier alles stehen und liegen lassen, nach Greunfall fahren, zur Besinnung kommen und mir Wilhelmines alte Geschichten anhören. Noch einmal mit Dir, meine Schattenschwester, durchs Watt wandern. Oder so wie früher Enno ärgern, aber so einfach ist das nicht mehr. Heute ärgert er mich. Statt mir einen guten Rat zu geben, höre ich nur dumme Sprüche. Er ist eben rachsüchtig. Also wende ich mich an Dich. Was rätst Du mir?, fragt
Deine Nele«

Du wiederholst dich, Nelly, was soll das? Die Antwort auf diese letzte Mail lautete: »Hier sind die starken Wurzeln deiner Kraft.« So hatte damals auch die erste Botschaft in der Flaschenpost gelautet.

Ich weiß, dass es Nelly nicht gibt, sagte sich Nele. Seit Monaten erzähle ich einem wildfremden Menschen aus meinem Leben – als ein Tagebuchersatz.

Hoffentlich wache ich nicht eines Morgens auf und finde meine privaten Aufzeichnungen im Internet veröffentlicht. Oder in einer Boulevardzeitung. »Junge Agenturchefin präsentiert Herz & Schmerz anonym der Öffentlichkeit.«

»Post für einen Flaschengeist?«

Ihr Vater rief an. Wilhelmine sei wieder auf dem Damm, jedenfalls so einigermaßen. »Mutter geht es zurzeit auch gut, sodass wir uns zu einer kleinen Reise entschlossen haben. Nach Mallorca, das ist nicht aus der Welt. Wie denkst du darüber?«

Nele bekräftigte den Plan ihrer Eltern und versprach, regelmäßig mit ihnen Kontakt zu halten. Ja, auch mit den Leuten von Greunfall, der Gemeindeschwester, den Nachbarn und, wenn es sein musste, auch mit Enno.

»Er hat uns da so eine Geschichte erzählt. Wegen Leif und dir. Dass er deine Entwürfe benutzt hat ...«

»Alles halb so schlimm«, unterbrach sie schnell. »Kein Grund zur Sorge, ich hab das im Griff.« Enno, dieser blöde Schwätzer, hätte er nicht seinen Mund halten können! Statt mit ihr über die Sache zu reden, der Klotzkopf.

Zwei Tage nach der Abreise der Eltern meldete sich die Gemeindeschwester bei Nele. Wilhelmine gefalle ihr nicht. Sie weigere sich aufzustehen und fange an, ihre Sachen zu verschenken, schlafe mehr als sonst, fantasiere auch schon mal. Die Nachbarn würden sich abwechseln, aber Wilhelmine habe nach ihr, Nele, verlangt. Das könne jedoch auch ein Traum gewesen sein.

Enno war nicht zu erreichen. »Vielleicht sollte ich doch lieber nach dem Rechten sehen?« Nele tigerte rastlos durch die Agentur. Sie hatte gehofft, dass Jenny ihr zureden würde freizunehmen. Aber Jenny wollte selbst ein paar Tage verreisen.

»Ich kann das nicht aufschieben und hab es dir auch rechtzeitig mitgeteilt«, erklärte sie bestimmt. »Ab morgen drei Tage.«

Nele fand das herzlos, zumal auch Flo wegfahren wollte. »Mein Resturlaub bei Löffelchen, danach stehe ich dir endgültig zur Verfügung. Aber jetzt ist erst mal Sternchen dran.«

Feine Freunde hatte sie! Konnten sie denn nicht einsehen, dass dies ein Notfall war?

In der folgenden Nacht träumte Nele von einer Frauengestalt, die im dunklen Mantel am Wattsaum stand und Ausschau hielt. Wonach? Es musste etwas sein, das mit der steigenden Flut erwartet wurde, aber kein Schiff. Dann hüllte dichter Nebel die Szene ein und waberte auch um die einsame Gestalt, die dem Wasser entgegenschritt und etwas in den Händen hielt. In der nächsten Traumszene tauchte eine Lichtgestalt langsam aus dem Wasser auf und nahm die Gabe in Empfang. Gesang ertönte, und auf den Wellenkämmen tanzten Schaumgeborene den ewigen Reigen.

Kehr um, folge ihnen nicht!, wollte Nele schreien, aber sie bekam keinen Ton heraus. Stattdessen läuteten Glocken aus der Tiefe, fordernd und laut, bis eine Schmerzgrenze erreicht war.

Für einen kurzen Moment schloss Nele betäubt die Augen, öffnete sie dann wieder und sah nur noch einen dunklen Mantel am Strand liegen, an dem bereits gierig die Wellen leckten.

Früh am nächsten Morgen brach sie nach Greunfall auf. Sie überließ die Agentur sich selbst, sprach nur einen erklärenden Text auf den Anrufbeantworter. »Bitte hinterlassen Sie Ihre Nachricht, ich melde mich bei Ihnen, sobald es mir möglich ist.« Jenny und Flo versuchte sie erst gar nicht zu erreichen. Wozu auch, die würden sowieso nicht umkehren.

Als sie drei Stunden später am Anleger Herrn Pedersens Schiff kommen sah, bemerkte sie eine vertraute Gestalt an Bord. Enno, mit Reisetasche, also hatte er auf dem Festland zu tun.

»Gut, dass du kommst«, begrüßte er sie. »Ich wollte dich nicht beunruhigen, aber Wilhelmine ist anders als sonst.«

»Wann bist du zurück?«, fragte sie kurz angebunden, denn das interessierte sie in dieser Situation am meisten.

»Es kann ein paar Tage dauern«, erwiderte er ebenso knapp. »Ich bin in einer privaten Angelegenheit unterwegs.«

»Aber Enno, kannst du das nicht verschieben? Was soll ich machen, wenn es ihr schlechter geht? Ich muss spätestens morgen Abend wieder in Hamburg sein.«

»Was soll ich dazu sagen?« Er schaute sie ernst an.

»Du könntest bei mir bleiben. Ich finde, das ist deine Pflicht. Wilhelmine hat nur uns.«

»Uns …«, wiederholte er gedehnt. »So plötzlich. Nein, Nele, das, was ich zu erledigen habe, duldet keinen Aufschub.«

»Enno Broders, du bist gemein, herzlos und selbstsüchtig. Ich werde dir das nie verzeihen. Bis in alle Ewigkeit nicht!« Ihr kamen Tränen der Wut, und um sich abzureagieren, trat sie mit voller Kraft gegen ihre abgestellte Tasche. Es klirrte und schepperte. »Mein Sparschwein«, erklärte sie mürrisch. »Ich habe meine Scheckkarte verlegt.«

»Hast du dir wehgetan?« Um seine Mundwinkel zuckte es, und plötzlich war sie nicht mehr sauer auf ihn.

»Lach nur, ich bin eben ein Schussel. Keiner weiß das besser als du. Enno, was soll ich denn tun, wenn Wilhelmine stirbt?«

Er dachte kurz nach. »Bleib bei ihr, wenn sie das wünscht. Hör ihr zu, wenn sie dir noch etwas sagen möchte.«

»Meinst du, ich soll die Eltern zurückrufen?«

»Nein. Sie hat nach dir verlangt. Du bist es, die sie sehen möchte.«

Herr Pedersen tutete dreimal. »Wir müssen«, mahnte Enno. »Ich versuche so schnell wie möglich zurück zu sein.« Er streckte ihr die Hand hin. »Kopf hoch, denk an Nelly, sie ist immer in deiner Nähe.«

»Aber du bist es, den ich bei mir haben will.« Sie versuchte ihn am Ärmel festzuhalten und spürte, wie der dünne Stoff seines Hemds riss.

»Du hast schon immer dafür gesorgt, dass ich dich nicht vergesse«, meinte er ergeben.

So große glänzende Augen, die Nase spitzer als sonst. Rosen blühten auf ihren Wangen, doch die Hände waren kalt, eiskalt.

»Ich weiß, es ist noch Sommer, aber ich möchte ein anständiges Feuer im Kamin haben. Haben wir noch genügend Ditten? Schau nach, Undine, und dann setz den Teekessel auf.«

»Ich bin's«, sagte Nele, die in der Kammertür stand. »Erkennst du mich?«

Wilhelmine schloss die Augen. »Red kein dummes Zeug, Deern. Komm rein und bring Nelly und Enno mit. Habt ihr schön gespielt?«

Nele trat näher ans Bett. »Ja, wir waren im Watt.« Instinktiv ging sie auf Wilhelmines Welt ein. »Soll ich dir erzählen, was wir erlebt haben?«

»Setz dich zu mir, mein Kind, und nun erzähl mir alles.«

Nele berichtete von der Möwe, die ihnen vorausgeflogen war, von dem Seetang, den sie wie eine Schlange hinter sich hergezogen hatte, und von der halb verwesten Qualle, die sie heimlich aufgehoben und Enno an den Kopf geworfen hatte. »Es war Nellys Idee.«

»Das kann ich mir denken. Mehr, erzähl mir mehr.«

Die vergessenen Schuhe. Enno, der durch den Priel waten musste, um sie zu holen. Und die Schafe, die über

Nacht plötzlich blaue und rote Punkte auf ihrer Wolle hatten. Zwei vermisste Farbeimer aus Broders' Schuppen. Ein Streich, der Enno teuer zu stehen gekommen war, obwohl er noch nicht mal den Farbtopf gehalten hatte.

»Diese Nelly! Ich weiß nicht, wer von euch beiden schlimmer war.« Wilhelmine schaute sie lächelnd an. Sie war wieder ganz klar, aber wie lange mochte es vorhalten?

»Sie hat keine Schmerzen. Der Doktor hat ihr was gespritzt, damit sie ruhig wird und Luft bekommt. Wenn es schlimmer wird, sollst du ihr diese Tropfen geben.« Die Gemeindeschwester, die noch zur Nachbarhallig musste, wies Nele ein. »Ich komme morgen früh wieder. In der Küche steht Brühe, die kannst du ihr einflößen.«

Nele lauschte verzagt auf die Geräusche aus Wilhelmines Zimmer. Das Atmen klang gleichmäßig, war aber zeitweise von einem rasselnden Geräusch begleitet. Gegen Mitternacht nahm sie ihr Bettzeug und legte sich auf ein Schaffell vor Wilhelmines Bett.

Sie musste eingenickt sein, es war noch dunkel. Wilhelmine sang mit zittriger, aber klarer Stimme:

»»Wor de Nordseewellen trecken an de Strand,
wor de geelen Blöme bleuhn int gröne Land‹ ...
  Sing mit, Nele!«
Zaghaft stimmte sie mit ein.
»»Wor de Möwen schrieen gell in Stormgebrus,
dor is mine Heimat, dor bin ick to Hus.‹«

Nele erwachte erst wieder, als die Gemeindeschwester das Haus betrat. »Na, wer ist denn hier die Kranke?«

»Mir geht es gut«, sagte Wilhelmine von oben herab. »Heute nehme ich mal einen Kaffee vor dem Tee. Aber keinen mit Blümchen. Ich muss wach bleiben, meine Zeit nutzen.«

Nele gähnte und reckte sich. »Mir tun alle Knochen weh.«

»Daran gewöhnt man sich«, meinte Wilhelmine trocken. »Wenn man aufwacht und nichts schmerzt mehr, ist man tot.«

»Wir wollen nicht über den Tod reden«, sagte Nele mit einem Gefühl des Unbehagens.

»Doch, das müssen wir. Die Zeit ist fast abgelaufen. Und nun lass mich Kraft sammeln. Geh ans Wasser und schau nach, ob sie schon unterwegs sind.«

Da war er wieder, der Wechsel. Eben noch in der Gegenwart, und jetzt gefangen in Vorstellungen, die nur für die Kranke logisch waren.

»Wird sie sterben?«, fragte Nele die Gemeindeschwester ängstlich in der Küche.

»Das kann man bei alten Menschen wie Wilhelmine nicht sagen. Wenn sie bereit sind, sind sie bereit. Es ist nicht nur eine körperliche Sache, weißt du. Sie müssen erst alles erledigt haben.«

»Was hat sie denn noch zu erledigen? Sie spricht doch fast nur von früher.«

»Eben drum«, antwortete die Schwester wissend. »Ich bleibe noch zwei Stunden auf Greunfall. Wenn danach eine Veränderung eintritt, rufst du den Arzt oder mich an.«

»Aber was ist, wenn sich ihr Zustand bedrohlich verschlechtert? Soll ich in dem Fall den Rettungshubschrauber alarmieren?«

»Glaubst du wirklich, sie würde das wollen?«, fragte die Schwester zurück.

Nele machte einen langen Spaziergang, besuchte kurz die Nachbarn, setzte sich dann an den Deich und schaute den Möwen zu.

Die da, das könnte Klein Silber sein, aber die andere, große, die sich von seewärts mit dem Wind treiben ließ und einen graubraunen Schimmer auf den Flügeln hatte, die musste sich verflogen haben oder war ein seltener Gast auf der Durchreise.

Langsam kreiste sie über dem Wasser, flog dann wieder hinaus, kehrte zurück und stolzierte über den Strand, als ob sie ein neues Terrain zu inspizieren hätte. Als Nele sich ihr nähern wollte, flog sie mit einem klagenden Schrei davon. Oder war es ein Lockruf?

»Ich wünschte, ich könnte die Möwensprache verstehen.«
Es war Nachmittag. Wilhelmine hatte den Tag überwiegend schlafend verbracht, aber jetzt bat sie Nele, ihr zwei Kissen zu bringen und beim Aufrichten zu helfen.

»Lass den Möwen ihre Geheimnisse. Sie werden welche haben. Wie wir Menschen. Manchmal ist es besser, man nimmt sie mit ins Grab.«

Nele wusste darauf nichts zu sagen. »Möchtest du, dass meine Eltern kommen?«, fragte sie. Wilhelmine machte nur eine abwehrende Handbewegung.

»Arme Undine«, sagte Wilhelmine, nachdem sie eine

weitere Stunde gedöst hatte. »Sie ist nie darüber hinweggekommen. Aber es war die richtige Entscheidung. Manchmal muss man ein Opfer bringen, damit Leben erhalten bleibt. Es war das ihr bestimmte Schicksal.«

»Wie meinst du das, Mutters Schicksal?« Nele spürte ihr Herz klopfen, ging es doch auf einmal um Fragen, die sie sich selbst ihr ganzes Leben lang gestellt hatte. Warum ihre Mutter so war, wie sie war.

»Alles ist miteinander verwoben und wurde nur getan, damit du, Nele, leben kannst.«

Als Nele erneut fragen wollte, hob Wilhelmine gebieterisch die Hand. »Lass dir von den alten Zeiten berichten, als ich Hebamme war. Es gab keinen Doktor, keine moderne Apparatemedizin oder so etwas wie programmierte Geburten. Schwangerschaftsgymnastik?? Dafür hatten die Frauen keine Zeit.«

Nele lauschte still. Wilhelmine sprach nur selten von ihren Berufsjahren. Sie war der altmodischen Ansicht, für dieses Thema sollte man verheiratet sein.

»Ich wurde gerufen, wenn man mich brauchte. Die Verbindung zum Festland war nicht so gut wie heute, und außerdem scheuten viele Frauen den Aufwand mit dem Krankenhaus. Wenn du mich fragst, mit Recht. Geburten sind eine natürliche Sache.« Sie legte erschöpft eine Pause ein, ehe sie fortfuhr. »Mit Komplikationen unter der Geburt musste man fertig werden. Für damalige Verhältnisse war ich modern ausgerüstet, ich konnte Sauerstoff geben und sogar eine Bluttransfusion vornehmen.« Sie streckte die Hand nach Nele aus. »Du, mein Kind, bist unter einer Glückshaube geboren.« Sie hustete mühsam, lehnte aber Wasser oder Tee ab. »Wo waren wir stehen geblieben?«

»Es war eine stürmische Nacht, und alle rechneten mit Land unter ...«, flüsterte Nele. »Vater war nicht da, und ihr wolltet gerade den Schutzraum aufsuchen, als Mutters Wehen einsetzten.«

»Undine hat es eben nicht leicht gehabt. Sie kam vor der Zeit nieder. Dein Vater hätte es übrigens lieber gesehen, wenn sie im Krankenhaus entbunden hätte. Du weißt ja, wie sehr er immer um sie besorgt ist. Auch ich hatte gezögert, denn sie gefiel mir nicht. Für eine Erstgebärende war sie am Leib zu stark und im Gesicht viel zu spitz. Aber es sprach auch nichts für eine Mehrlingsgeburt, das musst du mir wirklich glauben.« Sie hustete eine volle Minute und bat um ein weiteres Kissen. »Ich habe mich gründlich geirrt. Das kommt vor und passiert den Ärzten auch heute noch. Als ich schließlich merkte, dass uns eine Zwillingsgeburt bevorstand, war ich zunächst nicht in Sorge.«

Nele wusste nicht, was sie davon halten sollte. Waren es Fantasien, oder wurden da Erinnerungen bruchstückhaft aneinandergereiht?

»Eine halbe Stunde später sah alles ganz anders aus«, fuhr Wilhelmine nach einer dramatischen kleinen Pause fort. »Es kam zu einer Plazentaablösung während der Geburt, die zu starken Blutungen bei Mutter und Kind führte. Beim ersten Kind ging es noch. Aber das zweite Kind war sehr schwach.«

»Wirklich ein zweites Kind?«, fragte Nele atemlos.

»Ja. Zwei Mädchen. Es ging um Minuten. Wie erwähnt,

ich war für einen Notfall auf eine Bluttransfusion eingestellt, aber sie würde nur für ein Kind ausreichen, und welches sollte das lebensrettende Blut erhalten? ›Undine, ich kann das nicht für dich entscheiden‹, sagte ich eindringlich. ›Du musst mir helfen. Möchtest du das stärkere oder das schwächere Kindchen retten?‹«

»Na, doch sicher das schwächere«, meinte Nele.

»So einfach war und ist das nicht«, wandte Wilhelmine ein. »Was ist, wenn das schwächere Kindchen stirbt, weil es eben doch zu schwach ist oder die Blutgruppe nicht verträgt, und wenn in der Zeit, in der man sich um das schwache kümmert, das andere Kind stirbt? Am höchsten sind die Überlebenschancen, wenn man dem stärkeren Kind alle Aufmerksamkeit widmet.«

Ja, aber nur für eines. Was für eine grausame Entscheidung! »Wie hat Mutter entschieden?«

»Sie wurde fast wahnsinnig bei der Vorstellung, eines der kleinen Mädchen opfern zu müssen, damit das andere leben kann. Aber dann hat sie mit dem Finger auf dich gewiesen. Du warst die Erstgeborene, die Stärkere. Während Undine in eine gnädige Ohnmacht fiel, habe ich getan, was nötig war, und du bist durchgekommen.«

»Was ist mit meiner ... Schwester?« Nele bekam das Wort kaum heraus.

Wilhelmine beschrieb mit ihrer Greisenhand einen vagen Bogen und blickte zur Decke, auf der eine Meereslandschaft in verblichenen Blautönen zu sehen war. »Sie ist wieder eins geworden mit der Natur. Ihre Seele wurde frei wie ein Vogel, und als deine Mutter aus ihrer Ohnmacht erwachte, hatte sie nur Augen für dich. Aber ihr

Glück währte nicht lange.« Sie stieß einen zitternden Seufzer aus. »Ich kleidete das verstorbene Kindchen in das alte Taufkleid deiner Mutter, hüllte es in einen Spitzenschal und brachte es in mein eigenes Zimmer. Am nächsten Tag kam bei Undine die Erinnerung zurück, und sie fieberte hoch. Ihr Leid war so unermesslich groß, dass ich mir nur einen einzigen Rat wusste. Ich gab ihr zu verstehen, dass sich alles nur in ihrer Fantasie abgespielt habe. Sie habe ein gesundes Kind, und der Rest sei dem Wochenbettfieber entsprungen. Sie glaubte mir, weil sie nicht anders konnte, als mir zu glauben, sonst wäre ihr das Herz zersprungen.«

»Warum hat mir nie einer davon erzählt?«, fragte Nele fassungslos.

»Weil dein Vater nichts davon erfahren hat. Ich grub das Kindchen in der nächsten Nacht auf dem Friedhof ein, nur in einem schlichten weißen Hemd. Es war ja so winzig, passte in eine Schachtel, und alleine musste es auch nicht ruhen, denn ich bettete es zu Füßen des steinernen Engels. Das Taufkleidchen und den Spitzenschal verwahrte ich in einem Kästchen aus Sandelholz.«

Das also war das Geheimnis des Kästchens. Sollte sie deswegen Wilhelmine Vorwürfe machen? Sie auf Gesetze hinweisen, die den Tod regelten? Nele schob diesen Gedanken beiseite. Wichtiger war es, die Fortsetzung zu hören.

»Wann kam Mutters Erinnerung wieder?«

»Ich weiß es nicht mehr genau, aber sie wurde immer unruhiger, begann mit ihren einsamen Wanderungen und kehrte nur zurück, um dich zu versorgen. Eines Tages sagte sie es mir auf den Kopf zu. ›Wilhelmine, es war kein Traum, nicht wahr? Wo ist mein anderes Kind?‹ Da erzählte ich ihr alles und dass es so am besten sei, gab ihr das Kästchen, und wir beschlossen gemeinsam zu schweigen, denn es gibt auf dieser Welt Leid, das sich vervielfältigt, wenn man es teilt.« Sie streckte Nele überraschend beide Hände hin. »Du warst es, für die sie sich entschieden hat, der sie gleich doppelt das Leben schenkte. Vergiss das nie.« Sie drückte Neles Hände mit überraschender Kraft. »Verurteile auch mich nicht. Ich tat es aus Liebe und Sorge um deine Mutter.«

Nele schwieg. Es war nicht die Zeit für Erörterung von Recht oder Unrecht. »Ich glaube, ich habe es von Anfang an gespürt«, sagte sie leise. »Manchmal, wenn ich Mutter so sah. Immer auf der Suche, und dabei war meine Schwester doch die ganze Zeit in meiner Nähe. Ich hatte sie immer an meiner Seite. Nelly.«

Wilhelmine zeigte Anzeichen von tiefer Erschöpfung. »Es ist an der Zeit. Gib mir das Buch mit den Wiegenliedern. Schlag es beim Lesezeichen auf, und nun lies.« Nele las die Verse von Claudius.

»›So schlafe nun, du Kleine, was weinest du?
Sanft ist im Mondenscheine und süß die Ruh.
Auch kommt der Schlaf geschwinder,
   und sonder Müh,
der Mond freut sich der Kinder, und liebet sie.
Er liebt zwar auch die Knaben,
   doch Mädchen mehr,
gießt freundlich schöne Gaben von oben her …‹«

»Geh ans Meer«, befahl Wilhelmine. »Erzähl mir, was du dort siehst.«

»Ich lass dich nicht alleine.«

»Unsinn, wir sehen uns doch gleich wieder. Mir geht es gut.«

Nele zögerte, aber ihr Wunsch, an die frische Luft zu kommen, war groß, und Wilhelmine schien in einen kurzen Schlaf gefallen zu sein. Ihr Brustkorb hob und senkte sich gleichmäßig.

Der Mond war von einem hellen Ring umgeben und schien aufs Watt. Das Wasser zog sich zurück, und eine erste frühherbstliche Nebelbank schob sich auf Greunfall zu.

Da war sie wieder, die fremde graubraune Möwe. Sie kam direkt aus dem Nebel, flog diesmal sehr hoch und rief klagend in die Nacht, was sie zu sagen hatte. Wieder und wieder, bis Antwort vom Ufer kam. Überrascht drehte sich Nele um. Es gab noch eine andere Möwe dieser seltsamen Gattung. Der Vogel schwang sich in die Luft und flog auf die erste Möwe zu. Nun drehten sie gemeinsam ihre Kreise, verständigten sich durch geheimnisvolle Rufe und verschwanden schließlich in der Nebelbank.

Es war genau in diesem Moment, dass Nele von fern den dumpfen Klang der Glocken hörte. Von den Glocken, die man hier als Todesglocken des untergegangenen Rungholt bezeichnete.

Die beiden Vögel waren nicht mehr zu sehen, während die Nebelbank ganz Greunfall einhüllte. Aber als Nele sich auf den Heimweg machte, ging, nein, hüpfte vor ihr ein Mädchen – oder schwebte es? – in roter Kapuzenjacke und dazu passenden roten Gummistiefeln. Blonde Haarsträhnen umwehten sein Gesicht. Es gab Nele ungeduldig Zeichen. Komm mit, schien es zu rufen, aber durch den Nebel drang kein Laut, und plötzlich war das Mädchen wieder verschwunden. Ein Geist? Nele wusste es besser ...

»Ich komm ja schon, Nelly.«

20

Wilhelmine sah friedlich aus, der Tod hatte es gut mit ihr gemeint. Noch standen ihre Augen offen, aber Nele drückte sie ihr behutsam zu.

»Ich habe dich gesehen, Wilhelmine. Am Wasser. Ich weiß nicht, wer dich abgeholt hat und wohin der Flug geht. Wo auch immer du gerade unterwegs bist, für mich ist es hinter dem Horizont. Vielleicht ist es dort schöner, aber vielleicht auch einfach nur anders. Ich wünsche dir den verdienten Frieden. Und – danke für alles.«

Sie hauchte einen Kuss auf die kühle Wange und ging daran, die Nachbarn zu verständigen.

Ihr Vater zeigte sich am Telefon sehr betroffen. »Ich weiß nicht, wie ich das Mutter beibringen soll. Wir nehmen natürlich den nächsten Flieger.«

Aber das erwies sich als schwierig, denn wegen eines Streiks des Bodenpersonals wurden die Maschinen zurzeit gar nicht oder nur zögernd abgefertigt.

Enno per Handy anzurufen, war sie zu stolz, denn er hatte es nicht für nötig erachtet, sich bei ihr zu melden, obwohl er doch um Wilhelmines schlechten Zustand wusste.

Jenny, Flo und die Agentur Jennel hatte sie gänzlich

vergessen, bis Jenny sie am Vorabend der Beerdigung überraschend anrief.

»Ich dachte, du machst dir wegen der Zeitungsberichte Sorgen. Ist aber alles halb so schlimm. Wir kümmern uns um ihn, bis er aus dem Krankenhaus darf. He, mein Akku ist gleich leer. Warum läuft bei Jennel ständig der Anrufbeantworter? Irgendwelche Probleme? Wir wollen noch ein paar Urlaubstage ranhängen, oder spricht was dagegen?«

»Jenny, ich bin auf Greunfall. Wilhelmine ist gestorben. Es kann dauern, bis ...« Die Verbindung war schon abgebrochen. Nele versuchte noch einige Male, Jennys Mailbox zu erreichen, aber vergebens.

So war sie außer den Leuten von Greunfall und Herrn Pedersen die Einzige, die Wilhelmine auf ihrem letzten Weg begleitete. Die Trauerfeier wurde unter freiem Himmel abgehalten. Der Pastor musste direkt im Anschluss mit dem Schiff zurück. Er hatte seine Stelle erst vor kurzem angetreten und Wilhelmine kaum gekannt. Trotzdem fand er einfache und klare Worte, sprach von den vielen Menschen, denen Wilhelmine ins Leben geholfen hatte, bis der Kreis sich mit ihrem Tod wieder geschlossen hatte.

»Als Gott sah, dass dir die Wege zu lang, das Atmen zu schwer wurden, legte er seinen Arm um dich und sprach: ›Der Friede sei dein.‹ Amen.«

Die anderen nickten beifällig, während Nele sinnend in den wolkigen Himmel schaute. Wilhelmine hatte an Gott geglaubt, natürlich, da war sie sich sicher, aber auch an die Kraft der Natur, an die überlieferten Sagen und Legenden, Märchen und Mythen ihrer Halligheimat. Und wenn sie, Nele, an den Tag von Wilhelmines Tod dachte, spürte sie, dass es noch einiges mehr zwischen Himmel und Erde gab, als sich der Mensch vorstellen konnte.

Als der schlichte Sarg in die Erde gelassen wurde, warf Nele ein Sträußchen lila Halligflieder hinterher und rezitierte zum Abschied die erste Strophe eines Gedichtes von Storm, das Wilhelmine so geliebt hatte.

»›Gode Nacht
Oewer de stillen Straten,
geiht klar de Klokkenslag,
god Nacht, din Hart will slapen,
un morgen is ok een Dag …‹«

Sie lud die Nachbarn zur Kaffeetafel ins Haus und war froh, dass sie von Menschen umgeben war, die alle Wilhelmine gekannt hatten. Seit Jahrzehnten.

»Sie war so stolz auf dich«, sagte eine Nachbarin, die nur wenige Jahre jünger als die Verstorbene war. »Zuerst waren wir alle skeptisch wegen des Plans, aber dann hat sie uns Einzelheiten berichtet und beruhigt.«

»Nele ist eine von uns, so hat sie gesagt«, meinte der Nachbar von der Süderwarft. »Sie packt das schon richtig an. Wenn du also unsere Unterstützung brauchst, bekommst du sie. Wir haben gesammelt. Es sind fast fünftausend Euro. Du kannst sie in das Museum investieren. Es wird ja unser aller Museum sein.«

Man überreichte Nele ein Sparbuch. Sie bedankte sich höflich und bat darum, es vorläufig für sie zu verwahren und ihr Zeit zu lassen. Sie könne noch nicht sagen, wie alles weitergehe.

Die Nachbarn sahen sich verstohlen an. »Wilhelmine hat gesagt, mit ihren Ersparnissen als Starthilfe kann es schon bald losgehen. Außerdem würden Enno Broders und du zusammenarbeiten. Was Enno anpackt, kann nicht verkehrt sein.«

»So«, meinte Nele unbestimmt. »Schade, dass er nicht hier ist und für sich selber sprechen kann.«

»Er wird wohl noch auf Urlaub in Dänemark sein. Hast du ihn nicht erreicht?«

»Nein«, log sie, weil sie es gar nicht erst versucht hatte. Wenn Enno ausgerechnet jetzt Urlaub machen wollte – na bitte. Und ihr hatte er was von dringenden Angelegenheiten vorgeflunkert.

Als die Gäste gegangen waren, machte sich Nele schweren Herzens an die Arbeit, Wilhelmines Sachen durchzusehen. Es musste getan werden, und ihre Mutter würde dazu wohl nicht in der Lage sein.

Im Kleiderschrank herrschte penible Ordnung. Die Schuhe waren geputzt, die Blusen akkurat gebügelt. Im Nachtschrank lag der Schlüssel für die Truhe, deren Inhalt Nele erst vor kurzem zu sehen bekommen hatte. Und darin war, jetzt unverschlossen, das Kästchen aus Sandelholz, in dem sich das Taufkleid und der Spitzenschal ihrer toten Zwillingsschwester befanden, dazu eine weiße Feder, ein kleines rosa Schneckenhaus und ein Babyfoto von Nele. Ihr kamen die Tränen, aber es waren Tränen, die stumm flossen und den Kummer linderten. Zuunterst lag ein handgeschriebenes Testament. Die Legate für ihre Eltern, für die Grabpflege und für den Naturschutzpark Wattenmeer hatte Wilhelmine bar in beschriftete Umschläge gesteckt. Sie überflog das Testament.

»… vermache ich Nele Lorentz und Enno Broders das restliche Vermögen in Höhe von fünfundzwanzigtausend Euro zu gleichen Teilen, zweckgebunden mit der Auflage, es in das Museumsprojekt zu stecken und dieses Museum nach der Eröffnung für ein Jahr gemeinschaftlich zu betreiben. Sollten diese Bedingungen nicht akzeptiert werden, fällt das Geld ebenfalls an den Naturschutzpark.«

Nele war wie betäubt, nicht unbedingt vor Freude, denn Wilhelmine versuchte über ihren Tod hinaus ihr, Neles, Geschick zu lenken. Der letzte Wille sollte sie offenbar zwingen hierzubleiben. Sicher, Wilhelmine hatte es nur gut gemeint, aber der Schulterschluss mit Enno war eine Bedingung, die so nicht zu akzeptieren war, bestimmt auch von seiner Seite aus. Schade um das Geld.

Nele konnte nicht einschlafen. Noch nie war sie nachts ganz alleine im Haus gewesen. Solange sie denken konnte, hatte Wilhelmine hier gelebt, noch spät mit den Töpfen geklappert, war so manches Mal vor dem erloschenen Kaminfeuer eingenickt und dann später durch die Flure geschlurft, um vor jedem der Zimmer einen Moment zu verharren. Die Hüterin des Schlafes. Die aufblieb, wenn Undine nachts unterwegs war, um ihr einen späten Tee zu kochen. Die Nele im verschwörerischen Flüsterton von Gongern oder Gespenstern erzählte, um dann mit weit aufgerissenen Augen zu fragen: »Was war das, hast du das gehört?« Die auch für Nelly einen heißen Kakao brachte ...

Nele zog den Vorhang zurück und schaute zur Diekwarft rüber. Nein, bei Enno brannte kein Licht. Morgen musste sie ihn wohl oder übel anrufen.

Nach einer unruhigen Nacht stand sie früh auf und joggte einmal um die Hallig. Dabei nahm sie auch den Weg zum Friedhof und legte eine kurze Pause an Wilhelmines Grab ein.

»Was hast du dir bloß dabei gedacht«, schimpfte sie liebevoll. »Ich und Museumsdirektorin. Was soll ich dann mit meiner Agentur machen?«

Bevor sie ging, wanderte ihr Blick auch zu dem steinernen Engel. Nelly war dort gewiss nicht mehr. Zu oft hatte sie die Schattenschwester an ihrer Seite gespürt, als ein Teil von ihr, und so sollte es auch bleiben.

Ihre Eltern würden am nächsten Tag endlich zurückkommen, und Nele stürzte sich in die Hausarbeiten, putzte das ganze Haus, wienerte vor allem die Küche, bezog die Betten und überprüfte die Vorräte.

Anschließend nahm sie ihren Skizzenblock und setzte sich auf die Bank vor dem Eingang. Zuerst entstand ein neues Konterfei von Klein Silber, die, versehen mit Putzutensilien, den Strand aufräumte. Dann eine Kegelrobbe in Friesentracht, die vielleicht als Hinweisschild für das Museum dienen konnte. Ist es mir damit wirklich ernst?, fragte sich Nele zweifelnd. Macht man das, schmeißt man in der Stadt alles hin und begibt sich freiwillig in die Einöde? Wo sie doch gerade erst anfing Erfolg zu haben.

Der Erfolg kommt durch Klein Silber, hielt sie sich vor, und die stammt von hier. So wie Nelly, meine Schattenschwester. Und Enno, mein Halligbruder. Der immer noch nicht zu erreichen war.

Sie nahm ein neues Blatt. Nelly – ob sie wohl ein- oder zweieiige Zwillinge waren? Aus flüchtigen Strichen entstand ein Selbstbildnis. Schräg hinter ihr das Bild einer jungen Frau in Neles Alter, die Augen unbestimmt in die Ferne gerichtet. Was sah sie, was Nele immer erst später sehen konnte? Ohne es zu beabsichtigen, tauchte auch Enno auf dem Bild auf. Schützend legte er seine Hände auf die Schultern von beiden Frauen.

Gelungen, dachte Nele, das wird ihm gefallen. Sie steckte die Skizze in einen Umschlag und dann bei Broders unter der Tür durch.

Einer spontanen Eingebung folgend, zeichnete sie erneut, diesmal im Kleinformat. Sie umgab das Blatt Papier mit Motiven von Greunfall, sogar ein Museum war zu erkennen. In die Mitte kam der Text:

»Liebe Nelly,
wenn ich hierbleibe, wirst Du mich dann nie verlassen? Alles mit mir teilen, Freud und Leid, so wie früher, als wir Kinder waren?, fragt
Deine Nele«

Kein Absender, wozu auch? Ab damit in eine Flasche, den Verschluss mit Kerzenwachs versiegeln, und fertig war die Flaschenpost. Nele legte sie dort aus, wo sie im letzten Jahr ihre eigene Flaschenpost gefunden hatte. Es war verrückt, ja. Kindlich, ebenfalls. Lächerlich? Das sollte ihr egal sein.

Gegen Abend nahm sie sich den Stapel Zeitungen vor, zu denen sie seit ihrer Ankunft nicht gekommen war. Jenny hatte da etwas erwähnt, was war es gleich noch gewesen?

Dass sie jemanden im Krankenhaus besucht hatte. Nele überflog die Meldungen. In Hamburg nichts Neues. Streik der Hafenarbeiter. Eine weitere Coffee-Bar hatte eröffnet, diesmal im Astronautenlook. Im politischen Teil das übliche Blabla, auf der »Aus aller Welt«-Seite kleine und mittlere Katastrophen. So wie diese hier.

»… brach in T. an der dänischen Küste in einer Pension ein Feuer aus. Dank des selbstlosen Einsatzes eines beherzten Deutschen konnten drei Kleinkinder gerettet werden. Der Retter trug dabei Verbrennungen davon, die einen Aufenthalt im Krankenhaus erforderlich machten. Unser Bürgermeister stattete ihm dort einen Besuch ab …«

Das Foto zeigte einen Mann mit Verband um den Kopf und dick bandagierten Händen. Dänemark, wo Enno gerade Urlaub machte. Sah sie schon wieder Gespenster? Der Mann auf dem Bild ähnelte Enno kein bisschen, und außerdem war Jenny garantiert nicht in Dänemark. Wo steckte sie eigentlich? Sie hatte etwas von leerem Akku gesagt, aber das konnte auch ein Vorwand gewesen sein. Mal sehen, ob sie wenigstens Florian erwischen konnte. Er ging sofort ran.

»Macht ihr euch ein paar schöne Tage, Flo? Wie geht's Sternchen?« Sie hörte deutlich, wie er schluckte.

»Alles bestens«, sagte er dann. »Man hat ihn heute entlassen. Soll gar nicht so schlimm sein.«

»Von wem sprichst du?«, wollte Nele alarmiert wissen. »Was ist passiert? Warum sagt mir keiner was, und wo steckst du überhaupt?« Knacken, Rascheln, dann Jennys atemlose Stimme.

»Ich mach das schon, Flo. Hallo, Nele? Er wollte nicht, dass du dir Sorgen um ihn machst. Wer? Enno natürlich!«

»Aber ihr könnt doch nicht alle plötzlich in Dänemark sein«, meinte Nele verwirrt.

»Doch. Es hat sich so ergeben. Wir werden dir noch ausführlich berichten. Willst du ihn mal sprechen?«

Ennos Stimme, beherrscht, wie immer. »Es tut mir so leid, dass ich dir bei Wilhelmine nicht zur Seite stehen konnte. Aber man hat mich dort, wo ich war, nicht telefonieren lassen, und zwei Tage lang war ich zu überhaupt nichts zu gebrauchen. Nun geht es wieder. Ich denke mal, übermorgen bin ich zurück. Tschüss.«

»Enno, warte doch!« Aber er hatte bereits an Flo zurückgegeben, der einen überforderten Eindruck machte.

»Ich … äh … also wir … auch Sternchen, hatten uns gedacht … ach so, herzliches Beileid wegen Wilhelmine. Muss ein schwerer Schlag für dich sein. Wenn es dir passt, kommen wir am Wochenende alle nach Greunfall.«

»Von mir aus. Wir müssen auch über Jennel reden, da ist ein Problem aufgetaucht.«

»Machen wir, na klar.« Flo hatte es eilig, das Gespräch zu beenden. Anscheinend hatten sie alle keinen Akku dabei.

Ihre Mutter nahm sie stumm in den Arm.

»Sie spricht nicht mehr seit der Nachricht«, erklärte ihr Vater, nachdem sie das Gepäck ins Haus geschafft hatten. »Wir müssen sie schonen. Es ist ein harter Schlag für sie.«

»Das ist es für uns alle«, begehrte Nele auf. Sie verstand nicht viel von Psychologie, aber intuitiv wollte sie für ihre Mutter nicht zu Wilhelmines Nachfolgerin werden und Geheimnisträgerin sein. Das alles musste ein Ende nehmen.

Als Undine später das Haus verließ, heftete sie sich an ihre Fersen, bis zum Friedhof. Dort standen sie Hand in Hand, erst an Wilhelmines Grab, dann zu Füßen des steinernen Engels.

»Mutter, ich weiß von meiner Schwester. Wilhelmine hat mir alles erzählt.« Undines Augen weiteten sich. Sie ließ Neles Hand los und wollte flüchten, aber das ließ Nele nicht zu. »Es ist eine Sache, die uns alle betrifft. Ich möchte dir das Kästchen übergeben. Auch Vater sollte davon wissen, aber das ist deine Entscheidung.« Undine ließ sich wie ein Kind führen und machte einen verwirrten Eindruck.

»Mutter, rede mit mir, bitte«, sagte Nele eindringlich, als sie zusammen in Wilhelmines Zimmer saßen, das Kästchen in Undines Schoß. Diese nahm das Taufkleid heraus und strich es wieder und wieder glatt.

»Du hättest es tragen sollen, aber dann habe ich dir ein neues genäht.«

»Das verstehe ich«, sagte Nele geduldig. »Ich kann auch verstehen, warum du mit dem Tod meines Schwesterchens nicht fertig geworden bist.«

»Schuld. Ich habe Schuld auf mich geladen.«

»Nein, das hast du nicht. Du hast die einzig richtige Entscheidung getroffen. Ohne die ich ebenfalls nicht hätte leben können. Es war Schicksal. Wilhelmine hat das Geheimnis daraus gemacht, nicht du.«

»Sie trifft keine Schuld. Sie hat dir das Leben gerettet.«

»Ihr habt es zusammen getan«, erwiderte Nele. »Und denk an die Sage. Du hast ein Opfer gebracht, aber dann ist es ganz anders gekommen. Ich hatte wirklich eine Schwester. Nelly. Hast du nie daran gedacht, wer sie sein könnte?«

»Ich habe nie weiter als bis zu dieser Nacht gedacht«, stellte Undine verwundert fest. »Du warst ein fröhliches, aber einsames Kind. Es heißt, da erfindet man sich Spielgefährten.«

»Nelly war nicht nur für Spiele gut, dafür gab es ja Enno. Aber ich habe immer gespürt, dass ich nicht alleine war. Da irrst du, Mutter, ich war nicht einsam.«

»Wenn du es so erlebt hast.« Ihre Mutter wirkte jetzt gefasster.

»Sprich mit Vater darüber«, bat Nele. »Und mit deinem Doktor. Vielleicht geht es dir besser, wenn du das alles nicht mehr geheim halten musst.«

Undine schwieg lange, dann legte sie das Kleidchen sorgfältig zurück. »Behalt du die Sachen. Vielleicht wirst du einmal selber Kinder haben.«

»Mag sein, aber dann wünsche ich mir für sie vor allem eine fröhliche Großmutter, mit der man lachen kann und die die alten Geschichten zu erzählen weiß, wie Wilhelmine es früher getan hat.«

Ein Lächeln erhellte das Gesicht ihrer Mutter. »Es wird schön sein, dich hier zu besuchen, auch ohne Enkelkinder. Und die Geschichten erzählen wir uns gegenseitig. Ich möchte Neues über Klein Silber hören.«

Gott sei Dank, sie nahm wieder am Leben teil!

Nele sollte nie erfahren, was ihre Eltern an jenem Abend und in der Nacht miteinander sprachen. Sie wirkten beim Frühstück beide erschöpft und sehr ernst. Nele ließ sie für sich, als sie den Friedhof aufsuchten.

Das Kästchen samt Inhalt stand nun für jeden, der es betrachten wollte, in der Stube.

»Wie siehst du denn aus?«, entfuhr es Nele, als sie Enno das erste Mal mit Kopfverband und weißen Fäustlingen sah.

»Die Haare werden nachwachsen«, meinte er gelassen. »An den Händen wird es Narben geben, aber insgesamt hätte es schlimmer ausgehen können.«

»Du bist also ein Held«, lobte sie ihn und mochte dann nicht länger um den heißen Brei herumreden. »Hast du dir gestern nach deiner Ankunft schon die ganzen Unterlagen angeschaut?«

»Die Zeichnung von dir, Nelly und mir finde ich eindrucksvoll. Reifer als das, was du sonst machst.«

»Das meine ich nicht«, wehrte sie ab. »Ich spreche von Wilhelmines Testament. Ihr Geld ist leider an diese blöde Bedingung gebunden. Wir beide gemeinsam, du weißt schon. Ich glaube, sie wollte uns damit verkuppeln.«

»Wir wissen beide, dass es ein großer Wunsch von ihr

war.« Er lächelte sie an, fast bedauernd. »Aber ich fürchte, ich muss dir einen Korb geben.«

»Aber, Enno, es geht nur um ein Jahr«, rief Nele überrascht aus, weil sie erwartet hatte, dass Enno ihr unbedingt zureden würde. Dann hätte sie sich vielleicht etwas geziert, aber im Grunde genommen freute sie sich inzwischen auf das Projekt. »Alle von Greunfall rechnen mit dir und mir. Sie haben sogar Geld gesammelt.«

»Wie stellst du dir das vor, Tag für Tag zusammenarbeiten? Und dann verschwindest du einfach wieder, verkaufst alles oder gibst es in fremde Hände?«

»Nicht in fremde, in deine.«

»Fein gedacht, aber nicht mit mir. Du musst allmählich wissen, wo du hingehörst. Wenn wir uns auf gemeinsame Ziele einigen können, dann soll es für immer sein. Ich brauche eine Partnerin an meiner Seite, die nicht bei jedem Wetter- oder Stimmungsumschwung davonläuft.«

»Was erwartest du denn von mir als Partnerin?«, erkundigte Nele sich vorsichtig.

»Alles. Wir teilen unser Leben. In guten und weniger guten Tagen.«

»Enno Broders, soll das etwa ein Heiratsantrag sein? So plötzlich?« Sie lachte etwas gekünstelt, um ihre Verlegenheit zu überspielen. Enno nicht.

»Den ersten Antrag habe ich dir gemacht, da warst du, wenn ich mich recht entsinne, sieben. Du wolltest für deine Einwilligung meine neue Pudelmütze haben, da habe ich den Antrag zurückgezogen.«

»Aber dann war ich dran. Nelly und ich spielten Hochzeit, und du solltest andauernd der Bräutigam sein. Gleich nach der Hochzeit kamen dann sieben Kinder.«

»Ja, die Puppen, die Wilhelmine aus selbstgesponnener Wolle gemacht hatte. Aber sieben waren mir schon damals zu viel, denn ich musste sie hüten, während du auf Weltreise gingst. Bestehst du immer noch auf sieben?«

»Ach was, zwei bis drei würden mir reichen«, sagte Nele lachend, um dann schnell wieder ernst zu werden. »Was ist los, Enno, warum so plötzlich diese … Pläne?«

»Wenn man dem Tod ins Auge schaut, wird einem klar, was wirklich von Bedeutung ist. Als ich die Kinder aus dem brennenden Haus holen wollte und der Weg durch die Flammen versperrt war, wusste ich um das Risiko. Der Gedanke an dich gab mir Mut und Zuversicht. So ist es immer schon gewesen.«

Nele grübelte. »Es ist noch gar nicht so lange her, da hast du mich gewissermaßen von deiner Bettkante gestoßen.« Sie wagte nicht ihn anzusehen.

»Weil es nicht der richtige Zeitpunkt war.«

»Was soll ich denn jetzt glauben«, sagte sie verwirrt. »Du weigerst dich, ein Jahr mit mir zu leben, aber fünfzig Jahre wären okay. Habe ich das richtig verstanden?«

Er antwortete nicht sofort, sondern versuchte ungeschickt, sie mit seiner bandagierten Hand zu streicheln. »Ich weiß, dass es nicht besonders romantisch klingt, aber ich habe nie eine andere Frau gewollt. Beate war nur ein Ersatz, und das hat sie noch vor mir gespürt.«

»Enno, ich glaube nicht, dass ich dich genügend liebe.« Nele stand entschlossen auf.

»Ist es wegen des Weltenbummlers?«

»Vielleicht«, log sie, weil sie in dem Moment keine anderen Argumente hatte. Denn Enno war ein Teil von ihr. Wie Nelly.

»Ich werde auf dich warten oder alleine bleiben, aber dann gehe ich von hier weg.«

»Tu das«, sagte sie trotzig. Alles oder nichts, sie würde sich nicht von ihm erpressen lassen.

Um sich abzureagieren, ging Nele in der Dämmerung noch einmal am Strand entlang. Ihre Flaschenpost, die sie unter Seetang und ausgeblichenem Treibholz versteckt hatte, war nicht mehr da. Wer mochte sie gefunden haben und nun über »Nelly« rätseln?

Ich schreibe ihr ein allerletztes Mal, beschloss Nele. Dann nie wieder. Wir brauchen keine Post, um uns zu verstehen.

»Liebe Nellyschwester,
es gibt Dich also wirklich. Gab, würden die meisten sagen, aber Du und ich, wir wissen es besser. Also weißt Du auch, dass ich beschlossen habe, in Deiner Nähe zu bleiben. Das Museum zu eröffnen, falls ich weitere Gelder auftreiben kann. Ich bin zuversichtlich, dass Enno zur Vernunft kommt. Er denkt wohl ähnlich von mir. Irgendwie gehören wir tatsächlich zusammen, und wenn er seinen Antrag ein bisschen romantischer gestaltet oder mich stürmisch in seine Arme gerissen hätte – wer weiß. Aber er ist nun mal ein unromantischer Klotzkopf. Den ich sehr, sehr gerne habe, wenn ich

ganz ehrlich bin. Aber wenn ich das zugebe, bekommt er gleich wieder Oberwasser.

Morgen kommen meine Freunde. Ich weiß beim besten Willen nicht, wie ich ihnen erklären soll, dass ich meine Zelte in Hamburg abbrechen werde. Aber ich werde mit ganz viel Takt vorgehen.

So, ich bin müde, schreibe morgen weiter.«

»Es ist mir ganz egal, was aus der Agentur oder euch wird. Ich bleibe hier, und damit basta. Kann jemand meine Wohnung auflösen?«

»Was für eine nette Begrüßung. Du hast angeborenes Taktgefühl, nicht wahr?« Jenny setzte ihre Reisetasche ab. »Ich habe mir das bereits gedacht und erste Erkundigungen eingezogen, wie es weitergehen kann. Flo macht ab sofort ganz mit, und einen neuen fähigen Mitarbeiter haben wir auch. Torben steigt bei uns ein. Deine Wohnung übernimmt Beate, und ich lasse mich auf dem Hausboot inspirieren. Klein Silber wird ja hier gut aufgehoben sein. Vielleicht vermittelst du uns ab und zu einen Auftrag.«

»Oder wir dir«, sagte Florian und hielt dabei Beates Hand fest. »Wir bringen gute Nachrichten, oder hat Enno alles vorweggenommen?«

»Ich möchte dir erst mal mein Beileid aussprechen«, unterbrach ihn Beate.

»Es ist gut so, wie es ist«, erwiderte Nele, denn ihre Freunde waren nicht von hier und konnten nicht ermessen, dass Teile von Wilhelmine immer noch gegenwärtig waren.

»Da kommt er ja, der dänische Held. Sie wollen ihm sogar eine Tapferkeitsmedaille verleihen. Hat er das erzählt?«

Jenny flog Enno um den Hals. Anscheinend waren sie sich in Dänemark nähergekommen.

Enno trug seine abgeschnittenen Jeans und Turnschuhe, im Gürtel das Funkgerät, auf dem Rücken einen prallen Rucksack.

»Willst du für länger ins Watt?«, fragte Nele überflüssigerweise.

»Zur Vogelinsel. Der Zivi dort braucht ein paar Tage Urlaub. Ich werde ihn vertreten.«

»Muss das gerade jetzt sein? Wir haben doch Besuch, und ich dachte, wir könnten etwas gemeinsam unternehmen.«

»Das werden wir eines Tages. Du, ich und unser Besuch.« Er hob grüßend die Hand und machte sich auf den Weg ins Watt.

Was für ein Klotzkopf, dachte Nele verärgert.

»Wird er mit seinen Verbänden zurechtkommen?« Beate machte sich Sorgen, an die sie, Nele, gar nicht gedacht hatte.

Herr Pedersen musste zurück und legte ihr einen Einschreibebrief vor. »Möge es ein dicker Scheck sein und kein Haftbefehl«, meinte er schmunzelnd. Auf dem Umschlag waren Möwen. Wahrscheinlich ging es um die Auslandsrechte für ihre Cartoons.

Es war noch immer ungewohnt, statt Wilhelmine ihre Mutter in der Küche anzutreffen.

»Ich weiß nicht, ob ich die Waffeln so gut hinbekomme wie sie.«

Während man sich zum Tee niederließ, ging Undine mit ihrem Mann spazieren. Die ruhelosen, einsamen Wanderungen hatten aufgehört.

»Nun erzählt mal, wie es kam, dass ihr euch so unverhofft in Dänemark getroffen habt«, sagte Nele.

»Unverhofft? Wie kommst du darauf?« Jenny schwang die Füße aufs Sofa. »Wir haben das gemeinsam während der Party ausgetüftelt. Hinter deinem Rücken, das gebe ich zu.«

»Es war Ennos Idee«, sagte Beate. »Aber wir wussten nicht, ob es klappen würde.«

»Doch, ich war mir von Anfang an sicher«, behauptete Jenny.

»Mädels, lasst mich mal.« Flo räusperte sich. »Wir waren damals so empört über Leifs Betrug, dass wir beschlossen, gemeinsam zu handeln. Jeder von uns suchte Beweismaterial in Form deiner Zeichnungen und Skizzen zusammen. Enno hatte das dickste Paket. Du hast ja wohl schon mit drei Jahren angefangen zu kritzeln.«

»Dann sind wir gemeinsam der dänischen Jury auf den Pelz gerückt«, warf Jenny ein, was ihr einen strafenden Blick von Flo brachte, der sie aber nicht daran hinderte fortzufahren: »Wir haben sie alle einzeln aufgesucht und auf die Ähnlichkeiten im Stil zu den Galionsfiguren hingewiesen. Daraufhin haben sie erneut getagt. Um es kurz zu machen, die Preissumme ist vergeben, und dabei wird es auch bleiben. Man will sich nicht blamieren, und da Leif zudem nicht erreichbar ist, kommt er ungeschoren davon. Aber nun kommt der Clou ...«

Flo bestand darauf, den Rest zu erzählen. »Man war so angetan von deinen Werken, dass sie dein Museum fördern wollen. Die erste Ausstellung wird komplett von den Dänen finanziert.«

»Wow«, brachte Nele nur heraus. »Aber ... ihr konntet doch gar nicht wissen, ob ich mich für das Museum entscheide.«

»Dafür hat Enno seine Hand ins Feuer gelegt. Nicht nur symbolisch.«

Später besprach man mit Neles Eltern die nächsten Schritte. Beate entwarf einen sinnvollen Zeitplan.

»So bleibt doch alles erhalten«, meinte Undine, und ihre Augen leuchteten. »Das wäre ganz in Wilhelmines Sinne gewesen. Ist das denn auch mit Enno abgesprochen, hat er zugestimmt?«

Aller Blicke richteten sich auf Nele. »Reine Formsache«, behauptete sie. »Wir müssen nur noch ein paar Details klären.«

Vor dem Schlafengehen hielt ihr Vater sie zurück. »Ich hab was für dich. Das hat Enno mir gegeben.« Er reichte ihr einen Leinenbeutel. »Vorsicht, scheint zerbrechlich zu sein.«

Nele warf einen Blick auf den Inhalt. Eine Flasche Wein oder so. Vielleicht als Blumenstraußersatz. Na, wenn so die Broders'sche Brautwerbung aussah ... Das konnte ja heiter werden.

In ihrem Zimmer nahm sie sich zunächst den Einschreibebrief vor. Er enthielt einen Scheck über fünfzehntausend Euro und ein Schreiben ohne Unterschrift.

»Meerkätzchen, kannst Dich auf mich verlassen! Bin doch ein Ehrenmann. Hiermit erstatte ich meine Schulden. Das Geld gehört ja rechtmäßig Dir, ich habe es nur kurzfristig gebraucht und als zinsloses Darlehen betrachtet. Nun schulde ich es anderen und werde demnächst von Gläubigern gejagt. Wenn das alles vorbei ist, schicke ich Dir ein Flugticket. War doch schön mit uns, oder?«

Nele wusste nicht, was sie davon halten sollte. Geldsegen von allen Seiten, ein Lebenszeichen von Leif, Enno nicht da. Sie hätte in diesem Moment gerne mit ihm über alles gesprochen. Aber wenigstens seinen Wein wollte sie trinken.

Nein, es konnte kein Wein sein, die Flasche war zu leicht. Und sie kam ihr bekannt vor. Ebendiese Flasche hatte sie doch spielerisch als Flaschenpost ausgelegt. Mal sehen, das Wachssiegel war erbrochen, der Brief an Nelly auf der Rückseite beschrieben. Sie zog den Brief mit einer langen Pinzette heraus.

»Liebe Nele,
ich denke, jetzt ist der richtige Zeitpunkt, dass wir uns Auge in Auge begegnen. So habe ich doch wenigstens manchmal gewusst, wie Dir zumute war. Deine Post an Nelly hast Du an mich gerichtet. Bitte verzeih mir.
Dein Enno

PS: Wenn Du hierbleibst, werde ich Dich nie verlassen. Alles mit Dir teilen, Freud und Leid, so wie früher, als wir Kinder waren. Beantwortet das Deine Frage an Nelly?«

Was war schlimmer, einem anonymen Menschen ihre geheimsten Gedanken und Befürchtungen anzuvertrauen oder einem Menschen, der sie sehr gut kannte? Sollte sie sich schämen oder das Ganze als Spiel abtun? Ihn beschimpfen oder in die Arme schließen?

Nele schritt schneller aus, barfuß über den Meeresboden, die Vogelinsel vor ihr noch im Dunst. Zu Hause hatte sie einen Zettel hinterlassen, sich ordnungsgemäß abgemeldet und ihr Handy eingepackt. Im Rucksack waren nur ein warmer Pullover und Sonnencreme. Beides brauchte man für eine Wattwanderung.

Einen Klotzkopf hatte sie ihn genannt, immer wieder auf ihn geschimpft, ihm was vorgejault, ihre Sorgen auf den Präsentierteller gepackt. Dieser Heuchler! Hatte nie ein Wort gesagt, ihr noch nicht mal seine E-Mail-Adresse gegeben. Wenn sie sich bloß an alle Mails erinnern könnte, was sie da so zusammengeschrieben hatte. Waren ja auch nette Sachen über ihn dabei gewesen. Hoffentlich nicht zu nett. Er sollte sich nichts einbilden.

Ob er von der echten Nelly wusste? Nein, das konnte er nicht. Sollte sie das Geheimnis lüften? Mal sehen, wie ihre Begegnung ausfiel.

Anrufen wollte sie ihn nicht, er musste sie längst gesehen haben. Hier gab es keinen Hügel, hinter dem man sich verstecken konnte. Wo blieb denn der Klotzkopf?

Wäre doch eine nette Geste gewesen, ihr entgegenzugehen. Na, von Romantik eben keine Spur.

Nele erreichte die Vogelinsel und kurz darauf die Schutzhütte. Noch immer keine Spur von Enno. Der schlief doch nicht etwa noch? Nein, es flackerte Licht. Flackerte?

Sie kletterte hastig nach oben. Höfliches Klopfen war nicht angesagt, dafür kannte man sich zu gut. Also riss sie mit Schwung die Tür auf.

Teelichter überall. Ein Blumenmeer, kitschig aus Plastik. An den Wänden ihre Zeichnungen, auf dem Tisch ein Kuchen und eine Flasche Sekt mit zwei Gläsern. Luftschlangen ringelten sich um die Lampe, Luftballons tanzten über dem Bett, auf dem zwei kitschige Puppen in Hochzeitstracht saßen.

»Was auch immer du unter Romantik verstehst, ich unromantischer Klotzkopf muss es erst lernen.« Enno stand plötzlich hinter ihr. »Soll nur eine kleine Auswahl sein. Das gehört auch noch dazu.« Er wies auf einen Stapel Hochglanzprospekte in der Ecke. »Wenn du willst, machen wir eine Hochzeitsreise und suchen endlich dein Land hinter dem Horizont. Damit du zur Ruhe kommst. Und wenn du mich nicht nimmst, fährst du eben alleine und schickst mir mal wieder eine Flaschenpost.«

»Bleiben wir doch einfach für immer in dieser Hütte«, sagte Nele und streckte die Arme nach ihm aus.

Anke Cibach
Das Haus hinter dem Deich

Roman

Birte Matthias, die als Blütenkönigin ihre Heimat, das Alte Land, in ganz Europa repräsentiert, kehrt zur Beerdigung ihrer Großmutter nach Hause zurück. Entsetzt muss sie feststellen, dass hier nichts mehr so ist, wie es einst war: Ihr Bruder Jan vernachlässigt den elterlichen Hof und liegt in ständigem Kampf mit dem gestrengen Vater. Außerdem soll Jan eine Frau heiraten, die er nicht liebt. Als Birte im Nachlass ihrer Großmutter ein altes Tagebuch findet, kommt sie einem wohl gehüteten Familiengeheimnis auf die Spur ...

Knaur Taschenbuch Verlag

Lolly Winston
Himmelblau und Rabenschwarz

Roman

Nach dem Tod ihres geliebten Mannes Ethan ist Sophie am Boden zerstört. Nie hätte sie sich vorgestellt, dass ihre Ehe einmal so zu Ende gehen könnte. Sophie möchte erst einmal eine »gute Witwe« sein, aber das ist gar nicht so einfach, wenn man entdeckt, dass man nicht nur seinen Ehemann, sondern auch seinen Job und seine Taille verloren hat. Schließlich sieht sie nur noch einen Ausweg: Sie muss ihr ganzes bisheriges Leben auf den Kopf stellen und ganz von vorne anfangen ...

»Eine unvergessliche Geschichte!
Sie geht unter die Haut, ist unheimlich traurig
und im gleichen Atemzug zum Schreien komisch.
Man ist hingerissen, betrübt, begeistert
und kann jedes Gefühl nachempfinden.«
Bild am Sonntag

Knaur Taschenbuch Verlag